Achevé d'imprimer par Corlet Numérique - 14110 Condé-sur-Noireau
N° d'Imprimeur :173695 - Novembre 2021 - Imprimé en France

Fou

Violaine Vanoyeke

Fou

Roman

L'Harmattan

5-7, rue de l'Ecole-Polytechnique, 75005 Paris
http://www.editions-harmattan.fr
ISBN : 978-2-343-24453-2
EAN : 9782343244532

« L'amour l’emporte sur tout. »

Virgile, *Les Bucoliques,* X, 69

À Philippe

Grasse, 2008

CHAPITRE 1

Une porte claqua au premier étage comme la gifle violente du vent emportant tout sur son passage, si forte qu'elle entraîne le tremblement de tout votre être en vous serrant le cœur et en résonnant en écho dans votre cerveau. S'en suivit une fulgurante descente d'escalier qui sonna dans la tête de Claire comme une alerte. La question de survie remplaça les craintes. Elle prit le plus rapidement possible son chien dans ses bras pour le sauver du danger et s'apprêtait à courir dans la première pièce où elle pourrait s'enfermer pour se mettre à l'abri. Mais il était déjà là, face à elle, les yeux fixes, les lèvres pincées, les traits figés. Au moment où il tendit les mains vers elle, sentant le dossier du divan contre ses reins, dans un mouvement inattendu, elle se laissa basculer en arrière, le corps replié, le pékinois blotti contre sa poitrine. Profitant de la surprise de l'homme qu'elle sentait dangereux qui, comme programmé et robotisé, devait subitement changer sa marche à suivre, elle courut dans son bureau dont elle ferma la porte à clé *in extremis* et ouvrit la fenêtre pour l'enjamber afin d'aller chercher de l'aide. Les coups redoublés donnés par l'homme contre le bois à peine résistant de la porte, associés à ses injures habituelles et à ses propos orduriers que Claire entendait depuis des mois, cessèrent soudain, d'une façon aussi subite qu'avait commencé l'incident. Le silence revint, presque inquiétant. Puis on entendit de nouveau le bruissement des branches des chênes les plus fines, les piaillements des oiseaux un peu paresseux sous la chaleur croissante, le sifflement de quelque planeur dans le ciel entièrement bleu, le léger souffle du vent dans la cime des cyprès, la fuite de minuscules lézards couleur feuille, des rires d'enfants au loin, les aboiements des chiens qui se répondaient d'un jardin à l'autre, les ordres d'un berger regroupant ses bêtes, le craquement des boiseries extérieures sous le soleil. Ne manquait que le bourdonnement des guêpes qui trouvaient refuge, l'été, sous les tuiles rondes du toit et qui avaient l'habitude, entre onze et quinze heures, d'effectuer leur parcours routinier vers l'eau de la piscine avant de regagner leurs nids.

Le hiatus entre la violence que subissait Claire au quotidien et la tranquillité apaisante du lieu où elle vivait était de plus en plus déconcertant tout comme l'était le comportement de l'homme avec lequel elle vivait qui s'était présenté, au début de leur rencontre, comme un être honorable aux antipodes de sa réelle nature.

Les bruits familiers la firent revenir sur ses pas. Prudente, elle poussa légèrement la porte d'entrée. Elle entendit Alain parler au premier étage avec volubilité d'une voix forte et assurée ; il s'entretenait avec un membre de sa famille comme si rien ne s'était passé, cachant son jeu, plaisantant presque, le ton enjoué.

– Mais oui, tout va bien ! Rien à signaler ! Ici, il fait beau comme toujours. En ce moment, je suis plutôt dans ma période haricots verts. J'en mange tous les jours. Quand j'étais seul, je les mangeais froids. Je les achetais chez Ricci, cinq centimes d'euro moins chers que chez Petrucci. Mais maintenant, je les fais réchauffer puisque ce n'est pas moi qui paye les factures…

Claire avait retrouvé son sang-froid.

– Cet homme est fou, complètement cinglé…,dit-elle en posant à terre le chien qu'elle tenait encore dans ses bras. Je suis tombée sur un malade mental…

Mais que pouvait-elle faire ? Elle se sentait prise dans une toile d'araignée. Elle avait été piégée. Quelques mois auparavant, les premiers jours où Alain s'était installé d'office chez elle avec une joie explosive de jeune homme épris, tout était presque trop gai entre eux ; ils vivaient dans une atmosphère insouciante rappelant les années d'adolescence, même si un malheur encore trop frais déchirait son cœur.

A présent, consciente et impuissante, comme ficelée par un agresseur, elle savait ce qu'elle devait faire sans pouvoir agir. En jupe courte et en tee-shirt léger annonçant des jours printaniers de plus en plus chauds, courtisée par tous les hommes, séduisant malgré elle par son discours et son allure, sûre d'elle-même, elle lança une balle au chien dans le hall d'entrée de la maison. Mais ses chantonnements et ses rires dissimulaient une profonde détresse qu'elle n'aurait montrée pour rien au monde à celui qui tentait, chaque jour, de la détruire lentement mais sûrement. Elle refusait sans doute, dans un déni absurde, d'admettre le degré de folie de cet homme qu'elle avait connu si différent. Qui était-il vraiment ? Comment fonctionnait son cerveau ? Comment pouvait-il être protecteur puis destructeur ? Pourquoi revendiquait-il en public ses bons sentiments alors qu'en privé, il se montrait inhumain, froid et insensible ? Qui était le vrai Alain ? Celui qui l'adorait ou celui qui s'évertuait à la faire souffrir ? Celui qui l'étouffait d'amour au point de la serrer si fort la nuit qu'elle ne pouvait dormir (peut-être même pour l'empêcher de se reposer et la priver de sommeil) ou celui qui l'attrapait à la gorge en lui disant yeux dans les yeux :

– Te rends-tu compte que si je sers ici un tout petit peu plus fort, tu es morte ?

« Je ne dois surtout pas lui laisser croire que je suis heureuse malgré ses tentatives pour me détruire, se dit Claire, sinon son comportement sera plus dur encore. Mais il est hors de question que je cède devant sa violence imbécile. Il n'a aucune ressource, aucune culture. Il refuse de lire un livre, d'écouter un concert classique. Ses seules forces sont ses muscles qu'il entretient depuis l'enfance. Rien de pire qu'un inculte qui a un physique impressionnant. Une bête… Ce n'est rien d'autre qu'une bête. Je ne vais tout de même pas baisser les armes devant cet idiot. Il représente tout ce que je déteste. J'apprécie les gens brillants et modestes. Lui n'est qu'un perdant prétentieux et fier qui se prend pour Dieu. Oui… C'est bien cela… Il se prend pour un être tout-puissant. »

Elle se souvenait alors d'une lettre curieuse qu'il lui avait écrite au début de leur rencontre : « …Je sais tout depuis que je suis né. Je n'ai donc rien à apprendre. Tous les autres sont des fous. C'est très dur pour moi de devoir gommer cette sagesse innée qui me caractérise pour me mettre à la portée des gens… » Elle avait pensé à quelque maladresse de sa part ou à une plaisanterie. Mais jamais elle n'aurait imaginé alors qu'Alain pensait fermement ce qu'il écrivait d'autant qu'il était plutôt paresseux et ignorant. « Dommage… se dit-elle encore. Il est intelligent. Mais il n'utilise cette qualité que pour nuire à autrui, montant des coups comme un joueur d'échecs, échafaudant pendant des mois des stratagèmes avant de les mettre à exécution et d'en tirer une satisfaction extrême lorsqu'ils réussissent. Rien de plus facile que de prendre des personnes occupées par leur passion dans ses filets. Alain est un improductif, honteux de son impuissance, qui détruit, par jalousie, les réalisations des autres, faute de les égaler. Un nuisible… »

Claire n'avait connu, avant Alain, que l'amour fusionnel, la complicité, le bonheur avec un mari qui l'idéalisait et qui avait été, à chaque seconde, heureux à ses côtés avant de partir pour l'Autre monde. Elle se nourrissait de cette joie intense et aurait tout donné pour son bien-être. Elle était habituée à offrir, à répondre à un appel au secours, à un ami dans le besoin. Quand Alain, dans une passe difficile, lui avait parlé de ses projets, à ses yeux irréalisables car ils lui paraissaient trop onéreux et trop complexes, elle avait immédiatement réagi, prête à l'aider, malgré son deuil et son travail.

– Il faut toujours tenter de concrétiser ses rêves au risque de vivre avec des regrets, lui avait-elle dit. Rien n'est plus frustrant car tu ne sauras jamais si tu aurais pu réussir. Je vais te soutenir pour que tu puisses aller au bout de tes objectifs. Rien n'est impossible. Chaque problème a sa solution. Envoie-moi tes synopsis, je les lirai immédiatement.

Malgré la rapide progression de ce travail et les propositions intéressantes qu'elle avait obtenues pour le financer, l'humeur d'Alain était devenue insupportable. La maison, pourtant belle, transpirait de cette souffrance communicative et devenait de plus en plus sombre, triste, pesante. L'air y était devenu irrespirable. En entrant dans les pièces, pourtant inondées de lumière, Claire avait l'impression que d'atroces catastrophes s'étaient produites dans cet endroit, que les plafonds saignaient encore de carnages mystérieux et que les murs se refermaient sur elle. Epuisée, il lui arrivait de se sauver à Paris pour retrouver un peu d'air et une normalité dont elle perdait peu à peu les repères au contact d'une personne déséquilibrée qui cherchait à la persuader que sa folie était la seule vraie sagesse dans un monde peuplé de malades mentaux. Les fous, qui ont leur logique propre, sont convaincus d'avoir toujours raison face à des êtres dépourvus de connaissance d'eux-mêmes. Il est vrai qu'Alain montrait un intérêt certain pour les fonctionnements de l'esprit, du mental et du corps humain, peut-être pour mieux les manipuler ou pour cerner un système qui lui était totalement étranger. Même sans savoir, limitant ses activités à ses exercices physiques quotidiens et à des jeux le plus souvent virtuels et puérils, évoluant dans une sorte de bureau rempli de jouets-toupies, boîtes à musique, voitures et camions de collection... Alain pouvait être, à cinquante ans, aussi fragile, enfantin, désarmé que redoutable, violent et cruel.

Si Claire était sceptique face à son compagnon dont elle ne comprenait pas les réactions tout en ayant déjà lu des articles sur les troubles pathologiques qui le caractérisaient, elle était, toutefois, persuadée qu'elle trouverait une solution pour lui montrer la voie de la vraie vie, loin des ordinateurs, des colères et des dépressions. Rêver puis atteindre son objectif faisaient partie de la réalité, une réalité qu'Alain détruisait dès qu'il la touchait du doigt. Son rêve-mirage devait, en effet, rester inaccessible, impossible, pour que lui-même demeurât un perdant, une éternelle victime. Et même si tous les moyens étaient mis en œuvre pour arriver au but désiré, Alain anéantissait tout avant même d'exploiter un succès, pour poursuivre éternellement la même quête, repartant constamment de zéro avec le même rêve comme un grimpeur qui coupe la corde à laquelle il est attaché au moment où il atteint le sommet. Si bien que tous les efforts, tout le travail fourni par Claire pour aider Alain au détriment de son propre travail et de sa propre vie étaient vains.

Au moment où les contrats arrivaient sur le bureau d'Alain, concrétisant ainsi des années de labeur, celui-ci fuyait dans un endroit secret, sans signer les documents, incapable d'assumer les responsabilités liées à sa tâche. Il était persuadé qu'il devait alors partir ailleurs dans une ville inconnue pour recommencer le même rituel avec d'autres personnes, répétant inlassablement les mêmes gestes, écrivant avec les mêmes crayons, effaçant avec les mêmes gommes, griffonnant des notes pense-bêtes sur les mêmes blocs de papier, tordant ses mouchoirs ou des morceaux de ruban adhésif avec la même nervosité et la même anxiété quand il s'ennuyait ou quand il ne savait quelle décision prendre, mettant la même crème réparatrice sur la peau dont un tube trônait en permanence sur sa table de bureau d'une grande sobriété. Les rares éléments achetés par Alain étaient d'une simplicité proportionnelle non à son porte-monnaie qui gonflait au fur et à mesure que celui de Claire devenait plat mais à son avarice maladive. Mais, même à ce sujet, Claire lui trouvait des excuses :

– Il a dû tellement manquer dans sa vie avec des dettes pendant des années, une mère qui ne l'aimait pas, une famille qui l'a laissé seul…

Elle excusait le vol de quelques-uns de ses bijoux personnels pourtant offerts par son mari, l'impossibilité d'Alain d'acheter un jeu de vis au plus bas prix ou de faire des cadeaux pour les fêtes. Il n'aimait ni les moments festifs ni la joie des autres ni la communication ni la promiscuité ni le partage. Etriqué, dépourvu de générosité, Alain ne vivait que replié sur lui-même.

CHAPITRE 2

Alain était enfermé dans son bureau depuis plusieurs heures. « Que peut-il bien faire ? » se demandait Claire qui n'entendait aucun bruit. Soudain, une porte s'ouvrit avec une grande brutalité. Elle sursauta. Alain apparut comme un pantin sortant de sa boîte. Il avait le visage rouge et l'air embarrassé. « On dirait qu'il a réfléchi pendant un temps infini avant de surgir ainsi devant moi », se dit Claire, surprise.

– Comment me trouves-tu ? lui demanda-t-il en faisant le beau et en pivotant sur lui-même.

Claire ne comprenait pas ce qu'il attendait.

– Je me suis coupé les cheveux ! Ce n'est pas très réussi, n'est-ce pas ? Je suis laid…

Etonnée par cette attitude enfantine, elle eut presque envie de rire. Elle ne voyait guère de changement dans son apparence. La veille, il s'était montré odieux. Elle le trouvait maintenant presque attendrissant.

– Ce n'est pas si mal… Mais il n'y a aucune raison de te mettre dans un tel état.

Satisfait de son effet, Alain disparut de nouveau dans son bureau. « Que va-t-il encore inventer ? » se dit-elle. Elle demeurait interdite par les propos inattendus d'Alain et son attitude anormale. Alors qu'elle était d'ordinaire excellente psychologue, elle n'anticipait jamais ni ses paroles ni ses actes et elle était toujours totalement surprise par ses décisions. Elles étaient tellement illogiques, désordonnées, irrationnelles, confuses, irresponsables qu'elle en était atterrée.

– Je n'ai jamais vu cela, dit-elle à son chien, Chopin, qui regardait la scène avec stupéfaction comme s'il avait compris les interrogations de sa maîtresse. De toute ma vie, je n'ai jamais vu cela !

Elle en arrivait à se poser des questions inutiles : « et si c'était Alain qui avait raison et si tous les autres avaient tort ? Suis-je moi-même dans la bonne voie ? Ai-je raison d'être dans ce milieu artistique, de partir en tournées, de donner des spectacles ? Il ne me reste plus de temps pour profiter de la nature, des choses simples de l'existence... »

Elle réfléchissait alors quelques secondes à sa vie et à sa réussite merveilleuse qui lui apportaient tant de joies. Elle avait la chance de vivre son rêve depuis des années, de s'épanouir dans l'exercice de ses passions.

– Chopin, cet homme prétend tout connaître mieux que personne ; il ose dire qu'il savait déjà tout à sa naissance... En réalité, il ne connait rien, il ne s'intéresse à rien, il n'est rien. Il ne réussira jamais à me détourner de ma carrière ni de mes raisons de vivre. Jamais ! Il faut être prudent.

Malgré sa lucidité sans faille, Claire ressentait un profond malaise. Une immense tristesse envahissait son corps. Elle se mit à trembler, puis à rougir. Elle avait subitement extrêmement chaud. Elle ne parvenait plus à respirer normalement. Son cœur battait vite. Elle transpirait. Elle ne cessait de penser, d'essayer de comprendre ce qui lui arrivait, ce qu'il *leur* arrivait sans réellement trouver une explication cohérente aux agissements d'Alain. « On a l'impression qu'il cherche à tout détruire, qu'il ne supporte pas le bonheur, qu'il ne peut évoluer que dans une atmosphère malsaine, négative, perverse. »

– J'ai vraiment la sensation de m'enfoncer dans un marais salant. Plus je tente de nous en sortir et plus nous nous enfonçons. Pourquoi agit-il ainsi sans raison ?

Il lui avait bien donné quelques explications floues, la jugeant responsable de la situation. « Tu abimes tout », répétait-il injustement à longueur de journée.

Et il ajoutait plus prosaïquement en lui serrant les pommettes avec ses doigts de toutes ses forces au risque de lui briser les os, non sans un petit tremblement dans la voix accompagné d'un sanglot et d'une larme :

– Tu ne peux pas fermer ta gueule ! Je voulais tellement que tout marche entre nous !

Claire ne cessait alors de se remémorer en boucle les événements et les paroles qu'ils avaient échangées. Peut-être avait-elle prononcé un mot qui l'avait blessé... Elle se serait culpabilisée bien davantage si elle n'avait pas écouté les témoignages de la famille d'Alain et de ses anciens amis, prêts à la mettre en garde.

– Avec nous, il s'est déjà comporté ainsi... Fais attention à toi !

Au début, elle n'y avait pas prêté attention, pensant qu'il s'agissait de propos jaloux destinés à détruire leur relation. Même si elle y avait ajouté foi par la suite, elle se disait que le comportement d'Alain était alors peut-être justifié et qu'une telle attitude ne pouvait en rien les concerner au sein de leur couple. Ces conseils bienveillants adoucissaient, pourtant, ses souffrances.

– S'il s'est déjà comporté ainsi, je n'en suis pas responsable, contrairement à ce qu'il prétend. J'ai vécu des dizaines d'années avec un conjoint dans le plus grand bonheur et tous ceux qui partagent mon toit sont ravis. Le problème vient bien de lui et quoiqu'il dise, je refuse d'endosser le rôle d'une coupable ou d'un briseur de couple.

Mais son cœur se serrait alors au point de lui arracher des soupirs de douleur. Elle plaça sa main sur sa poitrine et tenta de dissimuler sa souffrance. Elle avait l'impression de recevoir des coups de poignard. Elle s'éloigna et marcha, les larmes aux yeux, jusqu'au sapin qui se dressait, immense, majestueux, si beau au fond du jardin, Chopin sur ses talons. Chopin... Elle le regarda.

– Tu m'attrapes les pieds pour me montrer que tu es là... Tu ressens ma douleur. Pardonne-moi, mon petit. Je voudrais tellement que tu voies ta maîtresse heureuse. Tu serais toi-même plus joyeux.

Sans Chopin, Claire serait morte. Elle l'avait acheté à Paris, petite boule de poils noirs aux yeux expressifs tout aussi noirs, quand il avait quatre mois. A cause d'Alain, elle avait dû laisser son chat à Paris pendant un an. Ulcérée d'être ainsi privée de tout, elle avait fini par aller le chercher. Mais l'animal de vingt-trois ans n'avait pas survécu à la lutte que Claire menait chaque jour face à la folie destructrice d'Alain. Bien qu'il fût arrivé dans une ambiance exécrable, Chopin, tout jeune, avait la force de sa maîtresse.

« Alain a voulu m'isoler de tout, mettre la main sur moi, tout diriger et me détruire », s'était-elle dit, le jour même où elle avait ramené chez elle son chien qui léchait déjà ses larmes alors qu'il la connaissait à peine, lui arrachant par là même un sourire.

Sourire… Elle qui riait toujours aux éclats et qui était continuellement gaie avant le décès de son mari, n'avait plus aucune idée de ce que représentait la joie, non à cause du deuil et de la perte de son époux mais à cause du harcèlement incessant d'Alain. Elle qui n'avait peut-être pleuré que de rares fois en quarante ans, se levait et se couchait le visage mouillé et marqué, avec, dans le regard, le miroir de l'horreur de ceux qui ont vécu et vu le pire. Elle avait perdu son sourire enfantin, ses fossettes, le rire de ses yeux.

– Je ne me reconnais plus. Il est temps que tout cela rentre dans l'ordre. Il ne réussira pas à m'anéantir, dit-elle en prenant Chopin dans ses bras et en s'appuyant contre le sapin.

Elle se laissa alors aller à sa peine et ne retint pas ses larmes. Elle pleura pendant plus d'une heure en pensant à son mari, à leur complicité, le suppliant de l'aider, de lui donner la force de lutter encore. Le ciel était pur ; la carlingue d'un avion qui volait bas s'argenta sous les rayons du soleil ; deux écureuils roux et marron sautèrent d'un conifère à un autre avant de courir sur le faitage du toit. Ils se poursuivaient en jouant.

– Tu les as vus, Chopin ?

Mais le petit chien n'en finissait pas de lécher les larmes de sa maîtresse. Elle l'embrassa sur la tête en le serrant contre elle.

– Oui, je sais que tu es là. N'aie pas peur. Nous allons nous en sortir… Il doit nous regarder du premier étage… Je ne peux plus l'entendre… Je ne supporte plus le son de sa voix ni ses injures provocantes.

Elle serait restée ainsi pendant des heures dans le calme, loin des violences verbales d'Alain, les yeux fixés sur les branchages au milieu de cette odeur de résine qu'elle adorait enfant quand elle allait en Vendée avec ses grands-parents.

– Aidez-moi, vous aussi, où que vous soyez, vous qui m'avez toujours aimée, protégée, entourée.

Comme sa douleur s'était un peu apaisée et que les pleurs l'avaient fatiguée, elle soupira et marcha lentement vers la maison.

– Viens, Chopin.

Alain l'attendait, debout dans l'encadrure de la porte, presque menaçant, comme s'il lui interdisait tout passage.

– Tu veux peut-être voir un film ? Choisis un dvd, dit-il avec distance et prétention comme s'il était le maître de la maison.

Il n'avait pas prononcé une parole aimable à son encontre depuis des mois, excepté pour lui demander son avis sur sa coupe de cheveux. Mais un seul mot un peu moins froid que les autres annonçait toujours des cascades d'injures, une minute, une heure ou un jour après. Claire sourit en elle-même. « Il ne sait rien proposer, rien donner, sauf ce qui est facile et qui ne nécessite aucun effort, aucune dépense ; jamais d'excuses, jamais de remords. Pense-t-il que ces quelques mots suffiront à me faire oublier tout ce que je subis depuis des mois ? »

Le ton d'Alain restait si peu chaleureux que le silence eût été préférable. Alain venait sans doute contempler son œuvre : voir le beau et lisse visage de Claire enlaidi par les larmes et la tristesse. Quel plaisir infini pour un être déséquilibré qui ne se nourrissait que du mal-être de l'autre dont il entretenait et amplifiait l'état subrepticement, inlassablement, avec une application extrême, obnubilé par sa proie, concentré sur son objectif avec une méchanceté maniaque, obsédé jusqu'à la folie, un *fatum* meurtrier que Dieu Alain avait programmé ! Elle se souvenait alors des remarques exécrables d'Alain qui ne cessaient de lui marteler le cerveau tant elles étaient odieuses et fréquentes :

– Tu as vu ce que tu es devenue, lui disait-il avec mépris. Tu me dégoûtes…

– En quelques mois, je ne suis tout de même pas devenue un monstre! avait-elle encore la force de lui répondre. Tous les hommes me regardent. Tu es bien le seul à faire mine d'être dégoûté !

Embarrassé par la force que Claire montrait dans l'épreuve, désarçonné, Alain perdait le fil de ses pensées.

– Je te dégoûte de quelle manière ? Physiquement ou moralement ? Car physiquement, je me suis plutôt aperçue du contraire…

Gêné dès qu'on lui tenait tête et qu'on entrait dans la sphère intime, Alain bégayait :

– Oui… Enfin, je voulais dire que tu étais lumineuse et magnifique au début de notre relation tandis que maintenant….

– Un coup de baguette magique et je me suis transformée en crapaud…

Même si Alain abandonnait la bataille aussitôt et que Claire paraissait sortir victorieuse de ce pugilat verbal, la jeune femme était profondément blessée. Les mots durs d'Alain la hantaient pendant des jours et des nuits. « Tu as vu ce que tu es devenue… » « Tu me dégoûtes par tes agissements ». Quels agissements ? Elle passait son temps à l'aider, à l'assister, à l'héberger, à lui faire des cadeaux. Claire était alors incapable d'analyser qu'Alain disait presque toujours l'inverse de ce qu'il pensait, qu'il cherchait à blesser les autres parce qu'il avait une image pitoyable de lui-même et qu'il ne se supportait plus au point d'avoir brisé tous ses miroirs pour ne plus se voir. Il avait également déchiré toutes les photographies de lui. Mais elle n'était pas dans un climat suffisamment serein pour ne pas souffrir de ses réflexions cruelles, désobligeantes et injustifiées assénées comme des coups de poignard.

CHAPITRE 3

Dans ce néant presque total, Claire décida de contacter une amie d'enfance qu'elle considérait comme une soeur et qui vint aussitôt lui rendre visite. Claire vit avec tendresse sa petite silhouette apparemment frêle descendre du train. Elle ne l'avait pas vue depuis des années et elle ne l'aurait probablement pas reconnue si elle l'avait croisée dans la rue. La gare de Cannes se trouvait non loin de la mer dont elle n'était séparée que par quelques palmiers. Alors qu'elle se réjouissait de cette visite, Claire ne parvenait pas à le montrer. Elle n'arrivait plus à extérioriser ses sentiments.

– Cela me fait vraiment plaisir de te retrouver, lui dit-elle en mettant sa petite valise dans le coffre de la voiture.

– Moi aussi, lui répondit Odile. Mais je suis triste de te voir ainsi. Je t'ai tant de fois regardée à la télévision quand tu étais invitée et tu es d'habitude si pétillante, si pleine de vie… Que s'est-il passé ?

Tout en conduisant, Claire lui raconta une nouvelle fois ce qu'elle lui avait déjà décrit au téléphone.

– Mon mari était déséquilibré, lui répondit Odile. Son seul plaisir était de me faire souffrir. Soit il m'évitait ou me faisait des remarques désobligeantes, soit il me trompait, soit il ne communiquait plus avec moi pendant des semaines. J'élevais pourtant l'enfant de son premier mariage et je m'occupais de tout. J'ai décidé de le quitter même si je l'aimais.

Plus elles se rapprochaient de Grasse, plus Claire s'agitait.

– Alain dit n'importe quoi. Je suis incapable de faire la part du vrai et du faux dans tout ce qu'il raconte. Il change d'idée d'une seconde à l'autre. Il achète des arbres et décore le jardin avant de déclarer que celui qui lui succèdera les arrosera. Il s'investit dans la maison mais il déclare au facteur, ébahi, qu'il va faire suivre son courrier. Pour quel endroit ? Il ne le sait pas… Certainement chez l'une de ses anciennes connaissances qui pourra l'héberger pendant quelques jours jusqu'à ce qu'il retrouve ses esprits. Il me demande, enjoué, si je veux aller au bord de la mer avec lui à condition de prendre ma voiture pour ne pas user la sienne et, cinq minutes après, au moment de partir, il déclare : « Tu as mis tellement de temps pour te préparer ! Je n'ai plus envie d'y aller ! Tu as encore tout gâché ! »

– Tout cela n'est que manipulation, Claire. Crois-moi… Je suis habituée. Seul ton comportement le guide dans les décisions qu'il prend. Son seul objectif est toi et encore toi. Imagine un chat avec une souris. Il joue ; il fait mine de s'éloigner ou d'être indifférent mais il t'observe, te cerne, t'épie… Il ne te lâchera jamais…

A peine eurent-elles franchi le portail qu'Alain descendit les escaliers, le sourire aux lèvres, l'air décontracté, pour les accueillir. Il se montra avenant, plutôt sympathique, refusant, toutefois, de partager leur dîner. Son bureau étant proche de la chambre d'amis, où s'était installée Odile, il ne cessait de tenir des conversations parfaitement audibles qu'Odile pouvait rapporter à Claire.

– Que fait-il à trois heures du matin ? demanda Claire à Odile… Il se lève de plus en plus tôt et monte dans son bureau. Il ne te réveille pas ?

– Il appelle sans cesse Strasbourg… Il a aussi visionné un extrait de film. *Shining*, je crois…

– Évidemment Strasbourg… Où il aurait autrefois connu, bien avant de me rencontrer, une personne à qui « il n'a rien promis » et qui ne l'intéressait pas, une « idiote », à qui il raconte notre vie dans les moindres détails.

– Encore de la manipulation et de la perversité. Il garde quelques cartouches dans son arme au cas où tu le mettrais dehors. Il bouge ses pions : une vieille copine, une plus récente, une autre à Strasbourg, une ancienne épouse dont il ne connait même pas la profession, qui lui est plus étrangère qu'une voisine, et toi, sa compagne, la perle, la femme de sa vie qu'il cherche à posséder en manoeuvrant les antiques marionnettes, objets qui n'ont d'intérêt pour lui que pour mieux te garder et te rendre dépendante.

Odile, qui venait d'être opérée, aidait Claire le mieux possible, avec un courage exemplaire, et suppléait ainsi Alain qui ne faisait rien. Alain écoutait tout, notait chacun de leurs échanges, s'asseyait sur un banc dissimulé par des buissons pour mieux enregistrer leur discours, leurs réflexions, leurs gestes afin de connaître ainsi les secrets de famille de l'une et de l'autre.

– J'ai observé Alain, dit Odile à Claire deux jours après son arrivée en préparant le repas. Quand nous ne prêtons pas attention à ce qu'il fait, il lave tout avec minutie, il balaie les épines de pins autour de la piscine, il ramasse les feuilles… Il considère cette maison comme son foyer.

Comme Odile était partie nettoyer l'une des tables du jardin, Alain s'approcha de Claire et lui dit :

– Ton amie est complètement folle !

– Tu dis vraiment n'importe quoi comme toujours. Je la trouve très courageuse.

Alain fit un petit bruit avec sa bouche pour montrer combien il avait de mépris pour Odile comme envers toutes les autres femmes. Il était normal qu'il dénigrât une personne chère à sa compagne. Le contraire eût été impossible. Une alliée de Claire ne pouvait que lui être antipathique d'autant plus qu'il n'avait pas anticipé sa venue. Comment cette fille osait-elle s'introduire dans leur maison, le lieu qu'il avait habilement choisi pour s'approprier Claire et la tuer à petit feu selon son bon vouloir, loin de tout, sans crainte de représailles, sans témoin ?

– Elle est vraiment folle à lier, insista-t-il. Comme l'autre, la vieille, celle que tu avais invitée l'année dernière. Mais je crois que j'aurais pu tout de même coucher avec elle alors que toi…tu ne ressembles plus à rien…

Claire poussa un profond soupir. Elle revoyait Alain, la semaine précédente, se précipiter, pour aider une femme à traverser une rue tout en lui faisant un grand sourire comme si elle n'existait pas. Il était également capable de s'arrêter en voiture pour vanter la beauté de la coiffure d'une autre dont il n'avait que faire. Elle se souvenait des propos qu'il avait tenus quelques jours avant à un ami alors même qu'il était couché à côté d'elle :

– Toutes ces bonnes femmes sont hystériques…, plaisantait-il.

Claire imaginait aisément la réaction stupéfaite de cette connaissance dérangée en pleine nuit par un appel téléphonique, contrainte d'écouter les stupidités d'Alain. Elle le revoyait jouer la comédie en faisant mine de se mettre à l'écart pour téléphoner afin de soulever sa jalousie. Elle savait pertinemment qu'Alain ne supportait pas les femmes, qu'il détestait leur contact, qu'il ne les regardait jamais sauf en sa présence. Même si personne n'était dupe de ses manigances et de son petit jeu pervers, Alain continuait d'agir d'une façon toujours identique. Son seul moteur, sa seule raison de vivre, était la nuisance dont il inondait Claire qui, bien que clairvoyante, n'en était pas moins lasse et ravagée par la douleur. Comment cet être laid, stupide, avare, aussi méchant qu'elle était altruiste, aussi éteint qu'elle était lumineuse, aurait pu recevoir des appels ou des lettres d'anciennes amoureuses qui se seraient languies de son absence ? Mensonge qu'il aimait raconter pour se donner de l'importance comme un jeune adolescent fanfaronnant sur ses fausses conquêtes dans la cour d'un lycée. Il avait pris l'habitude de laisser trainer des lettres de plusieurs pages, des messages d'amour de Véronique, de Ludivine, de Cristal, de Pierrette… Lui qui était si mystérieux et qui enfermait tout dans un secrétaire scellé par des doubles cadenas prétextait une balade à vélo pour qu'elle eût tout loisir de tomber sur la lettre d'une ancienne maîtresse, abandonnée à terre par hasard, qui chantait les qualités sexuelles de ce grand maître. Un nom revenait plus souvent… Ah cette Mirabelle des Alpes qui n'attendait que lui pour allumer la cheminée et se serrer contre lui !

– Tout cela est agaçant, avait dit Claire à Alain. Est-ce que je reçois ici des lettres d'amoureux transis ?

Le regard innocent et impuissant d'Alain méritait toutes les palmes cannoises.

– Que veux-tu que j'y fasse si elles ne peuvent pas se passer de moi et si elles m'aiment encore ? Moi, je n'ai jamais été amoureux de toutes ces femmes… D'ailleurs, je ne leur réponds pas.

Alain, qui contrôlait tout dans les moindres détails, avait, toutefois, manqué de vigilance quand il avait laissé trainer, par inadvertance, la liste de ses quarante adresses électroniques, le jour même où Claire faisait un rapide ménage. Une feuille avait voleté à terre sous ses yeux comme un message du ciel.

– Encore un brouillon, avait-elle dit en le ramassant et en s'apprêtant à le froisser en boule pour le lancer dans la corbeille.

Mais quand elle avait vu qu'il s'agissait d'adresses électroniques, elle avait jugé plus prudent de le reposer sur le bureau d'Alain. Elle avait, toutefois, été intriguée par le schéma qui y était dessiné. Il s'agissait d'un tronc mentionnant l'adresse d'Alain, qu'elle avait coutume d'utiliser. Du tronc partaient différentes branches sur lesquelles étaient écrites très distinctement les adresses des filles qui lui envoyaient régulièrement des lettres. Elle avait haussé les épaules et était retournée travailler avec Odile à son prochain spectacle. Elle avait presque oublié ce brouillon quand celui-ci s'était imposé à elle en pleine nuit. Alain dormait à côté d'elle, silencieux comme toujours, à l'affût du moindre bruit, s'empêchant de sombrer dans un sommeil profond comme un félin aux aguets. Sentant qu'elle ne dormait plus en entendant son souffle irrégulier, il ouvrit les yeux d'un coup comme un robot, fixa le plafond et lui saisit fermement le poignet.

– Que fais-tu ?

– Rien, répondit Claire. Je dors... Que veux-tu que je fasse en pleine nuit ?

Elle lui tourna le dos et se mit à réfléchir au dessin.

– Incroyable ! se dit-elle.

Elle venait de comprendre le jeu d'Alain.

« Depuis des mois, il me laisse croire qu'il reçoit des messages de femmes amoureuses. En réalité, il ne connait personne. Il n'a même peut-être jamais eu de réelles passions. Il est seul et il est si seul qu'il est obligé de s'inventer d'anciennes maîtresses, de fausses adresses... Il s'envoie lui-même tous ces messages...Les adresses figurant sur ce brouillon sont les siennes !»

Alain avait-il fait exprès de laisser cette feuille à sa portée ? Voulait-il qu'elle devinât son subterfuge ? Cherchait-il à lui donner l'une des clés de sa folie ? Pourquoi gardait-il parfois son ordinateur ouvert ? Pour qu'elle allât y lire ce qu'il y écrivait ?

« Quand je pense que ces lettres étaient écrites de la main même d'Alain ! »

Il s'évertuait à varier les styles. Une telle était son « petit coquelicot », une autre « son petit bouchon », une autre encore « son petit trèfle ».

« Quel imbécile ! Pendant que je travaille ou que je dors, il passe son temps à rédiger ces courriers… »

Pour accroître le réalisme de ces harcèlements amoureux, Alain envoyait ces fausses lettres à son ancienne adresse, chez ses parents qui avaient pour instruction de faire suivre son courrier à Grasse.

Claire découvrait chaque jour un pan de la folie d'Alain mais elle était très loin d'en deviner tous les recoins. Elle se sentait seulement prise au piège, ne sachant de tout ce qu'elle entendait ou lisait ce qui était vrai ou faux. « Il veut me rendre folle. Il me malmène. Il invente n'importe quoi pour me faire souffrir. Il m'empêche de me concentrer sur mon travail. Il me fait rompre des contrats. Il me dit une chose puis son contraire la minute suivante. Il ment ouvertement. Sa perversité extrême le guide. Il est incapable de vivre autrement qu'en jouant avec le cerveau des autres. C'est là son seul centre d'intérêt. » Claire se rendait compte que les remarques d'Odile étaient justes. Sa présence, réconfortante, ne suffit toutefois pas à la sauver des griffes d'Alain qui n'avait, à aucun moment, relâché son attention, captant, pendant son court séjour, chaque geste, chaque remarque, chaque mimique des deux amies. Il avait décidé de se montrer avenant avec Odile qu'il estimait dangereuse, dinait finalement avec les deux femmes, regardait la télévision avec elles et communiquait agréablement. Cette hypocrisie ne trompait pas le jugement aiguisé d'Odile qui restait sur ses positions. Elle était très inquiète de la maigreur et de l'aspect de Claire qui avait des traces de blessures et des grosseurs sur la peau.

– J'ai connu l'automutilation et les maladies qui se déclenchent sous la torture psychologique, lui dit Odile. Attention à ta santé. Alain voit ces traces comme moi et il sait qu'il arrive à ses fins.

– Il m'a dit un jour : « Sais-tu ce que représentent ces marques sur ta peau ? » reconnut Claire.

– Elles sont la preuve qu'il atteint son but et il prend plaisir à te voir te détruire. Tu as beau tenter de dissimuler tes douleurs, elles se voient immédiatement sur ta peau. Va consulter un médecin pour qu'elles ne s'infectent pas. Ce sont de vraies plaies.

Se sentant deviné, Alain fut soulagé du départ d'Odile et s'en réjouit. Quand elle la raccompagna à la gare, Claire souhaitait retrouver l'envie de vivre, contempler enfin avec bonheur les reflets argentés des vagues échouant sur la coque des bateaux de toute taille ancrés près du rivage et des plages. Les palmiers s'épanouissaient au soleil. Les marchands de glace attiraient les enfants. Quelques parachutes ascensionnels, multicolores, anarchisaient paisiblement les cieux. D'un immense haut-parleur rouge coquelicot émergeant d'une camionnette jaune sortait une voix tonitruante annonçant une soirée au cirque. Des communes successives en bord de mer provenaient les rires bruyants des plagistes. A certains endroits, plus sauvages, où les rochers rougeâtres de l'Esterel plongeaient vers la mer, les criques s'enchainaient comme au sud de la Corse située en face, presque visible de la métropole, ou dans l'italienne Sorrente. Des mouettes, aussi grosses que dans la presqu'île grecque de Vouliagmeni, se posaient effrontément sur le sable ou les jetées à côté des baigneurs et des pêcheurs. Les roulottes des marchands de sucreries et de restauration rapide étaient alignées à l'orée des vagues non loin des centres-villes. Mais Claire avait encore le cœur trop lourd pour pouvoir se réjouir. Elle regardait sans joie ; elle entendait sans réagir. Depuis le départ de Marc et la brutalité d'Alain, les saisons défilaient sans qu'elle en eût conscience comme si toutes les montres s'étaient arrêtées depuis des mois. Elle avait, toutefois, le souhait profond de retrouver ses fonctions et ses sens et Alain était loin d'avoir anéanti toute sa force vitale.

– J'espère que l'on va se revoir très vite, dit-elle à Odile sur le quai de la gare. Je ne te remercierai jamais assez d'avoir fait tout ce chemin…

– Tiens-moi au courant de ta santé et promets-moi de faire attention à toi.

Claire s'y engagea en esquivant un sourire. En sortant de la gare, elle fit les vitrines des magasins les plus proches. Un soudain besoin d'acheter des vêtements légers, esthétiques et flatteurs pour ses prochains spectacles. Elle respira profondément en sortant des boutiques et renoua avec l'odeur des embruns. Elle frissonna sous la brise maritime qui caressait son cou en soulevant ses cheveux longs. Elle distingua en souriant ses mèches blondes voguer au vent dans le reflet d'une fenêtre de voiture. Elle s'émerveilla du vert intense des palmes détouré par la lumière éclatante du ciel. Des idées jaillirent pour son prochain spectacle et elle eut envie d'acheter un nouveau piano pour sa maison de Grasse.

Les voiles déployées des bateaux battaient vivement comme pour échapper aux cordages et retrouver une totale liberté. Les focs s'affolaient quand de multiples îlots de nuages blanchâtres parsemaient l'étendue céleste, annonciateurs de souffles bienfaiteurs. Des goélands tournaient avidement, avec obstination, au-dessus des bateaux de pêche. Tels des avions en attente d'atterrissage, dans des couloirs différents, les grisards formaient des rondes en scrutant les ponts encombrés de filets encore mêlés aux senteurs fortement empoissonnées, avant de fondre, avec une assurance sans faille, vers les flots, le bec fusant, pointé comme une lance vers le sar choisi, appréciant diplodus et spacidés de toutes sortes.

Les façades cannoises des immeubles bordant le rivage, éclaboussées de lumière, blanchissaient sous le soleil méditerranéen. Les enseignes des derniers étages affichaient marques de luxe et adresses prestigieuses. Dans le port, proche de la rue d'Antibes et du Suquet médiéval, les yachts trônaient au milieu d'embarcations plus modestes, nombreuses et serrées, toutes entretenues avec soin : aspect rutilant ; proues effilées et argentées ; pontons recouverts de tissu pourpre à l'instar du tapis rouge du Palais des festivals ; coques et noms repeints. Tangage incessant. Danses perpétuelles face aux îles de Lérins.

Des pêcheurs s'étaient installés sur les galets de la jetée menant aux ferries. L'eau y clapotait non loin de la plage de sable. Des touristes attendaient le départ des navettes pour l'île Sainte-Marguerite. Claire regarda longuement les bans de mulets qui longeaient la jetée. Certaines vagues lui éclaboussaient agréablement les bras en s'écrasant contre les rochers. Elle leva les yeux vers le ciel.

– Tu dois m'aider Marc… Je ne sais où tu es mais j'ai besoin de ton soutien.

Puis elle songea à Chopin et ne s'attarda pas davantage.

– Un rayon de soleil… Vous êtes mon rayon de soleil de la journée, lui lança un homme en la croisant.

Elle sourit en continuant à marcher, les yeux baissés, le visage dissimulé derrière des lunettes noires. Alain était effectivement loin d'avoir anéanti toute sa force vitale. Mais elle ne savait pas que la partie venait seulement de commencer.

CHAPITRE 4

Claire sursauta. Elle était sûre d'avoir entendu des bruits de pas dans la propriété. Elle fit le tour de la bergerie en pierre et de la dépendance, regarda derrière la bâtisse principale puis en direction du portail qu'elle distinguait à peine de l'auvent jouxtant la salle de séjour. Bien qu'elle ressentît l'impression étrange d'être observée, elle ne vit personne.

Elle était seule ce samedi comme toutes les fins de semaine depuis qu'Alain et elle s'étaient installés près de Grasse. Elle réfléchissait au bord de la piscine, la fatigue due à l'incompréhension gagnant tous ses membres. Elle se souvenait de ce que lui avait dit Alain avant de quitter Paris, insistant pour vivre principalement en Provence.

– Tu m'as fait visiter et connaître chaque jour le bassin parisien. Je te montrerai, à mon tour, les endroits que j'aime. J'ai vraiment hâte de te faire découvrir tout cela.

Elle se souvenait de quelques moments heureux mais rares, qu'elle avait provoqués et qu'Alain avait parfois pris plaisir à gâcher. Pendant leur premier séjour estival dans le sud de la France, elle lui avait suggéré de faire un tour en barque et de se baigner dans une crique. Si Alain n'avait pas voulu nager, Claire s'était glissée dans l'eau fraîche tandis qu'Alain plaisantait.

Elle le revoyait rire aux éclats en appelant un ancien élève au téléphone tandis qu'ils roulaient en direction de Nice pour acheter les meubles et les ustensiles dont ils avaient besoin après l'achat de la maison, objets qu'Alain avait choisis jusqu'au canapé couleur crème dont il reprochait, avec une totale mauvaise foi, la teinte à sa compagne une semaine après sa livraison. En attendant celle du lit, Alain dormait paisiblement sur un matelas gonflable qui occupait presque toute la superficie de leur chambre alors que Claire devait se contenter d'une petite natte, situation grotesque qu'elle avait eu tort d'accepter.

Le père de Claire leur avait rendu visite quelques jours après leur installation. Amène, Alain partageait avec joie ses conversations. A la demande de Claire, il avait accepté de préparer les petits déjeuners qu'ils prenaient tous les trois sur la terrasse ombragée face à un parterre noyé de lumière. Ils dînaient au restaurant, avaient visité quelques villages voisins, plaisirs qu'Alain avait sabordés en adressant d'une manière appuyée des sourires engageants et indécents à des sportives de passage.

*

Claire et Alain travaillaient parfois, en bonne intelligence, sur un projet d'agence culturelle que Claire lui avait proposé de créer. Ils s'étaient rendus dans un salon littéraire proche de Toulon. Comme Alain aimait le cinéma, Claire l'invitait souvent à aller voir l'un des derniers longs métrages sortis, à Paris, près de Grasse ou à Cannes et, même s'il choisissait les films qu'ils voyaient ensemble, Alain se disait, en mentant ou non, presque toujours déçu.

Claire se souvenait aussi de leurs visites aux îles de Lérins qui auraient pu être agréables si Alain avait été plus bavard, s'il n'avait pas marché devant elle à quelques mètres de distance, s'il avait partagé sa visite du musée et s'il avait évité de ramasser des morceaux de bois flotté pour d'anciennes copines.

Leurs dîners dans une pizzeria cannoise proche du port étaient généralement plus plaisants car Alain s'y sentait à l'aise et s'épanchait volontiers. Il lui racontait l'intégralité de sa vie, ses déboires et ses espoirs. Mais il ne pouvait s'empêcher de salir une soirée agréable en refusant de régler l'addition après avoir invité Claire alors même qu'il s'agissait de son anniversaire ou en glissant parfois pendant leur retour en voiture :

– J'irais bien m'installer à Dubaï…

– Tu sais que je voulais y acheter une maison. Mais toi, qu'y ferais-tu ?

– Aucune idée. J'ai été voir une agence sur internet. Les maisons ne sont pas chères là-bas.

– Et tu es prêt à habiter loin de ta famille ? Que deviendrait la maison de Grasse ?

Alain ne répondait pas. Claire était lasse de ses indécisions. Soudain muette et pensive, elle déclenchait la colère d'Alain.

– Tu vois… disait-il. Nous avions pourtant passé une belle soirée. Tu trouves le moyen de faire encore des histoires…

Alain l'avait emmenée au bord de la Siagne, à l'endroit où il retrouvait autrefois des amis. Il s'était, tout d'abord, fait prier, refusant de lui faire connaître certains lieux de sa vie.

– C'est un espace particulier, avait-il souligné mystérieusement. Cher à mes yeux. Je ne veux pas tout partager avec toi. Tu serais capable de tout salir.

Il lui avait, toutefois, montré le cabanon où il dormait autrefois, s'était baigné dans l'eau avoisinant les onze degrés en reproduisant ce que faisaient ses amis quand ils vivaient en pleine nature. Aux alentours, des chemins rocailleux tracés par de rares passages au milieu des ronces et d'une cinquantaine d'espèces d'arbres qui descendaient en pente raide vers le fleuve. Des cailloux saillants émergeaient de la terre sèche et dure, rendant le parcours sauvage difficile. Alain avait même manifesté le désir insensé d'entretenir ce cabanon et d'autres, en ruine, alors qu'il ne parvenait pas à assumer tous les travaux du domaine de Grasse. L'eau claire coulait assez rapidement dans la Siagne poissonneuse dont les berges étaient envahies d'herbes, de cornouillers, d'aubépines, de peupliers, de noisetiers, de pommiers, de buddleias, de poiriers, d'olearias, d'osmanthus odorants à fleurs blanches, de stipas, de fétuques, de carex, de pennisetums et de miscanthus. Quelques ponts en pierre permettaient de traverser et de suivre un itinéraire verdoyant sur trois kilomètres à la découverte des bords de Siagne et de ses gorges dominées par d'impressionnantes falaises. Au milieu des bosquets, des vestiges de cabanes, d'apiés, de cochonniers, d'aiguiers, de puits, de restanques et de calades. Claire ne voyait, toutefois, pas, comme elle le devrait, les arêtes terre de Sienne des falaises, hautes et déchiquetées, les monts dévorés par les pluies torrentielles, les éboulements, les glissements de terrain ou les légers séismes, dont les tripes saignaient au soleil d'une ocreté sableuse, carrières naturelles et inaccessibles, sauvages et flamboyantes, menaçantes et impressionnantes, au-dessus de l'eau impétueuse d'où sautaient parfois quelques truites. Elle ne ressentait pas le danger émerveillant de ce décor taillé à la hache aussi beau qu'hostile, protégé pour sa richesse. Mélange d'inconnu nerveux et grandiose et de bruits apaisants, énormes rochers prêts à chuter, surplombant les flancs abritant la Siagne qui prenait sa source au sud du massif de l'Audibergue, recouverts de végétation dense et écoulement d'une eau limpide peuplée de pierres anguleuses et grises. Monts de Malay et du Lachens, plateaux de Calern et de Caussols, massif du Tanneron protégeaient, tel Anubis à l'entrée des tombes égyptiennes, l'accès aux jungles des versants foisonnants presque inviolés. Claire ne ressentait pas pour cette nature qu'elle aimait habituellement une attirance particulière. Plus elle constatait qu'Alain s'y plaisait plus elle avait envie, au contraire, de se sauver en la contemplant à l'image d'Alain, dangereuse et troublante.

Elle aurait dû marcher seule avec un grand bonheur et une extrême ouverture des sens, euphorisés sur les chemins, tout d'abord déblayés puis de plus en plus étroits et abrupts, descendant vers le fleuve, l'ouïe sensible aux frémissements des bosquets, aux fuites à peine audibles des insectes, se traçant un passage, à l'aide d'un bâton, au milieu des ronces, respirant profondément, murmurant aux animaux et aux arbres, écoutant le chuchotement clapoteux et endormant de l'eau de plus en plus distinct, attirée qu'elle était depuis l'enfance par le mystère, les senteurs, la douce menace d'un univers étranger d'où pouvaient surgir soudain mille surprises, se fondant dans ce monde d'une grande richesse vitale aussi habité qu'apparemment désert. Loin de soulever sa crainte, tout craquement la faisait sourire, un bruit d'ailes d'oiseau s'échappant d'un bosquet, le rampement d'un reptile se fondant dans les couleurs marron et vertes des morceaux de bois mort et des feuilles, un cri étonnant et furtif de volatiles.

Elle avait alors l'impression de se trouver à l'entrée de Delphes, désertée par les touristes, face à la vallée du Pleïstos, entourée des falaises rouges des Phédriades, Rhodini, la « Rose », au nord, et Phlemboucos, la « Flamboyante », émergeant d'un côté et de l'autre d'une gorge d'où jaillissait la source Castalie où prêtres et pèlerins se purifiaient avant de consulter l'oracle, puis d'écouter les chuchotements des feuilles d'olivier, autrefois interprétés par les anciens devins, la voix de la Pythie émergeant de l'*adyton* et du ventre du temple d'Apollon Pythien, les chants dramatiques des chœurs dans le théâtre antique, et de prendre toute la dimension du sanctuaire symbolisé par l'*omphalos*, le « nombril du monde ».

Alain faisait parfois des détours pour faire découvrir à Claire des maisons où il avait séjourné, notamment avec Marc. Claire se souvenait alors des cartes postales que ce dernier lui envoyait en y dessinant la tête d'Alain et en écrivant dessous d'une façon ironique : « Je crois que tu l'aimes bien ».

Puis il ajoutait quelques mots maladroits :

« Je ne cesse de penser à toi. Tu me manques. Ici, on rigole. Tu m'as sans doute oublié. Pas grave ».

Le message d'un adolescent amoureux qui a honte de dire ses réels sentiments et qui se languit. Tant de souvenirs qui revenaient à la mémoire de Claire en compagnie d'Alain… Les années d'insouciance, l'époque du lycée, les parties de flipper dans les cafés tout proches, les chocolats chauds ou les diabolos entre filles pendant que les garçons jouaient et, pour certains, les premières cigarettes le plus souvent mentholées.

*

A Grasse, Claire invitait aussi les voisins à l'heure de l'apéritif. Elle jouait au squash avec Alain qui proposait parfois mais en vain des cours aux clubs voisins. Toutefois, après de joyeuses parties à Paris et dans le sud de la France, comme les enfants des clubs se moquaient d'Alain qui ne courait pas après les balles, celui-ci avait déclaré à Claire :

– Fini le squash avec toi ! Tu as le culot de m'envoyer des balles fortes alors que je fais tout pour me mettre à ta hauteur. Je m'ennuie quand je joue avec toi.

Alain supprimait peu à peu tout ce qu'il partageait à Paris avec Claire : balades, visites, sport, restaurants, cinémas... Il appelait d'anciennes connaissances pour se distraire avec eux en la privant de tout. Un ancien collègue d'Alain, professeur de gymnastique à la retraite, venait parfois déjeuner avec eux. Claire préparait le repas avec lui sous le regard jaloux d'Alain qui écoutait leurs nombreux échanges sans intervenir dans la conversation.

Quand ils étaient à la piscine, Alain n'adressait pas la parole à sa compagne. Il se mettait le plus souvent à l'écart et se levait dès que Claire arrivait après avoir travaillé toute la matinée dans son bureau.

Depuis qu'ils s'étaient installés dans le sud de la France, Alain ne l'avait spontanément emmenée nulle part. Elle habitait dans un endroit qu'elle ne connaissait pas, à l'écart de tout. Il lui était impossible de joindre ses contacts car les connexions dans ce lieu reculé étaient souvent extrêmement mauvaises. Les postes de télévision et de radio fonctionnaient si mal qu'elle était coupée des médias alors même qu'elle y travaillait, réalisant des émissions culturelles pour le service public. Comme elle réussissait, parfois, à exercer son métier pendant la semaine, Alain se gardait de quitter la maison ces jours-là, prenant un malin plaisir à monter le son de la télévision pour qu'elle ne pût entendre ses interlocuteurs, captant tout, guettant, écoutant, surveillant...

Dès que Claire se rendait chez un voisin, Alain se précipitait dans son bureau, regardait ses messages sur son portable, fouillait dans ses dossiers, arrachait les pages de son agenda. Furieuse, elle lui en faisait aussitôt la remarque. De telles attaques ne pouvaient que déplaire à Alain qui se levait avec agressivité en lui demandant avec aplomb si elle l'accusait.

– Oh non...répondait ironiquement Claire en tentant d'éviter une dispute trop violente. Je dis simplement que nous ne sommes que deux dans cette maison et que des pages de mon agenda disparaissent !

Elle voyait ensuite dans le sac-poubelle du bureau d'Alain les feuilles arrachées juste avant qu'il n'allât les brûler au bout du jardin. Sa paranoïa lui faisait pareillement détruire tous ses papiers pourtant dénués d'importance. Il brûlait ainsi des mouchoirs en papier ou des crayons usés.

Claire ne se demandait même plus où se trouvait Alain. Il partait à l'aube et revenait au coucher du soleil les jours où elle n'avait pas de rendez-vous, où les liaisons téléphoniques avec l'extérieur étaient les plus compliquées et où elle était isolée. Comme il ne disait rien, elle pouvait tout imaginer. La remarque d'un voisin l'avait, toutefois, apaisée.

– Mais que fait donc Alain le dimanche, tout seul sur le parking du supermarché ? Nous avons reconnu sa voiture et le magasin était fermé…

Elle s'en serait amusée si la conduite d'Alain ne l'avait pas inquiétée.

Claire entendit de nouveau un bruissement de feuilles sèches.

– Quelqu'un marche dans le domaine…

Elle fut rassurée en voyant un couple de pigeons s'échapper d'un buisson.

– Chopin aurait aboyé s'il y avait un étranger dans le parc…

Mais elle se sentit de nouveau espionnée. Alors qu'Alain était parti comme à son habitude sans la prévenir, la sonnerie du téléphone déchira le silence. Claire sursauta. Elle fut très étonnée d'entendre sa voix.

– Je tente d'aider un ami à couper son avocatier, lui dit-il. Je voulais juste te dire de ne pas toucher à mes jouets… Je les ai rangés avec précaution dans mon espace. Ils ont chacun leur place …

– N'aie crainte. Je ne vais jamais dans ton « espace ».

Elle détestait ce mot ridicule qu'il employait sans cesse. Elle avait été tellement habituée à tout partager avec son mari d'une façon fusionnelle que ces notions d'espace qui hantaient l'esprit dérangé d'Alain l'irritaient au plus haut point.

– Sais-tu à quelle heure tu vas rentrer ?

Alain avait déjà raccroché. Chopin, à peine réveillé, rampa jusqu'à sa chaise pour dormir en boule à ses pieds.

– Qu'est-ce que je fais là alors que le travail m'attend à Paris? dit Claire en le prenant contre elle. Je dois préparer les textes des futurs spectacles. Notre pilote d'émission télévisée a été accepté et nous devrions commencer les enregistrements dès la semaine prochaine à Paris. Je ne peux continuer la promotion ici dans ce trou perdu. Jamais je n'aurais acheté en France si Marc était encore en vie. Nos projets étaient ailleurs... Alain le savait.

Elle se souvenait de son chantage affectif : il menaçait de se suicider si elle refusait d'acquérir la maison de ses rêves.

– Il fait systématiquement le contraire de ce que j'aime.

Claire prenait peu à peu conscience que la seule façon de supporter la vie avec Alain était de contrer toutes ses manipulations en lui disant l'inverse de ce qu'elle souhaitait pour obtenir ce qu'elle voulait. « Il ment sans cesse. Il dit à sa famille qu'il jardine alors qu'il dessine et il affirme qu'il se repose quand il plante un arbre ou qu'il mange des pâtes alors qu'il est en train d'avaler de la purée. »

– Quand je serai grand, je m'achèterai une Jaguar, disait-il parfois sans avoir conscience de son âge réel.

« Tout aurait pu être tellement beau », se disait Claire, même si elle ressentait encore une profonde tristesse en songeant à son mari. Elle s'interrogeait sur ce décès soudain : « Comment était-ce possible ? Il n'avait aucune maladie. Il était jeune. Nous avions une route de bonheur devant nous. Jamais je n'aurais pu imaginer... » Imaginer que l'on peut disparaître du jour au lendemain, que l'on n'est pas éternel même si on le sait sans vouloir le savoir. Cette confrontation soudaine avec la mort lui avait été insoutenable. Il lui était parfois inconcevable d'être encore vivante alors que Marc avait disparu. Elle n'avait rien anticipé. Ils venaient, au contraire, de faire de nombreux projets, souhaitant partager plus de temps ensemble, pour enfin réaliser ce que leur carrière les avait empêchés de faire.

Au moment précis où Claire avait murmuré à Marc :

– Ne t'inquiète pas. Cette fois-ci, c'est décidé... Je lève un peu le pied.

Les inévitables questions existentielles l'avaient ensuite submergée : quel objectif pouvait-elle avoir désormais ? Pourquoi faire une carrière ? Pourquoi travailler, pourquoi faire tant d'efforts puisque seule la mort est au bout ? Retrouver une motivation, le goût de vivre était quasiment impossible.

Alain avait fait mine de lui redonner la vie au moment où elle songeait à rejoindre son mari. Il avait eu la force de lui transmettre cette énergie. Aussi l'avait-elle vu, à tort, comme un sauveur. En réalité, Alain devait la remettre sur la voie du succès, voir ses yeux briller, entendre le son de sa voix quelque peu autoritaire, écouter son discours intelligent et savant. Alain devait reconstruire Claire telle qu'elle était avec Marc afin de pouvoir se l'approprier et la diriger à sa guise. Elle ne devait pas mourir pour Marc mais pour lui. L'amour de Claire pour Alain devait être plus fort que celui qu'elle ressentait pour Marc. Alain le lui avait affirmé dès leurs premiers échanges téléphoniques :

– Tu ne pourras rien changer à ce qui nous arrive. Il ne faut pas en avoir honte. Nous ne contrôlons rien. Ne cherche pas à essayer. Tu n'y parviendras pas…

Claire lui avait doucement rétorqué sans vouloir le blesser :

– Je n'ose pas trop…

– …dire que tu n'as jamais aimé quelqu'un comme moi et que tu m'aimes plus que tu n'aimais Marc ?

Choquée par tant d'assurance, Claire l'avait gentiment remis en place.

– Ce n'est pas possible. Mais je t'aime peut-être autant… Je ne sais…

Alain s'était montré chaleureux, proche, indispensable, enveloppant. Elle avait très vite retrouvé le goût de vivre, de courir, de faire du sport, des sensations qu'elle pensait définitivement éteintes.

– Alain m'a sauvé la vie, disait-elle alors.

Alain avait besoin de l'avoir tout entière pour lui. Elle n'était plus la femme de Marc mais *sa* femme. Il avait ainsi l'impression de gagner enfin une victoire sur Marc et de prendre la relève. Claire n'avait le droit de souffrir qu'à cause de lui. Claire ne pouvait être en vie que grâce à lui. Claire était sa *chose*. Ne disait-il pas : « quand je te possède » et non « quand nous partageons des moments intimes », ce qui était, aux yeux de Claire, aussi étrange que déplacé. Mais Alain prononçait ces mots avec une telle évidence qu'ils exprimaient manifestement le fond de sa pensée. Elle était l'objet qu'il pouvait casser à tout moment.

– Qui est le maître ici ? disait-il en se plantant devant elle, les jambes légèrement écartées et les mains sur les hanches.

– Va plutôt te coucher, lui répondait-elle. Demain, tu auras les idées plus nettes.

Elle sentit alors une odeur familière qu'elle identifia immédiatement : le parfum que Marc avait coutume de mettre sur ses joues depuis qu'il était lycéen et grâce auquel il l'avait séduite. Elle adorait ce mélange de notes de tête composées d'anis, de basilic, de bergamote, de lavande et de citron, de notes de cœur associant le géranium, le jasmin et le ylang-ylang, de notes de fond où l'on retrouvait les odeurs de la mousse de chêne, de patchouli, de bois de santal, de fève tonka, de vanille et de vétiver. Elle avait toujours été immédiatement conquise par cette flagrance qui la transportait. Les chaudes émanations de coumarine, d'amande et de fougère poudrée, accentuées par les températures élevées, envahirent son corps. Elle frissonna et n'osa se retourner. Un souffle dans son cou, semblable aux baisers d'Alain, la fit frémir. Quelqu'un se tenait derrière elle, tout près. Elle eut l'impression qu'il allait la toucher ou l'agresser. Elle se retint de ne pas trembler et crut que son corps tout entier allait s'enfoncer dans le sol. Elle respira alors profondément, contrôla son rythme cardiaque et se retourna d'un seul coup dans un élan de courage. Elle ne vit personne. L'odeur avait disparu.

– Ce n'est pas possible, dit-elle avec humeur en se rassurant. Il me touchait presque…

Parler à haute voix la rassérénait. Elle frissonna de nouveau en distinguant, au loin, des nuages noirs surplomber la colline avoisinante alors qu'il faisait beau et qu'aucun orage ne menaçait la région. Des éclairs impressionnants déchirèrent le ciel qui redevint mystérieusement aussi calme et bleu qu'il s'était agité. Une brise glacée s'était engouffrée sous sa robe.

– Rien n'est normal depuis que j'ai revu Alain, dit-elle à Chopin.

Elle trouva, alors, en marchant sur le terrain, des pierres en forme de cœur qu'Alain avait placées au pied des arbres ou dans des bacs, des bougies parfumées qu'il allumait partout tant à l'intérieur de la maison qu'à l'extérieur, des plumes de corbeaux et de pies assemblées, de vieilles chaussures qu'il semait un peu partout comme un chien qui marque son territoire, de curieux objets de cultes. Elle fut plus surprise de découvrir des bijoux lui appartenant, de fines mèches blondes, des vêtements, qu'elle croyait avoir perdus, dans les armoires des ateliers où elle ne se rendait jamais. Intriguée par un coffre à outils qui était fermé, elle courut vers la maison où étaient pendues toutes les clefs de la propriété. Elle en essaya plusieurs sans parvenir à ouvrir le meuble. Elle réussit à l'entrebâiller et glissa une barre de fer dans la fente. Puis elle fit sauter la serrure. Elle y trouva mêlés à des jouets d'Alain de multiples ustensiles de toilette qu'elle n'utilisait plus et qui étaient habituellement rangés dans des tiroirs à Paris.

– Que fait-il ici ? se demanda-t-elle en sentant une odeur de brûlé et en distinguant des cendres mal balayées sur le sol. On dirait qu'il accomplit des rites magiques.

Quelques mots avaient été gravés dans des morceaux d'écorce. Chopin se mit alors à hurler à la mort et à aboyer très fort.

– Tais-toi, Chopin ! Tu vas affoler les voisins !

Mais l'animal trépignait, grattait, reniflait, tournait autour d'un emplacement apparemment vide. Il reculait en grognant comme devant un inconnu et regardait sa maîtresse pour lui signaler un danger.

– Arrête Chopin, tu me fais peur ! Il n'y a rien ici !

Chopin insistait et ne voulait plus quitter la place.

– Que cherches-tu à me dire ?

Elle se demanda comment elle allait refermer le coffre. Alain ne devait pas comprendre qu'elle avait trouvé ce qu'il y cachait.

– La serrure est cassée… Il croira peut-être qu'un voleur a pénétré dans cet atelier pour y prendre des outils. Je vais le laisser ouvert. Je n'ai pas le choix.

Elle s'éloigna rapidement comme si elle avait vu le diable. Elle découvrit près d'un banc où avait coutume de s'asseoir Alain d'étranges compositions constituées de pommes de pin odorantes dans lesquelles étaient insérées de fines bougies colorées, des petits cailloux blancs et noirs et des plumes d'oiseau perdues. Elles étaient toutes placées en arc de cercle autour de l'endroit où Alain avait l'habitude de s'installer. Les bougies avaient été utilisées. Un peu plus loin avaient été soigneusement disposés des morceaux de miroirs teintés, plantés dans de la mousse synthétique servant à piquer les tiges des plantes pour en faire des décors floraux. A chacune de ces glaces était ficelée une bougie large et de petite taille qui s'y reflétait. Sous le banc en bois couleur chêne foncé étaient alignées d'autres plumes noires entre chaque plant de lavande soigneusement nettoyé et aéré par Alain. Des tas de fleurs de lavande étaient destinés à remplir de minuscules sacs à armoire et à linge. Quelques gerbes avaient été tressées en fusettes avec des rubans de diverses couleurs. D'autres formeraient de minces bouquets accrochés à des meubles, les fleurs vers le bas, à l'aide de ficelles et de clous.

Comme elle observait tout cela en s'interrogeant sur ces étranges partitions, Claire sentit une main sur son épaule. Elle poussa un cri qui fit aboyer Chopin. Mais personne ne se trouvait près d'elle. Elle se rendit alors dans la partie du jardin transformée en verger. Elle y avait fait planter un pommier tandis qu'Alain s'occupait des oliviers et des figuiers. Elle constata avec stupeur que le pommier noircissait à vue d'œil alors qu'il avait été planté dans les règles de l'art et arrosé aux racines. Les oliviers et les figuiers, en pleine santé, grossissaient et grandissaient grâce aux soins minutieux d'Alain.

– Je parlerai de ce pommier au pépiniériste. Je suis convaincue qu'Alain le fait périr. Il est capable de verser de la chaux à la base de l'arbre au lieu de l'arroser normalement.

Prise de frissons, elle avança vers l'auvent en ne sachant plus que penser, déroutée par les agissements curieux d'un compagnon insaisissable. Elle entendit alors des crépitements dans la cheminée.

– On dirait un feu, dit-elle à Chopin. Un feu en plein été avec cette chaleur !

Elle entra sans bruit dans la maison. Alain était assis sur le divan et lui tournait le dos. Il avait allongé ses jambes sur la table basse et regardait, sans les quitter des yeux, les flammes du brasier qu'il avait allumé et les deux bougies qui se consumaient à ses pieds. L'atmosphère était pesante dans la pièce plongée dans la pénombre,

Alain ayant coutume de fermer toutes les fenêtres pour ne pas laisser la chaleur entrer. Mais sa fantaisie provocatrice ne l'empêchait pas d'allumer un feu. Il interdisait à quiconque d'ouvrir une baie mais il s'accordait le droit d'activer un brasier en été. Il ne supportait pas une respiration quand il regardait un film mais il était capable d'en voir un dans le plus grand vacarme en pleine nuit. Vivre à son rythme sans broncher. Triste clown perdu, impuissant et faible, incapable de supporter les contrariétés, pourri dès l'enfance. « Un jour ma maison a brûlé, avait-il raconté à Claire. Je rentrais en moto. J'ai juste eu le temps d'ouvrir la porte, d'y prendre une serviette et je me suis sauvé. » Quelle maison ? Quel incendie ? A quel endroit ? Tout cela était, là encore, bien mystérieux et ne correspondait à aucun moment de la vie d'Alain. Pourquoi une telle invention ? Dans quel but ? Des récits qui s'ajoutaient les uns aux autres comme celui où il affirmait avoir peur de l'avion parce qu'il avait été victime, dans sa jeunesse, d'un accident et qu'il en était le seul rescapé. Aucune trace de cet événement dans l'existence du mythomane.

« Depuis quand est-il là ? » se demanda Claire en allant voir si sa voiture était garée derrière la maison.

Elle n'avait pas entendu les roues sur le chemin du domaine.

– Que fais-tu planter là ? lui demanda-t-il fermement en se tenant derrière elle.

Elle ne l'avait pas vu se lever. Elle sursauta.

– Ah ! Tu es là…

Il haussa les épaules et alla souffler les bougies.

CHAPITRE 5

Alain était de nouveau parti à l'aube comme chaque dimanche. Claire chercha un mot, une explication dans la maison mais elle ne trouva rien. Alain ne lui avait rien dit la veille. Il n'avait pas fait allusion à son absence. Il ne lui avait laissé aucun message. Elle ne savait donc pas quand il rentrerait.

Elle tenta d'écouter la radio dont le son était si peu audible qu'elle finit par l'éteindre. Elle chercha à appeler Alain au téléphone tout en se souvenant de ses menaces :

– Quand je m'absente un jour, voire plus, je ne veux rien recevoir. Je veux être tranquille.

– Il ne fera pas la loi avec moi… dit Claire.

Mais elle se sentait impuissante et désappointée.

– Où peut-il être ? Que peut-il faire ?

Comme d'habitude, Alain ne répondit pas à son appel. Elle alla s'étendre au milieu du jardin pour retrouver au soleil un peu d'envie de vivre comme si les odeurs de la nature et la caresse des rayons du soleil lui rappelaient qu'il était bon de profiter de l'existence. Ses sens renaissaient. Elle laissait s'épanouir en elle tout ce que le sombre Alain détruisait. Chaque jour au soleil, chaque lumière, chaque ciel sans nuage, chaque rayon sur sa peau semblaient fermer ses plaies. Allongée au milieu du domaine, les membres tendus, Claire jouissait des cimes d'arbres se détachant sur la toile bleue, des éblouissements blancs des rais, du vol des rares oiseaux qui remplissaient l'espace, des cris d'animaux indéfinissables en pleine ronde amoureuse. Elle se délectait du léger souffle qui frôlait ses bras. Chopin restait sous la chaise longue, à l'abri de la chaleur, toujours aux aguets, prêt à se lever, dès que sa maîtresse bougeait.

Plus les heures passaient, plus son imagination travaillait : « Alain a vécu ici pendant des dizaines d'années. Il doit avoir de nombreuses connaissances. Peut-être va-t-il retrouver l'une d'entre elles... »

Soudain, alors qu'elle s'était assoupie, elle fut réveillée par la voix d'Alain qui l'observait. Elle n'avait toujours pas entendu sa voiture passer le portail. « Il a dû la laisser à l'extérieur... Mais pour quelles raisons ? Pour m'espionner à mon insu ? »

– Je suis revenu quand j'ai trouvé ton message, exprès pour toi, car j'étais au bord de la mer. Te rends-tu compte ? J'ai fait tout ce chemin pour toi ! lui dit-il.

Si elle n'avait craint de soulever sa colère, elle lui aurait bien fait remarquer que la mer était toute proche et qu'il aurait pu lui proposer de partager cette journée avec elle.

– Très bien... Nous allons y retourner avec ma voiture..., lui dit-elle aussitôt.

– Ah non ! Certainement pas !

Claire avait l'impression d'avoir gâché le plaisir d'Alain, sentiment de culpabilité qu'il voulait précisément déclencher en elle.

En réalité, Alain s'était levé tôt ce jour-là, bien avant que Claire ne fût réveillée. « Quand elle se lèvera, elle se retrouvera toute seule, loin de tout. Il n'y a aucun bruit. Le dimanche, les ouvriers ne viennent pas travailler dans la maison voisine. Il n'y a personne à proximité. Elle n'est pas habituée à vivre ainsi dans une maison isolée... » Il s'était habillé dans son bureau et s'était bien gardé de laisser un message qui aurait rassuré Claire. Il était parti en voiture en faisant le moins de bruit possible. Puis il s'était rendu sur le parking du magasin situé à cinq minutes de la propriété et s'était calé sur son siège en patientant, regardant parfois sa montre, imaginant ce que Claire devait inventer alors qu'il ne faisait rien. Il adorait se montrer secret, ne jamais rendre de compte ou mentir aux uns et aux autres, « cloisonnant » tout comme il aimait à le dire afin que personne ne pût entrecouper ses mensonges, embrouillant tout, se plaisant à semer le trouble et la confusion chez les autres.

Au bout de quelques heures pendant lesquelles il n'avait pas bougé, presque engourdi dans sa voiture, Alain s'était dit qu'il lui fallait acheter un véhicule plus grand pour pouvoir s'y étendre quand il s'éloignait ainsi. « Si je veux partir pour la nuit, cela me permettra de dormir à l'intérieur. Je ne vais pas payer l'hôtel ». S'il s'ennuyait considérablement en agissant ainsi, il se réjouissait de savoir Claire malheureuse, incapable de travailler, soucieuse ou jalouse. Il ressentait un plaisir indicible à manipuler les autres comme des marionnettes et à leur assombrir la vie.

Il avait regardé le message de Claire avec une froideur satisfaite. « Parfait. Elle tombe toujours dans mes filets et dans mes pièges. Elle s'inquiète ou ne sait que faire… Je vais encore attendre un peu… » Comme il ne se sentait pas le courage de patienter jusqu'au soir comme il le faisait habituellement, il avait décidé d'inventer un nouveau mensonge.

– Je suis revenu quand j'ai trouvé ton message, exprès pour toi car j'étais au bord de la mer. Te rends-tu compte ? J'ai fait tout ce chemin pour toi !

Il n'allait tout de même pas dépenser de l'argent inutilement et aller chercher de l'essence pour faire un aller-retour au bord de la mer… Le jour où il aurait envie de se rendre à la plage, il prendrait la voiture de Claire. Celle-ci avait l'air de ne pas remettre sa version des faits en doute. « Elle croit tout ce que je lui dis… »

Les autres dimanches, il arrivait à Alain de cacher sa voiture au bout de l'allée et d'aller observer Claire. Il revenait à pied en passant par les champs et tentait d'écouter ce qu'elle faisait dans la maison ou disait au téléphone quand les communications étaient possibles. Il était à l'affût de tout ce qu'elle lui envoyait, messages oraux ou écrits, alors qu'il lui laissait croire qu'il était occupé ou fatigué et qu'il ne voulait rien recevoir de sa part. Il jouait : combien de temps attendrait-elle avant de l'appeler ? Etait-elle suffisamment dépendante pour tenter de le joindre de nouveau?

Selon le contenu ou le ton des phrases de Claire, Alain savait si son œuvre portait ses fruits et si la jeune femme était perdue ou désorientée. En réalité, il avait mis progressivement son jeu en place bien avant leur arrivée dans le sud de la France. Il avait, tout d'abord, tenté de s'absenter quatre jours chez des personnes que Claire n'appréciait guère, où il avait autrefois vécu, la laissant sans nouvelle. En voyant que son stratagème fonctionnait, il avait ensuite multiplié ses absences qui étaient devenues de plus en plus longues. Quand il revenait, il disait avec fierté en riant :

– J'ai gagné ! Tu aurais pu me mettre dehors ou jeter mes affaires par la fenêtre… J'ai joué gros ! Mais tu n'as rien fait…

Il était curieux de voir jusqu'où il lui serait possible d'aller. Quand Claire se rebellerait-elle ? Il était presque agacé par sa constance et sa fidélité. « Je fais tout pour être désagréable et elle ne réagit pas… » Le fait qu'elle acceptât ainsi son comportement devenait presque lassant car Alain aimait jouer avec une partenaire digne de lui. Or, Claire n'avait aucune perversité et détestait le mensonge. Aussi se refusait-elle à contrer les manigances infantiles d'Alain. Accaparée par son travail, elle n'aurait pu démasquer tous ses plans machiavéliques. Or, Alain était aussi dangereux que mégalomane, retors, dépourvu d'affect, jaloux, prétentieux, avare. Non seulement il était fou mais il était incurable. Son cas ne pouvait que s'aggraver jusqu'à la destruction totale de l'autre. Son seul objectif était à terme le suicide de l'autre. Claire ne voyait donc pas le péril auquel elle était confrontée. Elle était bel et bien en danger de mort sans le savoir. Elle vivait avec un tueur, qui passait ses journées à l'anéantir psychologiquement, financièrement, intellectuellement et physiquement, d'une manière insidieuse, sans témoin. Il s'y appliquait en concentrant sa vie sur elle. C'était son unique objectif, sa seule raison de vivre.

CHAPITRE 6

Alain se levait si discrètement que Claire ne l'entendait pas. Il ne faisait jamais de bruit sauf quand elle devait travailler et se concentrer. On aurait dit un chat. Ni il ne ronflait ou si peu fort qu'il semblait encore éveillé en pleine nuit, ni il ne soupirait. Il paraissait mystérieux même dans son sommeil. Claire se demandait sans cesse comment était conçu son cerveau. Elle aurait voulu l'ouvrir et le scanner pour comprendre enfin cet individu qui n'avait rien de commun avec les autres ni même d'humain. Elle était surtout très agacée par son aspect insaisissable car Alain était toujours là où on ne l'attendait pas ; il faisait toujours l'inverse de ce que Claire avait prévu. Même lorsque la jeune femme était sûre d'elle, Alain était aux antipodes de tout ce qui pouvait être cartésien et logique. Ce comportement, né dans un cerveau au mental dissocié, était à la fois surprenant, troublant et séduisant car l'étrangeté, le non-conformisme et la fantaisie n'étaient pas sans attirer Claire, assez méprisante envers les non créatifs ou les vies trop bien rangées, dociles à la norme. Pourtant, sous ses aspects d'aventurière, Claire menait toujours sa vie et sa carrière avec de sérieux garde-fous, se lançant dans le vide avec deux parachutes tout en se laissant griser par la part de risque.

Alors qu'Alain empoisonnait sa vie, elle était toujours liée à lui par des liens indéfectibles. Lui n'envisageait pas de s'éloigner un jour définitivement de Claire. L'idée de ne plus jamais la revoir lui était insupportable. La situation était donc kafkaïenne et redoutable.

Elle qui était si prévoyante, qui planifiait longtemps à l'avance toutes ses activités depuis des années car elle avait un emploi du temps chargé ne supportait pas l'instabilité d'Alain qui, bipolaire, changeait constamment d'avis ou de décision. En réalité, il était difficile de cerner les intentions d'Alain : agissait-il ainsi parce qu'il avait des déficiences mentales ou parce qu'il voulait déstabiliser Claire ? Etait-il totalement malade ou était-il lucide quand il cherchait à nuire aux autres? Plus Claire montrait sa joie de vivre en tentant de faire fi des remarques désagréables d'Alain, plus ce dernier devenait odieux et violent. Plus elle était triste, plus il paraissait serein. Claire avait vraiment l'impression de vivre avec le Diable. Mais même ce costume de Malin, presque caricatural, sentait l'imposture. Qui était donc l'homme qui partageait sa vie ? Un monstre, un criminel, un homme dangereux ou un pauvre malade, qui avait quatre ans d'âge mental, perdu, décérébré et dépressif ?

– Jamais je n'ai vu un tel spécimen… murmurait-elle souvent en se levant avec un soupir. Il ne reste jamais au lit quand il est réveillé. Il ne partage aucune douceur, aucune complicité…

Cette attitude était d'autant plus suspecte qu'au début de leur liaison, Alain était tendre, protecteur, rieur et qu'ils discutaient longtemps avant de s'endormir, échangeant leurs idées ou parlant de leurs passions respectives. Claire ressentait chaque jour un manque d'affection immense qui la faisait terriblement souffrir. Alain avait été aussi possessif et aimant qu'il était maintenant froid et distant. Il avait été aussi admiratif qu'il était aujourd'hui méprisant. Claire souffrait trop pour y voir un jeu pervers ; elle prenait seulement conscience de l'anormalité de la situation quand elle retournait à Paris en côtoyant des personnes équilibrées et saines. A chaque fois qu'elle était au bord du précipice, elle échappait à Alain qui voyait son œuvre de destruction partiellement anéantie. Il lui fallait alors redoubler de méchanceté, de subtilité malsaine pour entraver de nouveau sa proie et la garder dans ses filets. Cette énergie l'épuisait aussi. L'un s'évertuait, nuit et jour, à nuire à l'autre tandis que la victime passait son temps à se sauver et à chercher des solutions pour revivre dans un cadre paisible et une atmosphère respirable.

Alain lui avait bien dit un jour après une conversation plutôt amène :

– Rien ne sera plus comme avant à partir de maintenant…

Mais comment interpréter une phrase qui arrivait sans contexte, sans raison et qui, de prime abord, n'avait aucun sens ? Claire avait haussé les épaules et était repartie travailler dans son bureau.

– Je ne le comprends vraiment pas… Comme le dit son fils, il est un « peu dérangé ».

Comme à son habitude, Alain, aussitôt réveillé, s'était glissé hors des draps et s'était rendu dans son bureau. Se laver n'était pas sa préoccupation première. Il lui arrivait même de ne pas prendre de douche pendant une dizaine de jours afin de tester la réaction de l'autre, sauf s'il avait un rendez-vous, auquel cas il était toujours rasé et lavé de près. Il était très étonné que Claire ne le lui fît jamais remarquer.

– Je ne dois pas sentir bon ! disait alors Alain. Cela ne doit pas être très agréable pour toi !

– Tu fais comme tu l'entends… Ce n'est pas très important…

Surpris par une telle réaction, Alain ne tentait plus guère ce genre d'expérience, l'objectif étant évidemment de perturber Claire. L'ancienne compagne d'Alain, qui appelait Claire de plus en plus souvent pour lui raconter sa terrible vie avec un homme qui ne l'avait jamais aimée, lui avait précisément confié qu'elle ne supportait pas sa saleté et qu'elle le lui reprochait constamment. Intarissable, Alain avait bien d'autres jeux pervers en tête pour incommoder Claire. Il en inventait constamment et s'en amusait à l'avance.

Assis à la table qui lui servait de bureau, seul, à trois heures du matin, il prenait son crayon des milliers de fois avec un geste automatique et le laissait tomber, les yeux fixes, réfléchissant à de nouveaux plans. Comment allait-il poursuivre son œuvre de destruction ? Il se mettait à dessiner des formes monstrueuses sur des feuilles de papier tout en écrivant des phrases de Claire qui lui revenaient à l'esprit. Puis il froissait frénétiquement le papier comme s'il s'en prenait à sa compagne. Il tirait alors sur le ruban adhésif qui ne quittait jamais sa table et l'enroulait autour de la boule de papier avant de la jeter dans la poubelle d'un geste stoïque, recommençant ainsi à l'infini. Il faisait ensuite des réussites sur internet et se remettait à dérouler son ruban adhésif avec ennui.

– Ces jeux un peu stupides m'aident à réfléchir, disait-il à Claire quand elle s'étonnait qu'il passât des heures à reproduire ainsi les mêmes gestes.

Alain échafaudait ses attaques pendant que Claire dormait paisiblement. Comme au jeu de dames, il préparait ses coups longtemps à l'avance. Puis il sortait tranquillement dans le jardin, apaisé, impatient de voir comment fonctionneraient les mécanismes qui lui avaient demandé tant de réflexion. Il lui était rarement possible de dormir aussi profondément et aussi longuement que Claire. Il lui avait pourtant confié au tout début de leur relation :

– Je ne dors bien qu'avec toi… Avant de te connaître, je ne dormais nulle part sereinement.

Et d'ajouter avec un revers dédaigneux de la main :

– D'ailleurs, à quoi cela sert-il de dormir sinon à se reposer bêtement ?

Alain préférait occuper « intelligemment » son temps en inventant des ruses, des mensonges, des stratagèmes aussi puérils que ridicules. Il est vrai qu'il savait employer ses heures sans sommeil et que cette distraction était essentielle dans son existence. Cette déviance était vitale pour Alain. Voir la souffrance des autres et s'en réjouir lui permettaient de ne pas mourir. Il s'agissait pour lui d'une question de survie. Il n'avait pas le choix. Claire était condamnée à subir ses assauts psychologiques ou physiques, comme tous ceux qui étaient trop bons pour l'aider, qu'il exploitait puis réduisait à néant par jalousie et par haine.

Claire était sa principale victime, la proie, la femme de sa vie, Celle qu'il avait choisie, Celle qu'il n'abandonnerait jamais, qu'ils fussent éloignés ou non l'un de l'autre. Cette emprise, cette possession obsessionnelles poussaient le bourreau et sa proie vers une fin inéluctable. Alain savait ce que Claire n'imaginait toujours pas.

– Tout a une fin, répétait-il toujours.

Comme tous les matins, il comptait :

– Aujourd'hui, nous vivons ensemble depuis deux ans, un mois et deux jours…

– On dirait que tu es en prison et que tu coches les jours qui te rapprochent de la sortie…

Sans répondre, il ajoutait :

– C'est beaucoup, n'est-ce pas ?

Claire haussait les épaules.

– Pas du tout !

Elle avait vécu avec son mari pendant des dizaines d'années sans se lasser.

– Je ne comprends pas pourquoi tu comptes ainsi. La vie est courte ; elle aura tôt fait de nous séparer… Tu devrais en profiter et te réjouir au lieu de compter !

– Tout a une fin…

– Si tu parles de la mort, il est vrai que nous mourrons tous.

Alain prenait les scenarii des longs métrages qu'il regardait avidement comme des règles de vie qu'il appliquait à sa propre existence. Puisqu'il ne lisait pas et s'y refusait obstinément, sa seule culture lui venait des comédies sentimentales qu'il aimait écouter en boucle. Parce que de nombreux films mettaient en scène des couples qui se séparaient au bout de trois ans, Alain en avait conclu que l'amour ne pouvait durer que trois ans. C'était, dans son esprit dérangé, un terme inéluctable.

CHAPITRE 7

Alain observait Claire comme à l'accoutumée. Il s'asseyait et la regardait en faisant mine de se concentrer sur son écran d'ordinateur ou sur un livre de mots croisés pour mieux l'étudier. Claire était son seul centre d'intérêt. Il lui arrivait souvent de s'installer dans une chaise longue au soleil et de fermer les paupières pour mieux l'examiner derrière ses cils comme un fauve qui a choisi sa proie ou un chat jouant avec un moineau presque hypnotisé par le danger alors même qu'il pourrait encore s'échapper. Le cerveau malade d'Alain échafaudait les plans du jour, diaboliques, pour déstabiliser Claire. Elle travaillait quelques minutes au soleil après l'avoir fait toute la matinée dans son bureau. Un petit moment de détente et de baignade avant de reprendre, dans la fraicheur relative du mas, son programme de la journée. Insouciante et concentrée, elle ne pouvait imaginer les pensées folles de son compagnon pervers.

Alors qu'il s'était activé dans le jardin pour parfaire sa musculature qui lui donnait une force exceptionnelle et s'être fait bronzer, il ne semblait pas tolérer que Claire pût se reposer un instant. Il lui lança donc subrepticement :

– Sache que demain dimanche je suis invité par un ancien élève. Il réunit tous ses amis. Nous serons une centaine… Il fera un barbecue. Ce sera sympa…

– Très bien ! Je pense que les conjoints sont également invités…

Comme d'habitude, Alain lui répondit :

– Oui, bien sûr.

– Parfait ! A quelle heure faut-il partir ?

– J'y vais seul évidemment.

– Tu m'accompagnes toujours dans ma famille ou chez mes amis. Pourquoi n'en serait-il pas de même pour moi ?

Claire ne parvenait pas à comprendre pourquoi Alain agissait ainsi. Il paraissait jaloux de sa réussite et de sa notoriété et craignait sans doute qu'elle ne fût accaparée par les invités. Il redoutait aussi d'éventuels rivaux. Mais elle souffrait trop pour analyser ses troubles psychologiques avec froideur. Alain pouvait se réjouir au fond de lui : il avait, une nouvelle fois, réussi à faire du mal à Claire qui avait perdu l'envie de travailler et qui restait prostrée dans sa chaise en tentant de comprendre les agissements incohérents d'Alain. En réalité - mais elle le devinerait plus tard - Alain n'avait pas d'amis et était incapable d'en avoir. Ses sorties le conduisaient, comme toujours, sur le parking du supermarché voisin où il restait pendant des heures dans sa voiture en laissant croire à Claire qu'il était invité partout et qu'il voulait y aller seul, lui faisant subir un incessant harcèlement moral dont l'objectif, dans le cas précis, était de la rabaisser comme si elle n'était pas digne de ses relations et qu'il en avait honte. Il lui laissait aussi croire qu'il était très demandé, très apprécié et aimé alors qu'il était seul.

Après avoir semé le trouble, Alain, satisfait, pouvait aller faire la sieste non dans leur lit mais dans une petite chambre à côté de son bureau. Allongé, il y écoutait des chansons à l'aide de son baladeur avant de s'assoupir. Il était en paix après avoir soulevé la tempête. Il n'était heureux qu'après avoir fait le mal autour de lui, de préférence à ses proches, les autres n'ayant aucun intérêt pour lui.

Claire s'interrogea sur sa vie avec Alain et sur le comportement de ce conjoint qui cultivait les conflits. Même si elle refusait de tomber dans son jeu en affichant un masque souriant, la tension était extrême. Il revint très vite constater les conséquences de sa perversité. Elle entrait, alors, dans la piscine comme si elle souhaitait se purifier de l'environnement polluant et toxique d'Alain. Il ne lui accorda pas un regard mais la détailla de haut en bas dès qu'elle descendit les escaliers et qu'elle eut le dos tourné. Le but était de lui laisser croire qu'elle n'existait plus à ses yeux alors que toutes ses pensées étaient concentrées sur elle et qu'il était totalement dépendant de sa proie.

Elle sortit de l'eau, rassérénée, prête à l'affronter dans ce jeu retors. Elle mangea une glace, se mit à siffloter et à chanter puis elle retourna travailler. Il eut beau monter alors le son de la télévision dans la pièce adjacente, révélant encore son caractère provocateur, Claire appela au téléphone ses relations professionnelles en plaisantant. En l'entendant rire, Alain ravala avec beaucoup de difficulté sa méchanceté. Il avait une envie presque incontrôlable de l'agresser pour la rendre obéissante. Il rumina dans son coin, se leva brusquement et se rendit dans la cuisine où il tritura le manche d'un long couteau entre ses mains. Il ne parvenait pas à se calmer. Plus il entendait les éclats de rire de Claire, ses discussions enthousiastes et ses tractations avec des organisateurs de spectacles pour la signature de futurs contrats, plus il s'agitait. Son cerveau devint noir. Un voile brouilla sa vue. Convaincu que Claire ne cessait de le provoquer en affichant sa joie et ne maitrisant plus sa colère, il avait les yeux dilatés et le regard fixe. Sentant le danger, Chopin, qui s'était échappé du bureau de sa maîtresse, se mit debout sur ses pattes arrière et aboya devant lui avec insistance. Alain sursauta et tenta de lui envoyer un coup de pied. Mais le pékinois l'esquiva, se recula et continua à aboyer de plus belle.

– Que se passe-t-il ici ? demanda Claire en entrant dans la pièce. Pourquoi fais-tu tout ce bruit Chopin ?

Retrouvant un peu de lucidité, Alain cacha le couteau derrière son dos et le laissa glisser discrètement sur un plan de travail.

– Bon ! Tout va bien ! chantonna Claire en souriant et en laissant Alain frustré et déconfit.

*

Le lendemain, Alain partit, comme prévu, en fin de matinée. Bien qu'elle eût refusé de le lui montrer, Claire se sentit vraiment abandonnée. Alain avait autant de flair qu'un animal pour deviner ses véritables sentiments. Elle s'assit au bord de la piscine en se demandant ce qu'elle faisait dans un endroit isolé loin de ses repères et de sa famille. Tous les voisins étaient absents. Elle regarda les oiseaux, les abeilles, les écureuils qui sautaient d'un pin à un autre, les minuscules lézards marron et verts qui glissaient sur le sol de bosquet en bosquet, apeurés par les dalles nues de la piscine qui les laissaient à découvert.

Elle cherchait, une nouvelle fois, à comprendre l'attitude d'Alain sans y parvenir. En allant dans la cuisine, elle se rendit compte qu'il avait mangé le dîner de la veille qu'elle avait volontairement laissé dans une casserole. Depuis peu, Alain refusait de se mettre à table avec elle. Mais il se levait, pendant la nuit, dès qu'elle était endormie, pour se rassasier. Elle pensait à tort qu'Alain l'avait encore exclue de ses relations et de ses rencontres. Son regard bleu fut attiré par les deux couteaux, « les plus efficaces du monde », qu'il avait achetés et qu'il aiguisait chaque matin avec beaucoup de minutie, l'affûtage pouvant durer une heure. Ils étaient soigneusement posés l'un à côté de l'autre près d'une planche à découper. Leurs manches noirs, aux plaquettes et aux mitres rutilantes, étaient comme neufs. Leurs lames pointues, impeccables, n'avaient pas la moindre rayure. Ayant une appréhension pour les armes blanches, Claire détourna les yeux des deux objets qui permettaient à son imagination de s'égarer dans l'horreur. Au lieu de les ranger avec les autres ustensiles de cuisine, Alain les laissait en évidence comme une menace. Leurs tranchants lisses auraient pénétré sans difficulté dans n'importe quel morceau de viande. Au moment où elle s'y attendait le moins, elle entendit un bruit inattendu.

– Je suis parti du barbecue, lui dit Alain en pénétrant dans la pièce. Ce n'était pas très sympathique de te laisser seule alors que je passais un bon moment avec mes amis. Je suis donc revenu pour toi ! C'est bien, non ?

Alain était de nouveau rentré si discrètement qu'elle n'avait pas entendu sa voiture dans l'allée, pas plus qu'elle ne l'avait vu se garer. Etonnée par cette attitude inédite, Claire, qui ne lui avait pas demandé de revenir, ne savait que dire.

– Mais tu vois, ajouta Alain, je ne le ferai plus car en rentrant j'ai percuté une voiture au rond-point, juste à côté de chez nous. C'est à cause de toi.

– L'accident n'a rien à voir avec moi. La voiture est abimée ?

– Pas trop. Je vais m'occuper de l'assurance.

Claire l'entendit, le lendemain, parler avec une femme au téléphone. Il s'agissait de l'épouse du conducteur accidenté qui, traumatisé, se trouvait à l'hôpital. Au même moment, le voisin vint lui demander une rallonge.

– J'ai encore vu Alain hier sur le parking du supermarché. Quand nous sommes partis, il y était et quand nous sommes revenus il s'y trouvait encore !

Claire comprit qu'Alain avait encore menti. Il s'inventait donc des sorties, des réunions, des copains. Le seul qu'il gardait et avec lequel il ne pouvait avoir de réels liens amicaux l'accueillait chaque année dans une résidence de vacances, ce qui lui évitait de payer l'hôtel et lui permettait de bénéficier gratuitement d'un séjour au soleil.

Les termes du constat ne le satisfaisant pas, Alain entra, trois jours plus tard, dans une rage folle, claquant les portes, exigeant qu'on le laissât seul.

– Qui est ce Paul qui t'appelle sans cesse ? cria-t-il pourtant.

– Il s'agit tout simplement de mon médecin.

– …qui appelle à n'importe quelle heure ? Même tard le soir ?

– Oui. Il s'inquiète pour moi.

Alain ne se contrôlait qu'avec peine.

– Julien voulait te parler, ajouta-t-elle.

– Ne te mêle pas de ma vie avec mon fils !

Il arrivait à Julien de ne pas voir son père biologique pendant de longues années. Alain ne ressentait aucun amour pour lui. Aussi était-il capable d'attendre très longtemps son appel sans se manifester. Il savait que son fils, plus affectueux que lui, avait, parfois, besoin de s'entretenir avec son père, faute de pouvoir le faire avec sa mère, et qu'il briserait le silence le premier. Alain se montrait alors mielleux, prêt à manipuler Julien pour lui faire abandonner le domicile familial et sa mère qu'il haïssait profondément. Alain s'était mis en tête de le faire venir dans le sud de la France pendant toutes les vacances scolaires, de même qu'il voulait, quelques mois plus tôt, lui trouver un studio à Paris, à côté de l'appartement de Claire, loin de sa mère. Mais, peu à peu, Alain se désintéressa de cette famille pour ne s'acharner que sur Claire et Julien n'occupa que très partiellement son esprit.

Les désobéissances de Julien le blessaient dans son *ego*. Mais les disputes qui en résultaient, quand elles advenaient à propos, au moment des fêtes, lui évitaient, fort opportunément, de lui acheter des cadeaux.

Ces marques d'attention étaient si exceptionnelles que Julien appelait immédiatement Claire pour l'en informer s'il recevait quelque chose par la poste.

En revanche, Claire avait pris la décision de faire des cadeaux à Julien quoiqu'il arrivât d'autant qu'une belle complicité était née entre eux. Julien l'appelait chaque jour, voire même plusieurs fois par jour, lui racontant sa vie, ses études, ses réussites, ses craintes, ses amours, mais aussi son enfance et les relations étranges qu'il avait toujours eues avec son père. Claire apprit ainsi qu'Alain ne s'était jamais occupé de son fils, qu'il avait vécu, même en famille, comme un célibataire, qu'il ne partageait rien, qu'il ignorait tout le monde, qu'il imposait ses volontés, qu'il dormait le plus souvent sur son lieu de travail, qu'il refusait de communiquer avec lui et de partager ses repas quand ils se trouvaient seuls ensemble, le laissant avec son réfrigérateur, sa vaisselle, ses plats, ayant ses propres couverts, ses propres mets et son propre congélateur.

Informée du comportement insolite d'Alain avec son fils et son ancienne compagne, Claire considérait ses reproductions du passé comme pathologiques. Alain avait beau tenter de la faire culpabiliser en rejetant toutes les fautes sur elle, Claire *savait.* Elle avait ainsi un avantage sur Alain qui ignorait les confidences quotidiennes et détaillées que lui faisait Julien. Les plans d'Alain, qui avaient si bien fonctionné avec d'autres personnes, tombaient donc à plat avec Claire. Il lui fallait faire preuve d'ingéniosité et d'acharnement pour multiplier et diversifier ses attaques, efforts qui entretenaient et nourrissaient sa colère.

Paris, août 2006

CHAPITRE 8

Il était tard, très tard, trop tard… Sur l'autoroute Claire tentait de rouler droit mais les pleurs l'empêchaient de voir nettement les lignes blanches dessinées à terre. Eblouie par les feux des voitures qui la croisaient de l'autre côté du terre-plein central, elle n'entendait qu'un énorme bruit de roulements et de klaxons. Elle venait de quitter, en Normandie, une cousine qui l'avait accompagnée lors d'un séjour en Grèce, là où elle avait coutume de se rendre avec Marc près d'Olympie. Son mari était parti pour l'Autre monde quatre mois auparavant, victime de médecins incompétents qui l'avaient tué, et le retour à Paris, seule, dans leur maison, lui était insupportable. Le fait d'avoir partagé une suite avec un membre de sa famille, même éloigné, pendant plusieurs jours lui avait fait oublier la solitude d'après le deuil mais non la perte de l'être cher. Chaque jour, à Olympie, la douleur l'avait saisie au réveil, la torturant, plaie ouverte au point de réclamer la mort, de supplier l'abrègement de ses souffrances. La femme qui était avec elle, incapable de comprendre un tel désespoir, prenait plaisir à visiter les sites où elle aurait voulu ne pas se rendre pour ne pas ranimer les souvenirs. Mais un deuil se vit seul ; personne ne peut imaginer les déchirements qu'il implique à moins de l'avoir vécu.

La pluie commençait à tomber ; elle zigzaguait. Accélérer, pied au plancher, et se jeter dans le bas-côté. Mais elle craignit subitement d'en sortir vivante. Le bruit des roues sur l'autoroute devenait insoutenable. Il résonnait dans son crâne. Elle lâcha le volant pour se tenir les tempes et déclencha autour d'elle un concert de klaxons.

– Laissez-moi ! cria-t-elle.

Elle était à la fois dans l'incompréhension la plus totale, dans la révolte, dans la volonté de punir les coupables. Une succession d'erreurs commises à l'hôpital avait fait disparaître son époux à cinquante ans sans raison. Bien qu'ils les eussent reconnues verbalement, les responsables étaient inattaquables devant la justice. Elle devait donc préparer un procès, écrire un livre et faire voter des lois. Mais en aurait-elle la force ? En plein désarroi, alors qu'elle avançait sans visibilité, aveuglée par la buée, par les phares, par le brouillard, par la pluie, un personnage s'imposa à elle : Alain. Elle fut étonnée. Pourquoi Alain, qu'elle n'avait pas revu depuis plus de trente ans et dont elle ne parlait jamais, lui venait-il ainsi à l'esprit ? Elle se souvint, alors, de la brève discussion qu'elle avait eue avec Marc peu de temps avant sa disparition. Tous deux se demandaient ce qu'il était devenu.

– Il travaille forcément dans l'athlétisme, lui avait dit Marc.

– Lui dans l'athlétisme ? Mais il mettait dix ans pour se lever d'une chaise !

– Et pourtant, c'est la seule chose qui l'intéressait. Je ne vois pas ce qu'il aurait pu faire d'autre… Peut-être est-il professeur d'éducation physique… Il allait chaque jour au gymnase. Je l'accompagnais parfois ou il venait dans mon club de foot. On a souvent fait du sport ensemble…

– On ne parle pas du même homme ! Alain était paresseux, lent, mou… Il n'avait rien d'un athlète…

– Et pourtant, il n'était pas si mauvais sur une piste d'athlétisme…

Claire avait été tellement étonnée de ce que lui avait appris Marc qu'elle ne pouvait pas oublier ses propos. Alain… Elle n'avait pas pensé à le prévenir du décès de Marc, pas plus qu'elle n'avait appelé d'autres personnes qui travaillaient avec son mari.

– Je dois reprendre son calepin et joindre tous ces gens…

Mais comment retrouverait-elle Alain et ceux que Marc avait connus trente ans auparavant ?

– Je vais tenter de composer leurs anciens numéros. On verra bien…

Aussitôt rentrée, alors qu'il était deux heures du matin, Claire se mit en quête de retrouver les coordonnées de ceux qui avaient côtoyé Marc comme s'il s'agissait d'une mission urgente. Puis elle leur laissa des messages, souhaitant juste les informer de la disparition de son époux.

– Pourquoi ne l'ai-je pas fait plus tôt ?

Mais elle n'avait que faire des obligations après avoir perdu l'essentiel de sa vie. Elle s'allongea et revit le combat qu'elle avait mené pendant deux mois avec les médecins qui avaient commis une succession d'erreurs médicales et qui avaient, ensuite, laissé Marc mourir. Car un patient malmené ne communique plus avec l'entourage médical alors qu'il continue à le faire avec certains membres de sa famille. Elle comprenait mieux que quiconque le problème de ce genre de situation : après avoir failli à leur profession, les médecins avaient abandonné Marc conscient jusqu'au bout, auprès de Claire, avec la volonté, même pas dissimulée, de le voir disparaître au plus vite, pour qu'il ne restât rien de leur lamentable échec et que cette affaire n'eût aucun retentissement médiatique. Or, Claire avait déjà commencé à mener son combat auprès de la presse pour responsabiliser les médecins. Elle préconisait aussi un meilleur suivi de l'état des patients dans les hôpitaux et le droit au respect qu'ils méritaient. Elle attendait beaucoup de son prochain rendez-vous avec le Président de la République française et allait créer, avec la parution de son livre sur le sujet et le lancement de son site sur les victimes des hôpitaux, un événement qui ouvrirait ensuite et pendant des années, de nombreux débats sur les décisions arbitraires prises dans les hôpitaux pour laisser mourir des patients à l'insu de leur famille et sans leur consentement, débats qui permettraient aussi d'évoquer l'euthanasie.

Claire avait une lourde responsabilité sur les épaules et elle était consciente d'être à l'origine d'une brèche dans laquelle s'engouffreraient les médecins, les hommes politiques et les religieux. Sa notoriété lui permettant d'être écoutée, elle parlerait au nom de tous ceux qui, anonymes, avaient souffert en silence face à de telles situations. Aussi s'endormit-elle un peu apaisée comme si la difficulté de la tâche à laquelle elle s'était attelée accaparait déjà tous ses esprits.

Le lendemain, le téléphone la fit sursauter. Elle réfléchissait déjà à l'action qu'elle allait mener.

– Je parle bien à Claire ? La Claire de Marc ?

– Oui, bégaya Claire, un peu surprise.

La voix, douce, posée, chaleureuse, la troubla et la réconforta, comme un pansement sur sa plaie ouverte.

– C'est Alain… J'ai appris l'affreuse nouvelle.

– Excusez-moi… Je ne voulais pas vous déranger… Mais j'étais obligée de vous informer… Enfin…Je devrais peut-être dire « tu ». Je ne sais pas. Comme vous voulez…

– Mais que s'est-il passé ?

Elle lui expliqua assez longuement le drame qu'elle avait connu puis elle s'excusa de nouveau de s'être étendu sur le sujet. Elle craignait de l'importuner.

– Merci de m'avoir appelé, dit-il simplement. Je suis là maintenant. Je veillerai sur toi. Tu peux m'appeler à n'importe quel moment, même la nuit.

Claire ressentit un immense bien-être en entendant ces mots inattendus. Son cœur se réchauffa subitement comme si la vie revenait en elle. La voix d'Alain, chaude et belle, l'enveloppait de réconfort. Elle avait déjà envie de poser sa tête sur son épaule et de lui raconter sa peine. Elle avait trouvé un vrai complice, le seul qui pût la comprendre puisqu'il avait été l'ami de Marc et qu'il avait recueilli ses confidences pendant des années. Il lui était impossible d'imaginer qu'Alain ne fût pas sincère après avoir partagé l'adolescence de Marc. Elle connaissait sa famille qui habitait non loin de leur lycée. Ils se racontaient leurs escapades. Des souvenirs, d'autant plus attachants qu'ils étaient liés à leur jeunesse, qui les rapprochaient pour toujours et qu'eux seuls pouvaient comprendre et ressentir d'une façon identique.

Claire était alors persuadée que Dieu lui avait envoyé Alain pour poursuivre la route de sa vie sur la même partition que celle qu'elle avait connue avec Marc. C'était d'une telle évidence qu'Alain sembla se laisser immédiatement entrainer dans ce sillon avec un bonheur ineffable.

CHAPITRE 9

Sans diplôme, Alain avait exercé plusieurs petits métiers avant de proposer ses services dans une librairie alors qu'il ne lisait jamais, sa capacité de concentration dans ce domaine n'excédant pas le tiers du texte d'une feuille d'impôt. Puis il avait intégré en indépendant une salle de sport tout en donnant quelques cours de squash. Son passé n'était guère glorieux : une scolarité de fond de classe pendant laquelle il avait redoublé plusieurs fois, plus par paresse que par inintelligence, refusant surtout d'apprendre ce qu'il estimait savoir depuis la naissance. A l'entendre, il était né omniscient. Il devait donc alléger son esprit pour se mettre au niveau des autres. Cet état qu'il n'avait jamais remis en question, à ses yeux indiscutable, lui fermait les portes du savoir et de la communication.

Incapable de se lever tôt pour exercer un emploi, il s'était tourné vers des activités libérales où il refusait de s'engager, rejetant les contrats de longue durée. La peur incontrôlable qu'il ressentait lors des compétitions l'empêchait de devenir champion. Ce passé peu glorieux ne l'empêchait pas de prétendre qu'il était spécialisé dans le mental des sportifs. Ses mensonges assénés avec assurance pouvaient lui permettre d'obtenir des postes dans des domaines où il avait toute latitude d'affirmer avec délice son autorité, sa maniaquerie du contrôle et sa mainmise sur les autres. Il était comblé quand son petit cheptel lui était dévoué et acquis.

Dès l'enfance puis l'adolescence, il n'avait pas été habitué à être contrarié. Ses parents mettaient à sa disposition tout ce qu'il voulait : argent de poche, motos, voitures… Ils avaient entretenu l'idée que tout lui était dû. Souvent renvoyé, Alain avait été de salle de sport en salle de sport et de club en club, en ne s'éloignant jamais trop de l'encre familiale sécurisante, même à plus de cinquante ans. Il avait fait quelques tentatives d'achats pour monter des entreprises, toutes soldées par de cuisants échecs. Dettes, factures impayées et huissiers avaient été son quotidien pendant de nombreuses années car s'il faisait preuve de désirs et d'imagination, Alain n'avait jamais eu les pieds sur terre pas plus qu'il n'avait l'instruction nécessaire pour diriger une entreprise. Il était tout aussi incapable de gérer sa propre vie. Mais son ambition démesurée et incontrôlable l'entrainait parfois dans des dépenses excessives et inutiles en vue d'un projet utopique alors même qu'il était naturellement radin. Il s'était associé avec des personnes sérieuses dont il avait utilisé l'argent et les compétences. Qu'il eût une famille ou non ne lui importait guère. Seules comptaient ses envies personnelles ; seuls étaient fréquentables ceux qui pouvaient satisfaire ses caprices aussi fugaces que démesurés.

Ouvrir sa propre salle de sport était son rêve afin d'y faire travailler, en tant que président, quelques connaissances qu'il pourrait contrôler à loisir en leur imposant ses vexations habituelles, réduisant leurs qualités à néant. Sans argent, sans courage, sans diplôme, il ne lui restait plus qu'à se tourner vers ceux qui étaient capables de réussir à sa place, ses parents étant toujours prêts à l'aider financièrement sauf si quelque pigeon se présentait, situation idéale pour les uns et les autres, personne ne s'encombrant, dans son entourage, d'un quelconque état d'âme.

Internet était aussi une voie intéressante pour qui préférait travailler dans un fauteuil en tentant d'accumuler un petit pactole. Incapable de créer ni de voyager, Alain avait reproduit depuis des dizaines d'années les mêmes schémas tout en détestant son incapacité à aller plus loin. Il se méprisait tout en ayant une haute idée de ses pseudo-aptitudes.

*

Très tôt attirée par la création, Claire, habituée, très jeune, à se cultiver et à faire travailler son imagination, avait la capacité de se concentrer longtemps et s'épanouissait, depuis le plus jeune âge, dans l'invention artistique. Elle en tirait une satisfaction extrême, dans la quête d'une perfection et d'un esthétisme poussés à l'extrême, ne se plaisant que dans le Beau ou dans sa recherche qu'il fût pictural, littéraire ou musical. Modeler, dessiner, peindre, sculpter, écrire : il lui était nécessaire de créer pour vivre. Sa soif d'apprendre alimentait sa création et son savoir la nourrissait.

Elle avait choisi la voie royale et obtenu les meilleurs diplômes, se retranchant souvent dans l'enrichissement créatif et le travail pour suppléer un manque affectif dû à un entourage froid et à une éducation sévère. Habituée à trouver en elle-même les ressources pour combler ces vides, elle avait très tôt dévoré les livres et avait rempli le fossé qui la séparait des enfants de son âge par une recherche culturelle insatiable et une puissance inventive inépuisable. Une journée sans conception artistique lui paraissait inutile et dénuée de sens. Les jeux puérils et les sorties purement ludiques ne lui plaisaient guère bien qu'elle fût avide de communication et qu'elle attirât un public et des amis acquis d'avance.

Claire, qui n'avait de cesse de distribuer générosité et amour autour d'elle, avait connu son futur mari adolescente et avait trouvé en lui l'homme idoine, formant avec lui, pendant des dizaines d'années, un couple fusionnel en parfaite harmonie, d'une complicité rare. Bien qu'ils eussent exercé des métiers différents, il l'avait finalement rejointe dans ses passions et dans ses voyages, admiratif de sa carrière exceptionnelle. Elle devait vivre avec cette réalité révoltante : Marc avait malheureusement quitté le monde terrestre suite aux incompétences d'une équipe médicale qui l'avait tué alors qu'il était en parfaite santé.

Anéantie, voyant leurs projets contrariés à la moitié de sa vie, Claire avait décidé de ne pas laisser partir Marc seul. Elle s'était inscrite, à Zurich, au service des suicides médicalement assistés. Mais, curieusement, alors que sa décision était prise et son plan arrêté, elle avait reçu le premier appel téléphonique d'Alain. Elle n'en avait pas moins préparé son sac pour son départ en Suisse et elle dormait encore quand une sonnerie, insistante, l'avait réveillée. Elle avait entendu un message curieux laissé sur son répondeur :

– Je pense à toi. Je t'aime…

– Que signifie tout cela ?

Elle avait l'impression d'entendre les phrases de son mari. Lui seul pouvait lui murmurer de telles confidences. Quel était ce mystère ?

Elle avait aussitôt appelé Alain pour lui demander son avis.

– C'est moi qui ai laissé ce message, lui avait-il avoué.

– Comment cela, c'est toi ? Mais tu es devenu fou ?

– Sache que je ne dis jamais rien au hasard et que je choisis mes mots avec précision.

– Mais c'est impossible…

Dès lors, Alain n'avait cessé de lui téléphoner, de lui écrire, de lui laisser des messages, le jour et la nuit. Aucune minute ne lui aurait été accordée si elle avait toujours répondu à cet homme qui s'imposait d'office dans sa vie, qui la suppliait de ne pas commettre l'irréparable et qui lui envoyait des lettres de plus en plus enflammées. Elle avait l'impression de revivre ses années d'adolescence, confiait, désormais, tout à Alain, sa vie avec Marc, leurs souhaits, leurs projets, leur désir de s'accorder plus de temps ensemble et d'acheter une maison dans un pays chaud. De plus en plus enthousiasmé par ce qu'il apprenait, Alain n'avait qu'une envie : rejoindre Claire à Paris alors qu'il vivait momentanément près de Perpignan.

CHAPITRE 10

Claire était en pleine confusion. Elle avait longuement discuté avec Alain pendant la nuit. Dans la tiédeur du mois d'août, elle regardait son chat dormir paisiblement. Après les tourments des derniers mois, pendant lesquels elle et Marc avaient lutté en vain contre un destin inéluctable, après des tentatives de voyages douloureuses pour essayer de reprendre le cours de sa vie, après une décision ferme d'en finir sur laquelle elle ne pensait jamais revenir, elle avait l'impression de retrouver un sens à son existence en revivant avec Alain ce qu'elle avait connu avec Marc. Les deux adolescents avaient été si proches autrefois qu'ils employaient parfois les mêmes tournures de phrases et des expressions identiques. Ils avaient aussi les mêmes attitudes : une main dans la poche arrière d'un pantalon, des clignements d'yeux… Dans sa joie de retrouver chez Alain des traits de Marc et de pouvoir parler de son mari avec quelqu'un qui l'avait parfaitement connu, Claire mélangeait tout. Une discussion avec Alain sur des thèmes qui lui étaient chers et elle revoyait Marc. Elle ne savait plus si elle parlait avec Marc ou avec Alain, si elle était meurtrie par le décès de Marc ou si elle devait se réjouir de la petite lueur qu'Alain lui laissait entrevoir au bout du tunnel. La joie éclatante d'Alain, qui s'excusait parfois de ne pouvoir la contrôler malgré le départ de son ami Marc, engendrait, dans le cerveau de Claire, un total désarroi, la faisant passer des larmes au sourire, de l'accablement à l'espoir.

– Je devrais peut-être avoir honte, lui disait Alain au téléphone, mais nous ne pouvons pas résister aux sentiments qui nous emportent malgré nous.

« Des sentiments ? » se disait Claire. Mais quels sentiments ? De quoi parlait Alain ? Toutes les fois qu'elle lui demandait d'être plus explicite, Alain évitait de mettre des mots sur ses suggestions. Puis il répétait sans cesse ses propos amoureux formulés d'une façon ambiguë.

– Profitons de l'instant qui nous est donné.

Se sentant harcelée, ne parvenant pas à trouver l'apaisement, tiraillée par des sentiments contraires et extrêmes qui l'épuisaient, Claire ne répondait pas à tous les appels d'Alain. Elle s'accordait des moments de réflexion et de liberté pour travailler et créer, pour écrire de nouvelles partitions tout en préparant le procès qu'elle comptait bien gagner contre ceux qui avaient tué son mari. Quelle douleur le soir lorsqu'il fallait rester seule en écoutant les rires des couples voisins qui vivaient comme avant... Pourquoi de tous ceux qu'elle entendait aucun n'avait-il été frappé par le destin ? Pourquoi devait-elle subir seule cette injustice ? Comment la vie pouvait-elle continuer alors que Marc n'était plus là ? Elle avait passé tant de jours dans le cimetière où il avait été enterré, refusant presque de retourner vers la vie, le mouvement, la lumière. Elle qui adorait le soleil restait enfermée dans le noir, les volets clos. Elle avait perdu la notion des saisons et du temps qui passe. Les jours s'écoulaient sans qu'elle s'en rendît compte comme si l'heure s'était arrêtée à l'instant même où Marc s'était éteint.

La blessure béante, la colère intacte lui permettaient de rassembler les pièces du futur procès. Elle avait réclamé le journal de bord du séjour de Marc à l'hôpital qui, comme par hasard, était amputé des dernières pages. Elle écrivait, écrivait... Le téléphone ne cessait de sonner. C'était Alain qui finissait par multiplier les mails.

« J'ai si peur de te déranger dans ta peine mais je sens la nécessité de te protéger. Je tiens à toi. Je ne veux pas te perdre. »

Il y joignait parfois quelques paroles de chansons célèbres ou un lien que Claire ignorait. Puis elle finissait par répondre devant tant d'insistance de peur qu'il ne s'inquiétât. Trop entourée, alors qu'elle en avait un besoin impérieux, Claire avait aussi envie d'échapper à ce harcèlement étouffant. Alain l'entrainait peu à peu vers son désir sans la consulter, persuadé qu'elle avait les mêmes sentiments que lui et il lui arrivait de la choquer en lui proposant, d'une façon maladroite, des discussions plus osées qu'elle esquivait. « Je parle peut-être avec un détraqué, se disait-elle parfois. Il m'a l'air complètement obsédé... »

En réalité, depuis son premier appel téléphonique, Alain ne lui avait pas laissé une seconde de répit. Dès qu'ils avaient raccroché après leur première conversation, il lui avait envoyé courrier électronique sur courrier électronique, lui racontant brièvement sa vie, évoquant parfois son caractère, lui déclarant sa flamme. Il était manifestement très amoureux. Les mots qu'il avait laissés sur son répondeur le lendemain de leur premier échange téléphonique revenaient à sa mémoire : « Je tiens à toi, je ne veux pas te perdre, je t'aime… » Une semaine après, alors qu'elle ne répondait pas immédiatement à ses messages et qu'elle s'était absentée, Alain en pleurs, perdu, avait appelé les pompiers de peur qu'il ne lui fût arrivé malheur. Dès qu'elle lui avait envoyé un message, il lui avait répondu : « J'ai eu si peur que tu ne commettes l'irréparable. Je suis soulagé. Je n'ai pas le droit de t'en empêcher mais je tiens à toi… »

*

– La date de mon rendez-vous à Paris approche… avait dit Alain à Claire.

– Je sais. Je l'ai notée dans mon agenda.

– J'ai tellement hâte de te voir… Nous laisserons nos cœurs parler…

Claire redoutait ce moment qu'elle jugeait prématuré. A ses yeux, il ne s'agissait que d'une rencontre amicale en souvenir du passé. Mais Alain paraissait imaginer tout autre chose bien qu'elle n'eût jusque-là jamais répondu à ses messages de tendresse et d'amour. Comment allait se passer un rendez-vous au sujet duquel l'un et l'autre avaient des attentes bien différentes ? Claire jugea bon de s'isoler pendant deux jours pour y songer très sérieusement. « Je n'ai aucunement l'intention d'aimer Alain et je n'ai aucun projet avec lui. Lui ne paraît pas être du tout dans le même état d'esprit que le mien. Que faire ? Le voir malgré tout ? S'il se montre pressant, comment vais-je pouvoir le repousser sans le blesser ? « Elle regardait la photographie qu'il lui avait envoyée ; elle ne le reconnaissait pas. Elle le trouvait changé et vieilli. « Je ne sais même pas si cet homme est l'Alain que j'ai connu autrefois. Je ne retrouve aucun de ses traits. Il était plus trapu ; il portait les cheveux un peu longs ; il avait une chevelure épaisse, les traits moins durs... »

– Je suis en train de commettre une erreur...se dit-elle. Je ne vais pas réussir à me débarrasser de lui s'il s'impose.

Elle ne parvenait pas à prendre sa décision : devait-elle inventer un prétexte pour annuler ce rendez-vous ou rencontrer Alain ? Elle avait envie de le voir pour parler de leurs souvenirs communs, de Marc, de leur amitié et elle s'en faisait une joie. Mais Alain tenterait-il d'en profiter ? Avait-il déjà échafaudé un plan pour la séduire ?

Claire hésitait. « Que vais-je faire ? » La photographie l'intriguait. « Il m'a dit qu'il avait détruit toutes les photos de lui et qu'il ne lui restait que celle-ci. Admettons que ce soit un usurpateur qui se fasse passer pour l'ami de Marc... Tout le monde me connaît... Il a peut-être profité de la situation. » Consciente de sa renommée, de ses biens, de son carnet d'adresses, elle était aussi vigilante que possible. « Il doit s'agir d'un escroc. Ma peine m'empêche d'être lucide. Après tout, j'ai appelé un ancien ami de Marc à partir d'un numéro trouvé sur internet. » Comme elle n'avait finalement pas eu de réponse en composant le numéro de téléphone figurant dans le calepin de Marc, elle avait fait une brève recherche sur son ordinateur. Un professeur de gymnastique exerçant dans le sud de la France portant le nom d'Alain était apparu sur l'écran. Cet homme moustachu ne lui évoquait aucun souvenir. « Ce n'est pas lui, s'était-elle dit. Sans doute un homonyme... » Comme un numéro de téléphone portable figurait sous cette petite photographie carrée, elle l'avait composé et avait laissé un message.

– J'espère parler à Alain qui a été autrefois au lycée Claude Monet avec Marc. C'est Claire.

Sa voix était hésitante.

– Je suis désolée de vous déranger. Je vous appelle pour vous annoncer une mauvaise nouvelle...

Puis elle avait laissé son numéro de téléphone.

Alain lui répétait sans cesse :

– Tu ne me déranges pas. Tu ne me dérangeras jamais. Je serai toujours là pour toi…

Mais en y réfléchissant, elle n'avait pas du tout reconnu la voix d'Alain. Celle-là était attentive, réconfortante. Alain lui avait bien dit :

– « La Claire de Marc ? » comme s'ils se connaissaient depuis longtemps. Mais qui n'était pas au courant de sa vie privée qui s'étalait dans la presse ?

Elle se rendait compte qu'elle avait parlé pendant des semaines au téléphone à un homme qui prétendait être Alain, l'ami de Marc, et qu'elle lui avait révélé une bonne partie de sa vie.

– J'ai manqué de discernement. Jamais je n'aurais agi ainsi avant le décès de Marc. Que m'arrive-t-il ?

Elle avait tellement besoin de réconfort qu'elle en oubliait toutes les mesures de précaution élémentaires. Or, le jour du rendez-vous avec Alain à Paris était arrivé. « Dois-je éviter cette rencontre avec cet inconnu ? Est-ce vraiment Alain ? Cette prudence est-elle de mise alors que cet homme, que j'ai connu autrefois, me fait, depuis des semaines, de folles déclarations d'amour ? » Il lui avait même écrit au sujet de quelques aventures sans importance : « Il fallait bien que je tente de trouver une compagne puisque tu avais choisi Marc ! Mais je n'ai jamais aimé personne d'autre que toi. J'ai voulu un enfant parce que je n'étais plus très jeune mais j'ai choisi, pour le faire, une personne au hasard que je n'ai jamais aimée. J'ai tiré à pile ou face pour choisir entre deux copines. Je sais pourquoi je n'ai jamais trouvé l'amour. Je te le dirai quand nous nous verrons. Je suis asocial même si je fais des efforts pour devenir différent. Je n'aime pas ce qui est convenu. J'ai eu un fils que je ne vois jamais car il vit dans sa famille recomposée avec sa mère. »

Mais tout cela ne semblait pas avoir beaucoup d'importance pour Alain.

– Un jour, j'ai voulu faire comme toi…, lui avait-il écrit. En finir avec la vie comme tu voulais le faire après la disparition de Marc.

– Ah bon ? Tu as perdu ta femme ?

– Je n'ai jamais appelé quelqu'un « ma femme » jusqu'à présent. Mais non… Il s'agissait d'autre chose… Quand Julien a choisi de vivre avec sa mère, j'ai tout laissé. Je ne suis parti qu'avec un sac à dos.

Claire avait trouvé le sort d'Alain bien triste et elle avait aussitôt souhaité l'aider. Mais quelques détails et plusieurs de ses réflexions l'intriguaient. «Autrefois, quand nous étions tous ensemble avec Marc, la présence d'Alain m'indisposait sans que j'en comprisse la raison. » Peu disert, renfermé, d'une apparence timide, il déclenchait chez Claire une impression de mal-être qu'elle n'avait jamais ressentie jusque-là. Elle l'avait confié à Marc qui s'était moqué d'elle.

– Je préfère qu'Alain ne soit pas avec nous, lui disait-elle souvent. Je ne sais jamais ce qu'il pense de nous ni à quoi il songe quand il nous regarde.

– Drôle d'idée ! Il est paresseux et rien ne l'intéresse sauf l'athlétisme, les motos et les voitures. C'est tout…, lui avait répondu Marc.

Pourquoi était-elle maintenant attirée et séduite par le discours et la voix d'Alain presque envoûtants de douceur ? « On semble fait l'un pour l'autre. Il est toujours d'accord avec moi. Il a les mêmes goûts que les miens, les mêmes objectifs que moi. »

Claire n'avait pas compris, alors, qu'Alain calquait ses envies sur les siennes faute d'en avoir lui-même. Il cherchait à s'imbriquer parfaitement dans la vie et les projets de Claire, dans le sillage de Marc. Quant aux magnifiques phrases, presque poétiques, qu'il lui écrivait alors qu'il en était incapable, il les reprenait dans telle ou telle chanson.

Il restait, aux yeux de Claire, des questions sans réponse : comment et pourquoi avait-il vécu pendant des années avec sa première amie qu'il n'aimait pas sinon pour profiter d'un confort qui lui évitait de travailler ? Que représentait leur vie commune pendant laquelle il s'absentait des mois entiers à des centaines de kilomètres de leur lieu d'habitation ? Comment avait-il pu, ensuite, avoir un enfant avec une autre personne, inconnue, rencontrée par hasard, qu'il n'aimait pas davantage ?

« Pourquoi te poses-tu tant de questions ? finit par se dire Claire de plus en plus sceptique. Il t'aime à la folie et ne cesse de se soucier de toi, même à distance. Il s'est sans doute comporté ainsi parce qu'il n'avait pas trouvé, jusque-là, l'âme sœur. »

Elle regardait maintenant sa montre toutes les minutes. « Que dois-je faire ? » Elle prit sa décision juste avant l'heure fixée pour le rendez-vous. Comme si elle n'était plus capable de réfléchir, Claire s'était levée, habillée, coiffée et avait pris sa voiture pour aller retrouver Alain.

CHAPITRE 11

Il faisait presque nuit. Les papillons qui se formaient devant les yeux de Claire à cause de son excitation se mêlaient aux insectes aimantés par la lumière jaune des réverbères. L'agitation fébrile de la marée humaine qui, au sortir des entreprises, se ruait vers la gare lui échappait ; elle avait l'impression de flotter hors du temps dans une irrationalité totale, se laissant aller au fil de l'eau comme une branche morte. Elle était, toutefois, consciente d'abandonner, pour la première fois, le cours de sa vie au seul destin. Des formes fantomatiques, presque déformées par un éclairage terne, passaient devant les phares de son véhicule. Il se dégageait de ces lampes multiples d'infinies poussières comme celles qui habitaient le soir les sombres rues londoniennes, glaçantes de crimes imaginaires. Ces lueurs opaques rendaient la surface des routes brillante comme humide. Les façades des immeubles et les arbres étaient ramassés ou allongés par ces troublantes perspectives. Elle entendait les avertisseurs tout proches dans un brouhaha lointain. Rien ne paraissait réel. Elle s'exécutait comme dans un rêve. Mais tout était mystérieux. Grisée, ayant perdu toute capacité à réagir, elle semblait entrer dans un autre monde, noir, inconnu, irrésistible, qui la happait en douceur comme une Faucheuse lui montrant le tendre chemin de l'Enfer, les Parques déroulant à sa place le fil de sa destinée. Même le paysage familier qui l'entourait avait changé ; les couleurs s'étaient modifiées ; les bruits lui étaient étrangers ; de mystérieuses coruscations passaient devant ses yeux. Elle avait l'impression de les voir et de les sentir sans jamais les avoir connus auparavant. Elle était transposée dans un ailleurs impalpable, attirant et effrayant, charmeur et ravageur, envoûtant et captivant, telle la proie pétrifiée d'un cobra. Orphée dépourvu de la possibilité de retrouver son époux dans le monde des Bienheureux qu'elle se serait gardée de contempler pour le ramener à la lumière, Claire était encerclée d'un Thanatos ailé portant son épée, de Nyx et d'Erèbe, haïs des dieux et des mortels. Elle naviguait dans les ténèbres et ne distinguait dans la nuit estivale aucune étoile. Elle se répétait quelques phrases poétiques et sages des philosophes grecs comme des sentences des Evangiles pour trouver au fond d'elle-même quelque repère sur le parcours fourchu vers lequel elle glissait.

Claire hésitait encore à sortir de sa voiture alors qu'elle était arrivée. Elle se gara juste devant un restaurant en s'accordant quelques minutes pour réfléchir. Mais Alain ne les lui laissa pas. Il était déjà près de sa portière. Elle sortit sans le reconnaître. Il était si heureux qu'il en tremblait et ne cessait de la contempler, les yeux brillants. Puis il s'assit dans le véhicule.

– On ne va pas prendre quelque chose ? lui demanda-t-elle.

– Je préfère aller chez toi …

– Bon !

Elle était d'autant plus gênée qu'elle trouvait Alain très vieux. Marc faisait beaucoup plus jeune que lui. Elle avait surtout l'impression d'être en compagnie d'un inconnu.

Dès leur arrivée à son domicile, après quelques instants d'hésitation vite dissipée, comme elle était accablée par le décès de Marc dont les affaires rapportées de l'hôpital étaient encore dans un sac au pied d'une table, elle ne put s'empêcher de se confier à Alain.

– C'est très dur, insoutenable, lui dit-elle en se laissant consoler.

Elle avait juste besoin d'une épaule amie sur laquelle s'appuyer mais Alain était si séduit qu'il ne pouvait s'empêcher de caresser son visage, de détailler ses traits et de la regarder avec admiration. Ils se racontèrent ainsi leur parcours, Alain lui montrant parfois des photographies sur son ordinateur en se plaignant de n'avoir rencontré dans sa vie que des femmes hystériques et des imbéciles.

– Mon fils Julien est parti avec sa mère parce qu'elle l'a manipulé en lui offrant des cadeaux somptueux !

Au bout de deux heures, Claire lui avait demandé s'il voulait se rendre dans sa famille comme il semblait l'avoir prévu.

– Il est tard…, lui avait-elle dit.

Alain avait bégayé un « non » quasiment inaudible.

– Qu'as-tu prévu ?

– Rien.

– Tu veux rester là ? Il y a un canapé-lit dans le salon...

– Oui, je préfère.

Claire s'était étonnée de cette installation rapide alors qu'Alain avait de la famille non loin de chez elle. Elle avait préparé rapidement quelques toasts et poursuivi avec Alain le récit de leurs souvenirs communs. Le fait d'avoir été au lycée ensemble et d'avoir fréquenté les mêmes classes, d'avoir fait des balades avec Marc dans la voiture d'Alain, d'avoir été dans le même café chaque midi pendant des années, d'avoir connu les mêmes amis les avait immédiatement rendus complices. Ils se parlaient comme si les années n'étaient pas passées et comme s'ils ne s'étaient jamais quittés.

Alain était tellement heureux qu'il ne cessait de rire, oubliant qu'il était dans l'appartement de Claire et de Marc qui était décédé cinq mois auparavant. Claire ne se rendait pas compte qu'Alain prenait la place de Marc tout en faisant attention à ne rien changer à ses habitudes. Il voulait se glisser dans la peau de son ami et s'attribuer la femme qu'il estimait être la sienne. « Je crois au destin, avait-il osé lui dire au téléphone. J'ai comme l'impression que la disparition de Marc était inévitable pour favoriser nos retrouvailles... » Ces propos déplacés avaient choqué Claire. Alain n'avait manifestement pas eu le même parcours que le sien et n'avait aucune idée de ce qu'était une vie de couple idéale. Très à l'aise, Alain paraissait avoir toujours vécu avec Claire et il se comportait comme s'il était chez lui.

– Je suis fatiguée, lui avait dit Claire, très éprouvée par ce qu'ils avaient évoqué ensemble. Je vais me coucher. J'ai besoin de dormir. Veux-tu que je t'aide à ouvrir le canapé ? C'est très simple...

Alain avait hoché la tête.

– Que se passe-t-il ? Tu veux partir ?

Alain avait fait la moue.

– Je ne comprends pas...

– Où dors-tu ?

– Dans ma chambre évidemment...

Comme il ne répondait pas, elle avait ajouté :

– Tu voudrais dormir dans la même chambre ?

– Ah oui ! Je préfère si tu n'y vois pas d'inconvénient !

Les dimensions du lit étant très grandes, Claire s'était étendue tout habillée.

– Bon ! Tu ne feras pas de bruit… Et si tu dois aller tôt demain dans ta famille, ne me réveille pas…

Elle le considérait alors comme un frère. Alain avait respecté ses volontés tout en se rapprochant d'elle. Mais le lendemain matin, il s'était montré plus affectueux et plus entreprenant.

– J'ai cru sentir cette nuit que tu voulais autre chose…avait-il avancé avec malice.

– Tu t'es trompé, lui avait-elle répondu.

– Et pourtant…

– Et pourtant quoi ?

– Tu es venue contre moi…

– Absolument pas !

Claire avait compris qu'Alain mentait pour obtenir davantage tout en laissant croire que c'était elle qui le désirait. Elle se souvenait parfaitement de ce qu'elle avait fait et de la manière dont elle avait dormi. Mais elle n'avait pas insisté, ne lui en voulant aucunement de tenter sa chance. Ils étaient restés longtemps l'un contre l'autre jusqu'à ce qu'Alain se levât subitement.

– Tu as un rendez-vous ?

– Oui. Mais il n'est pas à Paris… Il est à Strasbourg…

– A Strasbourg ?

– Oui et j'en ai un second à Grenoble…

– Mais je croyais que tu n'étais là que pour quatre jours et que tu devais retourner dans le sud pour ton travail aussitôt après.

– C'est exact. Un jour ici, un jour chez Patricia, un jour pour régler des affaires à Grenoble où il me reste des biens à récupérer puisque j'y ai vécu avec mon fils et je reviens ici pour repartir le lendemain.

– Patricia ?

– Oui, la fille que j'ai connue autrefois au lycée. Peut-être t'en souviens-tu. Une copine… Comme je te l'ai dit au téléphone, on a cohabité quelque temps ensemble. Elle a un compagnon avec qui je m'entends bien. Je ne l'avais pas vue depuis des années… On s'est croisé un jour par hasard dans la rue alors que je venais de perdre mon emploi. Je n'étais pas au mieux de ma forme. Elle m'a proposé d'aller la rejoindre à Strasbourg où elle vit avec son ami. Nous sommes restés en contact.

– Une copine ou une compagne ?

– J'ai vécu pendant une dizaine d'années avec elle sans vraiment être avec elle… Je te l'ai expliqué. J'étais parfois parti pendant des mois.

– Mais tu ne m'as pas dit pourquoi vous n'étiez pas restés ensemble…

– Il n'en a jamais été question. Je ne l'ai jamais aimée !

– Et elle ?

– Elle m'aimait évidemment. Mais un jour, elle est partie.

– Pour quelle raison ?

– Je ne le sais pas. Je n'ai jamais compris. Je l'ai revue des années plus tard et elle a disparu de nouveau.

– Et tu l'as retrouvée par hasard récemment dans une rue…

– Eh oui…

– Et tu es prêt à faire quatre heures de train pour rendre visite à cette ancienne copine et à son compagnon.

– Bien sûr et j'espère que nous nous entendrons bien…

– Je vois. Ne me disais-tu pas cette nuit que tu m'aimais ?

– Je ne vois pas le rapport…

– Et j'imagine que les affaires à récupérer à Grenoble te sont indispensables…

– Je dois y aller.

– Tu comptes donc repasser par ici avant de rejoindre le sud.

– Oui. J'arriverai vers dix-neuf heures et je prendrai un train le matin tôt.

– Très bien, avait dit Claire froidement. Tu vas peut-être voir ton fils ?

– Oui.

– Et tu m'as dit que tu ne l'avais pas vu depuis des années ?

– Oui.

– Que lui apportes-tu ? Des cadeaux ?

– Non. Pourquoi ?

– Tu vois ton fils pour la première fois depuis des années et tu n'as aucune attention à son égard ?

Jugeant Alain très maladroit, Claire avait préparé quelques objets originaux rapportés d'un voyage et les lui avait remis.

– Tiens ! Tu lui en feras cadeau. Cela lui plaira. Mais ne dis pas que je te les ai donnés. Il sera content d'avoir une marque d'attention de la part de son père.

– Je lui dirai que cela vient de toi ...

– Comme tu veux.

Alain avait laissé Claire désemparée. Non seulement elle avait l'impression d'être plus triste encore qu'elle ne l'était avant la visite d'Alain mais celui-ci avait provisoirement comblé un vide qui, de nouveau présent, était plus douloureux à supporter qu'auparavant. Elle le jugea cruel et indélicat. Comment pouvait-il agir ainsi ? Lui dire sans cesse qu'il l'aimait, la savoir dans un désarroi total et se contenter de passer en coup de vent pour mieux l'abandonner.

Elle ne pouvait pas soupçonner à cette époque qu'Alain était capable d'avoir manigancé ce programme pour la faire souffrir ou pour la rendre dépendante alors qu'elle devait impérativement trouver une solution à un manque auquel elle n'était pas habituée et qu'elle ne voulait à aucun prix. Assez ferme, très irritée, elle finit par répondre à l'un des mails qu'Alain, toujours aussi amoureux, lui avait envoyés de Strasbourg :

« Je me suis sans doute trompée. Nous n'avons pas la même conception de l'amour. »

Elle se demandait surtout comment un homme qui retrouvait « la femme de sa vie » pour la première fois et qui attendait cet instant depuis plusieurs semaines n'était pas capable de lui consacrer ses quatre jours de vacances. Alain allait, de surcroît, chez une ancienne amie avec qui il avait vécu pendant une dizaine d'années.

« Cette attitude n'est pas cohérente avec ses propos. Alain avait dû préparer ces visites depuis très longtemps et il a dû s'arrêter à Paris pour me voir. Je ne peux donc lui imposer un changement subit dans son emploi du temps… » Néanmoins blessée, elle avait retrouvé le lendemain toute sa lucidité et avait exprimé très nettement son mécontentement à Alain qui, tout en respectant les étapes de son parcours, était revenu dès que possible auprès d'elle. Sentant un danger, craignant de perdre Claire, il avait compris les limites de son jeu pervers et d'une manipulation qui allait s'arrêter à peine commencée. Alors qu'elle attendait un appel de sa part pour aller le chercher à la gare, Claire n'était pas parvenue à le joindre.

« Même s'il est dans le train, il est impossible que les messages ne passent jamais. » Elle lui avait envoyé quelques plaisanteries sur sa manière de s'habiller, sur sa coiffure et sur les couleurs de ses vêtements mal assorties. Elle ne savait pas qu'Alain, extrêmement susceptible, était incapable de les accepter. N'ayant nullement le sens de l'humour, il avait donc fini par lui répondre qu'il ne la rejoindrait pas et qu'il se rendait dans sa famille. Furieuse, Claire l'avait aussitôt appelé et lui avait dit sèchement sa manière de penser.

– Tu profites de la disparition de Marc pour t'installer chez moi et pour abuser de la situation et ensuite tu files… Eh bien, nous allons nous expliquer face à face ! Je vais venir te chercher et tu as intérêt à être là pour entendre ce que j'ai à te dire !

Alain était tellement séduit par Claire qu'elle n'avait eu aucun mal à le dérider.

– J'avoue ne pas avoir compris qu'il s'agissait d'une plaisanterie… avait-il ajouté. Je vais prévenir ma famille que je resterai avec toi.

Quelques années plus tard, Claire s'était demandé s'il avait vraiment eu l'intention de se rendre, ce soir-là, dans sa famille et si celle-ci était seulement prévenue de son court séjour à Paris d'autant qu'il n'avait passé aucun appel téléphonique devant elle.

– Je préfèrerais rester auprès de toi évidemment, lui avait-il confié. Mais, comme je te l'ai dit, j'ai un rendez-vous après-demain pour mon travail. Je dois impérativement trouver une solution car je vis avec l'argent que j'ai mis de côté et je n'ai presque plus rien… La salle de sport dans laquelle j'avais été embauché a fait faillite et j'ai l'impression que les professeurs ne verront jamais leurs derniers salaires virés sur leur compte. Je ne peux vraiment pas faire autrement…

– Je comprends.

– J'ai aussi des projets importants. Je voudrais être propriétaire de ma propre salle de sport…

– Avec quel argent ?

– Je vais emprunter et ma famille m'aidera pour commencer. Je vais visiter une salle avec un ancien collègue. Lui est prêt à mettre toutes ses économies dans cette affaire. Nous serions associés. Comme il a touché un héritage de son père, nous pouvons nous engager dans l'aventure.

Mais, curieusement, alors qu'elle ne s'y attendait pas, Alain lui avait finalement dit dans la soirée :

– Je vais partir après-demain. J'ai repoussé mon départ d'une journée. Nous pourrons rester ensemble demain.

Claire s'en était réjouie. Aussi avait-elle été surprise, à son réveil, le lendemain, qu'Alain lui demandât de l'accompagner à la gare. Il n'avait, finalement, rien changé à son programme. Pourquoi lui avoir laissé croire le contraire ? Pourquoi avoir menti alors qu'il avait depuis des semaines ses billets de train ? Il avait, comme il le faisait toujours, tout calculé, tout prévu, et confirmé ses réservations longtemps à l'avance afin de les avoir au meilleur prix. Tous ces propos n'étaient donc que fadaises et manipulation qui lui laissaient sur les lèvres un goût amer et nauséeux de mensonges et de scepticisme. En quelques heures, elle était passée de l'espoir, au soulagement, à la déception et à la tristesse, de la mort à la vie puis à l'anéantissement. Les semaines de promesses, d'engagement, d'amour d'Alain n'étaient qu'illusions. Ses actes étaient aux antipodes de ses écrits et de ses mots.

CHAPITRE 12

A la gare, alors qu'elle venait de quitter Alain, Claire ressentit un profond malaise. Elle avait l'impression de revivre ce qu'elle avait connu après la disparition de son époux. Elle se mit à trembler. Elle se rendit compte qu'elle avait peur qu'il n'arrivât malheur à Alain comme cela s'était produit pour Marc. Elle sortit de la voiture et courut vers le quai. Mais, au moment où elle approchait d'Alain, le sol parut se dérober sous elle. Alain la rattrapa et la soutint d'une main ferme, le visage imperturbable. Il n'avait pas l'air d'apprécier l'incident.

– Voulez-vous de l'aide ? demanda un homme, inquiet, en se précipitant vers Claire.

– Non merci, répondit froidement Alain.

Claire ne parvenait plus à se tenir debout.

– Tu dois retourner dans la voiture, lui dit Alain sans émotion.

Elle comprit qu'elle ne pouvait trouver chez lui ni compréhension ni véritable soutien contrairement à ce qu'il lui avait laissé croire dans ses courriers et dans ses discours pendant plusieurs semaines. Elle rejoignit son véhicule et s'assit sur le siège, incapable de conduire. Elle entendait, amplifié, le roulement des trains et avait envie de crier. Elle se sentait de nouveau abandonnée, seule, perdue. Elle comprenait surtout que les promesses d'Alain, qui lui avaient permis de survivre, n'étaient que du vent. Combien de fois lui avait-il répété : « je serai toujours là pour toi. Tu n'es plus seule. Tu ne seras plus jamais seule. » Les premiers mots qu'il avait prononcés et écrits.

Elle rentra chez elle, caressa son chat et pleura longuement. Habituée désormais à la souffrance, elle se leva et se remit au travail, les traits figés. Alain avait définitivement brisé une partie du rêve. Il n'en reprit pas moins son harcèlement amoureux.

– Viens-tu le week-end prochain ? lui demanda-t-elle assez sèchement quand il téléphona.

– Non. Je prendrai le train la semaine suivante juste après mon travail.

– J'ai réfléchi. Nous devons nous organiser. Je peux te rejoindre dans le sud tous les quinze jours. En alternant tes déplacements et les miens ce sera plus simple et moins fatigant pour nous deux.

Curieusement, Alain ne répondit pas mais il déclara plus tard à Claire :

– Je pensais que tu avais perdu la raison en me faisant cette proposition ! Faire un tel trajet une fois par semaine…

Non seulement Claire n'avait pas parlé d'une telle fréquence puisqu'elle avait évoqué des visites tous les quinze jours à tour de rôle, mais ce système leur faisait faire, à chacun, un seul voyage par mois, ce qui ne lui paraissait pas impossible. Alain lui rappela pendant des années cette hypothèse irraisonnable :

– Si tu étais équilibrée, tu n'aurais même pas envisagé une pareille solution.

Le comportement d'Alain ne cessait de rendre Claire dubitative. Ses paroles n'étaient pas en adéquation avec ses actes. Lui qui affirmait avec une assurance qui n'admettait aucune contradiction que les mots avaient beaucoup d'importance pour lui et qu'il ne disait jamais rien au hasard n'avait pas un comportement cohérent. S'il voulait absolument vivre avec Claire et s'il l'aimait, il ne pouvait se plaindre de prendre le train une fois par mois pour la voir. Il aurait dû être heureux de la retrouver à n'importe quel prix. Elle apprendrait plus tard que la situation d'Alain et son avarice étaient telles que le simple fait de payer un billet de train était, pour lui, un brise-cœur. Pour éviter ces frais et trouver rapidement une solution puisqu'il lui fallait rendre son logement loué à un prix dérisoire, Alain devait agir vite et s'installer le premier dans l'appartement de Claire. Dos au mur, presque dépourvu d'argent, n'ayant qu'un emploi temporaire, il voyait la vie avec Claire, par laquelle il était de surcroît très attiré, comme un refuge d'aisance, de bien-être et de sécurité.

Revenue par miracle dans sa vie, Claire était riche, belle et célèbre. Elle avait, en outre, un carnet d'adresses prestigieux qui ouvrait toutes les portes. Hormis le fait indéniable qu'Alain était irrésistiblement subjugué par Claire, osant à peine la toucher, détaillant son visage du bout des doigts comme il l'aurait fait avec une poupée parfaite, elle avait, disait-il, « les moyens de ses envies », ce qui le mettait constamment dans un état d'admiration extatique qui générait chez lui des tremblements incontrôlables.

Incapable, à cette époque, de discerner toutes les failles d'Alain, Claire eut une première explication de son attitude quinze jours plus tard, lors de sa nouvelle visite parisienne. Ils s'étaient accordé deux jours pendant lesquels tout allait se jouer. Elle alla le chercher à la gare. Ils passèrent un week-end idéal. Claire reprenait des forces et de l'énergie grâce à cet amour et à cette attirance aussi étonnante que puissante. Elle avait fait une croix sur ses déambulations dans les cimetières et retrouvait l'insouciance et la vitalité de la jeunesse. Elle qui savait combien la vie est précieuse parce que fugace et qui avait vu la mort de trop près pour ne pas en être troublée, avait décidé, à l'instant même où elle avait partagé l'intimité d'Alain, de vivre pleinement leur bonheur. La renaissance de Claire était passée par l'hermétique fusion qu'elle avait avec Alain. Il était devenu « celui qui lui avait sauvé la vie » alors que rien dans son entourage ne laissait augurer une telle possibilité.

Alain avait semé quelques aimants dans l'appartement de Claire dès son arrivée. Il ne cessait de jouer avec eux et de les manipuler, aussi captivé par leur pouvoir qu'il l'était par Claire, symboles uniques d'attraction et de rejet total. Consciemment ou non, ces objets reflétaient son caractère bipolaire et insaisissable qui ménageait le chaud et le froid. Argentés, oblongs, ogivaux, ces os d'Horus étaient durs comme des diamants et semblaient provenir des deux monts proches du fleuve Indus. Quand Claire les prenait dans sa main, ils dégageaient une telle force qu'elle avait l'impression de tenir un démon dans le creux de ses paumes. Bien qu'ils eussent, disait-on, le pouvoir magique de faire avouer ses travers à un infidèle ou de panser les blessures, ils remplissaient les pièces d'ondes mystérieuses et inquiétantes.

Très rapidement, pendant ce week-end, après un moment d'intimité et de confidence, Alain avait dit à Claire :

– De quoi rêves-tu ?

– Je ne comprends pas ta question, lui avait répondu Claire, amusée.

– Qu'est-ce qui te ferait le plus plaisir à cet instant ?

– Je ne sais pas. Tu me poses une drôle de question…

– As-tu envie que je vienne vivre avec toi ici ?

Prenant cette phrase pour une envie irrésistible d'amoureux transi, Claire s'était demandé si elle avait bien compris le discours d'Alain. Elle avait souri.

– Je ne sais que te répondre… Je n'y ai pas réfléchi…

Elle vivait tranquillement, seule, depuis le récent départ de Marc et avait besoin de paix. Aussi la perspective de voir Alain une fois par semaine ou tous les quinze jours lui convenait-elle dans l'immédiat. Elle préférait s'habituer à lui progressivement avant d'envisager de vivre définitivement avec lui. Partager vingt-quatre heures d'une journée avec quelqu'un lui semblait difficile à un moment où elle tentait de retrouver sa lucidité.

– Et si je te disais que je viens m'installer définitivement ici et que je veux vivre avec toi, avait-il ajouté sur un ton badin.

– Oui… Je crois que cela me ferait plaisir, avait murmuré Claire en ne voulant pas le décevoir, mais nous n'en sommes pas là !

– Qu'est-ce qui nous en empêche ? Marions-nous !

– C'est impossible, avait répondu Claire en riant.

– Pourquoi ? Certaines personnes se marient quelques jours après s'être rencontrées. Quand on est sûr de soi…

– Je n'ai pas envie de me marier et il y a des délais à respecter de toutes les façons. Nous avions envisagé d'adopter un enfant, Marc et moi…

– Parfait ! Conserve le dossier pour nous ! Je veux au moins quatre enfants avec toi !

– Un suffira… avait répondu Claire. Nous verrons…

Alain ne cessait de sourire et de caresser Claire comme une Barbie fragile au nez légèrement retroussé, aux yeux bleus cernés de khôl, aux cils fournis, aux cheveux longs et blonds et au sourire épanoui.

– Imagine que nous soyons dans notre maison dans le sud de la France devant un feu de cheminée… Ce serait le plus grand des bonheurs. Notre foyer jusqu'à la fin de notre vie !

– Il suffit de patienter un peu…

Ils étaient restés l'un contre l'autre pendant plusieurs heures. Alain devait repartir le dimanche pour reprendre son travail, des cours provisoires dans une nouvelle salle de sport. Il lui avait parlé plus précisément de son projet d'ouvrir une salle ou un club dès que possible mais il devait trouver des financements. Il lui fallait aussi envisager un site pour faire la publicité de ce club et embaucher un informaticien compétent.

– J'en ai un mais il est incapable de créer un tel site et d'en assurer le suivi.

Alors qu'ils s'étaient accordé une brève sortie, en passant devant un bâtiment niché en pleine nature, Claire avait subitement trouvé la solution au problème d'Alain.

– Je pense connaître l'homme qu'il te faut, lui avait-elle dit. Il a une excellente réputation. Il est lui-même sportif et son entreprise d'informatique et de communication est réputée. Il est à l'écoute… Tu vois cet immeuble ? C'est le sien…

– Pourquoi voudrait-il travailler avec moi ?

– Parce que c'est l'un de mes amis et qu'il me fait entièrement confiance.

– Je n'ai pas un sou…

– Il suffirait peut-être de l'intéresser aux résultats et de l'impliquer dans le projet. On peut toujours lui en parler… Veux-tu que je prenne rendez-vous avec lui ?

Elle avait oublié le surprenant comportement d'Alain qui l'avait déçue deux semaines plus tôt. Il faisait beau et bleu. La chaleur, rafraichie par un petit vent léger chargé de pistils, ravivait les odeurs florales. La Seine s'animait du passage des bateaux et de bandes de pêcheurs attentifs. Les couples se promenaient main dans la main ou se tenaient par le bras, leurs chiens courant joyeusement devant eux. Des canards aux plumes bariolées et des oies téméraires se hasardant au-delà des herbes hautes qui bordaient le fleuve. Des branches de saule souples ombrageant les allées le long desquelles se gorgeaient de chants quelques guinguettes ou restaurants dignes d'un tableau de Renoir. Des péniches accueillaient aussi quelques passants assoiffés. Deux oies enfonçaient leur bec dans leur plumage avec frénésie. Elles poursuivaient des enfants qui passaient en provoquant leurs rires ou leur crainte.

Des canards verts, bleus et rouges, d'énormes pies au poitrail turquoise. Des adolescents, allongés dans l'herbe, écoutant de la musique en fermant les yeux. Des amoureux, assis au bord de l'eau, se tenant par l'épaule ou la taille. Quelques-uns faisaient une courte sieste, l'un contre l'autre. Tous les bruits invitaient à l'apaisement : les barques qui glissaient sur l'eau ; les oiseaux qui piaillaient avec fébrilité ; les rires des enfants qui jouaient ; les feuilles qui frémissaient sous le vent ; les chiens qui s'ébrouaient en sortant de l'eau fraîche. Alain et Claire avaient les yeux lumineux et pétillants des jeunes gens qui s'aiment. Elle avait oublié les contradictions curieuses d'Alain, ses élans impétueux et irréfléchis, ses sautes d'humeur. La renaissance d'une fin d'été encore tiède, la douceur caressante d'une saison qui s'échappe en annonçant déjà son retour, la gaieté de la nature s'agrippant aux plaisirs persistants du charme automnal.

Quand ils étaient rentrés et qu'elle avait ouvert son bureau où elle avait pleuré toutes les larmes de son corps pendant les mois précédents, Claire avait murmuré :

– Ce temps-là est fini, définitivement terminé !

Elle savourait ces instants comme un miracle. Elle qui avait toujours travaillé, qui avait courageusement affronté les obstacles, avait enfin l'impression d'être entourée. Et cette renaissance avait un nom : Alain.

CHAPITRE 13

Claire ne s'était pas encore habituée à l'odeur d'homme d'Alain, animale, sans doute à cause de son système pileux simiesque trop développé. Alors qu'il s'excusait de semer ses poils partout, elle n'était incommodée que par sa senteur de peau persistante tandis que les parties habituellement odorantes du corps humain étaient chez lui totalement fades comme s'il n'était pas correctement bâti. Le fait d'être dérangée par l'odeur naturelle d'un conjoint était la preuve, aux yeux de Claire, qu'elle ne l'aimait pas encore. En outre, qu'Alain eût pris dans les draps, avec tant d'aisance, la place de Marc, imprégnée du souvenir de ses gestes, de ses habitudes et de son parfum, stupéfiait Claire qui n'y était pas prête. Alain avait imbibé en une seule nuit toute la maison de ses senteurs de rose d'une autre époque qu'elle n'aimait guère et dont il s'aspergeait sans cesse, mettant en valeur une base déjà bien présente.

A l'inverse, Alain se roulait avec délectation dans les plis de la peau de Claire qu'il respirait profondément pour y sonder le suc de son âme, de ses désirs et de ses souhaits, et pour y poser sa marque. C'était le prélude de son chemin de possession qui consisterait à rendre Claire affectivement dépendante de lui. Sa démarche primaire n'était pas sans déplaire à Claire qui cachait au fond d'elle-même une capacité à se libérer complètement, faculté qu'Alain avait pressentie d'instinct.

Le lendemain, Claire avait appelé Alain, qui était rentré dans le sud de la France, après sa journée de travail. Elle s'était étonnée de son ton contrarié d'autant qu'ils avaient passé d'excellents moments ensemble. Alors qu'elle pensait le trouver joyeux et enthousiaste, il était peu loquace. C'était la première fois qu'il se comportait ainsi.

– Que se passe-t-il ? lui avait-elle demandé avec une certaine crainte.

Comme il ne répondait pas, elle avait ajouté :

– Es-tu bien arrivé ?

– Non. Il y avait des grèves. J'ai mis un temps fou. Je n'ai pas pu passer au studio. Je suis allé directement au travail. J'étais fatigué.

Claire devinait des reproches dans sa voix. Elle en était très touchée. En quoi était-elle responsable de ces incidents ?

– Pendant le trajet, je me demandais ce que j'avais fait pour mériter cela...avait-il dit avec une colère à peine dissimulée.

Elle avait jugé cette réaction excessive. Alain n'avait effectué qu'un voyage aller et retour en train pour la voir. Aussi était-elle de nouveau contrariée par une réflexion qui démontrait que les sentiments d'Alain n'étaient pas aussi profonds qu'il le prétendait. Elle avait réitéré son idée de le rejoindre une ou deux fois par mois dans le sud pour lui éviter de faire trop souvent le parcours mais il n'avait rien répondu. Alors qu'elle ne s'y attendait pas, il lui avait dit :

– Je vais aller vivre avec toi. J'arriverai vendredi...

Claire en était restée stupéfaite.

– Sauf si tu y vois un inconvénient bien sûr... avait ajouté Alain face au silence de Claire. Si tu estimes que c'est trop tôt ou si tu n'es pas prête, j'irai dans ma famille en attendant ou chez une ancienne copine...

– Une ancienne copine ? Celle avec qui tu as cohabité autrefois et que tu as retrouvée par hasard ? Cette Patricia ?

– Oui, elle m'accueillera sans problème. J'attendrai que tu te décides. Je ne veux pas te hâter. J'ai tout mon temps...

– Je préfère encore que tu sois chez moi.

Alain était heureux de constater que ses stratagèmes fonctionnaient à merveille.

– Tu peux venir vendredi. Cela ne me dérange pas, avait-elle ajouté.

– Formidable ! Je préfère m'installer chez toi que dans ma famille ou chez cette fille.

Claire était sceptique.

– Tu es sûr que je ne te dérangerai pas ? avait conclu Alain, enjoué.

– Non.

Quand elle avait raccroché, Claire s'était mise à trembler légèrement. Elle n'était pas prête à vivre de nouveau avec quelqu'un. Elle avait bien reçu, après le décès de Marc, la visite d'amis ou de cousins qui étaient restés plusieurs jours chez elle mais Alain avait décidé de s'y installer définitivement. Or, elle avait besoin de temps pour se remettre du départ de Marc ; elle devait poursuivre son travail qu'elle aimait ; elle n'avait pas encore réussi à ouvrir les placards où se trouvaient les affaires de son mari. Comment pourrait-elle accueillir Alain dans de telles conditions ? Il ne lui restait que trois jours pour tout nettoyer et pour se préparer à le recevoir. Elle qui avait décidé de porter plainte contre l'hôpital dans lequel son mari était décédé et qui mettait en ordre ses notes sur ce décès accidentel ne parvenait plus à se concentrer. « Dans trois jours, Alain entrera ici et y restera», ne cessait-elle de se dire.

Elle lui avait pourtant expliqué qu'ils auraient maintes occasions d'être ensemble puisqu'elle avait programmé avec lui des voyages à l'étranger. De son côté, il lui avait fait parvenir des plans et un synopsis qu'elle avait lus avec attention malgré son propre travail et qu'elle avait corrigés. Or, ces projets étaient prévus dans le sud du pays et non dans la capitale.

– Je croyais que tu voulais utiliser ton fichier pour ouvrir ton propre club ? Les gens qui y figurent habitent tous dans le sud ! Comment t'occuperas-tu des élèves que tu prends actuellement en cours particuliers si tu viens vivre avec moi ?

– Ils n'ont qu'à déménager ou venir une semaine par mois suivre mes cours dans le nord. Leurs parents ont les moyens.

– Mais tu les connais depuis des années… Tu les as vus évoluer. Ils ont besoin de toi. Tu ne peux les laisser tomber ainsi.

– Leurs parents me rémunèrent si mal… Cela n'a aucune importance… Je m'en moque.

– Il doit bien exister un moyen de les héberger une ou deux semaines par mois non loin d'ici.

– Je vais leur en parler…

« Dans trois jours, Alain sera là ! » se disait de nouveau Claire. Ses interrogations revenaient : « qui est réellement cet homme ? Je ne le connais pas. Je l'ai côtoyé adolescente comme d'autres copains. Depuis, je ne l'ai revu que deux fois. Il a changé. Il a vieilli. » Elle ne parvenait toujours pas à le cerner. De nombreux détails, presque indéfinissables, l'intriguaient et l'empêchaient d'être totalement rassurée sur sa prise de décision.

« Dès que je lui ai appris la mort de Marc, il m'a déclaré un amour fou. Il est venu chez moi et m'a proposé le mariage puis la vie commune presque immédiatement. Sans même me laisser réfléchir, il arrive chez moi *de facto* juste avant qu'on ne parte pour l'étranger. J'ai pris nos billets d'avion pour un départ dans deux semaines. Il ne sera pas plus tôt installé ici que nous allons partir ensemble en voyage. Il me paraît pressé et amoureux mais, l'instant suivant, il se montre distant ou contrarié. Je n'ai pas été assez prudente ». Elle se mettait à douter de l'identité et des intentions de cet homme auquel elle avait tout confié parce qu'elle avait besoin de parler et de s'épancher. « Et maintenant il va occuper les lieux ! Il ne me reste que trois jours pour prendre ma décision. Accepter ou refuser… »

Claire ne parvenait pas à trouver le sommeil. Dès qu'elle s'asseyait pour travailler, elle se relevait et tournait en rond. « Si je l'accepte, je dois tout ranger. » Elle avait finalement décidé de mettre l'appartement en ordre, non seulement pour ne plus se torturer l'esprit mais aussi pour le recevoir dans de bonnes conditions si elle faisait le choix de lui ouvrir la porte. « Après tout, ce sera fait ! Et je trancherai jeudi ! »

Le ciel était vert, les arbres bleus et les rivières roses. Les fantômes, en robe noire, se trémoussaient ensemble en écoutant Gershwin. Les oiseaux piaillaient la nuit, les étoiles brillaient le jour et les hirondelles dansaient avec les astres. Le soleil était rouge comme un iris, la terre grise comme le soleil. Les saules rieurs, les branches hérissées sur leur tronc, montaient lentement jusqu'aux cieux. Les chiens redevenaient loups et les chats fauves. Des quetzalcoatlus approchaient des fermes pour y dévorer les poules. Des paraceratheriums guettaient les moutons. Les cigognes tournaient en rond au-dessus des lutins et des nutons ludiques lançant des feux d'artifice aquatiques. Les megalodons et les carbonemys valsaient avec les étoiles et le soleil couchant. « Nous préférons le tango », disaient les cigognes. Les rouges-gorges nourrissaient les rougets et les saumons sautaient hors des sentes en remontant le courant des laves volcaniques du Vésuve. Joyeuse féérie de requins, de truites, de polypes coralliens et de transparoverdâtres byblis filamenteux dans lesquels le nepenthès blanc porcelaine au col carnivore tricolore or, rouge et jaune mordillait les ailerons des lamnidés. Neptune faisait des barbecues avec son trident. Emergeant des eaux chypriotes, l'influenceuse Aphrodite conseillait des tutoriels de maquillage en espérant obtenir de nouveaux échantillons. Cronos s'esclaffait devant un ordinateur capricieux et lent. Le soleil blanc glissait sur les pentes glacées des monts pyrénéens. La lune baisait la terre et Mars enlaçait Saturne. Rouge et jaune devenaient vert. Vulcain bronzait à Oymyakon avant de s'éteindre dans le Sakurajima. Arès signait des traités de paix. Anubis ouvrait les tombes égyptiennes et Horus embrassait Ptah.

Des rythons crétois en argile, ornés de dauphins bleus, de rosaces dorées, d'acrobates à la peau mate, de taureaux longs et tempétueux, de serviteurs en pagne blanc, flottaient dans l'espace avec Thésée et Ariane, déroulant un fil de laine à l'infini, empruntant la quenouille des Parques, buvant et riant avec les adeptes des Mystères d'Eleusis lors des lubriques plaisirs échangistes des abords de Salamine, trinquant avec Dionysos dans des canthares rouges et noirs, décorés de grappes de raisin en relief, vertige inépuisable des sens interdit aux femmes où celles-ci s'étaient exceptionnellement invitées sous l'œil sévère et amusé des habitants de l'Olympe, chantant, dansant, se dénudant, s'accouplant dans des scènes orgiaques délirantes, laissant libre cours à leurs fantasmes, se donnant à tous, les seins tendus et provocants, gobant, la tête renversée, les grains de raisin que des hommes laissaient tomber dans leur palais, un à un, tout en dévorant leurs lèvres au milieu des paniers de fruits et des cratères de vin, énormes, dans lesquels chaque convive puisait, à l'aide du *kyathos*, le précieux nectar de Bacchus avant de s'abandonner à ses désirs ou de s'adonner au jeu du cottabe pour montrer son habileté à lancer le contenu de son récipient dans un vase gigantesque disposé au fond de la pièce, étourdissante de couleurs vertes, bleues, rouges mêlées, de mobiliers en bois peint, de statues mythologiques en marbre de Carrare, de bustes impériaux, de peintures aquatiques et agricoles, souvenirs des palais d'Aménophis III et de son fils, clins d'yeux de Malqatta et d'Akhetaton, époustouflante de volutes, de colonnes torsadées, de lierre, de volubilis, de jasmin, de laurier, d'améthyste, au plafond mouluré or et turquoise retraçant la tragédie de Cronos dévorant ses enfants de peur que l'un d'eux ne le détrônât et la chance de Zeus, sauvé et confié à la chèvre Amalthée suivie de la résurrection de ses frères et sœurs recrachés par leur père, Cronos fondateur de l'univers, Créateur, Cronos le monde, père du fils lumière, du fils renaissance, du fils générateur de vie, le *dyeus* éblouissant, Cronos frère et époux de Rhéa, la Titanide, fille d'Ouranos et de Gaïa, mère d'Hestia, de Déméter, d'Héra, d'Hadès, de Poséidon et de Zeus, la Déesse phrygienne , la Grande Mère, la Mère des dieux, accompagnée de lions, guérisseuse de Dionysos en proie à la folie, dont Attis était en vain fou d'amour, Rhéa l'émasculeuse, Rhéa l'astucieuse qui avait donné à son mari une pierre à avaler pour sauver son fils, magnifique salle soutenue par de larges piliers ronds et rouges sang aux chapiteaux et aux bases identiques, noires et or, tandis que les amphores d'huile, de sauces et de bière, un *kalpis* d'eau à trois anses, un *stamnos* à figures rouges, une *péliché* pleine de denrées, des cotyles, d'imposantes amphores panathénaïques offertes aux vainqueurs des concours athlétiques athéniens entraient dans la ronde pendant que des échansons rafraichissaient le vin avec un *psykter* et que musiciennes, flûtistes, joueuses de tambourin et de luth, et danseuses jaillissaient, les cheveux défaits, les pieds et la poitrine nus, la peau glabre, le lin de leur vêtement transparent collant à leurs formes sans rien en dissimuler, inondant la pièce de leurs parfums entêtants, de leurs gestes fébriles et endiablés, frôlant les participants aux Mystères, se laissant attraper par certains pour mieux s'échapper, faisant mine de participer aux orgies tout en fuyant, tapant de plus en plus vite sur la peau de leur instrument, accélérant le rythme, cherchant à séduire Thésée pour l'arracher à Ariane jusqu'à ce qu'il disparût avec elles laissant un grand silence où l'on entendait subitement le bruit d'une petite fontaine, fille de Téthys et de l'Océan, en pierre, à tête de Gorgone d'où sortait un filet d'eau tranquille au bruit monotone et le clapotement d'une autre, plus imposante, dominée par une déesse nue portant une cruche, sise dans un coquillage, écoulement apaisant qui ne calmait pas l'ardeur et l'excitation des adeptes d'Eleusis ivres d'alcool, pourtant coupé d'eau, et d'amour, emportés de nouveau, lors de ces Bacchanales enfiévrées, par le son subit des sistres cinglants, des crécelles nasillardes et des cymbales percutantes dans des délires frisant la folie, les parfums coulant sur les convives, des pétales de fleurs tombant du ciel, des bosquets émergeant des tapis pourpres, des tuniques en apesanteur dans le vide dont les plus échauffés s'étaient délestés, des boucles d'oreilles et des broches chutant dans les coupes, du miel sucrant le savant mélange d'eau et de vin, des rubans et des peignes multicolores jonchant quelques *triclinia* gravitant, eux aussi, dans les airs, invitations aux accouplements charnels, aux échanges amoureux, aux fougueux baisers, aux sauvages caresses quand Aphrodite et les Amours prennent la place des Muses ou les accompagnent dans une harmonie poétique, corps et âme mêlés, nourriture céleste éthérée et sensuelle, ivresse de l'esprit, transport de la raison. Claire ne dirigeait plus le navire.

CHAPITRE 14

Sa colère passée, Alain ne cessait de s'interroger. Allongé sur le lit de son petit studio donnant sur la rue dont il avait fermé les rideaux pour ne plus être en vitrine et ne pas voir, à travers les larges fenêtres, passer les badauds qui tournaient systématiquement la tête vers lui, il ne parvenait pas à trouver le repos. L'ombre des branches d'arbres agitées, projetée sur les tentures, présageait un avenir tempétueux. Tant qu'il était à la salle de sport, son esprit était occupé mais dès qu'il rentrait, il se posait mille questions. « Tous les amoureux sont heureux de rejoindre la femme qu'ils aiment », se disait-il. Mais il savait aussi analyser ses faiblesses sans, toutefois, reconnaître qu'elles étaient pathologiques. Il les avait avouées du bout de la plume à Claire : il était totalement asocial. Les gens disaient de lui qu'il était borné, têtu, prétentieux. Il ne savait s'il supporterait longtemps le franc-parler de Claire qui, jusqu'à présent, l'avait amusé.

Il avait écrit à Claire qu'il était « très doux ». Pourquoi donner de tels détails sinon pour cacher un tempérament austère et colérique qui pouvait aller jusqu'à la violence ? Contrôlait-il seulement ses pulsions, lui qui faisait de la gymnastique et de la musculation depuis l'enfance ?

Ne sachant comment formuler ses phrases, il reprenait, dans les lettres qu'il adressait à Claire, des extraits de dialogues cinématographiques ou de chansons quand il ne lui envoyait pas le texte intégral. C'était plus court, plus clair et plus rapide car il n'avait guère l'habitude de se révéler. Il cultivait le sceau du secret et avait un énorme penchant à la paresse. Ecrire une lettre relevait pour lui de l'exploit.

Tourmenté, pris à la gorge, contrarié de devoir changer ses habitudes qui le rassuraient et de quitter une région qu'il aimait, mais attiré comme un aimant par une femme qu'il désirait comme jamais auparavant et qui lui apportait tendresse, sécurité, confort et aide professionnelle, Alain était profondément perturbé. Il connaissait aussi l'intelligence, la culture, la finesse de Claire qu'il estimait redoutables. « Elle verra mes problèmes et mes défauts. Je ne suis pas à la hauteur. Même si je peux faire illusion pendant quelque temps, elle finira par deviner ma véritable nature. » Il lui écrivit alors cette phrase qui resta pour Claire un mystère : « Je ne sais pas encore si tu es pour moi la chose la plus belle ou la plus dangereuse que j'ai rencontrée dans ma vie ».

Mardi, mercredi, jeudi : trois jours où il devait tout régler malgré ses états d'âme ou ses interrogations.

– Mais qu'y a-t-il de plus important dans l'existence que la femme de sa vie ? Et je meurs d'envie de vivre avec toi depuis le premier instant où je t'ai retrouvée, lui avait-il avoué.

Il avait rêvé pendant tant d'années de rencontrer « la bonne personne… » Il pourrait, comme il l'écrivait à Claire, se contenter d'être heureux mais il devait régler toutes les formalités, ce qu'il détestait faire : son changement d'adresse, l'acquisition d'un garde-meubles pour y mettre ses affaires. Il n'avait aucunement l'intention de dire à quiconque où il allait ni de parler de Claire. Il partirait sans même saluer les parents de ses élèves, sans leur permettre de s'organiser. Il ne resterait peut-être en contact qu'avec l'un d'eux, plus âgé, qui pouvait lui être utile s'il montait son propre club. Il avait seulement dit à l'une de ses connaissances :

– J'en ai marre de tous ces abrutis. Vivement que je quitte cet endroit !

Il comptait bien disparaître pour vivre sa nouvelle existence tranquille avec Claire. Car il lui fallait fuir ceux qui le connaissaient trop, des adversaires qui le devinaient avec le regard de l'expérience et de la sagesse. Il préférait s'éclipser dans des vêtements d'enfant, étroits et discrets, plutôt que dans des costumes de scène, choisissant la voie la plus feutrée. Il n'était plus question de présenter ses habits d'homme supérieur à ceux qui, manipulés, le suivaient sans réfléchir. Ils devraient se passer de lui.

Cette manière d'agir, ses multiples adresses puisqu'il avait déménagé souvent, allaient inquiéter et intriguer Claire bien plus encore qu'elle ne l'était déjà. Elle finissait par se demander s'il était honnête et pour quelle raison il fuyait tout le temps. « Que cache-t-il ? »

– Je suis un étranger pour les gens qui me côtoient depuis des années, lui avait écrit Alain. Je suis d'ailleurs un étranger pour moi-même. Tout le monde pense que je suis sympathique car j'écoute les gens mais c'est unilatéral. Je ne ressens rien pour eux. Comme ils aiment qu'on les écoute et qu'ils ont besoin de s'épancher, ils ne s'en rendent pas compte. Et puis j'ai une bonne tête… Une tête de «Père Noël». Je le sais et je peux…

« …m'en servir… », avait décrypté Claire alors qu'il s'était interrompu.

Avec son âme de bénédictin, Claire avait aussitôt éprouvé l'envie de l'aider pour mettre fin à sa série d'échecs professionnels et privés. Elle s'était même donné pour mission de lui faire enfin connaître tout ce dont il avait rêvé : être auprès d'une femme qu'il aimait, avoir un confort matériel et réaliser ses ambitions professionnelles. Elle lui offrirait cette revanche sur la vie, après cinquante ans d'une existence de « perdant », alors qu'il méritait tellement mieux, lui qui « avait tout le temps aidé les autres et qui n'avait rien construit ».

Claire était loin d'imaginer qu'Alain était capable de se faire passer pour une victime à cause d'une dépression chronique qui n'avait jamais été soignée. En sa présence, il se montrait fort, sûr de lui, confiant, invincible. Il semblait dégager une force physique et mentale extrême, armure de papier dissimulant un château de cartes croulant de toutes parts. Alain voyait en négatif tout ce qu'il vivait : pourquoi ne cessait-on d'exploiter son talent ? Pourquoi venait-on vers lui si ce n'est pour utiliser son savoir-faire ? L'obscurité vespérale l'éclairant à la lumière de ses troubles psychologiques, il restait souvent éveillé, le visage triste. Il était presque inerte devant la planche qui lui servait de bureau avec son crayon parfaitement taillé à la main et dessinait des monstres, miroir de ses idées sombres. Il était assoiffé de colère, de jalousie, de rancune. Il se voyait en train d'écraser des chiots, repassant sans cesse sur leurs corps déjà plats jusqu'à ce que les membres fussent détachés du tronc devant des enfants effarés criant à tue-tête d'horreur et d'effroi. Il les leur aurait volontiers donnés à manger pour les faire taire. Lui qui disait adorer la compagnie des jeunes les détestait. Il y trouvait un avantage : il lui était plus facile de manipuler des esprits encore naïfs, spontanés et authentiques que des adultes clairvoyants.

En même temps, son inconscient, furieux, transperçait ses brouillons noircis de formes inquiétantes. Il gribouillait de plus en plus fort et de plus en plus vite puis jetait avec dépit son crayon sur la table.

– Je dois me sauver d'ici !

Il faisait très attention dans la préparation de son départ. Dès qu'une personne tentait d'entrer dans son studio, il anticipait sa volonté de s'imposer. La pièce vide aurait entrainé maintes questions auxquelles il ne voulait pas répondre.

Le dernier jour, il avait ramené l'un de ses élèves chez ses parents et était aussitôt rentré dans l'appartement. Il s'était assis devant son ordinateur, impatient, regardant subrepticement sa montre toutes les secondes. Après avoir téléchargé deux films, comme il n'entendait plus aucun bruit et que la nuit était tombée depuis longtemps, il avait rangé son ordinateur avec précaution, pris son sac de voyage et ses clefs. Un dernier coup d'œil périphérique dans la pièce, sans mélancolie. Il avait, pourtant, été hébergé là, moyennant un petit loyer, par des amis. Il avait enseigné pendant des mois dans la salle de sport de la commune dont il connaissait presque tous les habitants. Mais il s'était refusé, si tant est qu'il en fût capable, à toute tristesse et à tout regret. Il avait réfléchi : il ne réussirait jamais à monter un club rentable à la campagne. Ce lieu était donc devenu détestable à ses yeux.

Une douce tiédeur automnale était tombée sur ses épaules quand il était sorti, le visage figé. Il allait vers un avenir rempli de fabuleux projets qu'il réaliserait avec l'Elue de son coeur. Finis les logements minables, les fins de mois difficiles, les soucis d'argent, les échecs dans des patelins perdus. Il partait, tel Rastignac, vers la ville-lumière pour devenir un chef d'entreprise et monter un, voire plusieurs clubs qui lui rapporteraient beaucoup d'argent. Il n'avait pas l'intention de travailler de longues années. Juste le temps nécessaire pour accumuler de l'argent et revendre son entreprise au plus haut prix. Ses méconnaissances en comptabilité, en gestion et en droit ne l'inquiétaient aucunement. Il était persuadé de tout savoir sans avoir rien appris. Au pire, il trouverait bien quelques bonnes âmes pour l'aider comme il l'avait toujours fait en pleurant et en avouant son incapacité à réaliser son rêve, suscitant, à chaque fois, la pitié. Claire n'était-elle pas là avec sa réussite personnelle, son argent, son carnet d'adresses, ses idées, ses qualités humaines ?

Il avait jeté avec mépris les clefs du studio dans la boîte aux lettres de ses amis en tirant un trait sur une existence qui n'était pas à la hauteur de son intelligence ni de ses compétences. Puis il s'était dirigé vers son véhicule, un vieux modèle assez élégant, d'apparence correcte, qu'il avait acheté à bas prix mais qui pouvait donner une bonne image de lui et de sa fallacieuse réussite. Il avait lancé son sac dans le coffre et avait pris la route après avoir envoyé un message à Claire.

« Le temps de faire le trajet et nous serons ensemble. », avait-il écrit.

Claire avait frémi en lisant ces mots. Elle n'était toujours pas fixée sur ce qu'elle devait faire. Bien qu'elle ne souhaitât pas perdre Alain, la perspective de le voir s'installer chez elle lui faisait peur. Ils ne s'étaient vus que deux fois depuis leurs retrouvailles et même s'ils s'étaient parlé longuement pendant des semaines au téléphone, cette installation lui avait semblé précipitée et redoutable.

Alain arrivait sans travail dans une région froide où il n'aimait pas vivre. Leur amour suffirait-il à lui faire accepter ce changement radical ? Nerveusement épuisée par les questions qu'elle se posait sans cesse, elle avait décidé de laisser leur avenir entre les mains du destin. « Je n'ai plus la force de lutter depuis le départ de Marc. Je venais de retrouver un peu de sérénité. » Avant d'aller s'étendre tout habillée dans son lit dans l'attente d'Alain qui devait couvrir près de mille kilomètres, elle avait fini par envoyer ses hésitations aux corbeaux.

– C'est le moment ou jamais ! Un homme qui t'adore est prêt à s'occuper de toi matin, midi et soir. Il ne t'est pas indifférent. Dieu l'a mis sur ton chemin.

Elle s'était interdit de songer à son comportement puéril d'adolescent amoureux, à sa précipitation curieuse, à ses multiples déménagements, plus qu'étranges, et à ses changements d'humeur soudains et incontrôlables.

– Le sort en est jeté, avait-elle dit à son chat.

Elle était pourtant consciente que, contrairement à ses habitudes, elle était obligée de faire un choix précipité. Elle jouait sa vie à pile ou face. Mais qu'était sa vie sans Marc ? Elle pouvait bien, désormais, la mettre en jeu. Son inconscient ne la guidait-il pas vers le danger dans sa volonté secrète d'en finir avec cette existence ? Elle qui avait toujours tout calculé et contrôlé ne laissait-elle pas, pour une fois, la destinée choisir à sa place ? Alain était-il vraiment la « béquille » qu'il prétendait être alors qu'elle le soutenait dans tous les domaines ? Accepterait-elle son aide s'il la lui offrait ? N'avait-elle pas compris qu'il ne lui apporterait pas ce qu'il lui avait promis ? La raison aurait donc voulu qu'elle le laissât et qu'elle refusât sa présence à Paris. Mais elle était en train de laisser les événements se dérouler comme si elle n'avait plus de prise sur eux, comme si elle se réjouissait de s'enfoncer dans des sables mouvants dont l'issue était inéluctable.

*

Alain commençait à s'endormir sur l'autoroute. Il écoutait quelques chansons, un choix qui ne variait guère depuis des années, un répertoire parfois ancien qu'il passait en boucle sans lassitude. Faisant mine d'être heureux, chantonnant même en conduisant, il se jouait la comédie à lui-même. Plus il remontait vers le nord, plus la nuit l'enveloppait de fraicheur et devenait vaporeuse, triste au milieu des nappes de brouillard, pesante avec un ciel couvert qui cachait les étoiles. Il était quasiment seul sur la route. Ses longues promenades le soir sur la plage, ses parties de planches à voile, ses sorties en bateau, ses virées en Provence au milieu des champs de lavande et des oliviers, ses heures de sport devant un paysage maritime et lumineux…

– Je suis bien partout, avait-il dit à Claire, du moment que je suis avec mes amis ou mes amours. Ce sont eux qui guident mes pas… Je pourrais exercer n'importe quel métier, habiter dans n'importe quelle ville si je suis avec eux.

Un mensonge que Claire aurait tôt fait de découvrir car Alain n'avait pas d'amis et n'en voulait pas. Détestant être seul, ayant besoin d'une cour pour l'admirer, il lui fallait un entourage servile, admiratif et peu instruit, fait de personnes faciles à manipuler et à tromper devant lesquelles il lui était aisé de briller. Voilà pourquoi il quittait ses anciens domiciles, arrivant vierge dans de nouveaux endroits, la tête haute, le curriculum vitae refait à neuf et l'air supérieur, toujours mystérieux. Il pouvait alors se prétendre le meilleur et le plus compétent dans son domaine, le plus ambitieux et le plus approprié pour diriger une entreprise. Trônant dans la place, il savait peu à peu, sans en avoir l'air, se rendre indispensable, créant des activités dont lui seul avait les clefs ou des sites dont il possédait seul les identifiants, se gardant bien de partager ses données avec autrui.

– Pourquoi vous les confierais-je, avait-il coutume de répondre à qui les lui demandait. Je resterai toujours ici. J'y ai mon travail, mon domicile… Je ne vais pas disparaître du jour au lendemain…

C'était pourtant sa grande spécialité. Lui qui paraissait implanté pour la vie dans un lieu qu'il ne quittait jamais et où il surveillait tout, cherchant à en tirer le meilleur profit, pouvait préparer son départ en secret du jour au lendemain et s'évanouir dans la nature sans laisser d'adresse. Son tour de force, parfaitement rodé, était donc de se rendre indispensable, d'imaginer des activités qu'il dirigeait et dont il ne confiait la gestion à personne d'autre. Il tenait ainsi entre ses mains une personne ou une société. Cette mainmise était maladive. Il ne s'éloignait que peu de temps de tout ce qui était sous son contrôle et ne le faisait qu'à condition de pouvoir revenir au plus vite.

S'il décidait de rester dans une région, tout en sachant qu'il s'en lasserait un jour, il y était enraciné vingt-quatre heures sur vingt-quatre. Mais, à l'instant même où il avait décidé de la quitter, tout était mis en place pour se sauver le plus rapidement possible. Il ne donnait ses nouvelles coordonnées à personne si bien que nul n'était censé pouvoir retrouver sa trace. Fuir était son indispensable talon d'Achille. Lui qui se disait libre était le plus dépendant des hommes : il ne savait pas s'assumer seul et il ne le voulait pas afin de ne jamais se retrouver face à lui-même et à ses échecs de même qu'il détestait les miroirs qui lui renvoyaient une image piteuse de sa personne. Sans argent, sans moyen intellectuel, sans diplôme, sans maturité, sans cohérence, il lui était impossible, avec son esprit dissocié, de vivre normalement. Il lui fallait impérativement de la compagnie et une cour, même peu glorieuse, pour se montrer, exister dans son petit univers étriqué.

Plutôt que de subir la honte d'être mis à la porte de son studio et de son travail, il avait anticipé de quelques jours ce qui lui aurait été insupportable à vivre et il se persuadait qu'il était heureux de fuir un monde peu digne de lui. L'orgueil le poussait vers Paris et vers Claire.

Au milieu du trajet, il avait senti sa tête tomber sur le volant et il avait fait une embardée. Aussi avait-il jugé plus prudent de s'arrêter.

« Pause, avait-il écrit à Claire dans un message. Je dois dormir un peu avant de continuer. J'arriverai plus tard que prévu. »

Claire n'avait pas entendu son téléphone sonner lorsque le message s'était inscrit sur l'écran de son portable. Elle venait de s'assoupir, soumise à son destin.

CHAPITRE 15

Alain s'était endormi dans sa voiture. Il rêvait à son passé. Il avait eu une enfance parfaite, si parfaite, trop parfaite, en apparence. Né au Maroc parce que son père y travaillait, il avait dû quitter le pays de sa naissance à l'âge de neuf ans au moment où les autochtones menaçaient les Français installés chez eux de reprendre leur liberté. Ils se sentaient envahis, exploités, colonisés. Partir loin de ses racines, de ses amis, de son école, quitter une vie confortable facilitée par une quinzaine d'employés de maison, dans une demeure spacieuse en bordure de sable et de mer, toujours servi, à cinq ans, et conduit aux cours en voiture de maître, formaient un caractère. A sept ans, Alain claquait des doigts pour obtenir tout ce qu'il désirait d'autant que son père, chef de chantier, avait monté sa petite entreprise et gagnait bien sa vie. Il donnait à ses enfants ce qu'ils réclamaient sans leur opposer un seul refus même lorsqu'ils s'obstinaient à ne rien faire à l'école sous prétexte qu'il était plus agréable de faire du bateau. L'horizon bleu clair sous la douce et sensuelle tiédeur de l'air, le confort cotonneux du laisser-vivre s'étaient noyés dans la grisaille parisienne.

Gâté au-delà du raisonnable, le petit roi Alain était habitué aux caprices: son vélo était moins clinquant que celui de son voisin, il exigeait aussitôt le même et il l'avait sur l'heure. L'un de ses copains apprenait le tennis ou le golf, il voulait immédiatement les meilleurs professeurs négociés au tarif le plus haut. Bien qu'il eût tout ce qu'il souhaitait, sa mère, attentive, le plaignait sans cesse en se préoccupant de son bien-être. Mais, curieusement, alors qu'il aurait dû se sentir adoré, Alain s'était peu à peu refermé sur lui-même, ne se livrant jamais, observant autour de lui un monde qu'il ne comprenait pas, s'isolant, se jugeant supérieur aux autres, refusant de se mêler à des groupes d'enfants dont les parents avaient des revenus inférieurs à ceux de sa famille.

Alain était toujours habillé avec élégance même pour aller au sport, ce qui lui donnait un air un peu démodé comme s'il était vieux avant l'âge. Prétentieux et fier, il ne se sentait aucun atome crochu avec les autres garçons de sa classe. Cette apparence mature cachait, en réalité, une âme d'enfant qui refusait de grandir. Ses centres d'intérêt, ses fréquentations n'avaient aucun rapport avec l'image qu'il donnait de lui ou que les autres avaient de lui. Il n'était jamais serein. Tout n'était chez lui que révolte, instabilité, crainte. Quand il regardait son visage sévère et ses habits toujours impeccables dans une glace, le miroir ne lui renvoyait que le reflet d'un étranger.

Bien qu'il obtînt tout ce qu'il voulait, abusant de la bonté et de l'apparente attention de sa mère, Alain ne se sentait pas aimé. Il était persuadé que ses parents préféraient son frère et sa sœur aînés à lui. Il les avait détestés tout de suite en refusant de partager avec eux l'amour qu'il exigeait de son père. Il se comportait comme un enfant unique qui attendait un amour exclusif et entier sans laisser de place aux autres. Non seulement il haïssait son frère et sa sœur parce qu'ils accaparaient leur mère mais il ne décolérait pas contre elle qu'il trouvait trop proche de sa fille. Cette complicité le rendait jaloux. Il se cachait parfois derrière une porte pour les observer rire. Il n'avait alors qu'une envie : détruire cette petite peste complètement folle qui osait lui voler sa mère. Quant à son frère, il le dédaignait, le trouvant stupide et peu digne de lui. Aussi multipliait-il les caprices pour attirer l'attention sur lui. C'était également un moyen pour lui de faire dépenser de l'argent à ses parents au détriment des autres.

Quand il voyait sa mère habiller sa sœur ou la coiffer longuement avec une brosse, il restait dans son coin, muet, les lèvres serrées, pétri de haine. Il gardait en lui toute cette rancœur qui s'accumulait de jour en jour et qu'il n'osait confier à personne, tout d'abord parce qu'il savait que cela le lui aurait été reproché, et parce qu'il en avait honte sans pouvoir la maîtriser. Il réclamait alors des jouets, du matériel sportif onéreux qu'il cassait aussitôt ou qu'il jetait pour s'en faire acheter de nouveaux de même qu'il exigerait, à l'adolescence, des voitures et des motos pour s'afficher fièrement devant des amis de son âge qui prenaient les transports en commun. Il était fier de dire que son père était Président Directeur Général. Ne comprenant pas qu'un homme n'est pas jugé sur ses larges ailes mais sur sa capacité à les rentrer quand il ne sait pas encore voler, Alain rêvait déjà devant ce titre ronflant.

– Moi aussi je serai un jour PDG ! disait-il souvent.

Il oubliait que son père, courageux et inventif, travaillait de très nombreuses heures par jour et qu'il savait motiver ses hommes. Quant à sa mère, elle s'occupait de la comptabilité de l'entreprise avec une grande fermeté. Or, le petit Alain ne donnait aucun signe de courage pas plus qu'il n'en montrerait plus tard, trop habitué à tout recevoir sans peine. Ses ambitions de responsable resteraient, pendant toute sa vie, embryonnaires, à l'état de rêves, le rendant de plus en plus aigri et envieux.

Dès qu'il avait quitté le Maroc et que sa famille avait dû y laisser ses biens, Alain, meurtri, un peu désorienté, était devenu encore plus taiseux. Il détestait communiquer avec autrui. Et curieusement, alors qu'il aurait dû les éviter pour ne pas reproduire cette blessure du passé, sa vie d'adulte n'avait été, pendant des années, qu'une succession d'abandons de domiciles et d'errances. Il lui était impossible de se fixer très longtemps dans un endroit, de s'attacher à un lieu ou à des personnes de peur de les perdre, souffrant de ces liens qui créent la dépendance et engendrent la terrible crainte de les voir un jour se briser.

Pour éviter ces dangers, Alain saisissait son bouclier, revêtait son armure, se refermait sur lui-même et finissait par fuir. Son attitude froide, distante et méprisante, dépourvue de réels sentiments, entraînait, le plus souvent, une incompréhension chez les personnes qu'il côtoyait. Les femmes qu'il avait essayé de fréquenter avaient toutes souffert de son refus d'être heureux et de sa volonté de mettre systématiquement un terme à un bonheur possible. Ces décisions, aussi stupides qu'irraisonnées, étaient inéluctables.

Alain, qui habitait alors Paris, trainait sa vie sans souci. Pourquoi se serait-il inquiété puisqu'il devait hériter plus tard, avec son frère et sa sœur, de la seconde petite entreprise que ses parents avaient créée en France à la force du poignet ? Son père dirigeait une soixantaine de personnes dans le domaine de l'imprimerie. Les éditeurs avaient souvent affaire à lui parce qu'il était disponible et compétitif sur le marché, le préférant même parfois à des imprimeurs de province réputés moins chers.

Aller en cours non loin de chez lui amusait Alain qui passait son temps à rêver. Il se voyait champion de gymnastique, auréolé d'or aux jeux Olympiques, puis responsable de plusieurs centres sportifs qui porteraient son nom et qui deviendraient autant de référence dans le monde. Il avait demandé à son père de l'inscrire dans le meilleur club parisien et il y était suivi par le professeur le plus réputé plusieurs heures par jour. Ses parents ne lésinaient pas sur le nombre de leçons hebdomadaire. Hormis cette occupation qui lui permettait de rencontrer des familles aisées, Alain se laissait vivre. Il allait en classe parce que les cours étaient obligatoires sans y trouver un quelconque intérêt. Il n'avait dans ces lieux scolaires aucun avenir, ses objectifs se situant ailleurs, dans les clubs d'entrainement huppés. Il regardait donc s'agiter ce petit monde de collégiens avec beaucoup d'ironie et de distance. Seul un copain échappait à ses jugements et à son mépris : un garçon, né comme lui au Maroc, qu'il appréciait et écoutait, le considérant presque comme son frère, l'aimant plus que le sien. C'était son contraire, sa béquille et son soutien. Il plaisantait autant qu'Alain était triste. Il affichait la joie de vivre alors que la dépression d'Alain le minait déjà. Alain le suivait comme un modèle. Il s'appelait Marc.

Les deux garçons passaient leur temps ensemble, discutaient, riaient, faisaient du sport, en toute complicité même si Alain avait du mal à se livrer. Marc, au contraire, volubile, parlait sans cesse et aimait raconter des histoires drôles. Il en avait toujours une sur le bout de la langue et se régalait à l'avance de l'effet final, prenant un plaisir évident à voir s'esclaffer son auditoire. Ses résultats étaient garantis et il avait une mémoire élastique qui lui permettait d'en retenir à l'infini.

Quand Marc avait rencontré Claire pour la première fois, son cœur l'avait aussitôt guidé vers Celle qui allait devenir l'Indispensable, l'Idéal, la Seule, celle pour qui il était prêt à tout abandonner et sans laquelle il ne voulait plus vivre. Le constat avait été immédiat, évident, irrévocable.

Alain les observait et les écoutait, passif. Refusant de sortir avec la meilleure amie de Claire, il avait coutume de les accompagner sans parler.

– Comme il les dédaigne, les filles lui tombent facilement dans les bras, avait confié Marc à Claire. Il ne dit pas non. Il se laisse faire. Du moment que cela ne lui demande aucun effort. Je n'ai jamais vu quelqu'un d'aussi paresseux que lui.

Claire ne se sentait guère à l'aise face à cet adolescent muet dont on ne parvenait pas à deviner les pensées. Quand il la regardait, elle avait du mal à respirer. Elle étouffait. Elle avait la sensation d'être avec son père et de redevenir une enfant comme s'il avait vingt ans de plus qu'elle. Malgré ses silences et son air emprunté, il remplissait la pièce de sa présence. Claire se demandait comment Marc pouvait avoir une telle complicité avec lui. Malgré toutes les heures qu'ils passaient ensemble, Claire avait l'impression de ne pas le connaître.

La nonchalance d'Alain lui faisait trainer les pieds et marcher courbé. Pourtant, l'attirance de Marc pour le sport l'avait rapproché de lui et lui avait fait délaisser d'autres disciplines dans lesquelles il aurait pu briller. Claire avait redonné à Marc le goût des études en l'encourageant et en le stimulant face à des choix qu'il jugeait trop ambitieux pour lui. Il avait ainsi repris confiance en lui alors qu'Alain s'était cantonné dans son attentisme et son indolence. Accaparé par une fille facile qui lorgnait sur sa situation familiale et que Marc avait tout de suite jaugée, Alain s'était laissé entrainer par l'arapède en riant. Il ne ressentait aucun sentiment pour cette étrangère qui s'asseyait sur ses genoux sans le connaître et qui avait immédiatement mis la main sur lui. Elle l'amusait. Elle arrivait aussi à une période-clé de sa vie où il venait de se séparer avec douleur de son professeur de sport à qui il reprochait de donner des cours à d'autres que lui. Ce moniteur, grassement rémunéré par son père, était contraint de vivre à son rythme et de ne s'intéresser qu'à lui, qu'il eût enfants, femme ou parents. Chaque jour, chaque heure de l'année devaient être consacrés à Alain. Exclusivement.

Cette fille, qui se faisait appeler Patricia et qui s'était accrochée à Alain comme de la glue, qui était d'une laideur absolue, sale et souillon, qui n'avait ni famille ni argent, comblait le vide laissé par cet éducateur avec qui Alain avait rompu, se sentant faussement trahi. Il avait jeté son matériel de sport dans la Seine et avait juré de se tourner vers d'autres voies. Comprenant qu'il était bon à prendre, Patricia s'était approprié Alain qui était incapable d'exister par lui-même et comptait bien le mener là où elle le voulait. Marc avait confié son inquiétude à Claire.

– Alain a changé. Elle le manipule. Elle en veut à son argent. Dès que nous sommes cinq minutes ensemble, elle arrive, se jette à son cou et se colle à lui. Elle ne le lâche pas. Cette fille est vraiment une plaie. Elle ne parle à personne. Elle ne communique pas. On ne sait pas d'où elle vient. Je ne sais s'il est lucide mais il s'en moque comme d'habitude. Il sort avec elle parce qu'elle fait tout. Elle le distrait. Il ne rêve qu'à partir dans le sud, au soleil, avec ou sans elle. Avec elle, il pourra dormir toute la journée. Elle s'occupera de tout. C'est pratique pour lui. Il réclamera un mandat à son père quand il en aura besoin. Il ne demande rien d'autre.

CHAPITRE 16

Le parcours de Claire était aux antipodes de celui d'Alain. Enfant surdouée, elle avait suivi une scolarité sans faille et avait connu le succès très jeune dans ses activités. Célèbre à vingt ans, elle ne devait sa réussite qu'à elle-même. Elle avait toujours eu le besoin de partager, de donner, d'aimer et d'être aimée. Sa réserve d'amour était inépuisable. Il lui était vital, sans doute pour compenser quelque manque, de se sentir entourée et de susciter l'affection faute de quoi son énergie était réduite à néant. Elle ne comprenait pas que quelqu'un pût la détester et toute réaction négative à son égard la dérangeait et l'accablait pendant plusieurs jours. Naturellement généreuse et bonne, elle fuyait la méchanceté et la perversité. Cette incapacité à voir les défauts des autres ou à les nier était son talon d'Achille mais aussi la force qui lui permettait de réaliser les plus belles des créations. Sincérité, franchise lui ouvraient les voies de l'invention pure. Sa vie était fondée, depuis la naissance, de par son éducation sévère et le caractère des membres de sa famille, sur les valeurs fondamentales : respect de l'autre et honnêteté. Séduite, dès le plus jeune âge, par l'Essentiel, elle rejetait toute forme de tromperie, d'hypocrisie et de médiocrité et elle était persuadée que la plupart des gens lui ressemblaient.

Quand elle était enfant et adolescente, Claire était capable de passer des heures entières, seule, à imaginer des textes, à lire, à apprendre. Elle se nourrissait de musique, de littérature, de création artistique. Il lui fallait, chaque jour, inventer une œuvre- tableaux, dessins, objets, partitions, textes, vêtements, ornements, décorations. Ces réalisations addictives étaient si fondamentales pour elle qu'elle estimait que la vie ne méritait d'être vécue qu'à condition de lui apporter sans cesse son lot d'élaborations et de richesses.

Elle avait montré, dès la maternelle, un plaisir extrême à fabriquer des objets, à peindre, à tresser, à écrire, à dessiner, à jouer d'un instrument. Son travail intellectuel et artistique l'épanouissait si bien qu'elle rayonnait toujours dans tous les lieux où elle se rendait. Sa grande assurance et sa joie attiraient les regards. Une situation d'enfant surdouée se consacrant à ses passions qui refusait l'échec et plaçait dans ses réalisations artistiques tout l'amour qu'elle aurait voulu distribuer autour d'elle dans un monde où elle avait découvert, très tôt, l'ingratitude. Un cursus forcément excellent qui soulevait parfois les jalousies et les envies.

Alain, comme Claire, était entouré de pervers narcissiques où il n'y avait guère de place pour l'amour. Claire avait pu compenser ce manque affectif grâce à ses activités, à ses aïeux particulièrement aimants, à une famille qui la gardait quand elle était enfant, puis à Marc. Ce petit monde lui avait donné ce qu'elle attendait. Alain n'avait pas trouvé de compensation. Claire avait une volonté extrême de survivre et de chercher ce dont elle avait besoin pour s'épanouir. Alain avait baissé les bras et accepté son destin sans se battre. De ces deux parcours différents, ils en étaient ressortis, adultes, complètement opposés. Claire était souriante, heureuse de vivre. Alain était refermé sur lui-même, dépressif, mal dans sa peau, complexé et envieux, jaloux de ceux qui, comme Claire, avaient réussi dans leur vie. Il était d'autant plus triste qu'il était conscient des opportunités qu'il avait laissé passer : la direction de l'entreprise de son père avec qui il aurait pu travailler, l'argent que ses parents lui avaient donné mais qu'il avait dépensé au fur et à mesure sans penser à l'avenir. Il avait eu pour Claire un coup de foudre immédiat, tout d'abord parce qu'il l'avait tout de suite désirée quand ils étaient adolescents et qu'il aimait son apparence physique, mais aussi parce qu'il était admiratif de sa carrière. Argent, beauté, biens, réussite professionnelle : Claire avait tout ce dont il rêvait.

*

En attendant l'arrivée d'Alain qui lui paraissait interminable, Claire s'endormait par intermittence. Elle revivait en songe des événements lointains comme celui qui lui était arrivé quand elle était enfant. Elle avait ouvert l'un des tiroirs de son bureau pour y prendre un objet, un moulage peint. Mais l'objet qui n'avait jamais quitté ce tiroir n'y était plus. Elle l'avait cherché en vain sans comprendre. Il avait disparu.

Elle avait alors été attirée par une présence lumineuse dans le ciel. Un peu apeurée, elle avait regardé par la fenêtre cette forme qui avait le visage d'un homme, immense, remplissant l'espace. Il semblait lui sourire. Puis il avait disparu. Elle s'était alors sentie envahie d'une force exceptionnelle comme si rien ne pouvait plus jamais lui échapper ni lui résister. Elle était retournée voir si le moulage était dans le tiroir et il y était. Pendant les jours qui avaient suivi, elle avait eu l'impression de pouvoir tout réussir, tout obtenir. Elle se sentait guidée, accompagnée, soutenue. Elle avait eu l'étrange sensation que sa vie ne serait pas ordinaire et qu'elle avait été choisie. Jamais elle n'avait oublié la figure céleste, aimable, réconfortante, enveloppante comme si cette image impalpable et furtive l'aidait. Quand elle se sentait menacée, elle regardait vers le ciel et elle souriait. Il était là pour elle. Or, ce visage divin, qu'elle n'avait vu qu'une seule fois mais dont elle sentait la présence incessante, ressemblait à ceux de ses aïeux mais elle en avait aussi retrouvé des traits chez Marc et Alain. Claire avait tourné le dos à cette aide intangible, à ce soutien fantôme quand elle avait perdu Marc.

Dans son rêve, Alain, imbu de sa personne et déséquilibré, se substituait à l'image bienfaitrice qui s'imposait à elle. L'inquiétude la réveillait. Ne s'égarait-elle pas en acceptant la présence d'Alain ? Etait-ce la voie tracée pour elle ? Devait-elle s'y engager ? Alain avait-il raison ? Son destin était-il dorénavant lié au sien ? Puis elle replongeait dans un sommeil réparateur. Face à l'exigence de ses parents, Claire, enfant puis adolescente, avait décidé d'être non seulement à la hauteur de leurs ambitions mais de les dépasser. Exigeante, forte de ses succès, elle se sentait libre, puissante. Elle avait eu la chance de croiser le chemin de Marc qui possédait toutes les qualités humaines et qui avait su s'effacer pour lui permettre de vivre ses passions. Claire ne savait pas si Alain l'aiderait, comme Marc, à poursuivre son travail en toute quiétude. Elle en doutait et quelque chose d'indéfinissable l'inquiétait sans qu'elle fût capable de l'analyser d'une façon cartésienne.

Complices, Marc et Claire avaient grandi ensemble. Claire avait besoin du soutien et de la compréhension de Marc qui s'intéressait davantage à ses activités qu'aux siennes. Même s'il aimait son métier, le financier qu'était Marc était admiratif du succès de sa femme. Il respirait pour elle, pensait à travers elle, ne voyait qu'elle. Il assurait le suivi de ses promotions et de ses spectacles, partageait son univers. Malgré l'intérêt porté à ses études puis à ses fonctions, Marc avait même démissionné pour partager, chaque jour, l'existence de Claire. Si elle avait, tout d'abord, mal perçu ce nouveau rythme de vie, Marc avait su se montrer discret. Jusqu'à l'anéantissement : sa disparition subite. Claire était morte en même temps que Marc. Aimantée par les cimetières, elle arpentait les allées calmes où plus rien ne peut arriver, où le silence est de mise et où tout est enfin paisible. Et quand elle avait passé la journée en compagnie des hommes de l'Autre monde, apaisés, bienheureux, elle n'avait plus aucune envie de retourner chez les Vivants.

Son inconscient lui avait alors rappelé un incident qui lui avait fait frôler la mort quand elle avait dix-sept ans. Elle s'était alors sentie glisser vers la perte de toute angoisse, de tout désagrément physique. Qu'y avait-il de plus doux que cette aspiration vers la lumière, ce flottement vers des pertes de conscience et de douleur progressives où il était plus aisé de se laisser conduire que de revenir vers la dureté de l'existence? Claire, qui n'avait jamais redouté la mort, avait été totalement rassurée par cette épreuve pendant laquelle elle avait entrevu le départ vers l'Au-delà et elle comprenait que Marc eût fini par lâcher prise. La mort est un serpent séduisant, qui hypnotise pour mieux emporter, un chat face à un oiseau, un fauve face à une biche, à laquelle il est difficile d'échapper même s'il en est encore temps.

CHAPITRE 17

Marc et Claire s'étaient juré de mourir ensemble. Claire suppliait chaque jour le Destin de l'emporter dans son sommeil tant les réveils et la prise de conscience du réel étaient douloureux. Elle se mettait alors à pleurer et à trembler. Puis elle tendait le bras vers la partie du lit vide en murmurant le nom de Marc. Encore une journée à souffrir. Abréger cette souffrance… Mais les mots amoureux et fougueux d'Alain, ses lettres pleines de joie et de passion, ses échanges téléphoniques longs et complices lui sauvaient la vie : « je ne peux m'opposer à ta décision et je la respecterai mais rien ne changera mes sentiments pour toi. Je t'aime. Je ne sais que faire. Je suis désespéré. » Sentant Claire au bord du gouffre, il pleurait quand il n'avait plus de nouvelle. Il devait garder le contact avec celle qu'il ne voulait pas perdre. Quand elle s'absentait trop longtemps, il lui écrivait :

« J'ai eu si peur ! J'ai cru que … »

Claire, qui croyait à la frayeur d'Alain, ne percevait pas alors les intentions du pervers narcissique. Il y avait tant de crainte dans ses paroles et dans le ton de sa voix. Alain était au théâtre et il incarnait parfaitement son personnage. Faisait-il seulement la différence entre la vérité et ses mensonges ? Rationnelle, équilibrée, Claire recevait alors ses informations comme de simples déclarations auxquelles elle accordait toute sa confiance. Elle en oubliait ses jours d'errance dans les cimetières et sa communication avec les Bienheureux, revoyant plutôt les courses folles de son enfance, entre les tombales, à l'affût des lézards. La douleur est moins forte lorsqu'une explication éclaire l'inexplicable.

*

Claire s'était levée. Elle songeait à son prochain voyage à Dubaï avec Alain. Elle avait pris deux billets pour un départ prévu quinze jours plus tard. Comme elle s'apprêtait à regarder une émission télévisée dans laquelle elle avait été invitée quelques jours plus tôt, la sonnette avait retenti. Elle avait sursauté et laissé tomber le téléphone qu'elle gardait en main pour guetter les nouvelles d'Alain. Il était enfin arrivé.

– C'est rigolo, dit-il en voyant Claire à l'écran.

Il était heureux. Il pouvait l'être : il était soulagé. Claire lui apportait le confort, la sécurité, l'aisance, le bien-être, le gite et le couvert, l'amour et un carnet d'adresses. Malgré tout, au bout de quelques heures, Alain n'avait pu s'empêcher de faire quelques remarques désobligeantes :

– Tu aurais pu me faire de la place dans les placards.

La traduction était limpide : Claire aurait dû supprimer les affaires de Marc pour qu'Alain pût y mettre les siennes. Comme il aimait le répéter :

– Elle n'était plus la Claire de Marc mais « sa » Claire.

Alain était incapable de comprendre sa douleur.

L'appartement où il dormait, au début, très paisiblement devint vite un lieu hostile.

Deux jours avant leur départ pour Dubaï, Alain dit à Claire.

– Je n'irai pas avec toi.

Prise au dépourvu, Claire avait décidé de partir avec une collègue et avait laissé Alain seul à Paris. Dès son arrivée à l'aéroport, elle avait tenté de l'appeler.

– Tout va bien ?

Il lui avait fait une réponse étonnante.

« Fais bon voyage. Profites-en bien ».

La froideur du ton d'Alain l'avait inquiétée. Que préparait-il ? Quelle était la vraie raison de son installation chez elle ? Pourquoi ne l'avait-il pas accompagnée à Dubaï ? Il avait prétexté une visite de son fils Julien à Paris à laquelle elle n'ajoutait pas foi. Avant d'embarquer,

Claire était d'autant plus soucieuse qu'il ne répondait plus à ses messages. Elle l'avait appelé de Dubaï le lendemain.

– Pourquoi nous laisses-tu sans nouvelle ?

Elle ne pouvait imaginer qu'Alain espaçait ses messages pour économiser quelques centimes d'euros. Elle lui avait alors suggéré de l'appeler chaque soir, à heure fixe, avec son propre téléphone. Elle avait touché le point sensible. Le silence d'Alain était uniquement lié à son avarice. Elle ignorait aussi sa prétendue peur de l'avion dont lui parlerait son fils un peu plus tard. Inquiète, elle avait décidé d'écourter son séjour. « Si tu reviens plus tôt que prévu, je partirai très loin et tu ne me retrouveras jamais », lui avait alors écrit Alain. Faisant fi de ses menaces, Claire lui avait demandé de venir la chercher à l'aéroport avec sa propre voiture. Ils s'étaient retrouvés avec bonheur et passion comme si rien ne pouvait plus les séparer. Il semblait alors évident qu'ils étaient faits l'un pour l'autre. Leur entente paraissait parfaite à tous points de vue.

CHAPITRE 18

La nuit avait été douce, tendre, amoureuse. Les corps d'Alain et de Claire s'étaient mêlés en un seul S pendant tout leur sommeil, aucun n'osant bouger pour ne pas perdre leur chaleur commune. Alain aimait s'égarer dans la tiédeur du peignoir de Claire avant de le lui ôter lentement en embrassant son cou, ses épaules, son dos et ses reins du bout des lèvres. Comme un enfant, il lui parlait toujours, avant de s'endormir, des chansons qu'il aimait et les lui faisait écouter. Claire se moquait souvent des goûts inattendus d'Alain qui appréciait les vieilles mélodies du répertoire français et les jeunes artistes inexpérimentées, au timbre de voix inaudible et faux. Mais Alain, qui ne tolérait pas les plaisanteries à ses dépens, s'était vite détourné de ce genre de partage pendant lequel Claire donnait franchement son avis. Ils n'en restaient pas moins complices et proches, s'endormant ensemble aux sons de quelques musiques populaires. Les lèvres d'Alain se perdaient dans les cheveux et la nuque de Claire, la paume de ses mains se réchauffait contre ses seins, sa jambe s'égarait sur sa cuisse. Ils pouvaient tous deux s'assoupir en paix. Aucun bruit que leur souffle ; une obscurité presque totale ; l'impression de flotter dans un bien-être parfait.

Tout semblait être redevenu serein et paisible dans la vie de Claire qui devait, toutefois, gérer des sentiments contraires : une peine immense quand elle pensait à Marc et une joie intense d'être aimée. Quant à Alain, il paraissait se laisser aller au gré de ses sentiments sans songer au lendemain, enfin éloigné de tout tracas. Claire était son soutien, sa sécurité.

*

Réveillée avant son compagnon, Claire avait tenté de se dégager de son étreinte. Il avait gémi en entrouvrant les yeux puis il s'était étiré et l'avait laissé s'échapper. Après s'être douchée, elle était venue s'asseoir sur ses genoux. Il était déjà installé devant son ordinateur qu'il remettait systématiquement sur la page d'accueil lorsque Claire s'approchait de lui ou entrait dans le salon.

– Où en es-tu avec ton futur club de sport ?

Ce matin-là, les yeux fixés sur son écran, il semblait plus intéressé par la photographie d'une inconnue que par ses affaires. La veille, pour tenter de troubler Claire, il avait agi de même avec une jeune chanteuse et une actrice sans attrait :

– C'est *Elle*, avait-il dit simplement.

– Oui, bien sûr… Mais de quoi parles-tu ?

Alain ne parvenait pas à la rendre jalouse. Il la guettait. Son ordinateur n'était qu'un prétexte pour mieux l'observer. « Elle a mis vingt minutes pour se doucher. Elle a ouvert la bouteille d'eau de Cologne. Elle a fait dix pas pour arriver dans l'autre pièce. Il lui a fallu trente secondes pour mettre ses chaussures. »

– As-tu prévenu tes parents ? lui avait-il dit sur un ton autoritaire et glacial.

A chaque fois qu'elle s'apprêtait à travailler, Alain trouvait une excuse pour l'en empêcher en entamant un sujet de discussion alors qu'il était le plus souvent muet.

– As-tu dit clairement à tes parents que nous vivions ensemble ?

– Non, avait répondu calmement Claire. Ils savent que tu es là mais ils ne connaissent pas la nature de nos relations. Marc est parti depuis peu. Je ne veux pas les choquer. Je le leur dirai tranquillement. Rien ne presse.

– Si tu ne le fais pas dès aujourd'hui, avait répondu Alain, je le ferai moi-même.

– Cela ne te regarde pas. Je m'en occuperai. Quand tu es arrivé à Paris, tu insistais pour que je rencontre ta famille mais tu n'en parles plus.

Claire se demandait pourquoi Alain agissait ainsi. Elle ne pouvait imaginer que l'insatiable menteur « cloisonnait » chaque membre de sa famille, de Julien à sa mère en passant par ses parents ou son frère et sa sœur, donnant aux uns et aux autres des versions différentes de ses activités et de sa vie. En les mettant en présence, il aurait été démasqué, ce qui, à ses yeux, aurait été insupportable.

En fermant la porte de son bureau, Claire avait entendu Alain appeler ses parents au téléphone. Il le faisait généralement à heure fixe, matin et soir, sans réelle raison, comme un rituel obsessionnel ou un toc qui le réconfortait. Il ne paraissait donc pas aussi éloigné de sa famille qu'il le laissait croire. Peut-être même avait-il besoin de sentir cet ancrage dans son existence fragile même s'il s'en passait plus facilement quand il était en compagnie de Claire, substitut maternel à son manque d'assurance et de maturité. Alain pouvait rire et plaisanter avec ses parents, se montrant confiant grâce à la présence de sa compagne. Eux s'en réjouissaient : leur fils était enfin heureux. Ils ne l'avaient jamais vu ainsi. Sans le savoir, Claire apportait donc de la lumière, de la joie et un certain soulagement au sein d'une famille inquiète par le comportement anormal d'Alain.

– Avant de te connaître, il ne participait jamais aux repas familiaux, lui avaient appris son frère et sa sœur. Quand il y venait, il ne parlait à personne. Il était sale et mal rasé. Il quittait la table au milieu du déjeuner et s'en allait sans saluer personne. Depuis que tu es entrée dans sa vie, il participe aux discussions en riant, il étale devant toute la famille des photos de vos voyages et de vos déplacements.

– Il ne prend jamais de photo de moi.

– Il est très discret sur ce point.

Curieusement, Alain lui avait dit un jour en revenant de chez ses parents :

– Je voulais absolument que ma famille sache ce que tu fais. J'ai cherché partout une affiche du spectacle que tu organisais et auquel tu participais mais je n'en ai pas trouvé.

Claire avait souri. Les affiches étaient présentes sur toutes les colonnes Morris et dans tous les arrêts d'autobus. Alain était trop envieux pour évoquer la carrière de Claire dans sa famille. C'eût été se rabaisser alors qu'il avait voulu toute sa vie gagner, sans y parvenir, l'admiration de ses parents.

CHAPITRE 19

Alain s'était levé avant Claire. Il tapotait avec son crayon sur le plateau du petit bureau qu'ils avaient tous deux disposé dans le salon pour qu'il pût être à l'aise « dans son espace ». Il avait installé sa chaise face au couloir desservant la plupart des pièces si bien qu'il avait une place de choix pour observer toutes les activités de Claire. Bien qu'il trouvât le temps un peu long, surveillant la montre de son ordinateur toutes les minutes, il était capable de rester à l'affût pendant des semaines entières afin d'obtenir ce qu'il attendait. En l'occurrence, il voulait tout savoir sur Claire et s'était donné tous les moyens pour disséquer ses activités. Pour ce faire, sa rapide installation à Paris chez Claire était inespérée, ce qui lui permettait d'avancer considérablement dans l'objectif qu'il s'était fixé.

Il avait ajouté chez Claire quelques étagères, des petits meubles faciles à monter, à bas prix, qui lui permettaient d'y jeter appareils et vêtements, le reste ayant été provisoirement placé dans un garde-meubles dans le sud de la France et dans le grenier de ses parents. Nomade car il se voulait libre tout en étant incapable de l'être, nomade car il n'attachait aucune importance aux objets, impuissant à programmer un avenir, il avait exclu de son vocabulaire le mot « agenda ».

Il profitait du sommeil de Claire pour ajouter à la liste des tâches qu'il devait faire et dont il ne pouvait se rappeler sans pense-bête, ce qu'il allait dire à sa famille lors de ses appels téléphoniques quotidiens. Il fallait que Claire fût présente et qu'elle pût entendre. Il avait prévu de signaler à son frère que Claire « ne savait pas tenir une maison, que ses propres parents avaient un comportement détaché et bizarre à l'égard de leur fille. » Tout ce qui pouvait susciter l'interrogation, la peine ou la colère chez Claire était bon à prendre. Il savait qu'elle s'en offusquerait et ne manquerait pas de réagir, même intérieurement, à ses propos. Il s'en délectait à l'avance et rassemblait un maximum de réflexions susceptibles de lui déplaire et de la faire douter de sa supériorité et de son implication constante dans tout ce qu'elle entreprenait. Cette superbe, dont il était jaloux, l'exaspérait au plus haut point d'autant qu'elle le dévalorisait.

– Bien, bien, bien…murmura-t-il, satisfait en tirant un trait de crayon énergique entre chacune de ses idées couchées sur le papier avec une écriture fine, appliquée, quelque peu élégante et penchée sur la droite. Claire n'a pas été très réceptive à mes remarques sur les photos de ces filles sur mon ordinateur. Je dois trouver autre chose… Mes amies n'appréciaient guère, autrefois, que je regarde d'autres femmes. Mais Claire n'est pas jalouse. Elle est brillante. Je dois donc lui faire douter de son excellence. Il faut faire chanceler ce bel édifice et je trouverai le moyen de le détruire. Il y a toujours des failles chez un individu. J'ai bien observé sa famille. Je me suis montré avec elle le plus agréable possible. Mais elle est revenue de chez ses parents plusieurs fois contrariée en leur reprochant de se désintéresser de son sort. Ils ne la soutiendraient pas si je la déstabilisais. Elle serait seule. Elle s'étonne de mon manque d'intérêt pour mes précédentes compagnes. En réalité, contrairement à ce que je lui ai laissé croire, je n'en ai pas eu beaucoup. À part cette fille d'un club de fitness dont le frère était propriétaire…

Il avait ressorti le cahier de cours de cette élève qu'il avait gardé pendant des années et l'avait mis en évidence sur une étagère afin que Claire pût le voir. Il y plaçait aussi, de temps à autre, quelques lettres amoureuses, longues et flatteuses pour lui, qu'il mettait des heures à écrire quand Claire était absente ou endormie.

Alain avait déjà fait plusieurs jeux de patience sur son ordinateur et regardé un film comique et romantique d'une heure trente. Il avait une passion excessive pour ce genre de longs métrages dans lesquels il apprenait, lui qui ne ressentait aucun amour pour personne, les gestes du comportement amoureux. Il était également subjugué par les psychopathes, héros de séries devant lesquels il pouvait être étrangement froid ou, au contraire, tremblant d'angoisse.

Derrière la fenêtre, les branches des arbres, hautes, enchevêtrées, noires et tristes, se détachaient du ciel grisâtre. De certains, sauvagement élagués, ne restait qu'un tronc, en apparence mort, seuls les lauriers et les résineux apportant quelques touches de verdure dans ce lever de soleil fantôme. Un bruit désagréable et lointain d'éboueurs dérangeait les chants des moineaux. Concentré, Alain avait sursauté en entendant Claire parler à son chat.

– La voilà…

Il avait écrit : « Lever à 9 heures le 5 décembre 2006 (tard)-Elle joue avec son chat et le caresse-Elle se dirige vers moi et me dit bonjour puis file dans la salle de bain- Elle se lave les mains, se brosse les dents, se douche, se peigne, s'habille et sort. Elle a fait six pas pour se rendre dans la salle de bains, sept pas pour venir jusqu'à moi ».

Claire s'était approchée de lui pour l'embrasser sur la joue. Elle détournait toujours le regard quand il travaillait afin de ne pas avoir l'impression de se mêler de ce qui ne la regardait pas. Mais elle avait le temps de voir qu'il revenait toujours à la page d'accueil lorsqu'elle se penchait vers lui. Ce manque de confiance l'agaçait. Elle ne souhaitait, toutefois, pas partager ses états d'âme avec son compagnon pour éviter une discussion animée infructueuse. Du coin de l'œil, elle avait juste remarqué qu'Alain alignait sur son écran les fichiers de tout ce qu'elle détestait, autre sujet d'irritation que Claire avait l'intelligence d'ignorer. Elle ne pouvait faire que ce seul constat : Alain cherchait manifestement à lui déplaire et à soulever son mécontentement de toutes les façons possibles sans pour l'instant y parvenir.

Claire lui avait demandé s'il avait pris son petit déjeuner. Il s'était alors levé brusquement et avait saisi son sac.

– Oui, depuis longtemps. Tu te lèves tellement tard ! Au début, je dormais bien ici. Mais à présent…

– A présent ?

– Rien… Je dois aller chez mes parents.

– Très bien. Sais-tu à quelle heure tu vas revenir ? Ce soir ? Je ne t'attends pas pour déjeuner ?

– En fin d'après-midi, je pense. Je t'appellerai quand je partirai de chez eux…

Il n'avait manifestement aucune envie de les rencontrer.

– Je dois bien y aller une fois par semaine…

– Cela me paraît évident… avait répondu Claire.

Pendant qu'elle était dans la cuisine, Alain avait vérifié que tout était en ordre. Il avait placé en équilibre sur l'étagère le cahier de cours de son ancienne connaissance en sachant que Claire le ferait probablement tomber en frôlant le meuble. Il avait jeté sous la table la lettre d'une fausse soupirante, écrite de sa main, que Claire ne manquerait pas de ramasser, et en avait ajouté, à tout hasard, dans ses rangements de bureau transparents. « On verra bien si elle les regarde… » Pour le savoir il avait ajouté au-dessus des enveloppes un fin ruban rouge à peine visible qu'il avait pris en photo à l'aide de son téléphone. « Si la position du ruban est légèrement différente, j'aurai la preuve que Claire a ouvert ce tiroir et qu'elle a touché à mes affaires ». Il avait volontairement donné à Claire le mot de passe permettant d'accéder au contenu de son ordinateur et avait classé, les semaines précédentes, de nombreux dossiers sur ses prétendues relations. Ces dames avaient toutes des professions peu communes, acrobate dans un cirque, peintre urbaine itinérante, conductrice de train. Mais Alain avait, parfois, une imagination débordante.

Se demandant ce qu'il allait découvrir à son retour, Alain était parti amusé par les petites graines qu'il avait semées. Comment allait-elle se comporter en son absence ? Verrait-elle le journal de cours, l'enveloppe sous le bureau, les lettres dans son casier ? Sa fin de journée promettait d'être distrayante.

CHAPITRE 20

Alain était parti rejoindre sa famille le cœur léger, non qu'il eût envie de la voir mais son absence devait permettre à Claire de tomber sur toutes les pistes désagréables qu'il avait mises sur sa route. Il avait ouvert le coffre de sa voiture en sifflotant et y avait jeté son sac à dos avec une satisfaction affichée. Il imaginait la peine que Claire allait ressentir en trouvant ses pièges et s'en délectait. La souffrance qu'il procurait à autrui lui assurait une jouissance totale, nirvanesque. Bien que le ciel fût tristement gris et pluvieux, Alain avait jugé la température et la luminosité à son goût. Une douce chaleur et une agréable sensation de bien-être envahissaient son corps.

En entrant dans sa voiture, sa vieille automobile de luxe qui ne brillait pas par le nombre de kilomètres inscrit au compteur mais qui avait une carrosserie et une marque toujours aussi flatteuses, Alain avait passé la main dans ses cheveux comme un mannequin en vogue. En mettant le moteur en marche, il n'avait pu, toutefois, s'empêcher de remuer les lèvres avec un air capricieusement agacé.

– Je n'ai pas du tout envie d'aller là-bas…

Mais il tirait toujours de ces visites quelque chèque dont il avait besoin. Son sourire était revenu en songeant à la tête de Claire lorsqu'elle trouverait les lettres. Il avait éclaté de rire en pensant à une ancienne conquête, réelle celle-là, qui continuait à lui écrire chez ses parents. Il lui donnait l'impression d'être attentionné et délicat bien que ce fût la dernière de ses préoccupations. Après tout, cette Pétronille, que Patricia, toujours prompte à diriger sa vie, lui avait mise dans les bras et qu'il avait supportée sans conviction et avec un profond ennui, refusant de se rendre chez elle afin qu'il n'y eût aucune ambigüité sur ses intentions, pouvait lui être fort utile, tout d'abord parce qu'il ne se sentait pas à la hauteur de Claire et qu'il redoutait qu'elle ne le mît à la porte, mais aussi parce qu'elle pouvait être un moyen de rendre enfin Claire jalouse. Il avait donc décidé de rester vague avec cette femme en lui laissant croire, pour garder un lien avec elle, qu'il était déçu par sa relation avec Claire.

– Si cette gourde m'a encore envoyé une lettre de vingt pages, je pourrai la glisser sur ma table de chevet et Claire ne manquera pas de la trouver. Comme elle m'a invité pour le Réveillon, je vais lui laisser croire que je la rejoindrai. Cette idiote m'attendra seule toute la nuit. Ce n'est qu'un jeu. Il n'y a rien là de bien méchant.

Joueur pariant sur l'amour et la vie d'autrui, Alain avait encore envie de s'amuser et il était aussi périlleux d'entraver ses désirs que de le contraindre à agir contre son gré.

*

Claire avait beaucoup de mal à se concentrer sur d'autres sujets que la personnalité d'Alain. Quand elle partait à un rendez-vous, il lui disait souvent :

– Tu ne me retrouveras peut-être pas à ton retour…

Il est vrai que son sac était toujours prêt et ses affaires peu nombreuses. Il lui aurait été facile de disparaître en quelques minutes. Aussi finissait-elle par s'inquiéter lorsqu'elle quittait son domicile, se demandant en faisant les quelques pas qui séparaient son parking privé de la porte d'entrée, si elle allait revoir Alain en rentrant. Mais il était, le plus souvent, endormi sur le divan. Plusieurs questions s'imposaient à elle alors qu'elle revoyait par flashes les expressions étonnantes du visage d'Alain dans certaines circonstances. Lui qui était si heureux de rendre visite à Claire à Paris et qui riait en compagnie de ses parents était devenu sombre le soir même où il s'était installé définitivement chez elle. Lorsque la famille de Claire venait les voir, il restait parfois debout le visage fuyant, des tics montrant un mal-être inexpliqué comme s'il se demandait ce qu'il faisait dans ce cocon traditionnel peut-être étouffant pour lui.

– Il est un peu gêné, avait dit le père de Claire à sa fille en la rassurant. Il doit être timide.

Mais Claire avait plusieurs fois remarqué le regard et les yeux perdus d'Alain, presque paniqué. Tantôt il paraissait heureux et soulagé par cet entourage réconfortant tantôt il avait l'air hagard. Avait-il envie de fuir ? Redoutait-il de s'enfermer dans une vie de couple classique ? Cet aspect insaisissable du caractère d'Alain, son comportement inattendu, son impulsivité empêchaient Claire de vivre normalement. Elle détestait son instabilité et avait besoin d'un socle de vie solide ne serait-ce que pour exercer un métier créatif qui lui réclamait une totale disponibilité d'esprit. Or, la manière dont Alain la malmenait, consciemment ou non, mettait son système nerveux à rude épreuve. Elle ne savait plus sur quel pied danser et ne parvenait pas à deviner les pensées d'Alain pas plus qu'elle n'était capable d'anticiper ses actes. Ces incertitudes lui faisaient peur, le mystérieux Alain se complaisant à nourrir cette confusion.

Après avoir pris son petit déjeuner, Claire était retournée à son bureau. Elle avait été intriguée en passant près des affaires d'Alain par la couverture rouge du cahier placé sur l'étagère. Elle allait le remettre en place pour lui éviter de tomber.

« Je dois en savoir plus sur lui », se dit-elle finalement en l'ouvrant.

Elle se sentait en danger.

– Que cache-t-il ? murmurait-elle en feuilletant rapidement les pages.

L'écriture était infantile. Il n'y avait que des notes de cours.

– Alain se moque-t-il de moi ? Il n'a rien gardé avec lui sinon l'essentiel, ses papiers d'identité, son argent de poche, quelques vêtements et il conserve ce cahier depuis des années …

Elle avait alors aperçu, comme Alain l'avait deviné, les courriers à en-têtes fleuris à travers ses rangements transparents. Elle s'était contentée d'ouvrir les tiroirs et de voir ce qu'ils contenaient.

– Si Alain me cachait des éléments importants de sa vie, il ne les laisserait pas trainer…

Elle ne comprenait pas que d'anciens écrits sans importance fussent présents dans des casiers achetés quelques jours auparavant. Mais Alain ne l'avait-il pas guidée jusqu'à ces lettres en lui disant :

– Je ne souhaite pas que tu lises les courriers des femmes que j'ai connues avant toi.

Elle n'avait pas prêté attention à ces mots qui lui avaient semblé absurdes. Malheureusement pour elle, Claire était l'Elue, l'aimée mais aussi celle qui devait être détruite et dont le seul destin possible était la mort, triomphe absolu du bourreau sur sa victime. Ces petites manipulations, apparemment sans conséquence, multipliées quotidiennement, représentaient autant de jalons vers une déstructuration sûre et inévitable du cerveau. Insidieusement, lentement, méticuleusement, Alain injectait dans son sang un poison mortel.

CHAPITRE 21

Le téléphone de Claire avait sonné au moment même où elle ramassait une feuille qui s'était envolée des affaires d'Alain.

– Oui, avait-elle répondu sèchement à son conjoint en voyant son nom affiché sur l'écran du portable.

– Je suis en train de marcher vers ma voiture. Je viens de quitter ma famille.

– Déjà ? Mais tu n'es pas resté avec eux jusqu'au soir ?

– Non. Je vais tenter d'éviter les embouteillages et de rentrer assez tôt pour trouver une place devant chez *nous*.

Claire ne pouvait pas ignorer ce *nous* par lequel Alain montrait clairement qu'il avait adopté le lieu d'habitation de Claire et qu'il estimait y être chez lui.

– Ce n'est pas très gentil pour ta famille.

– C'est largement suffisant.

Claire avait raccroché tout en regardant la feuille échappée du bureau d'Alain. Elle avait reconnu un courrier que l'une de ses secrétaires lui avait envoyé il y avait plusieurs années.

« Comment Alain peut-il avoir cette lettre entre ses mains ? » Elle se souvenait parfaitement de l'endroit où elle l'avait rangée. Il fallait qu'Alain eût fouillé dans ses documents, qu'il eût lu les missives classées en piles dans un petit meuble et qu'il en eût extrait celle-là. Il s'agissait d'une négociation avec un partenaire.

Claire n'avait guère apprécié qu'en son absence, Alain eût osé se rendre dans son propre bureau pour y lire ses courriers et elle avait décidé de l'attendre de pied ferme pour lui demander des explications.

En voyant son visage contrarié, pensant que ses manipulations avaient fait son œuvre, Alain n'avait pu retenir un sourire. Mais celui-là s'était aussitôt estompé en laissant place à une confusion mal dissimulée quand Claire lui avait dit :

– Pourquoi cette lettre était-elle dans tes affaires ? Je l'avais classée et, comme elle n'est pas récente, elle devait se trouver au milieu d'une pile de documents. Ne me dis pas que tu as lu l'ensemble de mon courrier en mon absence et que tu as gardé les correspondances qui pouvaient te servir ? Que comptes-tu en faire ? Prendre exemple sur moi pour apprendre à négocier un contrat ou trouver un partenaire ? Il suffit de m'observer comme tu le fais très attentivement depuis des jours !

Claire ne souhaitait pas qu'Alain connût les stratégies choisies par ses équipes. Elle était même un peu gênée qu'il eût pu en trouver tous les détails. Elle avait vraiment l'impression qu'il avait fait intrusion dans sa vie privée et professionnelle. Alain, qui ne s'attendait pas à la découverte de Claire et qui pensait avoir soigneusement caché la lettre, était devenu rouge et avait bafouillé quelques mots inaudibles, ce qui ne lui arrivait jamais. Il se gardait bien d'être pris en défaut sur quelque point que ce fût, préférant juger les autres et leur attribuer des notes.

– Je n'ai jamais vu cette lettre… Je ne sais pas d'où elle vient…

– Ce n'est pas possible ! avait clamé Claire en se dirigeant vers son bureau. Ton attitude est inqualifiable !

Mais, au lieu de s'excuser, Alain, comme à l'accoutumée, avait repris sa superbe.

– Cette manière de traiter des échanges de marchandises ou de chercher des sponsors n'est pas jolie, jolie…

Il ne niait plus avoir pris connaissance du document. Il inversait, comme d'habitude, la situation en jetant l'opprobre sur son interlocuteur et en lui infligeant des reproches iniques.

– On te prend en flagrant délit de mensonge et tu oses donner des leçons aux autres !

Claire était si révoltée qu'elle préférait en rester là et ne pas envenimer la conversation.

– Décidément ! Avec toi la vie me réserve chaque jour son lot de surprises !

Cette diversion n'avait pas empêché Alain de constater que Claire avait touché au cahier et aux lettres qu'il avait laissés à sa portée. Ses repères étaient à terre ou avaient changé de place. Claire n'avait pas pris la peine de remettre les documents à leur place. Elle les avait déposés, au contraire, en évidence sur son ordinateur, jugeant son message clair et sans appel : soit Alain emportait loin de chez elle des écrits qui n'avaient rien à y faire soit elle les jetait. Alain avait agi comme si rien ne s'était passé et n'avait rien dit. Il avait juste remis lettres et cahier là où ils se trouvaient quand il était parti.

*

Le lendemain, comme il le faisait chaque matin, Alain avait demandé à Claire ce qu'elle avait projeté comme activité pour leur journée. Ces attentes incessantes alors qu'elle avait beaucoup de travail et de papiers administratifs à régler indisposaient Claire. Elle avait l'impression d'amuser un enfant et de chercher chaque jour une nouvelle distraction pour l'occuper.

– Avant, je sortais tout le temps…, insistait Alain.

Claire avait eu tort, là encore, de prendre cette remarque au pied de la lettre car elle avait appris, ensuite, qu'Alain ne s'intéressait à rien, qu'il se contentait d'écouter des chansons ou de regarder des films, qu'il n'avait jamais été visité ni musée, ni château, ni village. Or, afin de la déranger dans l'avancée de ses travaux, Alain se complaisait à la harceler de requêtes.

– Si, un jour, nous allons dans le sud, je te montrerai, moi aussi, tous les endroits que j'aime et qu'il faut découvrir, insistait-il.

Cluny, Senlis, Chambord, Cheverny, Fontainebleau, Versailles… Claire et Alain écumaient tous les bois, tous les zoos et, pendant ce temps, Claire pensait aux dossiers qui l'attendaient et qu'elle devait traiter.

– Ce serait magnifique de venir cet été écouter un concert en plein air dans ce parc, avait-elle dit un jour à Alain en prenant le programme.

Nous sommes à cinquante kilomètres de Paris. Ce n'est pas très loin. Viens ! On va marcher dans ce bois et, comme il fait froid, arrêtons-nous dans ce chalet pour y manger des crêpes.

Muet, Alain avait avancé le visage fermé et les lèvres pincées. Claire se demandait à quoi il pouvait bien penser. Renfrogné, il avait subitement appelé un ami habitant dans le sud de la France. La discussion avait duré une vingtaine de minutes.

– Oui, je peux venir sans aucun problème. Tu as besoin de moi pour élaguer des arbres et faire des buches ? Je serai là.

– Tu vas partir? lui avait demandé Claire quand il avait raccroché.

– Oui, quelques jours. Je ne peux laisser Christian ainsi. Ses parents sont très âgés. Son père ne peut plus jardiner. Je l'aide tous les ans…Il ne savait pas où j'étais…

Claire avait jugé très curieux qu'Alain acceptât de faire deux mille kilomètres pour aider un copain à couper du bois. Elle avait appris plus tard de la bouche même de l'intéressé qui était devenu l'un de ses amis qu'à aucun moment Alain ne l'avait appelé, qu'il ne le voyait et ne l'aidait jamais.

– Quand j'entrainais, autrefois, dans le même club de gymnastique que lui il choisissait les cours les plus rémunérateurs et les plus intéressants. Il ne laissait que les miettes aux autres. Je ne savais même pas qu'il habitait avec toi !

– Il ne t'avait rien dit ?

– Je n'ai pas eu de nouvelles de lui pendant des mois et je ne m'en porte pas plus mal.

– C'est impossible, lui avait dit Claire. Il t'appelait tous les deux jours chez moi.

– Il faisait mine d'appeler mais il ne m'a jamais téléphoné.

Au moment de monter dans sa voiture, Claire avait proposé à Alain de conduire à sa place.

– Cela me reposera un peu…

– Encore des reproches ? Tu es fatiguée à cause de moi ?

Alain avait claqué violemment la portière et était rentré par ses propres moyens. Claire était lasse de son caractère bipolaire, de ses humeurs changeantes, de ses insultes injustifiées alors qu'elle lui payait tout et se sacrifiait pour le voir heureux. Alain devenait de plus en plus exigeant et le fait d'être systématiquement écouté le rendait encore plus capricieux. Les décisions de Claire étaient d'autant plus étonnantes que celle-ci n'aurait jamais cédé devant de telles fantaisies avant la disparition de Marc. Jugeant la vie désormais imprévisible, redoutant le pire à tout instant pour ceux qu'elle aimait, Claire tolérait l'inacceptable comme si le temps risquait de lui manquer pour donner aux autres ce qu'elle voulait leur offrir. Alain bénéficiait sans limite de ces flots de générosité et il avait compris tous les bienfaits qu'il pouvait tirer de Claire, en deuil, traumatisée par la perte subite de son mari. Il était aussi machiavélique que fin dans l'analyse d'un caractère meurtri qui n'a plus les facultés de réagir comme il le devrait. Mais le tempérament fort et parfois redoutable de Claire n'était qu'en sommeil et, même endormi, il savait encore déceler et pressentir les prédateurs. A ce jeu pervers, Alain n'était pas sûr de gagner.

CHAPITRE 22

Claire se sentait de plus en plus utilisée par Alain. Non seulement il l'empêchait de travailler en estimant qu'elle devait se consacrer uniquement à ses propres affaires mais il était incapable d'assurer le suivi des dossiers qu'elle lui résolvait. Elle seule avait des idées, rédigeait des synopsis, recherchait des partenaires et des financements pour les projets d'Alain. Ce dernier se contentait de l'accompagner en tremblant à chaque rendez-vous qu'elle fixait pour lui. Comme il ne cessait de répéter que son plus grand rêve était de gérer et de posséder un club alors que ses précédentes tentatives dans ce domaine avaient été infructueuses, Claire avait décidé de mettre en place une synergie imposante. Il lui semblait intéressant de rendre ce club unique, d'y créer des activités inattendues, d'y mêler des industriels et des responsables de maisons de production.

– Quand tu assureras la promotion de ton club, il faudra réaliser en même temps des émissions de téléréalité sur le fitness. Je connais deux producteurs qui nous aideront. Ces tournages permettront d'obtenir les meilleurs sponsors. Les marques les plus importantes seront à ta portée. Elles sont tellement sollicitées qu'il te faut un argument de poids pour les décider à te rejoindre. La télévision est l'atout le plus convaincant.

Claire lui avait fait rencontrer l'un des plus grands patrons au monde. Elle avait réussi à lui obtenir la production d'une série de jeux télévisés. Elle avait convaincu l'ami auquel elle pensait dès leurs premières discussions sur ce projet, célèbre dans la communication et l'informatique, de le mettre sur pied avec l'appui d'un site sur internet qui servirait de vitrine à son club. Cet intime de Claire avait désigné plusieurs personnes de son entreprise pour l'aider quotidiennement et gracieusement jusqu'à son ouverture. Ils avaient des rendez-vous avec lui plusieurs fois dans la semaine et bien qu'Alain eût pu s'y rendre seul, il suppliait Claire de l'accompagner. Il apprenait ainsi son métier en l'observant. Il l'écoutait négocier, prendre les rendez-vous, avancer ses arguments et il prenait des notes. Car, en son for intérieur, il était décidé à bénéficier seul de cet apprentissage quand il se sentirait prêt.

Observer, reproduire, voler des idées, des données, des listes de contacts, des fichiers étaient à la portée d'Alain qui pensait pouvoir réussir sans l'aide de quiconque, lui qui n'avait aucune notion de droit, d'économie, de comptabilité et qui n'avait aucune connaissance dans le domaine de la communication. Son caractère insupportable l'avait coupé de ses relations, chacun lui ayant peu à peu tourné le dos. Claire était donc consciente que la partie n'était pas gagnée d'avance.

– Seul tu n'y serais jamais arrivé, lui avait-elle dit. Je pense y parvenir en mettant tout en œuvre et en faisant jouer mes relations les plus haut placées. Je n'aime pas échouer et je suis sûre d'atteindre le but que je me suis fixé. Mais rien n'est acquis. Ce sera difficile…

Toutefois, si ses bonnes intentions et son enthousiasme étaient à leur paroxysme quand Alain lui avait réclamé son aide en avouant qu'il était incapable de réaliser son rêve, Claire ne supportait plus que son compagnon l'empêchât d'effectuer tout ce qu'elle devait faire dans sa propre vie. Elle l'assistait, le soutenait, l'encourageait, l'aidait. Elle faisait véritablement le travail d'Alain qui n'était pas capable d'appeler les responsables d'une marque de sport pour leur présenter son projet. Au lieu de se montrer reconnaissant et de la remercier, Alain faisait mine de s'intéresser à d'autres femmes, cherchant ainsi à la rabaisser parce qu'il était lui-même incapable d'exister. Mais Claire, qui n'était toujours pas jalouse et qui n'avait aucune raison de l'être, le trouvait, de ce fait, honteusement stupide.

– Quel bon à rien ! lui disait-elle parfois, irritée par son manque d'initiative et son laxisme. Bouge-toi un peu !

Alain était tout à fait capable d'accepter de tels reproches du moment que sa compagne continuait à travailler pour lui. Indolent, passif, paresseux, le Seigneur Alain voulait tout sans rien faire. Il n'avait pas compris que sans compétence, sans instruction, sans courage, sans carnet d'adresses, il ne réussirait jamais. N'avait-il pas avoué un jour à Claire, avec une rare lucidité, qu'il était un « perdant » ? Mais sa principale occupation était de rêver. Toucher ce rêve du doigt n'était pas vraiment son objectif. Il s'inventait un monde, prétendait qu'il dirigeait une société dans une pièce vide, assis sur un immense fauteuil de président-directeur général, qui occupait toute la superficie de la salle. Il laissait croire qu'il avait dirigé des sociétés, qu'il avait obtenu des diplômes importants. Tout n'était que vent, mensonges, utopie. Il se disait accaparé par le travail alors qu'il regardait des films ou écoutait de la musique toute la journée.

Alain était si vide derrière son masque, dans sa coquille creuse qu'il avait honte de son impuissance. Il lui fallait la cacher chaque jour, se présenter d'une manière impeccable, jouer un rôle pour être respecté. Lui seul savait qui il était vraiment, bien qu'à force de s'imaginer des vies réussies, il finît sans doute par y croire réellement. Mais un obstacle se présentait dans son monde imaginaire : la trop brillante Claire qui commençait à comprendre quelle était sa vie depuis plus de trente ans. Or, il ne pouvait supporter d'être ainsi démasqué. Quand il l'était, il n'avait pas d'autres solutions que de recourir à la violence : il devait l'empêcher de révéler aux autres ses véritables traits de caractère. Il redoutait son intelligence et sa pertinence. « Je ne sais si tu es la chose la plus belle ou la plus dangereuse que j'ai rencontrée »... Claire comprenait désormais le sens des mots d'Alain qu'elle avait trouvés abscons quelques semaines auparavant. Alain avait un secret, un monde à lui, un tempérament très éloigné de celui qu'il montrait. Sous des airs affables et un sourire bon enfant, il était fou et terriblement dangereux. Il était également capable de dire des incongruités dans les lieux les plus insolites et les moins appropriés.

– As-tu remarqué que les caméras sont toujours braquées sur les fesses des filles lors des retransmissions de compétitions de gymnastique ? avançait-il en pleine séance de travail.

Alain détaillait bizarrement et avec une drôle de curiosité les femmes en tenues de sport et les filles en maillot de bain au bord des plages comme s'il n'avait jamais vu un corps féminin. Cette attitude quelque peu puérile dénotait de la timidité, de la méfiance et surtout un manque d'assurance et un infantilisme étrange. Pour compenser ces faiblesses, il prenait un plaisir immense à mettre ses élèves et leurs parents sous emprise. Tout être jeune et inexpérimenté devenait une proie facile pour cet être peureux et lâche qui rêvait de pouvoir.

– Si vos enfants réussissent, ce sera la gloire, la fortune, la notoriété! leur répétait-il.

Il n'évoquait ni les frais de déplacement lors des compétitions, ni les coûts des équipements et des cours qui interdisaient aux plus démunis d'avoir une quelconque chance de devenir champions. Mais il devait monter un club, avoir des adhérents, se constituer une vitrine en accueillant les plus doués. Ruiner des familles ou détruire l'avenir de jeunes enfants ne suscitaient chez lui aucun remords, aucun état d'âme. Seul comptait ce qu'il désirait à n'importe quel prix. Pour les empêcher d'avoir une vie familiale équilibrée, situation qu'il avait été incapable de créer pour lui-même, il imposait à ses gymnastes des cours quotidiens, les inscrivait dans des compétitions tous les dimanches et les jours fériés, renvoyait dans les cordes les épouses qui se plaignaient de ne plus voir leur mari ou leurs enfants. Il s'immisçait dans la vie de ses élèves et de leur famille, s'imposant, dictant sa loi face à des personnes qui faisaient confiance à son ton assuré et exigeant. Ne leur racontait-il pas qu'il avait été un excellent athlète, qu'il avait réussi brillamment des concours et qu'il était sans doute l'un des meilleurs professeurs de la planète ? Le non-communicant était, alors, capable d'improviser des monologues enflammés et convaincants qui soulevaient la colère de Claire, hostile aux escroqueries et aux mensonges.

– Pour créer un club de haut niveau, lui avait-il dit, il faudrait que je reprenne contact avec les élèves que j'avais il y a quelques années. Mais certains habitent à l'étranger. Je devrai trouver une solution pour les loger, les encadrer. J'avais les parents dans la poche.

La mainmise qu'Alain avait sur ses élèves et leurs parents était une véritable addiction. Le sport lui permettait de canaliser sa violence et d'exercer sur son entourage une emprise totale. Son cerveau déchainé en avait besoin. Comme il n'exerçait plus depuis plusieurs semaines, Alain commençait à devenir verbalement violent avec Claire. Il lui fallait extérioriser ce bouillonnement intérieur qui l'animait et l'oppressait sans cesse. Seule Claire, présente à ses côtés, pouvait être le bouc émissaire de sa frustration.

CHAPITRE 23

Alain redoutait surtout que Claire ne découvrît certains éléments de son passé. Aussi espionnait-il tout et, comme il aimait à le dire, cloisonnait-il tout. Il ne savait encore comment il empêcherait Claire de voir sa famille, son fils ou le beau-père et la mère de Julien mais il lui fallait trouver le plus tôt possible une solution. Il improvisait chaque jour comme un équilibriste sur un fil et mentait constamment.

Alain réfléchissait à sa table de travail. Il n'avait guère apprécié que son fils écrivît à Claire pour la remercier de ses cadeaux. Il écoutait leurs conversations au téléphone et se demandait s'il devait les présenter l'un à l'autre. Il faudrait bien qu'il prît un jour la décision d'inviter Claire dans sa famille alors qu'il avait souvent raconté aux uns et aux autres des histoires contradictoires. De son côté, Claire commençait à se lasser de voir Alain esquiver ces rencontres inévitables d'autant qu'il voyait régulièrement ses propres parents. Intriguée puis vexée, elle finissait par croire qu'Alain ne souhaitait finalement pas la présenter aux siens. Or, ce dernier n'était, en réalité, uniquement préoccupé que par les mensonges qu'il avait dits et qui risquaient d'éclater au grand jour.

– On cloisonne, on cloisonne, répétait-il à Julien quand il l'appelait au téléphone.

Leurs relations étant souvent conflictuelles, le père et le fils pouvaient ne pas se parler pendant des mois. Mais, lorsqu'ils entraient de nouveau en contact, le père, mielleux, rendait aussitôt Julien dépendant si bien qu'ils étaient alors capables d'échanger de longues conversations plusieurs fois par jour. Soumis aux volontés d'un père apparemment intransigeant et autoritaire, qui cachait ainsi sa mentalité infantile et son manque total d'amour, le fils approuvait les paroles souvent ridicules d'un parent avec lequel les dialogues n'avaient rien de tendre ni de complice. Redevenir le petit garçon de deux ans qu'il avait été en approuvant sans cesse Alain était pour lui la seule façon de pouvoir communiquer avec un père incapable de le faire normalement. Aussi préférait-il, parfois, éviter ces relations éprouvantes qui nécessitaient une soumission insupportable pour être possibles. Le moindre écart, la plus petite remarque ou contradiction faisaient, en effet, chanceler cet édifice fragile. « Il s'entretient trop souvent avec Claire », se disait Alain, envieux de leur bonne entente et inquiet des révélations que son fils pouvait lui faire.

Alain n'avait jamais tenu son fils dans ses bras quand il était enfant.

– Lorsqu'il le faisait devant des étrangers pour laisser croire qu'il m'aimait, je pleurais, je criais, je me débattais et tentais de me dégager de son étreinte car j'avais peur de cet homme qui était pour moi un étranger. Il me prenait sur ses genoux en public pour montrer à tous qu'il me témoignait de l'affection. Il voyait cela dans les films et dans les autres familles mais aucun geste affectueux n'était chez lui naturel. Il se contentait de reproduire le mieux possible ce qu'il observait.

Cette confidence que Julien avait faite à Claire l'avait bouleversée.

Alain avait, en effet, pris l'habitude de ridiculiser ou d'ignorer son fils et sa mère lorsqu'ils vivaient avec eux. Il rentrait tard du travail et montait directement dans son bureau où il dormait pour éviter tout contact avec une femme qu'il détestait. Il ne partageait pas leur repas. Quand il se trouvait seul avec Julien, il refusait de lui adresser la parole et le laissait, même petit, gérer lui-même ses affaires. Il possédait son assiette, ses couverts, son verre personnels et refusait de manger avec ceux des autres. Il avait son réfrigérateur privé. L'atmosphère était si lourde au foyer quand il rentrait que personne n'osait plaisanter. On parlait bas pour ne pas déranger Alain qui ne se gênait pas pour monter le son de la télévision surtout quand son enfant dormait.

Honorer de temps à autre celle qu'il avait épousée mais qu'il haïssait était pour lui un tel calvaire que la pauvre femme avait demandé au juge une séparation de corps avant de divorcer. Pendant des années, elle avait, pourtant, aménagé un terrain laissé à l'abandon et une maison en ruine qu'il avait achetés. Elle y avait laissé sa santé juste avant qu'Alain n'eût tout revendu pour acquérir en quelques instants un club abandonné situé à des kilomètres de leur lieu d'habitation, près de Grenoble.

Alain ne faisait mine de s'intéresser qu'à ses élèves, ceux qui étaient, prétendait-il, plus doués que son fils. Il poussait le vice jusqu'à leur porter leurs affaires et à les raccompagner chez eux en laissant Julien, délaissé, rentrer seul. Il plaisantait tant sur ses points faibles que celui-ci s'était gravement blessé pour être à la hauteur de ce qu'il attendait de lui. Il avait également une attitude très ambiguë vis-à-vis de ses très jeunes élèves, flattées de plaire à un homme de quarante ans, créant ainsi le doute, la suspicion et un climat malsain au sein de sa famille. Il organisait des stages avec des groupes de gymnastes pendant les vacances scolaires, les hébergeant et les imposant chez lui, tandis que sa compagne lavait leur linge, préparait les repas et les lits. Quel plaisir prenait-il alors à se moquer de cette femme qu'il traitait de « bonne à rien » devant des jeunes hilares et irrespectueux. Flattant l'ego de quelques adolescents, il se complaisait ainsi dans des situations perverses. Mais n'était-il pas marié et n'avait-il pas un enfant ? Ce statut lui permettait, croyait-il, de tout imposer dans ce foyer où lui seul travaillait. Il avait la mainmise sur tous. Alors même qu'il pensait tout contrôler, sa compagne avait, toutefois, fini par se rebeller et fuir, une décision inacceptable dont il avait l'intention de se venger. La riche et belle Claire pouvait l'aider sans le savoir en rendant cette ancienne conjointe jalouse.

Mais le démon d'Alain le poussait à reproduire avec Claire ce qu'il avait fait autrefois. Inlassablement, inexorablement, sa maladie mentale l'obligeait à revivre les mêmes faits, de la même manière, transposés dans des lieux différents. « Et si les endroits étaient les mêmes? se mit alors à imaginer Alain. Claire souhaite acheter une maison à l'étranger. Je peux la décider à la choisir dans le sud de la France, là où j'ai vécu ce cauchemar dans un foyer qui s'est disloqué. Je réussirai là où j'ai échoué à cause d'une femme cupide, sotte et infidèle. Ai-je suffisamment de pouvoir sur Claire pour l'obliger à acheter là où elle ne le veut pas ? Je dois lui laisser croire que je suis capable de la quitter si elle ne le fait pas. Je peux tenter l'expérience mais il me faut attendre encore un peu. Quand nous aurons vécu quelques mois ensemble, je lui dirai un jour que je repars vivre dans le sud de la France. Je n'en ai pas les moyens mais j'inventerai qu'un ami peut m'y héberger sans problème. On verra si elle propose de s'y installer aussi… Patientons. »

Toujours préoccupée de transformer la vie d'Alain, qu'il considérait lui-même comme un échec, Claire s'était attelée à sa tâche dès leurs retrouvailles et son installation à Paris. Elle avait immédiatement cherché dans la capitale, pour les élèves d'Alain, un club de gymnastique susceptible de les recevoir et d'accepter ses cours.

– C'est quasiment impossible, lui avait expliqué Alain. Il est interdit de donner des cours dans un club où l'on n'est pas officiellement professeur et les éducateurs salariés ont peur que des nouveaux prennent leur place…

Claire se voulait rassurante.

– On va trouver.

Elle avait appelé et rencontré des maires, s'était expliquée avec les adjoints aux sports et des hôteliers susceptibles d'accueillir de jeunes sportifs. Elle avait répondu à une bonne centaine de rendez-vous et avait trouvé une solution pour que les anciens élèves d'Alain pussent venir deux semaines par mois à Paris. Alain irait les quinze jours suivants dans le sud de la France. Malgré ses efforts, aucun de ses projets n'avait abouti sous le fallacieux prétexte que les parents ne souhaitaient pas voir leurs jeunes adolescents quitter le cocon familial. En réalité, trop paresseux et trop avare pour se déplacer une fois par mois dans le sud de la France, ne souhaitant pas poursuivre ses cours avec d'anciens élèves, Alain avait encore menti. Quant à Claire, elle s'était échinée pour rien.

Alain avait alors bien d'autres préoccupations quasiment obsessionnelles. Chez Claire, il passait ses journées au téléphone, appelant tous les notaires et avocats de France, estimant qu'il s'était fait escroquer lors de son divorce. Il aurait voulu, disait-il avec le profond désarroi d'un pervers narcissique atteint dans son ego par sa partenaire et non par la douleur d'un père privé de sa progéniture, voir son fils plus souvent, non par amour paternel mais pour l'éloigner de sa mère, et estimait que les biens acquis pendant un mariage qu'il rejetait l'avaient été grâce à des héritages venant de sa famille. Il souhaitait donc les récupérer dans leur intégralité par tous les moyens.

– Je voudrais tout vendre car j'ai besoin d'argent, avait-il confié à Claire mais cette femme me complique la vie. Elle prétend que je ne peux rien faire sans son accord et que la moitié lui appartient. Elle n'avait rien quand je l'ai épousée. Elle a profité des fruits de mon travail et des dons que mes parents m'ont faits.

– Je peux t'aider à vendre si tu le souhaites. Je connais plusieurs directeurs d'agence très efficaces. Ces maisons peuvent peut-être intéresser des personnes originaires de la région de Grenoble qui souhaiteraient y retourner pour leurs vacances ou leur retraite. Les prix sont très raisonnables.

– Je n'ai eu aucune proposition de visite de la part des nombreuses agences que j'ai contactées. Quand d'éventuels acquéreurs se présentent, la mère de Julien refuse de se déplacer pour faire visiter les lieux alors qu'elle habite toujours dans la région. Elle prend manifestement plaisir à me mettre dans l'embarras. Voilà pourquoi j'ai besoin d'un avocat efficace.

Alain était revenu un soir de chez ses parents très excité.

– On part demain pour Grenoble…, avait-il dit à Claire.

– Tu peux y aller sans moi…

– J'y vais en voiture. Je préfère que tu m'accompagnes.

Sentant qu'il avait besoin d'elle, Claire avait accepté.

– Qu'allons-nous faire ? lui avait-elle demandé dans la voiture.

– J'ai rendez-vous avec Julien dans la rue où il habite. Je dois ensuite me rendre dans la maison qui est en vente car je dois y récupérer des documents. Nous irons ensuite au gymnase où je travaillais. J'y avais fait construire un petit chalet où je dormais pour avoir la paix. Je veux y reprendre mes affaires avant que quelqu'un d'autre ne les trouve.

– Tu ne vas pas voir Julien chez lui ?

– Pas question. Je ne veux surtout pas rencontrer sa mère. On se parlera dans la voiture.

– Tout cela est ridicule… Dis-lui de nous rejoindre dans un restaurant !

– Je ne veux pas qu'il te rencontre. Tu m'attendras…

– Je ne t'accompagne pas pour te tenir compagnie dans une voiture de Paris à Grenoble !

Aussitôt arrivé, Alain avait appelé son fils au téléphone et lui avait proposé de le retrouver devant chez lui. Il avait demandé sèchement à Claire de sortir de son véhicule et de patienter au centre-ville. Révoltée par un tel comportement, elle avait dû attendre pendant deux heures l'appel d'Alain. La nuit était tombée depuis longtemps. Les décorations de Noël, multicolores, d'une gaieté contrainte et rigide à une époque glaciale et chaleureuse, sous les flocons de neige qui gelaient les chevelures, les bonnets et les crinières des chevaux caparaçonnés de couvertures à grelots, rouges, dorées et argentées, tirant des traineaux tintinnabulants, guidés par des Pères Noël d'occasion, clignotaient lentement dans la froidure hospitalière d'une fin d'année. Agressée par les vitrines abondamment éclairées des boutiques et des grands magasins et par l'afflux nocturne des Grenoblois courant, s'agitant en tous sens, Claire avait du mal à se concentrer sur l'instant présent. Des manèges et des grandes roues, enluminés et enguirlandés de gui et de houx, tournaient devant ses yeux hagards qui ne voyaient plus que des points blancs papillonnants mêlés aux lumières blanches des lampadaires et aux rares étoiles pâlottes. Saoule de fatigue et de contrariétés, elle était sur le point de perdre connaissance. Balayée par la course d'enfants excités, elle avait pris appui contre un mur en se demandant ce qu'elle faisait dans cette ville. La foule, imprévisible et décérébrée, déshumanisée et grégaire, la bousculait sans même prêter attention à sa présence. Personne ne l'aidait ni ne s'excusait. Robotisés, égoïstes, froids, pantinisés, les gens la frôlaient sans la voir. Leur circulation intense et désarticulée accroissait son mal-être. Le bonheur obligé des fêtes rendait ses douleurs plus vives et lui rappelait des temps heureux, sereins et normaux.

Plutôt joyeux, Alain lui avait avoué que sa rencontre avec son fils s'était bien passée. Il paraissait, toutefois, soulagé d'en avoir fini.

– Où allons-nous maintenant? lui avait demandé Claire d'un ton cassant.

– Dans mon ancienne maison.

Une fois arrivé, Alain avait demandé avec insistance à Claire de l'accompagner.

– Je n'ai qu'une lampe de poche.

– Je reste ici, avait-elle répondu en se blottissant sur son siège. Je ne veux pas rentrer dans cette vieille demeure.

Alain n'avait pas été long.

– Je ne vois rien et je déteste cet endroit. Filons ! Je vais au gymnase et nous en aurons terminé. Cette fois-ci, tu rentres avec moi…

Ne souhaitant pas rester seule dans la voiture, Claire avait accepté de le suivre. Tout était noir autour d'eux. Elle ne distinguait rien. Seuls les phares des voitures roulant assez vite sur la nationale toute proche les éclairaient. Il lui était impossible de se faire une idée des lieux plongés dans une obscurité inquiétante. Elle n'osait avancer de peur de buter sur quelque pierre. Se laissant guider par Alain, Claire avait l'impression de progresser dans une forêt humide où bouvreuils et tarins des aulnes s'étaient endormis et où l'on entendait, par instants, la fuite d'un animal surpris ou le cri d'un oiseau de nuit. Ce mélange de phares agités et de sombres espaces arborés dégageaient une atmosphère surréaliste presque irréelle. Des brindilles mortes tombaient sur son visage en la faisant frissonner.

Ils étaient enfin entrés dans le *club house* qui sentait bon le bois et le vernis.

– L'électricité a été coupée… Je dois avoir d'autres torches dans ce tiroir.

Claire commençait à distinguer le lieu chaleureux et propre avec son petit coin salon et son bar. Les deux salles principales étaient fermées. Le chalet adjacent était constitué d'une pièce minuscule où Alain avait disposé un tréteau pour travailler et deux lits superposés.

– Mon fils venait, parfois, dormir ici avec moi. Il se couchait là pendant que je finissais mes comptes…

– Tes comptes ?

– Oui. J'ai acheté ce lieu pour quelques euros symboliques sur internet. Le lendemain, j'ai pris la route pour venir y aménager un club de fitness. Je ne connaissais pas l'endroit et je n'avais aucune notion de gestion ! Mon fils et sa mère devaient venir me rejoindre. Cette affaire n'a jamais pu fonctionner sainement. Mes dettes se sont accumulées. Je passais mes nuits à chercher des solutions. Un cauchemar !

Alain avait regardé partout.

– Tiens ! Des jouets de Julien ! avait-il dit sans émotion.

– Prends-en quelques-uns en souvenirs…

– Pas question.

Il avait tenté en vain d'ouvrir un cagibi.

– Je dois absolument y accéder. J'avais rangé là des documents importants.

Il avait finalement forcé la porte en bois qui avait cédé facilement.

– Rien ici non plus… Cette folle a dû les prendre. Je n'ai plus rien à faire ici. Je tire un trait définitif sur ce passé.

Sifflotant, content d'avoir achevé une corvée, convaincu qu'il avait persuadé Julien de parler en sa faveur à sa mère afin qu'elle lui restituât ses biens - seul but réel de ce périple -, il avait conduit pendant toute la nuit tandis que Claire, exténuée, assise à côté de lui, ne parvenait pas à trouver le sommeil. Elle comprenait qu'Alain avait souffert pendant toutes ces années, qu'il avait tenté de construire un semblant de foyer, qu'il n'aimait pas toutes ces personnes qui lui étaient étrangères. Elle ne percevait que de la souffrance dans ses propos et son envie de le rendre heureux s'imposait. Mais Claire se trompait lourdement sur l'attitude d'Alain, sur les raisons de ce voyage et sur ses sentiments, et ses conclusions, erronées, allaient avoir de graves répercussions sur les événements.

CHAPITRE 24

Après une brève lueur de vie au bout du tunnel où Claire avait retrouvé un peu de joie et d'espoir, tout s'assombrissait de nouveau ajoutant de la tristesse à sa douleur. Tout ce qui l'entourait lui paraissait gris, bruyant, discordant. De la poussière émanait du chantier voisin qui enlaidissait un environnement habituellement agréable et verdoyant. Le ciel bas et chargé à l'orée de l'hiver plombait une atmosphère morose qui, de jubilatoire, était vite devenue désespérément maussade. L'appartement, assombri, les fenêtres closes pour faire barrage aux bruits, les lumières artificielles, omniprésentes, le constant et déroutant changement d'humeur d'Alain, la pluie incessante, les jours trop courts, les arbres noirs et squelettiques, invitaient à la dépression. La complicité d'Alain éteinte, les projets de séjours ensoleillés à l'étranger avaient fait place au néant le plus total. Monotonie des teintes. Destructions des envies et des sources de joie. Complaisance d'Alain dans le négatif. Le clapotement répétitif des rues parisiennes inondées et brillantes tuant la créativité et la passion. Le constant mal-être d'Alain au diapason du décor, les façades urbaines imbibées d'eau mettaient Claire face à une désespérante réalité.

Une fois installé chez elle, Alain avait montré son vrai visage, n'estimant plus nécessaire de faire des efforts pour être plaisant. Quelques semaines plus tard, grâce à l'aide de Claire, Alain avait réussi à louer son terrain à un entrepreneur qui souhaitait, à terme, l'acheter. Il bénéficiait ainsi d'un revenu avec son ancienne compagne et recevait personnellement l'équivalent d'un salaire. Alors que Claire aurait pu espérer qu'Alain l'aidât désormais en prenant à sa charge des factures ou des frais de nourriture, celui-ci s'était bien gardé de faire une telle proposition. Il s'était, au contraire, précipité pour mettre cet argent de côté chaque mois, ne sortant jamais un euro de sa poche. Quand l'un de ses amis informaticien apportait de l'aide à Claire, Alain lui présentait des notes trafiquées en multipliant les tarifs par dix.

Claire n'était pas dupe de cette mesquinerie, de ces vols et de cette escroquerie.

Elle avait déjà constaté la disparition de plusieurs de ses bijoux qu'elle mettait quotidiennement sur elle et se demandait si Alain les revendait sur internet ou s'il les lui dérobait parce qu'il s'agissait de présents de son mari. Malgré les remarques de Claire, Alain n'avait pas bronché et avait osé lui dire qu'elle perdait la raison et qu'elle égarait ses affaires. Comme elle rangeait chaque soir ses bracelets, ses boucles d'oreilles et sa montre dans le tiroir d'une commode depuis trente ans, Claire savait pertinemment qu'on les lui avait volés. Après la disparition de quatre paires de boucles d'oreilles, elle avait menacé Alain de porter plainte. Le lendemain, alors qu'ils se trouvaient tous deux dans la voiture de Claire, Alain s'était penché vers le tapis de sol et avait fait mine de retrouver une des paires perdues.

– Tu vois bien… Elles n'étaient pas loin…

– Je vois, en effet. Et les autres ?

Chaque jour, Alain comptait ainsi l'argent qu'il avait thésaurisé, pestant lorsqu'il devait payer des taxes. Incapable de lire sa feuille d'impôt, il demandait à Claire de la remplir pour lui. Au lieu d'exploiter les chemins que Claire dégageait devant lui en lui ouvrant les portes les plus hermétiquement fermées, Alain attendait que tout arrivât seul. Ne sachant si Claire le garderait et si elle supporterait cette vie commune longtemps, Alain économisait pour avoir un petit pécule de côté, ne serait-ce que pour bénéficier d'un accès à une éventuelle location.

– Je voudrais tant que tout marche entre nous, ne cessait-il de répéter. Rien ne dure… Déjà deux mois que nous sommes ensemble. Si nous nous séparions aujourd'hui me reprocherais-tu d'avoir abusé de toi? D'autres l'ont fait alors que je ne leur avais jamais rien promis et que je ne vivais pas avec elles.

– Arrête de raconter n'importe quoi, répondait Claire en riant.

L'attitude d'Alain pouvait changer subitement. Heureux, épanoui, riant sans cesse, les yeux pétillants, Alain avait passé les fêtes de fin d'année avec la famille de Claire. Il s'était cru obliger d'offrir à celle qu'il appelait « sa femme » une bougie parfumée et des bâtons d'encens.

– Tu es la seule femme que je n'ai jamais eue, répétait-il à l'envi. Dans l'intimité, mon corps tout entier est enveloppé d'un bien-être parfait. Contraint d'honorer avant toi des personnes que je n'aimais pas, je ressentais un vague plaisir local et furtif. Mais avec toi tous mes sens sont transportés. Je ne m'appartiens plus. Tout a commencé avec toi.

De son côté, Claire avait l'impression d'avoir gagné des années. Malgré les sautes d'humeur d'Alain, elle se sentait plus forte et avait retrouvé une raison de vivre. Même si Alain était parfois menteur et insaisissable, Claire revenait peu à peu à la vie. Ce ressenti très étonnant dont elle prenait conscience quand ils allaient faire du sport ensemble la surprenait, chaque jour, davantage.

« J'ai l'impression d'avoir dix-huit ans, » se disait-elle.

Bien que Claire eût noté des dysfonctionnements dans les comportements d'Alain, ce dernier cachait encore suffisamment bien ses sentiments pour qu'elle ne pût deviner ses véritables pensées. Elle était loin d'imaginer les noires réflexions qui hantaient Alain, de nouveau en proie à ses démons. Bien que leurs rendez-vous professionnels pour l'avancée des objectifs d'Alain et leurs sorties fussent presque quotidiens, Claire mettant alors son travail de côté pour faire visiter à Alain les châteaux et les parcs de l'Ile de France, l'emmener au concert, au sport, au cinéma ou au restaurant, elle décelait dans ses attitudes des comportements mystérieux. Alain était souvent silencieux et pensif. Elle se demandait s'il vivait avec difficulté le fait qu'elle prît tout en charge ou s'il était inquiet. Alors que tout lui souriait enfin depuis leurs retrouvailles, elle ne comprenait pas son air soucieux. Mais elle ne savait pas qu'Alain voulait tout sans attendre et qu'il était incapable de construire un projet et de le mener à terme étape par étape.

Bien qu'elle lui apportât tout ce qu'il souhaitait sur un plateau, Alain jugeait que ses buts n'étaient pas assez vite atteints et il retombait dans un état dépressif qui faisait remonter à la surface tous ses échecs. Il ne se donnait jamais les moyens de réussir et attendait des autres une aide constante. Le carnet d'adresses de Claire et son espoir de gagner une fortune avec l'ouverture d'un club grâce à elle étaient les seules obsessions qu'il avait tandis que Claire ne songeait qu'à profiter de leur rapprochement et de leur complicité. Claire attachait autant d'importance à l'affectif qu'Alain à la réussite de ses projets.

Alain aménageait régulièrement le lieu d'habitation de Claire pour y mettre ses affaires et y travailler plus aisément. Il y avait apporté le contenu des caisses qu'il avait rangées provisoirement dans les greniers de sa famille et s'installait tranquillement. Alors qu'il avait accepté, sur l'insistance de Claire, de revoir un copain de lycée avec lequel il avait gardé de vagues contacts, pour profiter depuis des années de ses invitations estivales, et qui habitait près de chez elle, Claire avait proposé de les accompagner dans un club de padel. Tout d'abord favorable à cette idée, Alain lui avait subitement dit :

– On va faire un match. Je ne suis pas très en forme… Je vais être ridicule. Je préfère que tu ne viennes pas.

– Mais ce sera très amusant ! Et cela me permettra de revoir Jean-Pierre qui s'entendait bien avec Marc et dont je n'avais pas de nouvelles depuis des années !

– Je t'en prie, n'insiste pas. Je ne vais pas rester longtemps. Je serai là pour le déjeuner.

Claire avait jugé les arguments d'Alain quelque peu enfantins mais elle n'y avait pas vu malice.

Quelques jours plus tard, alors qu'ils étaient de plus en plus proches, Alain lui avait murmuré furtivement avant de sortir précipitamment :

– Tiens… Je t'ai écrit cette lettre. Je ne veux pas que tu la lises devant moi. Je vais faire une course. Nous en parlerons après car nous aurons besoin de nous entretenir à son sujet.

– Tout cela est stupide ! Si tu as quelque chose à me dire, dis-le-moi en face !

Claire avait déplié la lettre d'Alain en souriant. Elle était sûre d'y lire tout l'amour qu'il n'osait lui avouer en sa présence.

« Je dois absolument te tenir au courant, écrivait-il. Je ne sais pas si je t'accompagnerai à Dubaï. Je ne me sens pas très bien de nouveau.

Mon mal-être est revenu. Cet endroit que je trouvais beau, gai, propre m'est devenu insupportable. Il est désormais sale et angoissant. Nous avions maints projets pour mon travail et aucun n'a pour l'instant abouti. Or, je vis ce genre de déboires depuis des années… Je ne crois plus en rien ni en personne. J'ai besoin de m'isoler et de partir seul quelque part pendant plusieurs jours… »

Claire avait poussé un cri de détresse. Elle qui avait claqué la porte sur un passé désespérant et qui ne voulait, sous aucun prétexte, revivre un tel enfer voyait sa vie voler en éclats une nouvelle fois. Elle était revenue, en quelques secondes, à l'état où elle se trouvait après le décès de Marc. Progressivement, chaque jour, Alain lui ôtait la santé par des remarques inexplicables en répétant dès qu'elle s'absentait :

– Peut-être ne serai-je plus là à ton retour.

Cette lettre achevait l'œuvre destructrice d'Alain.

– Ce n'est pas possible…ne cessait de répéter Claire, qui n'avait rien anticipé. Je vis un cauchemar…

Quand Alain était rentré, Claire n'avait pas obtenu de sa part de véritables explications. Mais elle avait compris sa démarche et ses mensonges deux jours plus tard. Quand il voulait s'absenter, Alain avait trouvé une excellente formule : il déclenchait une dispute entre eux et s'en servait de prétexte pour s'éloigner.

– Comme je te l'ai dit, je vais partir pendant quelques jours. Je souhaite être seul.

Claire était incapable de comprendre.

– Eh bien ! Quelle affaire ! lui avait-il dit en riant. Imagine que l'un d'entre nous trompe l'autre un jour ! Le monde va s'écrouler !

– Ta remarque est déplacée. Tu n'as manifestement pas la même conception que moi de la vie de couple.

Alain était en train de briser Claire dont les blessures étaient loin d'être refermées. Marc n'avait pas quitté les vivants depuis un an. Or, la seule personne sur laquelle elle comptait la torturait.

– Je vais aller chez mon ancienne copine Patricia, dit Alain. J'ai gardé les clés de chez elle. La maison est vide. Elle et son compagnon se trouvent à l'étranger.

– Tu vas faire des centaines de kilomètres pour réfléchir ?

– Oui.

Trouvant tout cela suspect, se sentant manipulée, Claire avait passé une journée à réfléchir après le départ d'Alain puis elle avait composé le numéro de téléphone fixe où il était censé se trouver. Lui seul pouvait décrocher puisque la demeure était vide. Mais une voix féminine avait répondu.

« Très bien, s'était dit Claire, furieuse. Il est parti là-bas parce que cette femme, qui ne cesse de s'occuper de notre vie privée, lui a demandé de venir. Il va falloir construire notre vie avec cette arapède qui va tout mettre en œuvre pour la détruire. Alain la trouve charitable et généreuse. Or, son seul but est de connaître la vie des autres pour y semer le trouble. Les hommes sont parfois stupides et aveugles ».

Le lendemain matin, Alain lui avait envoyé un message :

« Il était inutile d'appeler pour vérifier si j'étais bien là. Ne cherche pas à me joindre. Mon amie est venue me chercher à la gare. Elle est vraiment très attentive. Ici il fait beau et lumineux. L'atmosphère est plus gaie et plus agréable que chez toi. Cela me fait du bien »

Claire n'avait pas jugé bon de répondre. Le lendemain, Alain lui avait écrit qu'il s'était reposé mais qu'il pleuvait et que l'endroit était soudain moins plaisant.

Claire avait accepté d'aller le chercher à la gare deux jours plus tard mais elle avait perdu toute joie de vivre et toute confiance en lui. Alain avait définitivement cassé ce qui les unissait. Elle l'avait retrouvé devant la gare, heureux de la revoir.

– Patricia m'a posé un tas de questions sur l'art auxquelles toi seule peux répondre.

– Bien sûr !

– J'ai rapporté du matériel informatique dont je vais avoir besoin.

Le soir, après le dîner, Alain lui avait dit :

– Tu vas déjà te coucher ?

– Oui. Je suis fatiguée.

– Si tu vas dormir, je t'accompagne.

Refermée sur elle-même, Claire n'avait pas répondu. Elle avait envie de rester seule. Mais Alain s'était montré aimant et chaleureux. Claire ne le devinait pas encore suffisamment pour comprendre qu'il n'était nullement parti chez Patricia pour réfléchir mais parce qu'il voulait réunir chez Claire toutes ses affaires, manifestement disséminées dans plusieurs lieux. Or, le fait de rassembler ainsi ses biens *« chez lui »* prouvait qu'il avait pris la décision de vivre définitivement avec elle.

– Ne me force pas à choisir entre toi qui n'es qu'une amie et Claire qui est la femme de ma vie, avait-il dit à Patricia. Tu as essayé de me présenter plusieurs filles que tu connais et qui ne m'intéressent pas. Je suis ici chez moi. Je ne suis chez moi nulle part ailleurs.

Le lendemain, comme Claire était silencieuse et meurtrie après avoir confié à Alain que rien ne serait désormais plus jamais comme avant entre elle et lui, Alain lui avait dit en riant :

– J'ai pris un risque énorme en partant et j'ai gagné ! Tu aurais pu me mettre à la porte et placer mes affaires sur le paillasson !

Claire s'était aperçue qu'Alain ironisait sur ce qu'il considérait comme une blague, qu'il ne s'était pas rendu compte du mal qu'il lui avait fait et elle était encore trop fragile et trop sensible pour considérer un tel agissement avec distance et objectivité. Mais Alain ne s'était-il pas comporté ainsi pour la détruire ? Cette fille qui s'intéressait à leur destin n'était-elle pas complice de cette nuisance ? Claire les comparait déjà aux héros malsains des *Liaisons dangereuses.* Ne profitaient-ils pas tous les deux de sa faiblesse, de son argent et de ses relations pour mettre sur pied une entreprise ? Les conséquences de cette absence d'Alain étaient définitives : Claire avait perdu, pour toujours, toute confiance dans son compagnon et elle n'attendait plus rien de lui.

CHAPITRE 25

Alain était parti faire son match avec Jean-Pierre après avoir regardé sur son ordinateur, les lèvres pincées et les traits figés, le film *Shining* et après avoir longuement aiguisé des couteaux tranchants nouvellement achetés. Il faisait beau et sec sur Paris. Claire préparait un repas pour ses parents qui devaient leur rendre visite une heure plus tard quand le téléphone avait sonné. Une voix féminine inconnue lui avait dit avant même qu'elle n'eût le temps de réagir :

– Voici le genre de courrier que m'envoie Alain en parlant de vous : « C'est une personnalité. Je reste avec elle car elle ne veut pas vivre seule et, même si j'ai honte de l'écrire, j'ai besoin de son carnet d'adresses. Nous n'avons aucun sentiment l'un pour l'autre. Je lui ai sauvé la vie. Je m'accroche car cette situation est difficile à vivre. J'ai même acheté un vélo pour prendre l'air. Dans trois mois, quoi qu'il en soit, je pars d'ici avec ce que j'aurai pu récolter. » Je lui ai dit que je venais à Paris la semaine prochaine. Il m'a fixé rendez-vous dans un café mercredi seize heures.

Claire ne savait que penser de cet appel. Elle n'avait pu bouger jusqu'à l'arrivée d'Alain, manifestement content de son match.

– Que fais-tu? Tes parents vont bientôt arriver, lui avait-il dit en rentrant.

– Tu as gagné ?

– Non.

Les réponses d'Alain devaient toujours être traduites. Son « non » signifiait « oui ».

– Que se passe-t-il ? Tu es bizarre…

Claire s'était contentée de lui rapporter, d'une voix blanche, les propos de l'inconnue sans évoquer le rendez-vous.

– Tu ne vas pas la croire ? s'était aussitôt emporté Alain.

– A qui as-tu dit que nous vivions ensemble ? La liste ne doit pas être longue. Nous allons retrouver cette personne.

Alain s'était mis à genoux devant elle et l'avait suppliée de le croire.

– Je crois deviner qui a agi ainsi… Je pense aux deux personnes qui voulaient vivre avec moi. Des amies de Patricia… L'une habite non loin de chez elle. Je suis sortie une seule fois avec elle mais elle ne m'intéressait pas. Quant à l'autre, c'est une simple d'esprit.

Alain avait pouffé de rire.

– Je ne peux l'imaginer en train de manœuvrer ainsi ! Elle est trop bête. Je ne leur avais rien promis. Je ne pouvais tout de même pas attendre jusqu'à maintenant de te retrouver… Il fallait bien que j'essaie de rencontrer une femme pour faire ma vie.

Comme ses parents arrivaient, Claire avait dû retenir sa colère.

Le lendemain, elle avait appelé un ami détective.

– J'ai reçu hier un appel anonyme. Je voudrais savoir de qui il s'agit.

L'identification n'avait demandé que quelques heures. Le détective lui avait confirmé avoir retrouvé trace de l'appel en question.

– Tu l'as reçu dimanche à onze heures cinquante-cinq ?

– Oui. C'est bien cela.

– Il s'agit d'un numéro de province. Connais-tu une certaine madame Rhul ?

– Non mais mon conjoint est à côté de moi et j'ai mis le haut-parleur. Je vais lui demander s'il a entendu parler de cette personne.

Alain lui fit signe que ce nom lui était familier.

– Il a l'air de savoir de qui il s'agit, avait affirmé Claire en remerciant son ami.

– C'est la simple d'esprit, lui avait confié Alain. Je vais faire en sorte que cela ne se reproduise pas et que l'on nous laisse tranquilles. Je ne sais pas comment elle a eu ce numéro de téléphone… Je ne lui ai pas parlé de toi.

– Et tu ne lui as pas non plus écrit la lettre qu'elle m'a lue au téléphone?

– Non. Ce ne sont que des manigances de femmes jalouses… Il ne faut pas que tu t'inquiètes pour cela.

Tendre et attentif, Alain avait promis à Claire de la protéger.

Le lendemain, il lui avait dit :

– Mercredi, j'irai faire une course. Je dois penser à changer mon ordinateur.

– A quelle heure dois-tu t'absenter ?

– Je partirai l'après-midi. Je ne rentrerai pas tard.

– Tu salueras pour moi la simple d'esprit… Je sais que tu as rendez-vous avec elle et je suis lasse de tous ces mensonges.

– Tu es au courant ?

– Oui.

– Mais de quoi as-tu peur ?

– Tu es ridicule. Je n'ai peur de rien. Je trouve indécent, quand on a une compagne, de rencontrer d'anciennes relations à son insu.

– Je vais tout régler devant toi.

Alain avait immédiatement pris son téléphone.

– J'annule notre rendez-vous, avait-il dit fermement à son interlocutrice.

– …

– Claire est au courant.

– …

– Ce rendez-vous est annulé et il n'y en aura pas d'autres. Je ne veux plus que tu m'appelles ni que tu cherches à me voir.

Dès qu'il avait raccroché Alain avait cru bon de donner des compléments d'explications à Claire, lui jurant qu'il ne ressentait rien pour cette fille qu'il avait accepté de voir à Paris entre deux courses sans que cela portât à conséquence.

– Je ne pouvais pas te le dire. Tu n'aurais pas compris, avait-il ajouté maladroitement.

Alain était, en effet, tout à fait capable de rencontrer sans état d'âme, avec la plus grande froideur, une fille qui n'avait aucun intérêt pour lui et qui ne pouvait lui servir qu'à déclencher de la tristesse chez sa compagne. Elle pouvait aussi mettre à sa disposition, en province, un lieu d'hébergement si Claire le mettait un jour à la porte. Le manipulateur Alain n'agissait que dans un but personnel afin de préserver son avenir, gardant au moins un parapluie en cas d'orages.

Après quelques heures de silence pendant lesquelles il n'avait cessé d'observer Claire, hésitant manifestement à l'interroger, Alain lui avait subitement dit :

– Je t'ai écrit que je considérais Marc comme mon frère. Mais nous ne nous étions pas revus depuis des années… Qu'il ait disparu ou non ne me bouleverse pas vraiment. Je t'ai menti à ce sujet. Les femmes que j'ai connues n'étaient ni belles ni très intelligentes et la mère de mon seul enfant (un fils alors que je voulais une fille !) est totalement stupide. Mais Marc n'était guère mieux !

Claire avait été saisie par la violence des propos d'Alain qui profitait, chaque jour, de ses biens et de ceux de son mari honnête, bon, généreux et cultivé. D'une méchanceté acerbe, agressif, Alain montrait son vrai visage. Frappée par ses phrases cinglantes comme si elle avait reçu un coup de poing, elle avait soupiré profondément pour retrouver un peu de sérénité.

– Tu dis n'importe quoi.

– Mais si Marc était encore en vie, tu ne m'aurais pas regardé !

– Probablement. Nous ne nous serions peut-être jamais revus…

Elle avait préféré changer de sujet :

– Je te rappelle que nous avons prévu un voyage à l'étranger au mois de mai et que contrairement à celui que tu m'as obligée à annuler pour Dubaï, je ne pourrai pas ne pas partir cette fois-ci. On m'attend pour des conférences. Nous voyagerons quoi qu'il en soit. J'ai reçu une confirmation pour l'envoi de ton passeport. Comme tu n'en avais jamais eu, le délai pour l'obtenir a été plus long que prévu. Nous aurons donc le document à temps.

Le voyage devant se dérouler en train et en bateau, Alain n'avait manifesté aucune réticence au sujet de ce départ. Mais, au dernier moment, face aux grèves de train, Claire avait dû modifier leurs billets et faire des réservations à l'aéroport pour un vol Paris-Nice afin d'embarquer sur la Côte d'Azur.

– J'ai fait autrefois un vol qui s'est mal terminé, lui avait expliqué Alain. L'avion est tombé. Depuis, il m'est très difficile de…

Alain, qui mentait, s'était interrompu face au regard perçant et quelque peu ironique de Claire.

*

Alain venait d'arriver à Strasbourg. Le froid l'avait saisi. Il détestait le vent, la pluie et les températures basses. Il était d'une humeur noire.

– Comment s'est passé le voyage ? lui avait demandé Patricia en cherchant à connaître le moindre détail de sa vie de couple avec Claire.

Alain l'avait regardée sans répondre. Il s'était posé des questions sur ses agissements qui avaient une influence certaine sur celle qu'il considérait comme une simple d'esprit.

– Jocelyne viendra demain.

– Et pourquoi pas ce soir ? Je veux régler cette affaire pour repartir au plus vite.

– Elle était occupée.

Alain avait jeté son sac dans une petite pièce bruyante du premier étage dont la fenêtre donnant sur la rue ne fermait pas. Il avait longuement soupiré en constatant qu'il avait oublié des chaussures devant le petit lit où il dormait qui ne pouvait accueillir qu'un enfant. Il se souvenait des tentatives de Patricia qui avait essayé maintes fois de lui trouver des compagnes et qui les faisait venir à l'étage pour tenter de le séduire. Comment n'avait-il pas plus tôt compris son jeu ? Il avait préféré se priver de dîner plutôt que de côtoyer les amis de Patricia, tous sans emploi, devant lesquels elle aimait faire mine de briller en traitant de sujets philosophiques qui lui étaient, en réalité, totalement étrangers. Ces réunions n'étaient que vent, fausseté où Patricia imposait ses volontés et se constituait une cour.

Alain avait regardé plusieurs fois son téléphone portable pour voir si Claire lui avait adressé un message. Elle n'avait pas compris la raison de son départ. Mais elle ne semblait pas vouloir se manifester. Même s'il lui avait demandé de ne pas lui donner de nouvelle, il savait que Claire ne tenait jamais compte de ses souhaits. Il avait ouvert fébrilement son ordinateur.

– Rien.

Il avait composé le numéro de sa compagne mais n'avait pas appuyé sur « appel ». Le lendemain, comme Claire ne s'était toujours pas manifestée, il avait fini par lui téléphoner. Il avait fait plusieurs tentatives en laissant des messages emprunts de colère. « Où est-elle ? Que fait-elle ? »

En apprenant l'arrivée de Jocelyne au petit déjeuner, Alain était aussitôt descendu au rez-de-chaussée.

– Ecoute bien ce que je vais te dire, lui avait-il lancé devant tous les amis de Patricia. Je t'interdis d'appeler Claire. Si tu nous importunes encore, je prendrai toutes les mesures qu'il faudra. J'ai porté plainte contre toi.

Alain était rouge de colère. Il avait des éclairs dans les yeux et le ton de sa voix était si menaçant que Jocelyne s'était mise à trembler.

– Et maintenant j'attends des explications ! avait-il ajouté en frappant de toutes ses forces sur la table. Je ne me suis pas déplacé jusqu'ici pour rien !

Mais Alain était reparti aussi sceptique qu'il était arrivé. Il n'avait pas souhaité s'absenter trop longtemps face au silence de Claire qu'il croyait avoir définitivement perdue. Il avait fait la route de nuit pour rentrer sur Paris et avait envoyé un ultime message à sa compagne en arrivant. Encore endormie, celle-ci avait été aussi surprise que ravie de l'effet de son silence. Elle avait saisi le téléphone et lui avait dit d'un ton extrêmement froid :

– Je ne comprends pas ton message. Où es-tu ?

– Devant le parking. Je gare ma voiture et j'arrive.

– Quel parking ?

– Je suis à Paris.

– A Paris ? Je ne comprends pas…

– Je suis rentré.

– Et pourquoi n'as-tu pas ouvert la porte ? Tu as les clefs…

– Je ne savais pas… Je ne savais plus… Tu n'as pas répondu à mes messages. Je ne savais pas si tu voulais encore me voir.

– On discutera peut-être de tout cela.

Alain était enfin soulagé.

CHAPITRE 26

Alain avait le visage fermé. A l'extérieur, il faisait nuit en plein jour. Il ne cessait de regretter la lumière du sud. Les nuages bas imposaient leur grisaille. Le vent soufflait contre les branches des arbres noires et cassantes. Des brindilles s'échappaient parfois de ces silhouettes cauchemardesques aux formes troublantes. Dans les jardins de quelques particuliers, des parasols laissés en place pour rappeler qu'il existait un été dans le nord du pays, s'arrachaient parfois de leur socle et allaient mourir contre les haies. La mousse courait le long des troncs. Une pluie fine et intermittente complétait ce tableau écossais. L'humidité pénétrait les corps.

Comble de ces désagréments, c'était la Saint-Valentin.

– Je ne t'offrirai pas de cadeau, avait-il dit la veille à Claire. Cela n'a pas d'importance et je n'en veux pas non plus.

– C'est impossible…, lui avait répondu Claire.

– Je n'ai pas d'argent. Avec la mère de Julien, comme nous avions des dettes et que nous ne savions pas comment y faire face, nous avions décidé de ne pas nous acheter de cadeau pour les fêtes, ni à Noël ni aux anniversaires.

– Voilà qui est bien triste. Un simple geste suffit. Inutile d'offrir quelque chose de cher. Et Julien ?

– Il recevait le minimum. Je faisais déjà ainsi dans ma famille…

– Ta mère n'a jamais acheté de cadeau à Julien ?

– Ce n'est pas bien important. Je ne lui en ai pas fait moi-même depuis des années et il ne s'en porte pas plus mal.

– Nous irons au restaurant et je te ferai un cadeau. Tu agiras comme bon te semble.

Claire avait réservé un petit restaurant réputé et tranquille. Ils s'y étaient rendus le soir de la Saint-Valentin mais Alain, qui n'avait guère ouvert la bouche de la journée, lui avait lancé avant d'y entrer.

– Tu vois…Patricia et Paul, son compagnon, ont tout compris à la vie de couple. Ils ne se voient pas de l'année et vivent à des milliers de kilomètres l'un de l'autre. Mais quand ils se retrouvent une fois par an pendant l'été, à Strasbourg, ils s'aiment.

– Tout cela me semble très compliqué.

– Patricia est très généreuse.

– Je n'en doute pas une seconde.

– Elle a placé un bol à l'entrée de chez eux et tous ceux qui leur rendent visite peuvent y déposer une pièce. Une fois l'argent recueilli, cette petite communauté achète ce qui lui fait plaisir.

Claire s'était bien gardée de lui expliquer que les activités de Patricia étaient troubles et qu'elle encaissait l'argent de pseudo-stages de sophrologie sans avoir eu de formation particulière.

– Elle ne pense qu'à aider les autres…, répétait Alain stupidement.

– Bien entendu. En proposant des stages de deux jours à cinq cents euros à des pigeons qui font la cuisine, achètent la nourriture et couchent sur des matelas alignés dans une même pièce dépourvue de confort, elle fait effectivement acte de générosité. Elle exploite surtout des pauvres bougres dépressifs mais riches qui se laissent berner, qu'elle occupe avec des jeux de société ou qu'elle emmène en promenade. Ils n'ont pas besoin de payer de telles sommes pour des services inexistants et peuvent faire tout ce qu'elle préconise par leurs propres moyens.

Alain n'avait rien répondu. Claire était habituée à ses sautes d'humeur. Pour sa fête, il l'avait accompagnée jusqu'au restaurant puis lui avait dit :

– Je t'attends ici dans le parc public. Je n'ai pas faim.

Et lors de leur voyage en voiture à Grenoble, alors qu'elle lui avait suggéré d'aller se restaurer pendant une halte à la station-service, il avait encore inventé :

– Je veux bien t'accompagner mais je ne mangerai rien.

Bien qu'il eût les possibilités de lui offrir le restaurant, Alain n'en avait aucunement l'intention. Il était d'une pingrerie extrême et détestait lui-même ses propres défauts dont il n'était pas dupe. Il était pourtant content de se mettre à table dans la perspective d'un bon repas jusqu'à ce qu'il fût rassasié. Il reprochait, alors, à Claire de l'inviter pour le faire grossir.

Au dessert, il avait curieusement repris la conversation qu'il avait entamée en entrant.

– Patricia a tout compris de la vie.

– Bien sûr.

Claire le regardait avec pitié. Etait-il stupide ou aveugle ?

– Tu vois, avait-il ajouté en regardant par la fenêtre du restaurant. Si un mannequin passait là devant moi et si la fille me plaisait, je me lèverais, je te laisserais et j'irais coucher avec elle.

– J'ai été mannequin et je suis là devant toi. Tu as tout ce que tu souhaites et tu es jaloux du regard des hommes sur moi. Pourquoi inventes-tu n'importe quoi ? Quel est ton but ? Pourquoi cherches-tu à tout détruire ? Nous aurions pu passer une bonne soirée. Tes réflexions désobligeantes anéantissent toujours tout d'autant qu'aucune autre femme ne te plait, que tu détestes leur présence et que tu les évites.

– Je dis la vérité. Quand nous nous sommes revus, tu étais tellement belle ! Comme autrefois ! Je n'avais jamais rencontré une femme plus belle que toi !

– Et subitement, par un coup de baguette magique, quelques semaines plus tard, j'étais devenue la plus laide !

– Tu as changé. Regarde-toi !

– Oh mais je me regarde et je sais comment je suis. Tu diras cela à mes photographes…

« Cette assurance ! se disait Alain. Comment l'anéantir ? » Il avait beau tenter de briser l'armure de Claire, celle-ci paraissait trop forte pour lui. Mais il ne s'agissait que d'une apparence car Claire, extrêmement sensible, encaissait les coups les uns après les autres en ressentant une grande souffrance.

*

Quelques jours plus tard, Alain avait décidé d'accompagner Claire à Amiens où elle devait donner une conférence. Il s'était montré très avenant pendant tout le voyage et lors de leur réception à l'hôtel de ville. Accueillie par des personnalités picardes, Claire était joviale. De nombreux admirateurs étaient venus la saluer, la photographier puis l'applaudir pendant ses interventions. Afin d'échapper à la foule, elle avait décidé en pleine après-midi d'aller se rafraichir dans le hall.

– Tu as l'air vraiment heureuse, avait constaté Alain.

– C'est mon milieu. Mais je préfère être avec toi.

– Je ne serai pas là la semaine prochaine, lui avait-il alors appris sans préambule.

– Ah bon ?

– Julien vient voir ma famille et je resterai avec lui.

– Je ne suis pas d'accord. Il est normal qu'il vienne là où habite son père. Nous pouvons l'accueillir sans problème.

– Je ne le souhaite pas. Il ne comprendrait pas.

– Mais c'est un adulte !

– J'ai peur de le blesser. On fera comme je l'ai décidé. Je ne rentrerai probablement pas de la semaine.

Oubliant où elle se trouvait, Claire, tremblante, s'était levée pour aller marcher dans les jardins adjacents, évitant ainsi tout éclat de voix en public. Alain, habituellement muet, ne cessait de la suivre et de lui parler.

– Je viens d'avoir au téléphone un copain qui a trouvé un gymnase à l'abandon dans une commune de la Côte d'Azur. Le maire voudrait redonner de l'éclat à cet établissement. Je vais sans doute retourner vivre là-bas s'il m'en donne la direction. Je pourrais le racheter.

Ces deux informations, auxquelles Claire ne s'attendait pas, lui avaient glacé le dos. Elle ne comprenait toujours pas qu'Alain la manipulait pour la déstabiliser. Elle était retournée faire une intervention au théâtre de la ville puis ils avaient évité les mondanités pour se retrouver tranquillement au restaurant. Claire avait, en effet, besoin d'explications. Mais elle n'en avait eu aucune comme à l'accoutumée et elle se sentait abandonnée, incomprise.

– Tu penses que j'obéis à Julien dès qu'il claque des doigts ? lui avait demandé Alain qui devinait sa pensée.

– Oui. Tu ne l'as pas vu pendant des années. Il se manifeste maintenant que tu vis avec moi et tu ne lui dis pas clairement ce qu'il en est. C'est irrespectueux à mon égard.

– Tu ne peux pas comprendre ce que je ressens quand je dors près de lui. Je suis tellement heureux et je ne voudrais manquer cela sous aucun prétexte.

Ces mensonges pitoyables n'attendrissaient pas Claire. Mais celle-ci n'avait alors aucun moyen de savoir qu'Alain devait être présent auprès de Julien quand il séjournait chez ses grands-parents. Il y préparait ses repas, sa mère refusant de s'occuper d'un petit-fils né d'une femme qu'elle détestait, celle qui avait, selon ses dires, abandonné son fils, le mari idéal. Car Alain n'avait jamais cessé de la dénigrer. Son seul contentement venait de l'inquiétude qu'il suscitait chez son ancienne compagne, très soucieuse de l'accueil que cette famille réserverait à son fils et des paroles ordurières qu'il était capable de prononcer à son sujet pour la séparer de son enfant.

Quand Claire et Alain étaient rentrés à l'hôtel d'Amiens, la situation s'était vite dégradée. Claire n'avait pu trouver le sommeil.

– Tu es invivable, lui avait dit Alain en se relevant. Je prends le train pour rentrer à Paris.

– En pleine nuit ? Mais tu es fou ! Il n'y a pas de train ! Rentrons en voiture.

Ils étaient partis en hâte devant un hôtelier médusé qui les avait vus s'enfoncer dans la nuit.

– Je vais conduire, avait dit Alain en prenant place dans le véhicule de Claire sinon je rentre par mes propres moyens.

– Mais il n'y a aucun autre moyen ! Et ma conférence de demain ?

– Je pars !

Alain avait de nouveau réussi à semer le trouble dans la vie de Claire qui ne voyait pas dans ces agissements une vengeance pourtant évidente de son compagnon devant sa propre réussite. Satisfait, celui-ci s'était montré très joyeux les jours suivants en constatant la confusion de Claire. Marc était aussi heureux de ses succès qu'Alain en était malade.

– Bon ! Je vais chercher Julien à la gare, lui avait-il chantonné deux jours plus tard.

– J'aurais pu t'accompagner pour le voir…

– Non.

– Tu as trois heures d'avance.

– Oui.

Le lendemain, ils s'étaient retrouvés dans un café situé près du domicile des parents d'Alain.

– Il faut que tout cela cesse, lui avait-elle dit.

– J'ai informé Julien que nous serions à l'étranger cet été. Je ne changerai rien à nos projets.

– Je peux donc confirmer les réservations ?

– Oui.

Le jour suivant, Alain l'avait appelée.

– J'aimerais que tu connaisses Julien. Nous viendrons dans l'après-midi.

– Parfait.

La journée s'était bien déroulée. Claire et Julien étaient vite devenus complices. Alain avait alors inventé une incongruité comme il en avait l'habitude.

– Tu ne trouves pas que ta grand-mère a une drôle de tête ? avait-il subitement demandé à son fils.

Un sourire au coin des lèvres, Julien avait regardé Claire sans comprendre.

– Tu as vu tes traits ? avait insisté Alain. Tu ne ressembles à rien. C'est normal ! Les origines de ta grand-mère ! Tu ne les connais pas ? Je vais te les apprendre.

Claire s'était ainsi aperçue que Julien n'avait aucun renseignement sur sa famille paternelle et qu'elle en savait beaucoup plus que lui à ce sujet. Quand Alain apprendrait-il à son fils l'histoire de sa vie ? Il n'en avait manifestement pas l'intention et s'y refusait, gardant pour lui ses secrets, considérant Julien comme un étranger.

– J'ai réservé pour demain une table au restaurant de la tour Eiffel, avait-il dit à Claire. J'invite toute la famille ! Tu verras tout le monde ! Il faut y être à douze heures trente.

– Bonne idée, avait répondu Claire, enthousiaste. J'y serai. Ce sera formidable.

Elle avait enfin l'impression de ne plus être mise à l'écart.

Elle s'était donc préparée le lendemain avec joie quand le téléphone avait sonné.

– Tu peux te vanter d'avoir fait du beau travail ! lui avait dit Alain. Julien est rentré furieux hier chez ses grands-parents ! Vu la façon dont tu l'as accueilli ! J'ai dû annuler le déjeuner. Pas question que tu rencontres mes parents aujourd'hui !

– Que racontes-tu encore ? Julien était très heureux hier.

– Il voudrait visiter les studios de la maison de la radio demain. Comme tu les connais bien, tu pourrais nous y rejoindre.

– Je vais réfléchir.

Mais Claire avait décliné l'invitation et avait écrit à Alain :

– Je ne te rejoindrai pas. Reste avec Julien. Les mensonges m'insupportent.

Elle avait appris, des mois plus tard, de Julien lui-même qu'Alain avait tout inventé et qu'il n'avait jamais eu l'intention d'inviter qui que ce fût au restaurant d'autant qu'il aurait été obligé de régler l'addition.

– Te rends-tu compte ? lui avait précisé Julien. On a marché pendant des heures dans Paris après avoir été à la Maison de la radio. J'avais faim et soif mais mon père ne s'arrêtait nulle part. Quand je lui ai dit que je n'en pouvais plus et que je voulais un croissant, nous sommes entrés dans une boulangerie. Il m'a dit qu'il n'avait pas un centime sur lui et j'ai dû payer les deux croissants !

– Ton père a toujours des espèces sur lui, lui avait répondu Claire sans chercher à épargner Julien. Environ dix mille euros comme s'il devait fuir d'une minute à l'autre au bout du monde. Je me suis toujours demandé pourquoi il gardait tant d'argent sur lui.

– Peut-être pour fuir, en effet. Les huissiers passent encore à la maison car il n'a jamais réglé ses factures. La femme de son ancien associé cherche à récupérer l'argent que son mari lui avait prêté pour acheter un club. Mon père lui avait signé une reconnaissance de dette. Comme son ami est décédé, il pensait se dispenser de ce remboursement mais la veuve ne veut rien savoir d'autant qu'elle le rend responsable du décès de son époux. Mon père l'a harcelé pendant des mois quand ils étaient associés. Le type est tombé en dépression et a attrapé un cancer. Il est mort à trente-cinq ans.

– Je vois…

Claire devenait chaque jour de plus en plus méfiante. Elle comprenait que la situation d'Alain n'était pas nette sans qu'elle en connût tous les tenants et aboutissants.

– Je suis triste pour toi, lui avait dit Julien. Quand j'étais chez mes grands-parents, mon père se moquait de toi. Il me répétait : « quand je la laisserai, on en rira bien tous les deux ! » Il jetait le téléphone en soupirant quand tu cherchais à le joindre alors que nous étions figés devant le poste de télévision.

Dès qu'il avait reconduit Julien à la gare, Alain était rentré auprès de Claire et s'était montré égal à lui-même comme si son court séjour dans sa famille n'avait jamais eu lieu. Il semblait même soulagé de se mettre à l'aise et de ne plus avoir à se charger de Julien.

– Enfin chez moi ! avait-il dit en attirant Claire contre lui. Dé-ba-rra-ssé !

CHAPITRE 27

Les bagages étaient prêts. Alain s'était contenté d'un sac à dos.

– Il faudra se changer assez souvent…, l'avait prévenu Claire.

– Aucun problème. Je ne comprends pas que tu voyages avec tant de valises…

– Je n'en ai qu'une avec un grand sac en toile.

« Ne compte pas sur moi pour les porter » se dit Alain qui était de plus en plus égoïste et qui n'avait plus aucune attention à l'égard de sa compagne. Il redoutait tant le voyage en avion qui n'était pas prévu que ses jambes se dérobaient sous lui. Il avait passé les jours précédents à appeler Patricia.

– Mais pourquoi accompagnes-tu Claire? avait-elle insisté. Ce genre de voyage ne te ressemble pas.

– Elle y donnera des conférences en Sicile, en Turquie, en Grèce et nous aurons l'occasion de naviguer.

Alain avait précisé à Claire la veille du départ qu'il ne partait pas pour voyager avec elle mais parce qu'il aimait les bateaux et la mer.

– Je n'ai jamais embarqué sur de tels paquebots.

– L'occasion pour toi de découvrir la salle des machines. Il te suffira de le demander au commandant, avait répondu Claire qui finissait par se lasser des remarques désagréables d'Alain. Nous pourrons y aller ensemble. Cela m'intéresse aussi…

– Pourquoi emploies-tu toujours ce « nous » ridicule. Il n'y a pas de « nous ». Il y a toi et moi. C'est tout.

Alain avait pris l'habitude de la froisser en la reprenant systématiquement quand elle envisageait des projets en commun ou qu'elle parlait de leur couple. *A contrario*, il lui arrivait de dire :

– Si nous achetons une maison, il faut qu'elle me plaise pour y vivre jusqu'à la fin de notre vie. Je ne me verrais pas en train de vivre avec toi à Grenoble jusqu'à nos quatre-vingt-dix ans. Ce serait mieux au bord de la mer…

Ses propos se contredisaient toujours si bien que Claire ne savait plus que penser.

– Oui, nous formons un couple… Ce n'est pas tout à fait un couple. En fait, je ne sais pas ce que c'est ! disait Alain.

Qu'envisageait-il pour l'avenir ?

– Je vis sur l'instant. Je suis né ainsi. Il m'est impossible de tenir un agenda. Je me laisse guider par mes envies.

En allant à l'aéroport, Alain paraissait très heureux. Une fois installé dans l'avion, il avait pris la main de Claire et l'avait regardée, les yeux pétillants. Il avait envie de plaisanter. Il observait tout, s'esclaffait sans cesse. Leur première escale était finalement Venise. Ils avaient embarqué dans un bateau qui les avait emmenés vers la place Saint-Marc où Claire devait faire une première intervention sur l'histoire de la peinture italienne. Alain se comportait comme un enfant excité de découvrir un pays étranger et une ville mythique. Puis ils étaient montés à bord du paquebot qui l'avait enthousiasmé. Dès le premier dîner, le pervers Alain n'avait eu de cesse de regarder d'une façon très suggestive, sous les yeux même de Claire assise à côté de lui, et devant le commandant de bord qui leur faisait face, une jeune stagiaire, un peu effarouchée, non apprêtée et hirsute. Rougissante et confuse, elle avait tenté d'éviter son regard insistant. Quittant la table plus tôt que prévu en entraînant Alain avec elle, Claire, qui avait l'habitude d'être franche, lui avait dit :

– Nous venons juste d'embarquer et ton attitude est inqualifiable. Alors que le commandant de bord te parle, tu trouves le moyen de faire ouvertement de l'œil à une gamine devant tout le monde ! Uniquement dans le but de me faire sortir de mes gonds.

– Tu as très mal interprété ma démarche…, avait répondu Alain.

– J'ai fait une erreur en embarquant avec toi. Je t'ai déjà dit que tes tentatives de manipulation ne m'atteignaient pas. Inutile de continuer dans ce sens. Si nous avions été à terre, je t'aurais laissé une fois pour toutes.

– Mais cette pauvre fille était perdue, fatiguée, les yeux cernés, le visage fripé… J'ai juste voulu la mettre à l'aise.

Claire l'avait regardé avec colère. Elle ne supportait plus ses jeux, ses divers visages, les rôles qu'il semblait jouer en fonction de la situation dans laquelle ils se trouvaient : apparemment séducteur alors qu'il était sans charme pour tenter de rendre Claire jalouse, faussement serviable et généreux alors qu'il était indifférent à tout et pingre, maniaque et exigeant alors qu'il était incapable de créer quoique ce fût par lui-même. Elle lui transmettait son assurance, sa confiance en elle et sa séduction naturelle tandis qu'il était, en son absence, effacé, éteint, mal à l'aise, emprunté et indifférent aux autres. Dès que leur entente et leur complicité pouvaient renaitre, Alain faisait mine de communiquer avec d'autres femmes, dans la rue avec des étrangères, en ouvrant la fenêtre de la voiture quand Claire était au volant. Il cherchait à briser la joie de sa compagne, à anéantir son optimisme naturel et à piétiner la beauté de leur relation. Claire n'était pas sûre de comprendre sa démarche destructrice. Alain était capable de se précipiter pour aider une mère à traverser avec sa poussette alors qu'il l'avait injuriée quelques minutes plus tôt en voiture en se plaignant de sa lenteur.

– Elle va avancer cette grosse truie ?

Curieusement, il n'avait de respect pour personne, surtout pas pour ceux qu'il utilisait chaque jour et qui lui rendaient service. Il les considérait comme de médiocres pantins faciles à berner. Il accordait davantage d'importance à ceux qui lui opposaient des refus même s'il avait du mal à les tolérer. Une résistance à ses volontés, quelles qu'elles fussent, le mettait dans un état de colère indescriptible, que celle-ci fût affichée ou rentrée, et s'il avait des possibilités de se venger, même vingt ans plus tard, Alain saisissait l'occasion de le faire.

Voilà pourquoi Claire s'interrogeait sur ses démarches : l'aimait-il vraiment ? Voulait-il seulement profiter de ses biens, de son savoir-faire et de ses relations ? Cherchait-il à la faire souffrir parce qu'elle en avait, autrefois, choisi un autre ? Se vengeait-il des petites blessures narcissiques qu'elle lui avait peut-être faites quand ils étaient adolescents et qu'elle était parfois narquoise et taquine à son égard ? Alain était, en effet, totalement incapable de comprendre l'humour à ses dépens et il prenait chaque remarque, même insignifiante, au premier degré. Il en était resté au stade du petit garçon qui reçoit un coup de pied dans la cour d'école et qui se croit obligé de le rendre.

Claire ne pouvait plus supporter son manque de respect à son égard, sa volonté incessante de rabaisser ses réussites et sa façon ridicule de monter aux nues les incultes pour la rendre insignifiante. Sentant probablement croître l'irritation de sa compagne, Alain avait espacé ses démonstrations. Lors de la première conférence de Claire, donnée en pleine mer, il était monté sur l'estrade et avait proposé son aide aux organisateurs. Une fois dans leur cabine, il avait dit à Claire :

– Formidable ! Nous avons la plus belle suite ! Je n'ai jamais vu un luxe pareil ! Du caviar et du champagne toute la journée ! Tout à l'heure, tu as été admirable ! A deux, nous allons révolutionner le monde ! Ce soir, au dîner, je te propose de jouer…

– Jouer ?

– Oui. Tu dois connaître ce jeu qui consiste à placer des mots grossiers dans des conversations. Celui qui réussit à en glisser le plus grand nombre gagne la partie.

Claire, qui venait de donner une conférence pointue sur l'art antique, s'était interrogée sur l'état mental d'Alain.

– Ce jeu est très drôle, en effet. Mais nous allons avoir à notre table des ambassadeurs et des philosophes et je doute que la soirée soit bien choisie pour cela. Réflexion faite, je préfère aller dîner dans un autre restaurant.

Elle redoutait les réactions inattendues d'Alain. Comme elle s'était absentée quelques instants dans la salle de bains, Alain avait ouvert la porte de la cabine à un membre d'équipage qui lui avait remis une enveloppe à son nom.

– Tiens ! C'est pour toi ! lui avait dit Alain curieux. Quelqu'un te l'a apportée. Qu'est-ce que c'est ?

– Un chèque. Le cachet…

– Tu veux dire que tu es rémunérée pour une conférence et que tu touches l'équivalent d'un salaire en une heure ! Mais c'est honteux d'autant que nous sommes invités dans une suite.

– C'est ainsi. Ce que tu entends en une heure nécessite des années de connaissances et de travail.

*

Ils avaient fait plusieurs escales en Turquie et en Grèce. Claire avait expliqué l'histoire de ces régions à Alain et l'avait emmené dans des lieux insolites. Les yeux grands ouverts, Alain découvrait les mosquées, les rues d'Istanbul, les spécialités turques, les îles grecques, les moulins de Mykonos, les vestiges de Délos, les remparts de Rhodes, le Péloponnèse, l'Argolide…

– J'adore être ici, avait-il dit à Claire sur le sol grec.

– Nous y reviendrons dans deux mois. J'ai réservé un séjour pendant lequel je t'emmènerai dans tous les lieux que j'aime.

– En cinq mois avec toi, j'en ai fait plus que pendant toute ma vie ! répétait-il. Si tu me laisses demain, ce seront les plus belles années de mon existence!

Alain n'avait, toutefois, pu éviter ses remarques désagréables dans un bateau à moteur qui les emmenait à Santorin :

– Tu as vu comment tu es habillée !

N'écoutant plus rien, Claire lui avait montré des vestiges anciens.

– Je t'ai demandé de te taire, avait insisté Alain. Tu ne tiens jamais compte de ce que je te dis. C'est un manque total de respect à mon égard. J'ai besoin de calme.

Face au succès de sa seconde conférence dans un théâtre plein, Alain n'avait pu supporter l'accueil qu'on lui avait fait. Il était parti dès le premier quart d'heure. Quand elle l'avait rejoint dans la cabine, il lui avait dit sans raison :

– Tu as cherché à utiliser mon téléphone !

Quand il partait à la salle de sport chaque matin, Alain laissait l'écran de son ordinateur allumé, à la vue de tous. Il n'y était question que de Claire par laquelle Alain se montrait, pourtant, chaque nuit très attiré :

« Aujourd'hui, elle s'est bizarrement habillée, écrivait-il. Je ne sais pas si je pourrai la supporter le reste du voyage ».

Les pires insultes, les propos les plus avilissants étaient ainsi à la portée de Claire qui ne savait si Alain les écrivait dans le seul but de la blesser ou s'il perdait totalement la raison.

« Comment les interpréter ? Faut-il en tenir compte alors qu'il me démontre chaque jour l'inverse de ce qu'il écrit ? Quelles sont les vraies pensées d'Alain ? Celles qu'il écrit dans son journal ? » Elles étaient si caricaturales que Claire préférait ne pas s'en formaliser. Néanmoins, ces phrases la meurtrissaient et l'atteignaient plus qu'elle ne l'imaginait.

Le voyage avait été *apparemment* parfait. Alain, qui n'avait jamais quitté la France, s'était émerveillé de tout. Mais, au retour, il avait lancé à Claire :

– Il a fallu que tu gâches ces quelques jours. Tu détruis tout.

Puis il s'était de nouveau rendu à Strasbourg, laissant Claire interrogative. Hésitant à le mettre dehors, elle ne répondait plus à ses appels. En réalité, fier de ses visites à l'étranger, Alain avait hâte de montrer à tous ses photographies et de raconter ses récits.

CHAPITRE 28

Claire avait expliqué à Alain le projet qu'elle avait avec Marc de créer une agence de communication.

– Quand il a décidé de lever le pied de son travail, je le lui ai proposé car je n'avais personnellement pas le temps de m'en occuper.

– Peu importe ce que je fais, lui avait répondu Alain. Je m'en moque. Je peux exercer bien des métiers même vendeur de crêpes ou de marrons chauds. La mère de Julien pensait que je ne pouvais me passer de l'athlétisme et que c'était ma seule raison de vivre. En réalité, je peux tout aussi bien devenir jardinier surtout quand tu auras acheté une maison !

– Il est possible de bien gagner sa vie avec la vente forfaitaire de reportages inédits que nous réclament les magazines du monde entier. Mais on m'a aussi maintes fois sollicitée pour l'organisation de salons, d'expositions, de voyages prestigieux à l'étranger. Vu mes connaissances, ces événements sont très faciles à mettre sur pied.

En voyant les devis proposés par la presse et les entreprises qui souhaitaient pour leurs principaux clients des voyages de prestige, Alain avait éclaté de rire.

– Je suis prêt à m'en occuper. Mais je ne sais pas communiquer et je ne connais rien à ce travail.

– Je n'ai pas le temps de monter cette agence. Je peux t'aider, te guider, mettre à ta disposition mon carnet d'adresses, appeler des amis mais tu devras assurer le suivi. Rien de plus simple.

En découvrant le montant des gains qu'il pouvait acquérir, Alain s'était senti pousser des ailes. Il s'était montré particulièrement tendre avec Claire. Le lendemain, il s'était levé tôt pour réfléchir à ce projet. Dès que Claire s'était réveillée, il lui avait soufflé :

– Cent mille euros un reportage de huit photos !

– Non, Alain. Tu as mal lu. Dix mille euros pour un reportage inédit. Ce qui est déjà très bien payé.

Subitement assombri, Alain s'était précipité sur les documents que lui avait confiés Claire.

– Dix mille euros, avait-il répété, effondré.

– Ces reportages sont faciles à vendre puisqu'ils sont exclusifs.

– Mais hier j'ai été sympa pour…

« Rien », s'était dit Claire en terminant la fin de sa phrase. Elle comprenait qu'Alain regrettait de s'être montré agréable avec elle uniquement dans l'espoir de gagner rapidement une fortune. Il ne donnait jamais rien sans rien. Et malgré ses incompétences, il était devenu de plus en plus exigeant et de moins en moins généreux. Mais comme il s'était interrompu dans son discours, elle ne pouvait que supposer la suite de sa pensée. Ainsi donc Alain n'agissait que dans un but précis sans spontanéité ni affection. Elle avait beaucoup de mal à le croire peut-être parce qu'il était bon comédien ou qu'elle était dans le déni et qu'elle commençait à s'y attacher plus qu'elle ne l'aurait voulu. Même si elle réussissait à deviner le caractère de son compagnon avec pertinence et lucidité, elle imaginait encore qu'elle se trompait et qu'il ne pouvait pas être aussi mauvais qu'elle le subodorait. Une façon de se voiler la face quand la lune luit en pleine nuit.

Tout en continuant à faire travailler Claire sur ses autres projets, Alain avait finalement décidé d'exploiter ce nouveau filon et ils avaient tous deux décidé du nom de l'agence de communication qu'il pouvait mettre en ligne sur internet.

Quelque temps plus tard, alors que les tensions entre eux s'étaient apaisées, après une tiède nuit amoureuse, Claire s'était levée pleine de joie.

– Tu t'es réveillé tôt aujourd'hui…, lui avait-elle dit, la voix chantante.

– Oui, nous avons rendez-vous…

– Je sais mais inutile de partir trois heures à l'avance.

– Je déteste être en retard. Il faut que je te dise quelque chose. Au mois de juin et au plus tard au mois de septembre, je serai parti.

Claire avait blêmi. Elle comprendrait plus tard que la méfiance était de mise toutes les fois qu'Alain était attentionné, l'un de ses jeux favoris consistant à manipuler sa proie par une gentillesse feinte pour mieux lui porter l'estocade avec un sourire jouissif.

– Je retourne dans le sud. Tu peux me suivre ou non. On peut aussi se décider à acheter une maison là-bas. Sinon j'irai vivre chez un ami ou dans une villa qu'un couple étranger peut mettre à ma disposition. Cette famille ne vit pas en France et n'y vient que rarement. Je n'ai que l'embarras du choix. De nombreuses personnes peuvent m'héberger.

Claire avait appris par la suite qu'Alain mentait et qu'il avait inventé de nouveaux stratagèmes pour précipiter son achat de maison là où il le souhaitait. Il lui avait même écrit une lettre lui précisant qu'il était en très mauvaise santé et que seule une vie dans une propriété en pleine nature, là où il aimait vivre, pouvait le sauver du suicide.

– Attends un peu, lui avait proposé Claire. Je t'ai dit que j'allais acheter une maison mais je n'avais pas prévu de l'acquérir en France. Il n'y fait pas assez chaud. Le but est d'y aller pendant l'hiver quand il fait froid ici et d'avoir un gardien et un jardinier qui puissent veiller sur le domaine et l'entretenir.

– On peut toujours aller visiter quelques maisons dans le sud.

– J'ai une série de conférences en mai et en juin à Paris.

Claire s'était finalement laissé berner et avait annulé ses manifestations du mois de juin. Elle avait appelé les agences immobilières du sud de la France installées dans le Var et les Alpes maritimes. Elle avait ainsi pu dresser un programme de visites très chargé. Alain y avait mis beaucoup de bonne volonté. Sémillant comme un enfant à Noël, il regardait tout, commentait tout, visionnant le soir avec Claire les films des maisons vues dans la journée.

– J'hésite, lui avait dit Claire. Je n'ai pas vraiment eu de coup de cœur.

– Te souviens-tu de l'agence dont je t'avais parlé à Paris ? Elle ne vend que des biens prestigieux. J'avais sélectionné quelques-unes de leurs maisons.

– On peut aller les voir si tu le souhaites…

Fou de joie, Alain avait pris le volant dès le lendemain et avait lui-même conduit jusqu'à Grasse en semblant connaître les lieux mieux que personne.

– Où m'emmènes-tu ? s'était inquiétée Claire. Je veux acheter une maison au bord de la mer pas à la campagne. Je déteste les champs.

– Tu verras. C'est l'endroit idéal ! C'est là où tout va se jouer…

Claire se demandait si Alain n'avait pas perdu la tête. Ils avaient tous deux visité pendant une semaine des propriétés magnifiques le long des côtes et Alain la conduisait dans les terres.

– Voilà ! Nous y sommes ! avait dit Alain, des trémolos dans la voix.

Ils étaient ainsi arrivés à l'agence immobilière choisie par Alain et avaient commencé les visites. Enthousiaste, Alain guidait le vendeur.

– Mais non ! Prenez par là ! Le chemin est étroit mais c'est plus court !

– Cet endroit vous est familier !

– J'ai habité près d'ici il y a… longtemps. Une histoire malheureuse… Un drame. Mais il faut parfois surmonter des catastrophes pour rencontrer enfin le bonheur absolu que l'on ne croyait jamais possible. Je refais ma vie et je suis sûr de moi ! Pour la première fois de mon existence, je m'installe quelque part avec ma femme jusqu'à la fin de ma vie !

Ils s'étaient arrêtés près d'un champ. Les poules et les moutons fuyaient leur véhicule.

– Viens voir ! avait-il dit à Claire.

– Pourquoi veux-tu que je rencontre ces paysans qui m'ont l'air très gentils mais dont je ne vais pas acheter la ferme ?

Elle avait finalement accepté la visite de quelques biens qui auraient pu convenir s'ils n'avaient pas été situés aussi loin de la mer. Elle en avait sélectionné deux qui ne paraissaient pas plaire à Alain sans qu'elle en comprît la raison. Elle apprendrait plus tard qu'ils étaient très proches de son ancienne demeure, ce qui le rendait nerveux. Dans l'un d'entre eux, Alain ne disait mot, la laissant fureter dans tous les coins.

– Cette bâtisse est en pleine forêt. Certaines pièces sont trop sombres. Dommage…

Une autre, également bâtie dans les bois, était divisée en plusieurs logements. Des écuries complétaient l'ensemble. Le responsable de l'agence leur avait appris que la propriétaire mettait tout en vente parce qu'elle avait une maladie incurable et que son époux l'avait quittée.

– Laissons tomber, avait aussitôt soufflé Alain à Claire, et partons vite d'ici. Je ne m'y sens pas bien.

Ils s'étaient rendus dans un mas classique qu'Alain paraissait particulièrement apprécier et que Claire détestait.

– Il est planté en plein milieu de nulle part et éloigné de tout !

Mais Alain le trouvait superbe. Il avait également beaucoup insisté pour que Claire achetât un autre domaine, immense, dont les propriétaires louaient les dépendances à l'année.

– Je dois reconnaître qu'il est magnifique et bien entretenu, lui avait dit Claire qui conservait toute sa lucidité. Mais il est trop grand pour deux ! Que veux-tu faire de six hectares, de six cents arbres fruitiers, de six cents mètres carrés habitables sans les dépendances et d'une piste d'atterrissage ? On dirait une véritable ville, un petit Vallauris à lui tout seul… Il est surtout éloigné de tout commerce et il y fait froid l'hiver car il est en hauteur. Nous sommes tout près d'un des plus hauts villages perchés de France. Je ne vais pas m'isoler ici.

Claire avait très vite compris la raison pour laquelle Alain insistait tant pour habiter cette propriété : il souhaitait se rendre le plus souvent possible dans le studio que Patricia avait acquis des années auparavant dans une vallée encaissée, quasiment inaccessible. Sachant que Claire et Alain visitaient des maisons dans le sud de la France, Patricia s'était hâtée de revenir de l'étranger pour suivre leurs pérégrinations seconde par seconde, Alain l'appelant en permanence pour lui faire un rapport extrêmement précis de leur programme.

– Je vais remettre le studio de Patricia en état puisqu'elle vit à Strasbourg. Cela m'occupera. J'ai même regardé si je pouvais acquérir le cabanon voisin. Il est en ruine.

Claire s'interrogeait de plus en plus sur l'état mental d'Alain.

– Si nous achetons notre maison, tu auras beaucoup à faire chez toi ! Pourquoi cherches-tu à t'occuper chez les autres ?

– Patricia et son compagnon pourront venir chez nous. Ils sont habitués à coucher sous des tentes. Ils se mettront dans le parc et pourront s'installer pendant plusieurs semaines.

Claire avait vraiment le sentiment d'acheter une demeure pour Alain et ses amis. Les deux jours suivants, comme elle avait prévu de visiter des maisons à Cannes, Alain avait refusé de l'accompagner.

– C'est inutile. Elles ne m'intéressent pas. Va les voir si tu le souhaites.

Claire y avait donc été seule pendant qu'Alain l'attendait dans un café. Elle avait été enthousiasmée par la beauté intérieure et extérieure des propriétés quasiment neuves, inondées de lumière, qui avaient des vues imprenables sur la mer. Elle en avait fait un rapport exalté à Alain qui ne voulait rien savoir.

– Inutile que nous continuions, avait conclu Claire. Nous en avons vu suffisamment et tu as apparemment choisi celles qui te conviendraient.

– Oui et si je n'ai pas l'une de celles-là, je sais qu'un jour je partirai. J'estime l'avoir mérité, non ?

Claire se demandait bien en quoi Alain avait pu « mériter » quoique ce fût puisqu'elle lui donnait tout. Il usait d'une manipulation affective qu'elle ne percevait pas, prenant ses paroles au premier degré. Doublant ce chantage par un autre, Alain était reparti à Strasbourg aussitôt après leur arrivée à Paris. Il avait coupé tout contact avec Claire.

– Je ne reviendrai que pour mes rendez-vous professionnels.

Comprenant son jeu, Claire s'était penchée tranquillement sur toutes les fiches qu'elle avait rapportées du sud de la France. Elle en avait éliminé plusieurs et avait fini par étudier plus attentivement celles qu'Alain avait sélectionnées. Mais, auparavant, elle lui avait envoyé des photographies de maisons proposées par les meilleures agences parisiennes.

« Elles se trouvent près de celles que nous avons visitées et je comprends qu'elles te séduisent mais elles ne correspondent pas du tout à ce que j'aime. Comme d'habitude je me sens incompris et je doute que nous trouvions la maison qui nous plaise à tous deux. J'aurais tellement voulu y vivre avec toi jusqu'à la fin de mes jours. Des oliviers, des figuiers, des lauriers, des pins… », lui avait aussitôt écrit Alain.

Leurs goûts divergeaient totalement. Claire avait compris qu'Alain ne quitterait pas Strasbourg tant qu'elle ne choisirait pas une des demeures de sa sélection. Mais elle se refusait à acheter une propriété qui lui déplût. Elle y investissait tout l'argent qu'elle avait gagné pendant sa vie et Alain n'y ajoutait pas un centime.

Elle avait pris tout son temps pour examiner de nouveau ces maisons en détail. Il lui en restait trois à étudier sérieusement. Elle en avait supprimé une d'office ; l'autre était trop vaste ; la troisième aurait pu convenir. Elle imaginait la vie dans cet endroit sans, toutefois, avoir pris soin de regarder si elle était située près d'une gare ou d'un aéroport. Car Claire avait besoin de revenir régulièrement à Paris et il lui fallait un moyen de transport rapide pour faire la navette entre Paris et Grasse. Elle avait écrit à Alain qu'elle pouvait peut-être envisager l'achat de cette maison à condition de retourner la voir plus longuement.

Alain était aussitôt revenu à Paris.

CHAPITRE 29

Claire avait réservé une chambre d'hôtel en bordure de mer.

– Nous allons nous reposer et passer quelques jours de vacances tout en retournant visiter cette maison. Nous aurons ainsi tout le temps d'y réfléchir à loisir, avait-elle proposé à Alain.

La réservation devait être à sa charge pour quinze jours, Alain n'ayant pas proposé de participer aux frais. Comme d'habitude, il avait aussitôt émis des réserves.

– J'aimerais bien passer trois jours dans la villa que loue Jean-Pierre après notre séjour. Je le rejoins là-bas chaque été depuis des années.

– Ce n'est pas très élégant de se laisser ainsi inviter alors que tu as les moyens de réserver une chambre dans un hôtel. Tu n'es pas un clochard à qui on offre l'hospitalité. Il n'a pas plus d'argent que toi et il paye la réservation d'une petite maison. Maintenant que tu vas avoir une propriété, ce serait de mauvais ton de vivre, même quelques jours, à ses crochets…

Devant la moue d'enfant gâté d'Alain, Claire avait encore cédé.

– Ces trois jours sont à quelles dates ? Je réserverai notre séjour juste avant et tu pourras ainsi enchainer avec cette visite.

Claire avait tout organisé pour faire plaisir à Alain qui non seulement pouvait profiter d'un séjour luxueux avec Claire, retourner avec elle revoir tranquillement les maisons qu'il avait choisies et aller saluer son copain. Face à la disparition subite de Marc, Claire avait envie de satisfaire les caprices de son conjoint. Elle s'était longuement interrogée sur l'avenir incertain de chacun et elle avait quelque peu modifié sa manière de vivre. Mais il aurait fallu que les personnes de son entourage eussent connu les mêmes épreuves pour comprendre ses démarches.

*

Le départ et le voyage s'étaient déroulés dans la joie pour Alain, dans la réserve et l'inquiétude pour Claire. Dès qu'ils étaient arrivés, Alain avait proposé de garer la voiture de Claire pendant qu'elle s'occupait des formalités administratives.

– C'est magnifique ! s'était exclamé Alain qui se retrouvait dans des lieux qui lui étaient chers.

– Si cela te plait, tant mieux.

– Je me sens bien ici.

Ils avaient dîné dans un petit restaurant proche de l'hôtel.

– J'ai envie d'aller au bord de la mer, avait suggéré Claire après le repas. Tu m'accompagnes ?

– Je préfèrerais ne pas marcher. C'est un peu loin…

– Dans dix minutes nous y serons… Allez !

Alain l'avait finalement suivie. Ils étaient restés tous les deux sur un banc dominant la crique à observer les flots qui se mêlaient à la nuit, la lune qui se reflétait dans l'eau, à écouter les clapotis contre les rochers rougeâtres. Les nuances de noir, gris, bleu marine, d'où émergeait l'or lunaire partaient du ciel pour arriver à leurs pieds où échouait le reflet élargi de la trace orange scintillante. Sublime profondeur étrange. Subitement noirs les rocs, le sable avec, derrière eux, les lumières et les éclats de voix émanant de l'hôtel. Un petit bateau de pêcheur allumé par quatre lampes pendant autour de la coque en bois, solitaire, installé pour une partie de la nuit. Une brise légère dans les cheveux et le cou de Claire frissonnant. Claire aurait voulu qu'Alain la serrât contre lui mais ils n'avaient bougé ni l'un ni l'autre, assis face à la mer noire au milieu des odeurs salées. Sentant la fatigue l'envahir, Claire avait finalement proposé à Alain de rentrer.

Alain s'était étonné que Claire eût choisi des matelas séparés dans un lit pour deux personnes. Il s'en était presque offusqué. Mais il n'avait rien dit. Claire l'avait lu dans ses yeux.

– Quand on aime quelqu'un, on dort avec lui, avait-il marmonné.

Curieusement, alors qu'il se plaignait de ce manque de proximité, Alain avait reproché à Claire de sortir nue de sa douche. Mais il n'avait rien dit. Claire l'avait lu dans ses yeux. Comment Alain pouvait-il sans cesse changer de jugement ? Ce matin-là, il était d'humeur bizarre, silencieux et éteint. Sa gaieté de la veille, si rare, avait déjà disparu.

– Que prends-tu pour ton petit déjeuner ? lui avait-elle demandé, la voix chantante. Nous allons nous mettre sur le balcon et profiter de cette magnifique lumière !

– Rien.

– Je ne vais pas manger seule ! Choisis au moins un fruit et une boisson.

– Non.

Claire avait l'impression qu'Alain ne souhaitait pas prendre de petit déjeuner parce qu'il était à sa charge alors qu'elle payait déjà tout le reste. Mais, comme elle était lasse de sa morosité inutile, elle avait commandé pour deux des viennoiseries, des jus d'orange et du café.

– Si tu ne manges pas ta part, ces oiseaux s'en chargeront. Viens voir…

Mais Alain restait étendu sur son lit, les yeux dans le vague.

Après son petit déjeuner, Claire avait fait une rapide gymnastique pour se détendre.

– Bon ! Je vais nager avant que les touristes n'envahissent les piscines. Je préfère celle qui est la plus éloignée et la plus calme. Il faut marcher une vingtaine de minutes sous le soleil. Tu te prépares ?

– Non.

Alain était occupé au téléphone avec Patricia. Il s'était enfermé dans la salle de bains pour lui parler tranquillement en laissant ainsi croire à Claire qu'elle ne devait pas entendre cette conversation confidentielle. Mais Claire, qui n'en avait cure et qui avait besoin de la salle d'eau, avait fini par lui demander s'il pouvait continuer sa discussion à l'extérieur. Alain n'en attendait pas davantage.

– Tu me déranges ! lui avait-il dit en sortant, le regard noir.

– Tu peux très bien téléphoner ici.

– Mais Patricia a de gros problèmes…

– Je n'en doute pas.

– Son compagnon la trompe et elle se retrouve seule. Or, elle déteste vivre seule. Elle n'est pas bien. Elle est malade. Elle a besoin de me parler.

Depuis leur arrivée, Patricia avait accaparé Alain pendant des heures au téléphone. Elle lui demandait de la rejoindre, de l'aider, de la secourir, menaçait de se suicider s'il la laissait seule.

– Je pars me baigner. Tu auras ainsi tout le loisir de parler. Tu sortiras juste quelques minutes pour que les femmes de ménage puissent faire la chambre.

– Je vais aller voir la salle de gymnastique…

– Parfait ! On se retrouve ici ?

Claire était déçue de se retrouver seule. Elle n'avait pas l'impression de vivre avec un compagnon. Elle avait marché lentement dans le parc en pensant à Marc. La mer en contre bas, l'odeur des pins, la douceur de la matinée ensoleillée pansaient à peine sa tristesse. Une navette s'était arrêtée pour la prendre mais elle avait préféré continuer à pied. La nage lui avait fait un peu oublier la situation curieuse dans laquelle elle se trouvait sans qu'elle pût évaluer encore à quel point elle était embourbée dans une impasse indescriptible. Elle était heureuse d'avoir à ses côtés un conjoint qui l'aimait et qui allait vivre dans la maison qu'il avait choisie, dans le lieu qu'il appréciait le plus au monde tout en exerçant son métier dans un club qu'elle l'aiderait à mettre sur pied.

Tandis que les rares hommes présents autour de la piscine cherchaient à lui parler, elle avait pris sa serviette et s'était mise à l'écart. Elle avait sorti un calepin et noté les frais qu'engendrerait son acquisition : entretien, charges, impôts… Elle était incapable de savoir si elle pourrait faire face à tout et cette inconnue commençait à l'inquiéter.

Quand elle avait rejoint Alain, il était encore au téléphone avec Patricia.

– Nous devons partir au rendez-vous voir la maison…

– Je te rappelle tout à l'heure, avait dit Alain à Patricia.

Il avait discuté avec elle pendant tout le trajet. La visite de la propriété s'était déroulée paisiblement, Alain prenant des photographies de chaque pièce et des extérieurs tandis que Claire filmait les moindres détails. A peine sorti, Alain s'était précipité pour raconter à Patricia tout ce qu'il avait vu.

– Je vais te dire où se trouve très exactement la propriété. Je t'envoie les photos. Tu aimes cet endroit ?

Claire avait conduit jusqu'à Grasse où ils s'étaient arrêtés pour boire un jus de fruit. Elle espérait pouvoir enfin échanger ses impressions avec son conjoint. Mais, là encore, celui-ci n'avait communiqué qu'avec Patricia, faisant fi de sa présence. En retournant à l'hôtel, elle ne connaissait les réactions d'Alain qu'à travers les propos qu'il avait tenus à Patricia. Elle comprenait qu'il était impératif pour l'équilibre et l'avenir de leur couple de se débarrasser le plus rapidement possible de l'arapède qui avait mis la main sur son compagnon et qui le manœuvrait à sa guise. Mais Claire se trompait. Elle n'avait pas compris que Patricia n'avait aucun intérêt aux yeux d'Alain. Ce dernier manipulait les deux femmes. Claire était, toutefois, la seule qui l'intéressait, qui le séduisait, qu'il désirait, qui était riche, célèbre, et qui avait les relations indispensables pour lui apporter tout ce qu'il voulait.

Triste mais lucide de sa supériorité sur Alain, Claire s'était accoudée sur une rambarde en regardant les espaces qui les entouraient.

– Sais-tu à quoi je pensais quand tu parlais au téléphone ?

– Non.

– Devine. Observe et réfléchis.

– Je ne vois pas…

– Tous ces espaces inutilisés… Il y en a partout dans ces centres de vacances. Tu pourrais y faire un immense club de gymnastique. Ici et ailleurs puisque c'est une chaine.

– Mais il faudrait connaître le propriétaire de la chaine…

– Ce n'est pas un problème. Je l'appellerai en rentrant à Paris. Tu pensais créer ton club en reprenant un centre moribond qui existe déjà. Mais il n'y en a pas là où tu le souhaites et cela te coûterait une fortune de le construire *ex nihilo*. Si tu l'aménages dans un endroit comme celui-ci, ce que personne n'a jamais fait, tu ne fais que mettre en valeur un lieu déjà existant. Tout le monde y trouve son compte : toi qui as une structure agréable, vaste, au soleil, et le propriétaire du centre qui donne une plus-value à ses hôtels. Ces villages embauchent des animateurs. Il existe des golfs, des espaces aquatiques, des ateliers mais aucun grand club de gymnastique et de musculation. Quelques appareils sont regroupés dans une petite salle surchauffée.

Comme elle l'avait dit, Claire avait contacté le président de la chaine hôtelière après avoir signé une promesse de vente au sujet de la maison visitée et l'avait rencontré au siège. La réponse de l'équipe dirigeante, très favorable au projet, avait enthousiasmé Alain qui avait aussitôt dit à Claire :

– Tu as entendu la direction. Il est pour l'instant impossible d'organiser un club sur la Côte d'Azur, car le principal hôtel va être en réfection pendant plusieurs mois. Mais le responsable m'a proposé de commencer dans un club de Toulouse.

– Nous attendrons que l'établissement soit refait sur la Côte. Ce n'est pas très grave…

– Mais je peux aller à Toulouse sans problème… Le temps de tout mettre sur pied. Ensuite, je le dirigerai de loin si j'ai des hommes de confiance sur le terrain. Je serai le maître d'œuvre.

– Tu comptes créer un club à distance ? Notre maison se trouve près de Grasse et non à Toulouse, lui avait-elle dit avec humeur.

Comprenant avec une extrême douleur qu'Alain ne songeait qu'à lui et aux avantages qu'elle pouvait lui apporter, Claire estimait qu'elle devait reprendre le contrôle d'une situation qui lui échappait. Elle avait pris Alain en charge, le nourrissait, le distrayait, l'hébergeait, lui achetait une propriété dans un endroit qu'elle n'appréciait guère, avait levé le pied de sa carrière. Alors même qu'il s'était engagé à s'occuper de leur domaine puisque Claire lui avait nettement précisé qu'elle serait très souvent à Paris, Alain lui laissait la gestion de la propriété en entravant ainsi sa vie et son métier.

« Cela suffit, s'était dit Claire. Je ne vais tout de même pas être le dindon de la farce ! »

En sa présence, Alain avait appelé Julien et lui avait dit :

– Il est temps que je reprenne mon autonomie.

– Que signifie cette phrase ? lui avait demandé Claire dès qu'il avait raccroché.

– Économiquement, il est temps que je me reprenne en charge.

Alain pensait sans doute ne plus avoir besoin de Claire. Le responsable du groupe hôtelier lui avait pourtant dit :

– Mais oui, nous vous tiendrons au courant rapidement. De quoi avez-vous peur ? Votre compagne n'est-elle pas là ? C'est pour nous un gage de garantie maximal. Notre président l'apprécie beaucoup.

Claire savait aussi, contrairement à Alain, trop imbu de lui-même, que personne ne travaillerait avec lui sans elle. Elle apportait sa notoriété, son sérieux et son influence. Alain ne pouvait rien réussir sans elle et elle ne se rendrait pas à Toulouse alors qu'elle était sur le point d'acheter un domaine près de Grasse. Elle continuerait à l'aider à condition qu'il prît des décisions intelligentes et cohérentes et ne le suivrait plus dans des prises de position fantasques. Elle devait contrer l'instabilité d'Alain, qui passait systématiquement d'un état dépressif à une euphorie immodérée, et tempérer ses emportements excessifs. Claire analysait les événements qui s'étaient déroulés depuis la visite de la maison, se sentant piégée, comprenant qu'elle avait peut-être commis une erreur.

CHAPITRE 30

Estimant sans doute que l'affaire était acquise, Alain avait dit à Claire, dès le soir suivant, au restaurant.

– Je partirai demain.

– Pardon ?

– Je vais me rendre chez Jean-Pierre comme je te l'avais annoncé.

– J'ai réservé ici pendant deux semaines et j'ai tout réglé à l'avance. Tu devais y aller au terme de notre séjour.

– Je lui ai confirmé ma présence demain. Il vient me chercher.

– Et moi ?

– Tu restes ici ! Tu profiteras tranquillement de ce séjour.

– Mais tu es fou ? Si tu pars, je pars aussi.

– J'ai réservé mon train.

– Je ne resterai pas ici seule. Je te laisserai là où Jean-Pierre viendra te retrouver et je remonterai sur Paris.

Alain ajoutait chaque minute une nouvelle épreuve à leur couple, rendant la vie de Claire impossible, irrespirable. Elle avait rangé ses affaires à la hâte et s'était rendue le lendemain au comptoir de la réception en annonçant leur départ sans récupérer un centime. Puis elle avait roulé jusqu'à quelques mètres de l'endroit où Alain devait rejoindre son ami. En remontant sur Paris, elle avait finalement obliqué vers l'Auvergne, appelant une amie qui habitait près de Clermont-Ferrand. Elles s'étaient retrouvées au restaurant et Claire avait passé la nuit dans une chambre d'hôtel. Elle avait tenté de joindre Alain plusieurs fois.

– Tu as trouvé Jean-Pierre ?

– Oui. Formidable ! avait répondu Alain en riant.

Jean-Pierre paraissait, lui aussi, très joyeux. Elle l'entendait plaisanter. Mais était-il conscient de ce qu'il faisait ? Comment pouvait-il inviter Alain sans sa compagne ? Ce manque de savoir-vivre la révoltait. « Je ne comprends pas qu'Alain n'ait pas envoyé paître Jean-Pierre qui n'est pas capable de nous inviter tous les deux. »

Elle avait raconté ce qu'elle avait sur le cœur à son amie et avait tenté de rappeler Alain à plusieurs reprises. Mais celui-ci, manipulateur et heureux du mal qu'il pouvait lui faire, se gardait bien de répondre au téléphone.

– Je ne sais ce que je fais ici, lui avait-elle dit en guise de message dans la chambre d'hôtel où elle était censée passer la nuit. Tout cela n'a aucun sens.

C'est précisément cela qui intéressait Alain : créer des situations insensées pour déstabiliser Claire. Il n'avait que faire de son ancien copain de classe. Mais mettre la main sur sa compagne et la garder sous sa coupe étaient autrement plus importants. Cette connaissance ne lui servait à rien d'autre qu'à passer quelques jours de vacances gratuites et à faire souffrir Claire. Cette dernière se souvenait des propos méprisants d'Alain à l'égard de Jean-Pierre quand elle lui avait reproché de ne pas le voir plus souvent.

– Il est énorme. C'est devenu un porc. Chaque dimanche, il se rend au marché et il achète pour trois cents euros de poissons. Il passe ensuite des heures à les faire griller. Il me dégoute. Au bout de deux jours, je ne peux plus les supporter, lui et sa femme.

Le lendemain, face au soleil qui illuminait les places, Claire, qui n'avait pas dormi, avait décidé de prendre son petit déjeuner à la terrasse déserte d'un café. Puis elle était remontée sur Paris, se retrouvant seule en plein mois d'août, au soleil, dans un lieu où tout lui rappelait Marc. Elle savait qu'Alain reviendrait inévitablement sur Paris la veille d'un rendez-vous primordial qu'ils avaient fixé avec l'informaticien qui travaillait sur le site de son futur club. A la demande de Claire, celui-ci avait, en effet, accepté de prendre en charge la création et le suivi du site mais il lui fallait convaincre l'ensemble des participants. Cette réunion servait à concrétiser la partie financière de ce projet. Contre toute attente, Claire avait reçu quelques jours plus tard un message d'Alain.

« As-tu lu ce mail ? Il vient de m'être envoyé, lui écrivait-il. L'informaticien interrompt tout travail avec moi. Il prétend que mon impatience serait incompatible avec ses autres projets car il doit mener de front plusieurs dossiers. Tu penses bien que je ne vais pas rester ici plus longtemps avec Jean-Pierre. Je reviens à Paris et je repars aussitôt chez Patricia. »

Tétanisée, Claire prenait conscience qu'Alain, qui ne lui avait pas écrit depuis son retour à Paris, ne la connaissait que par intérêt. Mais, alors même qu'elle aurait voulu le rejeter et le mettre dehors, elle n'en avait plus la force. Elle n'imaginait plus la vie sans lui. Or, cette décision de l'informaticien pouvait modifier leur avenir. Curieusement, Alain n'était pas resté longtemps à Strasbourg. Il était revenu auprès de Claire sans lui donner d'explication avant de repartir une nouvelle fois en Alsace.

Le lendemain de son départ, Claire s'était réveillée en pleine forme. Elle paraissait avoir retrouvé son énergie et sa lucidité. Elle avait appelé sa famille à qui elle avait confié son chat puis elle avait décidé de régler une affaire avec sa tante alsacienne.

– J'arrive cet après-midi, lui avait-elle dit. Puisque nous devions nous voir, cela tombe bien.

Elle avait fait rapidement la route et avait appelé Alain en arrivant.

– Je suis à Strasbourg, rue des plantes près de chez ma tante.

– J'arrive ! lui avait dit Alain.

Deux minutes plus tard, il était près de sa voiture, à vélo.

– Tu as fait vite !

– Patricia habite à côté. Mais elle n'est pas là en ce moment. Elle arrive demain. Elle a confié la maison à une amie.

– J'ai réservé un hôtel ici car je ne veux pas déranger ma tante.

– Viens dormir chez Patricia.

Elle avait accepté après avoir prévenu sa tante de son arrivée. Après un bref dîner où ils avaient croisé l'amie de Patricia, Alain avait laissé sa chambre à Claire.

– Tu dors là d'habitude ?

– Oui.

– C’est extrêmement bruyant. Quelle chaleur ! A deux on va être un peu serré…

– Pas question que je dorme avec toi. Je prendrai la chambre qui se trouve en face.

– Drôle d’idée…

« Décidément, cette Patricia est une grande perverse, elle aussi, s’était dit Claire. Elle fait venir cette fille bizarre en son absence en sachant qu’Alain sera seul. Elle comptait sans doute la mettre dans ses bras pour le détourner de moi. Elle ne supporte manifestement pas les sentiments qu’Alain éprouve pour moi. Il faudra pourtant bien qu’elle s’y fasse… »

Après le petit déjeuner, Patricia était arrivée à Strasbourg avec son compagnon et leurs enfants.

– Tu as croisé la copine de Patricia ? avait demandé l’inconvenant Paul à Alain, le regard coquin.

« Ils sont tous plus malsains et dérangés les uns que les autres, avait aussitôt pensé Claire. Ce Paul sait que je suis la femme d’Alain et il l’interroge devant moi pour savoir s’il a apprécié ce laideron. J’ai l’impression de vivre dans un asile de fous ».

En revoyant Claire, rayonnante, et en constatant que son plan avait échoué, Patricia faisait la moue.

Paul avait aussitôt tenté de charmer Claire.

– Cette fois-ci, Alain a mis la barre très haut, lui avait-il dit les pupilles brillantes. J’aime beaucoup les femmes. J’ai toujours aimé les femmes…

Les filles, qui ne supportaient pas les absences de leur père, s’étaient rapprochées d’Alain.

– Alain aurait dû se marier avec maman, avait glissé l’une d’entre elles.

Patricia les avait fait taire tandis qu’Alain n’appréciait manifestement pas ces démonstrations déplacées.

– Elles disent n'importe quoi, avait expliqué Alain à Claire. Elles sont énormes à quinze ans et ont déjà eu plusieurs copains. Elle couche avec n'importe qui. Une façon de se rebeller.

Claire, qui observait avec curiosité et amusement ce petit monde quelque peu déséquilibré, avait décidé de profiter de son séjour. Le matin, elle se préparait à l'hôtel, se rendait chez Patricia pour prendre le petit déjeuner puis allait voir sa tante. Claire et Alain se retrouvaient l'après-midi et le soir. Le bocal à crapauds, autour duquel elle nageait avec aisance, lui démontrait, en effet, à tout instant, que Patricia vivait dans l'escroquerie, le mensonge, la méchanceté, les manigances, la manipulation, la jalousie et le paraître. Elle constatait que, contrairement à ce que lui avait laissé entendre Alain, elle n'invitait chez elle que des personnes sans intérêt et que tout respirait autour d'elle la médiocrité. Claire avait accepté d'accompagner Alain dans une vieille bicoque que Patricia voulait restaurer. Mettant Paul et Alain au travail, comme à son habitude, elle s'était esquivée pendant qu'ils s'échinaient. Les filles avaient beaucoup apprécié Claire qui les avait occupées en ramassant des fruits et des fleurs.

– Vous ferez des gâteaux et vous mettrez les fruits à l'intérieur. Les fleurs sont pour votre mère, leur avait-elle dit.

A leur retour, Patricia avait pris le bouquet sans un sourire et sans un mot aimable. Quant aux fruits, comme elle voulait en manger et que ses filles l'avaient suppliée de n'en rien faire, Patricia leur avait ordonné d'aller dans leur chambre et de ne plus en sortir.

Chaque matin, en voyant Claire arriver, Alain enlaçait Patricia comme s'il avait des sentiments amicaux pour elle. Elle se dégageait de cette étreinte hypocrite en comprenant d'autant plus son jeu qu'il lui était familier. Le soir, Alain raccompagnait Claire à son hôtel sous le regard amusé de Paul qui proposait, le lendemain, un petit déjeuner au café de la place.

– Je sais ce que Patricia cherche à faire, lui avait dit Alain ce soir-là en raccompagnant sa compagne. Mais elle n'y arrivera pas. Paul m'a dit que c'était fini entre eux. Il partira dans quelques jours et il ne reviendra plus jamais.

Un jour, Patricia avait demandé abruptement à Claire :

– Que souhaites-tu le plus au monde maintenant que Marc est parti ?

– Vivre avec l'homme de ma vie, celui avec qui je m'entends parfaitement.

Le regard complice d'Alain et les yeux amusés de Paul faisant mine de lire le journal local avaient agacé Patricia qui avait répété sa question.

– Je t'ai déjà répondu, lui avait dit Claire calmement. Tu ne te souviens plus de Marc ?

– Non.

– C'était le meilleur ami d'Alain. Ils ne se quittaient jamais. Avant que tu n'arrives, nous sortions toujours ensemble Marc, Alain, Line et moi. Ne me dis pas que tu ne te souviens pas de Line. Elle était toujours avec moi.

Patricia avait rougi de colère tandis que Paul riait sous cape.

– C'est vrai ? avait demandé Patricia à Alain comme s'il devait lui rendre des comptes.

Alain avait fait un signe de tête en riant. Patricia comprenait ainsi, trente-cinq ans plus tard, qu'elle n'était pas informée de toute la vie de celui qu'elle pensait diriger à son gré.

Lors de leurs parcours en voiture pendant lesquels Paul ou Alain conduisaient, les filles chantaient. Quand ils prenaient tous ensemble des consommations, Claire payait et n'était jamais remerciée. Mais quand elle était accostée par des groupes d'hommes dans les rues strasbourgeoises, Alain la protégeait systématiquement.

– Tu vois, je prends soin de toi… soulignait-il.

– Je vois…

Il souriait parfois en cachant sa colère quand des hommes la complimentaient.

Paul était parti comme il l'avait dit. Une nouvelle recrue de Patricia, invitée pour séduire Alain, était arrivée le lendemain. Elle prenait l'habitude de vaquer en petite tenue dans la maison en affichant un dos parsemé d'énormes furoncles, enchainait les minauderies, les sourires aguichants, les gestes larges qui occupaient l'espace. Un peu stupéfaite d'une telle attitude, Claire avait pris le parti d'en sourire. Jouant son dernier va-tout, Patricia avait alors organisé un rendez-vous entre Jocelyne et Alain pendant que Claire se trouvait chez sa tante. La veille, Alain avait annoncé à la ronde :

– Aujourd'hui, c'est ma journée. Ne me cherchez pas !

Il s'était coupé les cheveux et s'était parfumé. Claire avait alors compris qu'il se rendait chez Jocelyne mais elle avait décidé de lui faire confiance et de ne pas le suivre en voiture alors qu'elle connaissait l'adresse où il se rendait. Elle savait aussi qu'il allait chez elle toutes les fois qu'il retournait à Strasbourg même s'il lui laissait croire qu'il n'avait plus de contact avec elle. Claire était persuadée qu'il ne s'agissait que d'un jeu. Elle avait donc été se promener, l'esprit tranquille. Elle avait acheté deux robes et quand elle était rentrée chez Patricia pour contribuer à la préparation du dîner, elle avait su, en regardant Alain, qu'elle n'avait rien à redouter de personne.

Elle avait appris par les filles que Patricia invitait Jocelyne quand Alain séjournait, autrefois, dans sa bicoque en ruine. Claire avait décidé d'être présente, le lendemain, quand le rendez-vous d'Alain et de Jocelyne, arrangé par Patricia, aurait lieu. Elle était revenue de chez sa tante en début d'après-midi.

– Où est Alain ? avait-elle demandé aux filles.

Elles avaient répondu vaguement sans interrompre leurs jeux sur l'ordinateur.

– Au premier étage, probablement…

Claire avait trouvé la chambre vide. Alain n'avait laissé qu'une paire de vieilles chaussures derrière la porte comme il le faisait toujours dans tous les endroits où il allait.

– Il est parti, avait-elle appris aux filles en redescendant l'escalier.

– Ce n'est pas possible ! Personne ne l'a vu partir !

Claire avait informé sa tante de son départ et avait réglé sa note d'hôtel puis elle avait pris la route. Patricia l'avait appelée.

– Sais-tu où est Alain ?

– J'ai dû partir précipitamment. Je ne le sais pas.

– Il avait un rendez-vous. Jocelyne est à côté de moi. Elle l'attend, avait osé lui dire Patricia.

– Je n'ai aucune idée de l'endroit où il se trouve, avait répété Claire en souriant.

Puis elle avait reçu un message d'Alain.

« Je rentre à Paris. Préviens ta famille ».

Claire avait ainsi pu apprendre à Patricia qu'Alain rentrait chez eux. La manipulatrice avait perdu la partie.

– Il me rappellera un jour, lui avait répondu Patricia. J'ai compris.

CHAPITRE 31

Pendant le reste du trajet, Claire s'était sentie soulagée. Alain avait-il enfin compris les manœuvres de Patricia et de son entourage ? Avait-il saisi qu'autour d'elle tout n'était que vent et mensonge ? Elle passait des soirées entre inconnus à lancer des sujets philosophiques pour laisser croire qu'elle était cultivée. Elle organisait, chaque matin, autour de la table, pendant le petit déjeuner, l'emploi du temps de chacun. La maitresse d'école ridicule voulait diriger et régenter la vie de ses filles qui manquaient d'oxygène face à leur mère.

En arrivant à Paris et après avoir garé sa voiture, Claire avait ouvert, avec un soupir de soulagement, la porte d'entrée. Alain était bien là comme s'il n'en était jamais parti et tout était enfin rentré dans l'ordre. Elle s'était glissée le plus doucement possible dans le lit en se sentant sécurisée par sa présence. Ils avaient repris, le lendemain, leurs habitudes. Alain lui avait juste fait un reproche rapide :

– Tu n'as pas respecté ma demande. Je souhaitais être seul à Strasbourg et tu t'es imposée du début jusqu'à la fin. Je n'ai même pas eu deux jours pour moi.

Claire lui avait rappelé qu'elle avait ainsi pu régler une histoire de succession avec sa tante. Elle ne regrettait en rien son déplacement qui lui avait permis de constater qu'Alain ne se rendait jamais à Strasbourg de gaieté de cœur mais qu'il restait muet et isolé quand il y séjournait, que la vie et l'entourage de Patricia étaient déplorables et qu'Alain n'y avait aucune attache. Quand le compagnon de Patricia l'avait appelé quelques semaines plus tard en s'inquiétant de son départ précipité, Alain lui avait dit la vérité :

– Je me déplaçais pour te voir une fois par an mais, dès que tu as quitté Strasbourg, la situation est devenue invivable. Patricia n'a pas toute sa tête. Elle se prend pour la reine des abeilles. Quant aux gens qui gravitent autour d'elle, ils n'ont aucun intérêt. C'est triste de faire un tel constat. J'avais pourtant de bons souvenirs de Strasbourg l'année dernière.

– Parce que tu n'avais pas analysé la situation. Tu as bien fait de partir.

– Patricia est seule maintenant. Je lui aurais bien proposé de venir passer quelques jours à Paris mais elle m'a glissé qu'elle ne pourrait jamais supporter de me voir vivre avec Claire. Je ne fais pas tant d'histoire lorsque je vais chez vous à Strasbourg.

Alain n'éprouvait aucun sentiment pour les femmes qu'il avait connues avant Claire et les considérait comme de vagues relations sans importance. Toutefois, Claire avait hâte de voir partir hors de France celle qui s'immisçait constamment dans leur vie. Elle croyait comprendre qu'Alain avait enfin saisi sa personnalité et qu'il n'avait plus l'intention d'entretenir des liens avec elle, ce qui la rassurait.

*

Claire n'était pas revenue sur sa décision d'acquérir la maison de Grasse. Aussi Alain l'étudiait-il chaque jour sur son ordinateur. Il appelait les anciens propriétaires et architectes du domaine afin d'avoir plus de renseignements sur le fonctionnement de l'électricité, des compteurs d'eau sans demander l'avis de Claire. Il y avait prévu l'installation de son matériel informatique après avoir quasiment imposé à Claire le choix de la pièce dans laquelle il mettrait son bureau, sachant que les connexions étaient plus faciles au premier étage. Il se désintéressait de celles de Claire qui en avait pourtant plus besoin que lui puisqu'elle travaillait et devait honorer ses contrats. Il avait, cependant, appelé le service des communications afin de mettre en place une seconde ligne téléphonique, projet qui s'était finalement révélé impossible.

– Il n'y a aucun problème, lui avait dit Claire. On pourra tous deux utiliser la même ligne. Il suffit de se procurer un boîtier pour tous les membres de la famille. Je l'ai acheté et je le recevrai demain.

Alain n'avait, tout d'abord, fait aucune remarque sur cette initiative qu'il lui avait proposée à plusieurs reprises mais il avait subitement refusé cet arrangement.

– Tu m'as toi-même suggéré cette solution, ce qui nous permettrait de bénéficier tous deux du même forfait. Je ne vais pas régler des factures de téléphone de trois cents euros tous les deux mois.

– Les choses ont changé…

– Qu'est-ce qui a changé ? J'utilise le téléphone le plus souvent pour tes propres affaires. Je règle les factures et je ne pourrais pas bénéficier de ma ligne à Grasse ?

– Tu sais bien que rien n'est comme avant… Avant, j'avais confiance. Mais, maintenant, je ne voudrais pas que tu puisses accéder à mon portail.

– Je ne vois pas le rapport entre ton portail et les connexions.

« Parfait ! s'était dit Claire. Je vais désormais réduire le temps de travail que je consacre à ses dossiers. »

Elle avait, cependant, accepté de lui trouver un nouvel informaticien. Pour ce faire, elle avait appelé un ami parisien, producteur, qui pouvait être passionné par le projet d'un site sur le fitness. Leur rencontre s'était remarquablement passée. Claire lui avait proposé de l'intéresser aux résultats en échange de quoi il créerait le site d'Alain. La maison possédant un responsable commercial et une structure juridique, tout était parfait. Un informaticien extérieur, brillant, avait rejoint l'équipe et avait, lui aussi, à la demande de Claire, accepté de travailler bénévolement dans l'attente du lancement du site.

Claire organisait les rendez-vous à Paris. Toute l'équipe travaillait plusieurs jours par semaine sur le projet et Alain était en communication constante avec elle par visioconférences. Malgré cette chance inouïe qui s'offrait à lui, Alain avait manifesté son mécontentement au bout de quelques semaines.

– Ils sont trop lents… On n'avance pas…, avait-il dit à Claire.

– Tu plaisantes, je pense ? Ils ont la gentillesse de travailler gratuitement pour toi nuit et jour alors que l'un d'eux vient d'avoir un enfant ; un autre a acheté sa maison depuis peu ; un autre a des contrats à l'étranger. Et toi tu ne fais quasiment rien.

– Mais je suis le cerveau ! J'attends leur contrat. Je veux gagner soixante-dix pour cent des recettes. Ils se partageront le reste.

– Nous verrons s'ils acceptent ces conditions lors de notre prochain rendez-vous. Quant à moi, je ne veux pas un centime. Mais je m'occuperai de la promotion de ce site comme je vous l'ai promis et je corrigerai les textes.

Voyant qu'Alain entrainait une équipe honnête et motivée sur une voie peu fiable, comprenant qu'il était peut-être incapable d'aller jusqu'à la concrétisation de son projet, Claire avait jugé bon de suggérer une étude de marché avant le lancement officiel du site. Le producteur en avait parlé à Alain, déconcerté.

– Il suffit d'enquêter auprès de ceux qui fréquentent les salles de sport soit sous forme d'appels téléphoniques soit par mails soit en distribuant des questionnaires, avait proposé Claire. Quand le site sera en place, il faudra aussi rencontrer les responsables des clubs qui souhaiteraient adhérer aux formules proposées. C'est bientôt l'été et tout sera fermé. Nous pourrions entre-temps finaliser le site, l'améliorer et faire nos tests à la rentrée.

Inquiet, Alain avait harcelé de nouveau Claire.

– Pourquoi veux-tu que je leur donne trente pour cent des recettes ? Maintenant que le site est quasiment finalisé, je peux me débrouiller seul sans rien partager.

– C'est malhonnête, lui avait répondu Claire avec mépris. Ils ont fait tout le travail et tu dois, en échange, leur donner, pendant un an, la totalité des recettes. Il est normal de les rémunérer.

Elle ne pouvait imaginer qu'Alain parlait sérieusement. Sa décision paraissait, pourtant, définitive et elle faisait son chemin, chaque jour, dans son cerveau dérangé. Alors qu'il n'avait que quelques notions d'informatique, comment pouvait-il espérer mettre seul en ligne un site commercial et en assurer le suivi sans comptable, sans service administratif, sans avocat ? Mais sa prétention l'empêchait parfois d'évaluer objectivement ses véritables compétences.

CHAPITRE 32

Claire avait accompagné Alain chez leur opérateur. Il souhaitait faire au plus vite son changement d'adresse afin d'avoir une connexion dès son arrivée à Grasse.

– Je ferme la ligne parisienne ? avait demandé l'employé.

– Absolument ! lui avait répondu Alain en riant. Je vais enfin vivre là où je le souhaitais depuis des années ! Dans une demeure magnifique !

– Non, avait dit Claire fermement. Cette ligne m'appartient et vous ne la fermez surtout pas ! Il s'agit juste de modifier le contrat de monsieur…

Claire était interloquée par l'audace d'Alain. N'eût été sa vigilance, elle se serait retrouvée sans eau ni électricité à Paris.

– Pourquoi gardes-tu une ligne ici ? lui avait demandé Alain en sortant de la boutique.

– Parce que le domaine de Grasse sera une maison secondaire où nous irons de temps en temps.

– Pas du tout ! J'habiterai à Grasse et je ne remettrai plus les pieds à Paris sauf pour voir ma famille. Je déteste le nord. Pourquoi veux-tu que je revienne ici ?

– Dans ce cas, tu habiteras Grasse si tu le souhaites mais je n'y serai pas en permanence car ma base est ici.

Claire était très sceptique sur ce qu'elle était en train de faire. Elle avait sorti l'argent nécessaire pour l'achat de la maison en clôturant certains de ses comptes bancaires. Comme ils s'apprêtaient à partir pour Grasse où devait être signé l'acte notarial, Alain lui avait dit :

– Je ne sais si nous allons vivre ensemble finalement… J'aurais peut-être mieux fait de prendre un studio. Je crois que ce serait mieux pour nous deux.

– Tu te moques de moi ? Tu me fais signer une promesse de vente pour acquérir une maison que tu as choisie. Tu me fais préparer les papiers et au moment de signer l'acte tu me déclares que tu ne sais si nous allons continuer à vivre ensemble alors que nous sommes conjoints depuis un an ?

Malgré le comportement et les signes d'instabilité d'Alain, Claire était restée sur ses positions car elle était persuadée qu'en vivant là où il le voulait Alain retrouverait son équilibre. Le départ pour Grasse avait été éprouvant. Claire avait rassemblé quelques éléments dont ils auraient besoin.

– Pas question que tu emportes des ustensiles de cuisine ou des affaires de bureau de Paris pour les placer à Grasse, lui avait dit Alain.

– Il nous les faut et je les ai en double ou en triple exemplaire.

– Je n'en veux pas là-bas. Nous allons rouler de nuit et au petit matin nous nous arrêterons vers Toulon pour tout acheter. Puis nous irons chez le notaire.

– Tu commandes des meubles avant même d'avoir acheté une maison ? J'achèterai la maison avant. Et je ne souhaite pas partir de nuit. Je voudrais avoir toute ma lucidité quand j'irai chez le notaire.

Mais Alain n'avait pas épargné Claire qui avait conduit la nuit pendant onze heures. Elle qui avait décidé, depuis l'adolescence, de ne plus faire de longs voyages avec son propre véhicule était entrainée dans un périple insensé qu'elle jugeait ridicule. Mais la fatigue embrouillait son esprit. Elle ne voyait plus que des papillons blancs et jaunes dansant devant ses yeux. Jamais elle n'aurait pris cette voie sans Alain qui l'emmenait au bout de la France. Pendant le trajet, elle s'était assoupie une demi-heure sur un parking puis ils avaient été déjeuner, à leur arrivée, dans un petit restaurant près de Grasse, où comme d'habitude, Claire avait invité Alain. Les ruelles étroites et escarpées, protégées du soleil, où les balcons semblaient se toucher comme à Naples, étaient animées de petits restaurants aux terrasses en pente. Les menus, écrits sur des ardoises disposées à l'entrée, proposaient des plats italiens ou régionaux. Si elle n'avait pas été aussi lasse et soucieuse du rendez-vous chez le notaire fixé en début d'après-midi, Claire aurait apprécié ces moments délicieux sous une tonnelle ombragée. Si elle n'avait pas vu l'immense joie d'Alain, elle n'aurait jamais habité ni même séjourné dans cette région. Confrontée à la brièveté de la vie et croyant qu'Alain, comme il le lui avait dit, avait connu une succession de malheurs, elle voulait y mettre un terme et vivre le bonheur qu'il lui avait promis. Elle était persuadée que tous problèmes s'effaceraient dès qu'Alain vivrait là où il le souhaitait, que son caractère redeviendrait tel qu'elle l'avait connu au début de leurs retrouvailles et que les bizarreries de ses actes ne seraient plus qu'un mauvais souvenir.

Ils s'étaient ensuite rendus tranquillement sur le lieu du rendez-vous en se suivant en voiture. Alain s'était garé sur le bas-côté non loin de l'agence.

– Pourquoi t'arrêtes-tu ? Nous ne sommes pas arrivés, avait lancé Claire à Alain par la fenêtre de la portière.

– La maison du notaire est là-bas.

– Eh bien, continue !

– Je ne t'accompagnerai pas chez le notaire.

– Tu es complètement fou ! Nous devons y être dans cinq minutes !

Ne sachant plus ce qu'elle devait faire, Claire avait été contrainte de se rendre seule au rendez-vous qu'elle ne pouvait plus différer.

– Je ne vais pas t'attendre là, avait ajouté Alain, mais devant la porte de la maison. Tu sauras la retrouver ? Tu ne te tromperas pas de chemin ?

– Tu as l'air de connaître parfaitement la région, ce qui n'est pas mon cas ! Je demanderai la route au notaire.

Claire avait appris des années plus tard que le notaire choisi était celui qui avait, autrefois, marié Alain et qui gérait ses biens. Alain n'avait aucunement envie de le rencontrer d'autant que la maison en ruine qu'il avait acquise une quinzaine d'années auparavant était voisine du domaine que Claire était sur le point d'acheter. Sentant qu'elle nageait en eaux troubles, Claire avait signé l'acte sans joie et elle avait rejoint Alain qui se trouvait déjà dans le parc du domaine devant l'entrée de la propriété.

– Alors ? Tu as signé ?

– Bien sûr, lui avait répondu Claire.

Heureux, il l'avait serrée contre lui.

– C'est la première fois que j'habite une maison quasiment neuve, intacte et aussi belle !

Mais, la nuit, les premiers déboires avaient commencé : une fuite à l'un des robinets d'eau de la cuisine que le voisin les avait aidés à réparer. Le lendemain, Alain avait également constaté une perte d'eau importante dans la piscine dont Claire possédait, pourtant, tous les certificats d'étanchéité. Ces recherches de fuite allaient durer pendant des mois. Poutre sous l'auvent abimée, fuite venant du toit… Claire devait parer à tout sans avoir la possibilité de remonter sur Paris. Alain, qui s'était engagé à s'occuper de l'intérieur et de l'extérieur de la maison avant son achat, s'était aussitôt désinvesti de l'entretien intérieur puis de celui de la piscine, ne gardant que ce qui lui plaisait et lui permettait de s'entretenir physiquement.

Claire payait tout alors qu'Alain avait toujours une rentrée d'argent mensuel avec la location de son terrain grenoblois. Accaparée par la gestion et les travaux du domaine, elle ne pouvait plus travailler normalement d'autant que les liaisons téléphoniques et les connexions étaient parfois inexistantes. S'ajoutaient à cela tous les projets d'Alain qui la suppliait de nouveau de l'aider. Elle regroupait ses propres rendez-vous parisiens avec ceux d'Alain qui ne voulait, sous aucun prétexte, rester plus de trois jours dans la capitale.

Alain gardait de rares côtés attachants. Quand Claire avait invité les voisins à dîner, il avait tenu à faire le repas et s'y était appliqué. Quand Christian était passé pour faire la connaissance de Claire, il lui avait demandé de l'aide pour abattre des arbres. Claire avait finalement dû s'en occuper en prenant une entreprise pour ce travail qu'Alain était incapable de gérer. Il ne savait, en réalité, ni poser une étagère, ce qu'il avait essayé de faire en vain à Paris, ni élaguer des arbres ni nettoyer une piscine. Constatant l'ampleur du labeur, Alain préférait s'occuper dans le parc le matin, se mettre au soleil et faire une sieste. Il s'enquérait de la création de son site, appelait de temps à autre les informaticiens et laissait Claire faire le reste.

Alors qu'il avait tout pour être heureux, Alain devenait agressif dès que Claire reprenait ses propres activités en le laissant travailler seul sur ses projets. Il ne supportait pas non plus de ne pas être au centre des discussions. Comme Christian était venu déjeuner avec sa compagne et que Claire leur avait proposé de les aider pour établir une liste de contacts susceptibles de les conseiller dans la création d'une entreprise de décoration, Alain avait manifesté son mécontentement en gardant le silence pendant plusieurs heures. Puis, subitement volubile, il leur avait suggéré de visiter les étages. Il avait longuement détaillé, sous le regard de Claire, les formes de la femme qui montait devant lui puis lui avait fait cadeau d'une de ses voitures de collection miniatures. Il l'avait longuement enlacée avec amitié.

– Tu as de la chance, avait remarqué Claire. Alain ne me fait plus de cadeaux depuis longtemps !

– Tu es jalouse ? avait aussitôt dit Alain.

– Oh non ! Je te connais !

Voulant encore se venger de l'attention que Claire avait accordée au couple, Alain avait longuement observé son invitée sous ses yeux d'une façon ambiguë et quelque peu lubrique alors même que son propre conjoint ne semblait pas s'en formaliser.

Dès qu'ils étaient partis, Alain avait proposé à Claire de l'accompagner pour faire des courses.

– Je vais conduire. On prend ta voiture ?

– Si tu veux.

– C'est bizarre que ces deux-là soient toujours ensemble.

– Ils ont l'air complices.

– Je ne vois pas comment elle fait pour le supporter. Christian est toujours dépressif. Il m'appelle tous les matins pour évoquer son mal-être. Si elle n'était pas là, il sombrerait.

– Tu parles de lui d'une manière curieuse. Tu me disais le connaître depuis très longtemps quand nous étions à Paris. Il a travaillé autrefois avec toi.

– As-tu remarqué comme elle est laide ? Même si je dormais avec elle, je serais incapable de la toucher. Elle est répugnante.

L'attitude et les propos d'Alain n'avaient, comme d'habitude, aucun sens.

*

Deux jours plus tard, Alain avait subitement décidé d'aider Claire à nettoyer la piscine. Il avait, à n'en pas douter, besoin d'une activité physique car il n'aurait jamais levé le petit doigt pour prêter main forte à sa compagne. Puis ils avaient regagné Paris. Claire avait conduit pendant tout le trajet son propre véhicule. Ils avaient répondu à leurs rendez-vous respectifs, Alain tenant à ce que Claire assistât aux siens. Comme Claire en avait un, ultime, Alain lui avait dit :

– Tu redescendras seule à Grasse. Je ne veux pas attendre jusqu'à après-demain. J'ai pris mon billet de train.

– Pourquoi faire des frais ? Tu ne peux pas rester ici une journée de plus ?

– Non.

Lasse de tout donner à Alain sans rien obtenir en échange, Claire, exténuée, s'était enfermée dans son bureau.

– Je t'ai entendue pleurer, lui avait dit Alain. Tu ne supportes pas de retourner à Grasse.

– Je n'arrive pas à y travailler. Je suis éloignée de tout.

Grippée et fiévreuse, Claire s'était couchée.

– Fais comme tu le souhaites, lui avait-elle dit. Je suis trop lasse pour prendre la route demain. J'ai terriblement mal au ventre et je suis malade.

Alain l'avait immédiatement rejointe dans la chambre.

– Bon ! Je partirai après-demain mais il faudra que tu sois sur pied car je ne resterai pas un jour de plus dans ce nord que je déteste !

Sans tenir compte de son état ni de sa fatigue, il l'avait presque obligée à avoir des relations intimes, ce qui avait meurtri encore davantage Claire. Elle ne comprenait plus le sadisme, la méchanceté sans cesse croissante d'Alain qui s'était, au début, montré si protecteur.

Le lendemain, non seulement elle ne s'était pas rendue à son rendez-vous mais elle lui avait demandé de repousser leur départ. Le médecin était venu et elle avait commencé un traitement. Mais Alain n'avait pas cédé. Il lui avait quasiment ordonné de monter dans la voiture.

– Je conduirai.

S'arrêtant tous les quarts d'heure pour laisser Claire reprendre ses esprits, Alain ne s'était, à aucun moment, apitoyé sur la détresse évidente de sa compagne.

Claire avait retrouvé des forces quelques jours plus tard sous la lumière méditerranéenne. Plus elle parvenait à reprendre le fil de sa vie professionnelle, plus elle recevait d'honneurs, plus Alain la jalousait. Lui qui avait voulu la couper du monde, de ses relations, de sa famille et de son travail se rendait compte que Claire remplissait de nouveau son agenda contre vents et marées.

– Je vois que tu vis quasiment comme avant, lui avait-il rétorqué.

– Heureusement ! Je n'ai pas cent ans pour prendre une retraite à la campagne !

Alain avait beau multiplier ses attaques, ses coups hypocrites, ses manœuvres destructrices, Claire remontait toujours à la surface, guidée par une force extrême. Et plus Alain le constatait, plus il s'échinait à l'anéantir.

CHAPITRE 33

Pour le rendez-vous suivant, Claire avait procédé de la même façon. Afin de ne rien oublier, elle avait passé en revue tous leurs dossiers, avait confirmé les dates et heures des rencontres et s'était préparée pour conduire pendant une dizaine d'heures.

Ne prenant que quelques vêtements essentiels, n'étant muni que de son ordinateur, Alain était prêt, comme à l'accoutumée, depuis l'aube. Assis sur l'accoudoir d'un fauteuil, dans la salle de séjour, les yeux rivés sur sa montre, virile et élégante, car il adorait ces bijoux tout comme il appréciait la lavande, les chimpanzés, les toupies, les boites à musique, les chiens et la réglisse, il observait Claire qui vérifiait si elle avait tout placé dans le coffre de la voiture et qui fermait la maison. Son regard transpirait les reproches non exprimés. La jambe, qu'il n'avait pas posée sereinement sur le sol, mue par l'agacement, comme celle d'un automate, se balançait à un rythme régulier de plus en plus vite. Il s'accrochait ostensiblement à la housse protégeant son ordinateur, placée en bandoulière, manifestant ainsi son envie de partir au plus tôt.

Ce que voyant, au lieu de lui faire des remarques désobligeantes qui ne demandaient qu'à passer la barrière de ses dents, Claire agissait comme si elle ne le comprenait pas et poursuivait son activité. Elle estimait qu'il aurait été de mauvais ton qu'il osât lui adresser un reproche alors qu'elle s'occupait de lui, de ses propres affaires et de la fermeture momentanée de la demeure.

– Nous avions fixé l'heure de notre départ à huit heures, avait dit Alain quand ils s'étaient installés dans la voiture de Claire. C'est à chaque fois le même scénario. Tu es toujours en retard.

– Eh oui, il faut penser à tout pour ne rien oublier !

– Tu ne sais pas t'organiser.

– C'est la raison pour laquelle j'ai fait carrière…

« Et toi non », avait-elle pensé sans l'exprimer pour ne pas attiser les disputes que comptait manifestement déclencher Alain. Elle avait ajouté tranquillement, sur un ton posé :

– Je n'ai pas de contrainte. Je n'ai ni avion ni train à prendre. Dans ma vie, j'ai choisi la liberté. Voilà pourquoi, je suis mon propre patron. Je n'ai pas de rendez-vous professionnel aujourd'hui, je peux partir quand je le souhaite. J'arriverai un peu plus tard, c'est tout. Mais j'aurai dormi une heure de plus. Tu n'avais pas besoin de te lever à trois heures du matin pour partir à huit heures. Il est hors de question que tu m'imposes des contraintes que j'ai toujours refusées.

Pendant tout le trajet, Alain n'avait pas ouvert la bouche bien que Claire eût lancé des sujets de discussion. Il la regardait du coin de l'œil avec un point d'interrogation dans la pupille.

– Tu n'as même pas la radio dans cette voiture.

– J'ai oublié de la remplacer. Celle-ci ne fonctionne plus. Je n'en ai pas besoin pour conduire et cela nous permet de discuter.

Mais Alain, boudeur, avait placé ses écouteurs sur les oreilles pour entendre des chansons enregistrées sur son téléphone et ne lui avait plus adressé la parole.

– Tu pourrais mettre le haut-parleur. On en bénéficierait tous les deux.

– Comment ? avait hurlé Alain en ôtant l'un des deux écouteurs.

– Rien. Je n'ai rien dit.

Claire avait proposé une halte en début d'après-midi.

– On a le temps de déjeuner rapidement.

– Si tu veux.

Elle avait, là aussi, l'habitude de payer les notes de restaurant. Mais cette fois-ci, Alain s'était installé en face d'elle, le visage fermé. Ses lèvres n'étaient pas plus épaisses ni plus expressives que celles d'un poisson rouge.

– Que veux-tu ? lui avait-elle demandé. Je vais chercher un plat.

– Je n'ai pas faim.

– Tu ne vas rien manger ?

– Non.

Très agacée, Claire s'était levée.

– Bon ! Si tu ne veux rien manger, on s'en va !

Elle avait repris la route après avoir grignoté deux gâteaux. Elle comprenait qu'Alain se sentait humilié d'être pris en charge même s'il lui avait dit à plusieurs reprises en se redressant que vivre à ses crochets ne le dérangeait pas.

– Je peux accepter cette situation pendant toute ma vie. Je place ma fierté ailleurs !

Mais elle n'avait plus aucune pitié pour lui qui, depuis qu'il touchait l'équivalent d'un salaire, ne lui avait jamais offert une rose ni un repas et dont la principale activité était de thésauriser. Il respirait pour épargner.

Arrivés à Paris, Claire, fatiguée, avait sorti tous les sacs de la voiture, Alain s'étant bien gardé de l'aider. Affalé dans le divan, il regardait un film en riant.

– Peux-tu faire un peu moins de bruit ? Tu m'empêches d'entendre…

– Tu regarderas après ! Pour l'instant, tu ferais mieux de m'aider. Ces bagages sont lourds et je ne suis pas une mule ! J'ai conduit pendant plus de dix heures. Je suis éreintée.

– Décidément, cette vie est impossible ! avait clamé Alain en se levant. Je pars !

– Où vas-tu ?

– Je vais dormir dans ma famille.

– A minuit ?

– Oui.

– Mais il n'y a plus de transport à cette heure.

– Je vais dormir ici. Mais je partirai dès l'aube et je ne remettrai plus les pieds ici !

Claire se demandait, à tort, ce qu'elle avait bien pu faire pour mériter un tel traitement.

« Il a tenté de déclencher une mésentente entre nous dès notre départ de Grasse. Il a tout fait pour m'exaspérer dans la voiture et lors de nos étapes sur l'autoroute. N'y parvenant pas, il m'a agressée en arrivant. Son objectif était de se rendre dans sa famille et d'y coucher. Alain n'agit jamais gratuitement. Qu'est-ce qui le pousse à rester avec des personnes qu'il ne supporte plus ? »

Elle se répétait en boucle les paroles qu'il lui disait souvent :

– Tu ne manques de rien. Tu as tout réussi dans la vie. Je suis un *loser*. Je n'ai ni retraite ni revenu ni travail ni argent de côté. J'ai peur pour l'avenir. Même si tu me dis que tu le comprends, tu ne l'intègres pas. Tu ne peux pas savoir ce que je ressens.

Elle se défendait, lui rétorquant qu'elle aussi avait connu avec Marc des moments difficiles et que seul le travail leur avait permis d'avoir des situations confortables.

– Tu entends ce que je te dis mais tu ne le comprends pas, insistait Alain.

Après cet incident, Claire s'était, tout d'abord, sentie exclue et maltraitée, mais elle avait obtenu la réponse à ses questions des semaines plus tard à Grasse. Alain était, alors, en pleine discussion avec son père. Il commençait à s'échauffer. Ne maîtrisant plus ni le ton de sa voix ni ses propos, il avait lancé :

– Voilà des mois que je viens régulièrement chez vous, quand je me rends à Paris, pour vous faire signer ces papiers ! Maman est à l'hôpital pour des soins intensifs et tu perds souvent la mémoire. Je suis le seul enfant capable de m'occuper de vos affaires. Je dois être votre tuteur et tu dois me donner la signature pour que je puisse gérer vos comptes.

Claire comprenait subitement l'assiduité soudaine d'Alain auprès de sa famille. Mais son père, loin d'avoir perdu la tête, n'avait aucunement l'intention de céder devant son fils.

« Il n'est pas si fou… s'était dit Claire en préparant son petit déjeuner. Je sais maintenant pourquoi il ne voulait plus dormir chez nous mais chez ses parents. Je n'y suis pour rien. Parfait… »

Le lendemain, avant leur rendez-vous parisien chez l'informaticien, Alain avait dit à Claire :

– Dès que nous rentrerons à Grasse, je prendrai mes sacs et je partirai.

Après s'être installé à Grasse, Alain avait, pourtant, été chercher certaines de ses affaires à Strasbourg, dans les caves de ses parents et dans des garde-meubles afin de les ranger dans leur maison.

Très touchée par ces paroles inattendues, Claire était désorientée.

– Tu vois bien que rien ne va entre nous. Je ferai ma valise en rentrant à Grasse. Nous en parlerons après le rendez-vous si tu veux…

Claire était incapable de parler. Elle n'avait pas ajouté un mot. Pendant la séance de travail, elle s'était montrée polie mais distante. Alain la regardait comme un chat qui guette sa proie. En sortant de la maison de production, il lui avait suggéré une discussion.

– On s'assoit ici ?

– Dans ce café ? Cette situation est ridicule. Nous n'avons pas seize ans ! Nous parlerons chez nous. Mais je ne vois pas très bien de quoi…

Pendant une heure, Alain lui avait expliqué qu'il souhaitait partir loin de Grasse. Puis il était retourné dormir chez ses parents tandis que Claire rentrait seule chez elle. En tentant d'ouvrir la porte ce soir-là, elle s'était mise à trembler.

– Je n'arrive même pas à entrer. C'est trop dur.

Mais elle n'avait, contrairement à ce qu'elle pensait, personne pour la comprendre ou pour l'aider dans son malheur. Et celui qu'elle croyait apte à l'écouter et à l'entourer était, sans doute, le pire de tous.

Deux jours plus tard, Alain lui avait demandé de le prendre en voiture devant chez ses parents afin de rentrer à Grasse avec elle. C'était le jour de son anniversaire. Au bout de quelques minutes, Alain lui avait dit, embarrassé :

– Tiens ! C'est pour toi… .

Claire n'avait pas l'intention de lui adresser la parole. Elle avait, cependant, ouvert le petit sac dans lequel se trouvait un bracelet fait main dont Alain avait commandé un double, d'une couleur différente, pour son fils, seul cadeau qu'il ne lui eût jamais fait. Elle l'avait brièvement remercié, touchée par ce geste. Dès qu'ils avaient rejoint Grasse, elle avait été se coucher, s'endormant en boule dans son coin.

Le lendemain matin, alors qu'elle se levait et qu'Alain était déjà dans son bureau, elle l'avait entendu chantonner :

– Mais non ! disait-il à son père en parlant haut et fort sans doute pour qu'elle l'entendît. Finalement je ne pars pas ! Je me sens bien ici ! Et puis j'y ai tous mes appareils !

Alain avait peut-être jugé prématuré de quitter Grasse alors qu'il ne se sentait pas prêt à gérer seul un site dont il s'estimait propriétaire et dont il ne voulait plus partager les bénéfices avec qui que ce fût. S'il partait trop tôt du seul lieu qui lui plaisait, non seulement il risquait de perdre le club qu'il tentait de créer mais il pouvait aussi faire échouer le lancement du site. Alain était, ce jour-là, dans la phase positive de sa bipolarité qui, à l'entendre, lui aurait fait renverser des montagnes et diriger, à lui seul, toutes les entreprises terrestres. Il était manifestement très heureux d'être rentré *chez lui* à Grasse.

Le cœur de Claire, manipulée, encore incapable de cerner avec lucidité tous les ressorts d'un tel comportement, aussi changeant que celui des adolescents, souffrait de cette instabilité d'oiseau qui ne correspondait en rien à son caractère structuré et cartésien.

CHAPITRE 34

Très exubérant, criant presque tout en faisant de larges gestes comme s'il était sur une scène de théâtre, le magicien Alain, dont il ne manquait que la cape noire et luisante, assis sur son nouveau fauteuil fait maison pour ne pas avoir quelques euros à débourser, dont l'assise était aussi dure que ses idées étaient arrêtées, tenait majestueusement son téléphone comme le grand président d'une entreprise cotée en bourse. S'écoutant parler, le misérable pitre, vêtu de son éternel short aux couleurs vives acheté trois euros dans un supermarché, les chaussettes arrivant sous les genoux et les semelles de ses chaussures de sport avachies, collées au pied métallique du siège qui tournait sur lui-même, expliquait avec force diatribes comme s'il était dans un tribunal, quels arguments il pouvait mettre en avant pour obtenir gain de cause.

Il espérait reprendre à son ancienne compagne les biens qu'ils avaient acquis lorsqu'ils vivaient ensemble. N'y parvenant pas, ivre d'impuissance et de rage, il se mettait parfois à pleurer en se lamentant sur son sort :

– Depuis que j'ai rencontré ce monstre, rien ne va plus dans ma vie. Mon existence n'était pas si mal avant de la connaître. J'ai acheté tout ce que j'ai avec l'argent de mes parents. Elle n'a jamais rien eu et elle voudrait toucher la moitié des revenus de la vente de nos acquisitions.

– Malheureusement pour toi, tu l'as épousée…

– A cause de Julien. Je ne l'ai jamais aimée. Je ne la connais même pas. Je ne sais pas ce qu'elle faisait cette fille ! Elle m'a dit qu'elle était secrétaire…

– Il fallait te protéger en signant un contrat de séparation de biens au moment de ton mariage.

– Je n'ai fait aucun contrat, tu le sais bien. On en a déjà parlé.

– Dans ce cas, il me paraît difficile pour toi d'obtenir tous les bénéfices des ventes que vous allez effectuer.

Alain mentait encore. Il se souvenait très bien qu'il avait signé un contrat de mariage, toutefois insuffisant pour le protéger. Mais il avait fait travailler pour lui son ancienne compagne sans la rémunérer et celle-ci n'était pas prête à lui céder sa part, ne serait-ce que pour se payer de son manque à gagner. Elle se souvenait des achats inconsidérés d'Alain, de leurs dettes, des périodes difficiles, de son manque d'affection, de ses absences, de ses bras brisés par le labeur, de sa tristesse et l'enfer qu'elle avait vécu méritait bien une petite compensation. Mais Alain ne voyait rien d'étrange à exploiter son entourage. Faire travailler les autres - notamment les femmes - pour lui sans rien leur donner en échange était dans ses habitudes. Même Patricia avait, autrefois, subi la paresse et l'exigence de ce tyran geigneur qui savait attendrir les âmes les plus rebelles.

– Je ne sais pas comment procéder. Je suis nul. Je n'ai pas l'instruction pour y arriver. Je n'y parviendrai jamais…

Toutes les femmes avaient envie de le rendre heureux et de l'aider. Prises dans l'engrenage, elles étaient, ensuite, exploitées et méprisées. Le déroulement des événements était toujours le même : Alain se lamentait de n'avoir jamais été aimé, de ne rencontrer que des escrocs qui profitaient de lui, de donner sans recevoir. Ces anciennes compagnes étaient toutes d'abominables mégères qui lui voulaient du mal. Attendries, les nouvelles le plaignaient et, avec leur fibre maternelle naturelle, elles décidaient de l'entourer et de le protéger. Après avoir pris de l'emprise sur elles, Alain devenait de plus en plus exigeant, tyrannique et froid. Tout alors lui était dû.

Egalement apitoyée par les récits catastrophiques qu'il lui faisait, Claire lui avait proposé, à Paris, de lui présenter son notaire. Bien que sa réponse eût été la même que celle de ses confrères, Alain, désespérément obsédé, continuait, à Grasse, d'éplucher tout le bottin des offices notariaux.

– Je ne supporterai pas de lui donner quoi que ce soit, répétait-il sans cesse. Cette folle a brisé ma vie. Mon mariage a été un supplice. Le plus terrible jour de mon existence !

Alain avait une autre idée fixe qui l'occupait toute la journée jusqu'à ce qu'il allât faire de l'exercice dans le jardin pour mieux sombrer dans une sieste réparatrice qui le reposait des nombreuses heures passées inutilement au téléphone. Il avait ainsi coutume, depuis le début de sa vie, d'agir en ne faisant rien, ce qui occupait son temps et détruisait celui des autres.

Il se levait à l'aube, attendait le lever du jour avec impatience, tapotait avec son crayon sur la planche qui lui servait de bureau, dessinait avec vigueur, en trouant presque le papier qu'il aimait épais et résistant, quelques monstres sortis tout droit de son cerveau dérangé, taillait ses crayons alignés avec maniaquerie, se dégageait minutieusement et délicatement le nez en prenant soin de ne pas l'écorcher avant de viser la corbeille pour y lancer ses mouchoirs en papier, jouait sur son ordinateur, écoutait quelque chanson du répertoire français, regardait sa montre toutes les minutes, jetait sa feuille de brouillon en boule, relisait pour la énième fois la liste de ce qu'il avait prévu de faire dans la journée, soigneusement rédigée, jusqu'à ce qu'enfin l'heure de l'ouverture des cabinets fût arrivée.

Après avoir appelé frénétiquement au téléphone sa nouvelle brochette d'avocats au sujet de son ancienne compagne, il entamait sa campagne contre sa sœur, propriétaire de locaux où résidaient ses parents.

– Vous ne paierez pas les frais de réparation de cette cave ! avait-il dit à ses parents. A elle de régler la note !

– Mais il s'agit d'une somme modique… Cela n'a aucune importance !

A force de monter, chaque jour, ses parents contre sa sœur, Alain avait réussi à semer la discorde au sein de la famille pour une facture d'une centaine d'euros. Cela aurait pu paraître ridicule et anodin si Alain n'avait manigancé ces histoires afin d'éloigner sa sœur de ses parents dans le seul but d'obtenir la tutelle tant convoitée et la mainmise sur leurs biens. De son propre chef et sans en avoir informé sa famille, il avait pris contact avec un avocat pour déposer, en leur nom, une plainte contre sa sœur.

– Elle ne vous aime pas. Elle est complètement folle. Laissez-la dans son coin. Je saurai prendre soin de vous, leur avait-il dit.

Mais il lui était plus difficile d'éloigner ses parents de leurs cinq petits-enfants qui habitaient non loin de chez eux et qui allaient les voir régulièrement, à tour de rôle, parfois avec leur dernière conquête. A des kilomètres de Paris, Alain devait gérer ce petit monde et garder la situation bien en main, ce qui était pour lui une nécessité et un besoin. Quand celle-ci lui échappait, il était avec Claire d'une humeur massacrante et donnait dans le réfrigérateur des coups de poing à réveiller un mort.

Considérablement accaparé par tant de travail, qui s'ajoutait à la création de son futur gymnase et du site y afférent, Alain ménageait ainsi la tranquillité de Claire qui s'étonnait de son investissement total et épidermique dans tant de détails insignifiants. Sans doute soulagé de s'être démené pour ne rien faire pendant plusieurs heures matinales, Alain, très éprouvé, pouvait aller se détendre en multipliant les assouplissements, les ports d'haltères, les exercices de balles qu'il lançait avec une force décuplée contre un mur. L'échauffement vain des neurones puis des muscles méritait bien un peu de repos au soleil tandis que Claire, détendue après une nuit normale et complète, prenait son petit déjeuner en préparant son plan de travail.

Alain était satisfait d'avoir dérangé pour rien le énième avocat français dont il avait bouleversé l'agenda en l'accaparant plus que de raison, à propos d'affaires inutiles et jouées d'avance. Mais quel bonheur ineffable que celui de voler le temps des autres pour soi-même, rien que pour soi, sentir qu'on est écouté en priorité et qu'on passe avant tout le monde. Car Alain n'avait pas oublié cette petite voix intérieure qui lui rappelait sans cesse qu'autrefois, quand il était jeune, son professeur de sport lui avait préféré un autre athlète, le meurtrissant et l'humiliant à jamais. Il devait, dès lors, être le favori de ses parents, de sa compagne, de tous ceux qu'il côtoyait, comme une revanche sur un passé fallacieux créé dans son imagination où il se voyait devenir champion.

CHAPITRE 35

Tout d'abord enchanté de l'entrevue avec le président des clubs de vacances que Claire avait organisée et qui pouvait déboucher sur l'aménagement de centres de gymnastique dans plusieurs établissements du groupe, Alain s'était vite impatienté en ne voyant rien venir de concret. Très étonné et surtout extrêmement suspicieux, reprenant ses crises de paranoïa, il espionnait les conversations téléphoniques de Claire, à l'affût de la moindre information.

– Je sens que tu complotes quelque chose, lui avait-il dit, les yeux noirs. Nous n'avons plus de nouvelle. Voilà qui est surprenant alors qu'ils paraissaient tous intéressés…

– Ils t'ont expliqué que le centre de Grasse allait être refait et qu'il fallait attendre la fin des travaux.

– L'année prochaine !

– Cela te donnera le temps de mettre sur pied ce premier club. Tu as du travail en perspective. Choisir les salles d'entrainement et de réunions, les bungalows où seront accueillis les pensionnaires, aménager les terrains à l'extérieur et à l'intérieur, lancer le site, préparer la promotion et la publicité. Tu peux commencer dès cette année en plaçant des dépliants dans le hall de l'entrée principale. Le nombre de touristes qui fréquentent ces lieux pendant les vacances scolaires est impressionnant ! Tu peux aussi réaliser un film publicitaire qui serait diffusé sur les moniteurs de chaque chambre et dans les parties communes. Dès que les clients ouvriront leur poste de télévision, le *teaser* apparaîtra avec ceux de l'hôtel. Il faut trouver des élèves, organiser les plannings des cours, rencontrer en amont les parents parfois étrangers. Fais-moi confiance, ces mois passeront vite.

Toujours aussi peu structuré et aussi méfiant, Alain lui avait répondu :

– Leur silence est inexplicable. J'aurais dû accepter la création de ce premier club à côté de Toulouse.

– Tout cela va te donner un travail considérable si tu veux le réaliser correctement. Tu ne peux être partout. Tu habites tout près du plus beau centre de vacances du groupe, dans un endroit de rêve, et tu as la chance d'avoir le temps de t'organiser. Nous approchons de Noël. Tu ne voulais pas ouvrir un club en plein milieu d'année ? Encore une fois profite des vacances de Noël, de février, de Pâques, d'été où tu rencontreras des enfants et des parents intéressés par ton projet. Fais des présentations avec des vidéos, donne déjà quelques cours de démonstration. Il y a tant à faire…

Alain restait sombre et acariâtre. Il regardait désormais Claire, qui n'aurait jamais admis le départ d'Alain pour la Haute-Garonne alors qu'elle venait de lui acheter une maison dans les Alpes maritimes, non plus comme une alliée mais comme une ennemie. « J'aurais mieux fait de m'abstenir et de ne pas l'aider, se disait-elle. Comme d'habitude, cela se retourne contre moi ».

A cette époque, Julien l'appelait plusieurs fois par jour. Il avait l'air de supporter avec difficulté la rigidité de sa mère et avait manifestement besoin de s'épancher et de raconter son histoire. Aussi considérait-il Claire comme une belle-mère à qui il pouvait tout dire.

– Mon père est bizarre, lui avait-il confié. Ne t'inquiète pas si tu n'as pas de nouvelle de lui pendant plusieurs jours. Il sera forcément chez ses parents. Il n'a pas un sou. C'est un clochard. Avant de te connaître, quand il ne supportait plus son entourage, il se sauvait et il ne disait à personne où il allait. Mais son absence ne durait jamais très longtemps.

Julien lui avait appris qu'il avait vécu enfant dans une vieille demeure proche de Grasse.

– D'après maman, elle était près de la vôtre et en voyant les photos que tu m'as adressées, je ne peux que les comparer avec celles que maman m'a montrées car je ne me souviens de rien. J'étais trop jeune. J'ai été très choqué en constatant que mon père avait installé chez vous un banc en bois au même endroit que dans notre ancien jardin, qu'il voulait acheter des chevaux, qu'il souhaitait faire un potager. Il a dû reprendre les plans établis, autrefois, pour notre maison.

Claire avait mieux compris l'attirance d'Alain pour la région. Mais ce choix, qui avait, tout d'abord, paru le réjouir, l'inquiétait de plus en plus car Alain ne cessait de parler aux voisins de son ancienne bâtisse, une ruine à aménager entièrement :

– J'ai vécu là pendant des années !

En faisant renaître tous ces mauvais souvenirs, il transformait ce qui aurait dû être pour Claire et lui un îlot de bonheur en lieu de souffrance. Jamais Claire n'aurait accepté d'acheter là où Alain avait été malheureux si elle avait connu son histoire. A Paris, Alain se comportait déjà bizarrement, avec des moments de perversité et de méchanceté inutiles. Elle assistait, désormais, à une transformation complète de l'individu qui perdait totalement le contrôle de lui-même comme s'il était mû par une envie effrénée de vengeance. Elle avait l'impression qu'Alain la confondait avec ceux qu'il détestait le plus. Les psychologues auraient sans doute évoqué un *transfert*.

– Je suis Claire, lui disait-elle souvent en le regardant droit dans les yeux. Réveille-toi ! Cesse de me soupçonner du pire ! Je ne veux que ton bien ! J'ai tout fait pour toi ! Ouvre les yeux !

Alain était incapable de revenir à la réalité. Enchainé dans une sorte de cauchemar passé dont il ne réussissait pas à sortir, il y replongeait inévitablement tous les jours quand il suivait, au quotidien, pour faire la moindre course, les chemins parcourus autrefois et en voyant les mêmes paysages ou les mêmes personnes comme s'il tentait de reconstituer sa vie présente sur les vestiges de ses échecs pour les effacer définitivement. Cette auto-thérapie ne paraissait, toutefois, pas porter ses fruits. Loin d'eux, à Paris, apaisé, Alain les oubliait sans peine en se laissant aller au bien-être dans les bras de Claire mais, face à eux, il redevenait « le perdant », celui qui n'avait pas droit à la réussite et à l'amour. Il s'interdisait le bonheur et en privait Claire.

– Tout cela est de ta faute, ne cessait-il de répéter à Claire quand il la voyait triste. Tout pourrait être pourtant si simple…

Ayant vécu avec Marc ce qu'Alain était incapable de vivre, Claire ne tombait pas dans les pièges des reproches injustifiés et ne s'en formalisait pas. Mais, à force de voir Alain détruire leur couple peu à peu, Claire s'épuisait à rester gaie et positive.

Julien entretenait leur complicité.

– Tu sais, lui avait-il dit, j'ai été très content de tes cadeaux quand mon père est venu me voir après des mois de silence. Il m'a parlé tout de suite de toi. J'étais très étonné de recevoir tant de présents de quelqu'un que je n'avais jamais vu. Si j'avais vécu avec lui, j'aurais fini sur la route sans instruction. Ma mère a veillé, heureusement, sur mon éducation.

Julien lui avait alors raconté ses quelques mois de cohabitation avec son père après la séparation de ses parents.

– J'ai vécu un enfer. Il ne m'adressait pas la parole. J'avais ma chambre au premier. Il partait toute la journée au travail. Quand il rentrait et que je dormais, il me réveillait et m'obligeait à aller faire chaque soir une balade en forêt. Il ne mangeait jamais avec moi. Il avait ses couverts et son réfrigérateur. Il ne montait jamais au premier étage. On ne partageait rien. Cette insignifiance et cette froideur m'ont tellement choqué que j'ai supplié ma mère de me reprendre chez elle au plus vite. Comme j'étais très jeune, j'ai demandé au juge de ne plus jamais m'imposer un tel calvaire.

– Ton père m'a donné une autre version des faits. Il prétend que ta mère a tout fait pour t'arracher à lui et qu'elle t'a promis une moto dès que tu aurais l'âge de la conduire afin que tu ailles vivre avec elle.

– Il raconte n'importe quoi, comme toujours. Sans ma mère, je ne sais pas ce que je serais devenu.

Bien qu'il fût conscient du dévouement et de l'amour de sa mère, Julien se laissait régulièrement séduire par les propos de son père quand il reprenait contact avec lui. Partagé entre le mal-être qu'il ressentait dans cette curieuse relation et la tentation d'appeler au téléphone son père biologique, Julien cédait à des besoins naturels. Il aurait voulu un père comme les autres, équilibré et aimant. Leurs premiers mots étaient toujours de bon augure. Ils commençaient alors à converser plusieurs fois par jour, se conseillant des films, des chansons, tout en se racontant des histoires drôles. Sous emprise, charmé, Julien prenait le parti de son père contre sa mère, la rejetait, refusait même de lui adresser la parole. Alain envisageait alors l'impossible. Il imaginait que Julien viendrait vivre à Grasse avec eux ou passerait toutes ses vacances dans le sud de la France, qu'il prendrait un studio pour échapper à la « dictature » de sa mère.

– Tu dois être libre, Julien !

– Elle se dispute souvent avec son compagnon. Elle a même envisagé de prendre un appartement pour nous deux. Mais elle n'en a pas les moyens.

– Attention ! Elle a plus d'argent que tu ne le penses. Si tu prends un studio, ne lui en donne jamais les clefs.

– Comment veux-tu que je loue un appartement ? Je n'ai pas de revenu.

– Je paierai !

Alain s'immisçait même dans la vie scolaire de Julien, appelant ses professeurs, se présentant parfois devant eux.

– Votre fils est un excellent élément, lui disait-on.

– Par rapport aux autres, je le trouve bien niais, répondait-il devant Julien, tout d'abord heureux que son père se fût déplacé pour lui avant d'être meurtri par de telles humiliations publiques.

Comme toujours, dès qu'il laissait croire qu'il allait accomplir un acte généreux ou tendre, Alain préparait la plus pitoyable des insanités. Inlassablement, dès qu'il avait de nouveau la mainmise sur Julien, il surveillait ses rendez-vous avec ses psychologues et les contrôlait. Les conversations entre Alain et Julien devenaient de plus en plus longues, Alain imposant ses idées, ses analyses, ses volontés, ses jugements à Julien qui n'osait le contredire pour ne pas provoquer une nouvelle rupture avec son père. Manquant d'oxygène, Julien finissait par se mettre en colère et rompait toute communication avec un être sans affect.

Bien qu'il appelât Claire avec beaucoup de joie, Julien était, presque inconsciemment, jaloux de sa complicité avec son père. Il ne s'était jamais autant intéressé à lui que depuis le début de leur vie commune. Ayant hérité de quelques défauts paternels, il voyait aussi dans ses relations avec sa belle-mère, tout l'intérêt qu'il pouvait tirer de ses connaissances et de son carnet d'adresses.

– J'ai envie de me lancer dans l'événementiel mais j'aurai besoin de toi, lui avait-il dit. Mes parents ne connaissent personne dans ce domaine. Pour commencer, je voudrais faire un stage chez un publiciste. Tu en connais peut-être un…

Claire avait souri en se sentant une nouvelle fois utilisée mais elle n'avait pas refusé d'aider Julien qu'elle avait mis en relation avec des publicistes connus. Assez imbu de lui-même, se pensant arrivé avant de l'être, se remettant, pourtant, toujours en question et manquant d'assurance, rêvant qu'il était ce qu'il n'était pas, enviant tous ceux qui réussissaient sans se donner les moyens de progresser, Julien n'avait pas dans les mains les bonnes cartes pour réussir une belle carrière qui aurait réclamé courage, abnégation et charisme.

CHAPITRE 36

Un après-midi, Julien avait appelé Claire à la hâte.

– Mon père est ici ?

– Non. Il a été faire une course.

– Parfait ! Ma mère veut absolument te parler.

– Mais je n'ai rien à lui dire ! Surtout pas en l'absence d'Alain.

N'écoutant pas l'argumentation de Claire, Julien l'avait rappelée quelques minutes plus tard.

– Julien, je t'ai dit que je ne voulais pas parler avec ta mère…

– Ne quitte pas ! Je te la passe ! Tu dois absolument écouter ce qu'elle va te dire !

Marie, la mère de Julien, s'était empressée de saisir le téléphone des mains de son fils.

– Je suis très contente de vous connaître, avait-elle dit à Claire avant même que celle-ci n'eût eu le temps de réprimander Julien. Mon fils vous aime beaucoup et c'est très important pour moi…

Claire l'avait remerciée assez froidement sans laisser d'ouverture à une quelconque conversation.

– Vous devez faire attention à vous, avait aussitôt enchainé Marie. Prenez garde à cette Patricia. Mon fils m'a dit qu'elle tournait toujours autour de vous. Elle n'a rien à faire dans votre vie ! Elle doit comprendre qu'elle doit enfin laisser Alain tranquille. Il a maintenant rencontré la femme de sa vie. Il vous a trouvée et elle doit se tenir à l'écart. Méfiez-vous de cette vermine ! Elle s'est immiscée chez nous autrefois. Elle voulait même s'installer dans notre maison et en changer la décoration !

Claire avait fini par se demander si Alain n'avait pas gardé une relation avec elle tout en étant marié.

– Un jour, lui avait rapporté Julien, cette peste s'accrochait au cou de mon père. Ils sont partis tous les deux au restaurant et sont rentrés très tard. Ils avaient bu. Je me suis souvent demandé si elle ne couchait pas encore avec lui. Maman m'a tout raconté : elle était présente à leur mariage et elle s'est, là encore, mêlée de ce qui ne la regardait pas. Elle se permettait de donner des conseils à ma mère sur l'organisation de la fête, sur le fait qu'Alain ne pouvait se marier à l'église puisqu'il n'était pas catholique et n'avait pas été baptisé. Elle s'entretenait avec les parents d'Alain pour comploter contre ma mère. En y réfléchissant, je crois que cette vermine, qui est aussi laide à l'intérieur qu'à l'extérieur, a tout fait pour que ce mariage n'ait pas lieu. Elle ne devait pas supporter de ne plus avoir la mainmise sur mon père et devait être jalouse de ma mère qui a été obligée de repousser le mariage, comme elle te l'a expliqué. Comme la nouvelle date tombait juste après le décès d'un oncle d'Alain, ce choix lui a également été reproché.

Les propos de Julien avaient étonné Claire.

– Alain n'a jamais bu une goutte d'alcool. Il déteste cela, avait-elle remarqué.

– Je t'assure qu'ils avaient bu quand ils sont rentrés de cette soirée. Patricia a toujours entrainé, là où elle le voulait, mon père qui lui obéissait au doigt et à l'œil. Elle devait l'inciter à boire ou à prendre des substances. Je ne sais… Mais mon père n'était pas dans son état normal quand il était avec elle. Il riait tout le temps alors qu'il était toujours morose chez nous.

– Il était manifestement manipulé par cette fille. C'est curieux pour quelqu'un qui passe ses journées à manipuler les autres. Quand elle est autrefois arrivée d'on ne sait où en plein milieu de l'année scolaire, cette Patricia a mis la main sur Alain et l'a aussitôt éloigné de toutes ses connaissances. Elle s'est imposée dans sa famille. Alain l'a laissée faire. Il était un peu perdu après avoir abandonné le sport. Elle en a profité pour s'immiscer dans sa vie. Curieusement, elle a, ensuite, toujours été là quand il avait des problèmes, non pour l'aider mais pour garder son emprise sur lui. Ton père m'a dit qu'elle était partie à l'étranger et qu'il ne l'avait pas revue pendant des années. Mais je me demande, moi aussi, s'ils ne sont pas restés tout le temps en contact. Je trouve leurs dernières retrouvailles au coin d'une rue suspectes. A entendre ton père, elle l'aurait rencontré par hasard et lui aurait offert l'hospitalité à Strasbourg.

– Autrefois, elle était toujours chez nous…

– Elle s'est aussi inscrite à des cours de danse dans un club situé à cinq kilomètres de chez vous alors qu'elle n'avait jamais été attirée par cet art. Je l'ai appris par des amis. Ton père avait donc tout loisir de la rencontrer chaque jour et plus souvent que vous ne le pensiez.

– Je la déteste elle et ses filles stupides et hystériques. Papa ne peut pas les supporter…

« Etonnant », s'était dit Claire car Alain ne cessait de lui affirmer haut et fort qu'il les considérait comme ses propres enfants au point qu'elle s'était interrogée sur l'identité de leur véritable père. Alain ne cessait de souligner cette estime qu'il aurait eue pour Patricia et ses filles dans l'unique but d'ajouter de l'inquiétude, du dépit, de la jalousie et des interrogations dans l'esprit de Claire.

– Mes parents étaient séparés, avait continué Julien. J'avais l'impression que papa était plus joyeux dans la famille de cette folle que dans la sienne. J'en ai beaucoup souffert comme lorsqu'il s'occupait plus autrefois de ses élèves que de moi.

« Il ne fallait pas t'en formaliser. Il cherchait à te faire du mal, avait pensé Claire sans le révéler à Julien qui n'aurait peut-être pas compris ses paroles. Il a besoin de faire souffrir ses proches tout en ressentant un dédain ou une indifférence totale pour les autres même si les apparences montrent le contraire. »

– Quand j'étais parti le rejoindre en vacances chez Patricia, il m'a présenté une fille.

« La simple d'esprit », se dit Claire.

– Il te l'a présentée comme sa nouvelle amie ?

– Non. Une fille plutôt moche…

Julien avait marqué un temps d'arrêt comme s'il lui était pénible d'évoquer ces souvenirs douloureux. Puis il avait repris :

– Patricia obligeait les gens qui se trouvaient à Strasbourg à vivre sans électricité ni eau courante. Elle prétendait que c'était tendance. Nous buvions donc l'eau d'une fontaine et comme papa ne pouvait pas prendre sa voiture pour faire les courses et qu'il devait marcher à pied sur plusieurs kilomètres – ce qu'il détestait -, il était de très mauvaise humeur. Un jour, il a même bousculé de rage la fille qu'il m'avait présentée. Quant à moi, je suis tombé malade au bout de trois jours. L'eau que je buvais n'était pas saine. Une ambulance a dû me raccompagner chez ma mère qui était très inquiète en connaissant les élucubrations habituelles de Patricia. J'ai, désormais, échappé à ces séjours calamiteux.

Lors de leur premier contact, la mère de Julien avait beaucoup insisté pour mettre Claire en garde contre Patricia mais celle-ci avait rapidement raccroché. Le soir même, Julien avait appelé son père et lui avait fait part de l'entretien que sa mère avait eu avec Claire. Il prétendait, toutefois, que cette dernière avait insisté pour lui parler. Furieux, Alain avait raccroché précipitamment et s'était rué vers sa compagne.

– Pourquoi as-tu fait ça ? lui avait-il demandé en la saisissant par le cou.

Claire avait soutenu son regard sans l'ombre d'une crainte.

– Tu as appelé la mère de Julien !

– Je fais ce que je veux et tu n'as pas d'ordre à me donner. Mais, en l'occurrence, je ne l'ai pas appelée car je ne veux lui parler sous aucun prétexte. En revanche, Julien m'a téléphoné pour me passer sa mère à qui je ne voulais rien dire. J'ai été brève.

– Tu mens.

– C'est très simple à vérifier. J'ai gardé le message de Julien qui me dit très exactement qu'il va me téléphoner si tu es absent pour me passer sa mère.

Claire avait placé son portable devant le visage d'Alain. Fou de rage, celui-ci avait rappelé son fils.

– Je t'avais pourtant dit de tout cloisonner ! Ta folle de mère ne doit pas venir briser mon couple ! Quant à Claire, qui ne comprend pas tout et qui cherche sans cesse des explications, elle est à l'écoute de tout !

Julien avait bégayé sans pouvoir se faire entendre.

– Tu n'es plus mon fils ! avait crié Alain en lui raccrochant au nez. Je ne te reverrai jamais ! Tu n'existes plus.

Puis il avait jeté deux objets ayant, autrefois, appartenu à son fils et avait demandé à Claire de ne plus jamais lui parler de lui.

– Ce n'est pas très grave, avait répondu Claire. Calme-toi…

Mais rien n'avait pu distraire Alain qui s'était muré dans un silence total pendant plusieurs jours. Pour la première fois de sa vie, Claire n'avait pu passer Noël avec sa famille, Alain lui ayant dit qu'il resterait à Grasse.

– Si tu passes Noël ici, je reste avec toi.

– Sache que je peux partir d'un instant à l'autre pour ces fêtes. Tu te retrouveras seule ici.

– On verra bien.

Au début du mois de décembre, Claire avait envisagé la possibilité que Julien vînt avec eux en vacances à l'étranger pendant l'été, ce qu'il avait accepté avec plaisir suite au consentement de sa mère qui avait plus confiance en Claire qu'en son ancien conjoint. Elle avait également proposé à Julien de les rejoindre à Grasse pour Noël, ce qu'il avait refusé en redoutant d'interminables disputes avec son père.

– Excuse-moi, avait-il dit à Claire. J'ai très envie de te voir mais je suis quasiment sûr que mon père va nous gâcher Noël. Il a toujours tout détruit surtout pendant les fêtes qu'il déteste et je ne veux pas que tu assistes à l'une de nos querelles.

Claire comprenait alors les paroles de Julien. Le soir de Noël avait été austère. Alain avait reçu les cadeaux de Claire sans joie et ne lui en avait pas fait. La semaine suivante avait été moins triste. Alain avait finalement décidé de remonter à Paris avec Claire, le soir même du réveillon alors que la neige tombait à gros flocons. En lui faisant cette proposition peu raisonnable, sans doute pensait-il qu'elle renoncerait au voyage. Quand ils étaient arrivés à Paris, la sœur et le frère d'Alain les avaient invités à les rejoindre mais Claire, exténuée par la conduite, avait décliné, à regret, leur offre et avait préparé, comme elle le pouvait, avec des plats achetés chez le dernier traiteur ouvert, un rapide repas. Alain n'avait pas prononcé une parole. Claire et lui avaient dîné face à face dans le plus grand silence. Après le dessert, Alain n'avait pas manqué de remarquer que les mets pourtant raffinés n'étaient pas dignes d'un réveillon du jour de l'An. Lui qui n'avait rien fait et qui avait dormi pendant que Claire conduisait, qui n'avait pas dépensé un centime pour les fêtes et qui ne s'était même pas proposé d'aller acheter des pâtisseries alors qu'elle était au volant, s'était permis de la critiquer. L'abjection d'Alain n'avait plus de limite.

CHAPITRE 37

Dès qu'ils avaient été de retour à Grasse, la mère de Julien avait pris le relais des confidences de son fils si bien que Claire connaissait les moindres détails de leur vie passée. Ce genre d'existence qu'elle n'avait pas encore partagé avec Alain la surprenait. Elle l'expliquait par le fait qu'Alain n'aimait ni son ancienne compagne ni Julien et qu'il n'avait évidemment pas le même comportement avec elle.

Ces aveux, qu'Alain ne pouvait soupçonner, allaient aider Claire à comprendre la suite de leur aventure et à la préparer au pire. Mais, ils lui permettraient surtout de ne jamais culpabiliser, de ne pas perdre pied, d'observer son conjoint avec une lucidité sans faille et de ne jamais imaginer ce que tentait de lui laisser croire Alain : qu'elle avait perdu la raison et que lui seul était équilibré dans un monde voué à la démence.

Dans ses révélations quotidiennes, matinales et vespérales, la mère de Julien, qui profitait de l'absence de son compagnon et de son fils pour l'appeler ou qui allait promener son chien pour lui parler tranquillement, lui avait ainsi confié qu'Alain ne s'était jamais occupé de Julien et qu'il ne lui parlait qu'en présence d'autres parents pour donner une apparence de normalité à leur famille.

Alain avait épousé cette étrangère, pour laquelle il n'avait jamais eu d'attirance, afin d'avoir un foyer apparemment identique aux autres qui lui donnait un statut et pour mettre un voile sur sa folie. A quarante ans, il pouvait ainsi afficher un semblant de vie traditionnelle qui était, en réalité, aux antipodes d'une existence rangée et saine. Son couple n'en avait jamais été un. Son mariage n'avait été qu'un cauchemar suivi d'une fuite. Il n'avait jamais assumé son rôle de père et n'avait aucune idée de ce que pouvait être l'amour filial. Il dormait le plus souvent sur son lieu de travail et ne rentrait chez lui que pour s'asseoir devant son ordinateur. Sa vie professionnelle n'était qu'une accumulation de dettes, de factures impayées et de visites d'huissiers.

Claire avait également appris de ces conversations téléphoniques qu'Alain avait déjà tenté de créer un club de gymnastique quelques années auparavant et que, faute d'élèves, il avait dû abandonner le projet. La structure tournait à perte et le propriétaire du lieu s'était séparé de lui au bout de neuf mois.

Julien avait raconté à Claire comment Alain prenait plaisir à le maltraiter verbalement quand il était enfant, l'insultant sans cesse quand il pleurait, montant le son de la télévision pour l'empêcher de dormir lorsqu'il devait aller à l'école le lendemain. La simple respiration de son fils lui était intolérable. Julien lui avait également confié que personne n'avait le droit d'entrer dans le bureau de son père et que, paranoïaque à l'extrême, il fermait la porte à clef lorsqu'il s'éloignait. Claire avait constaté de semblables comportements quand Alain mettait plusieurs cadenas à la porte d'un secrétaire vide soit pour se donner de l'importance soit pour afficher le manque de confiance qu'il avait en elle, soit pour lui laisser croire qu'il avait une autre vie dont elle était exclue.

– Un jour, j'avais envie d'être près de lui et de lui parler, avait narré Julien. Il m'a insulté violemment et m'a ordonné de sortir du bureau en disant qu'il avait du travail. J'ai regardé par le trou de la serrure et j'ai vu qu'il ne travaillait pas mais qu'il jouait sur son ordinateur pendant des heures. J'ai été très peiné. J'ai alors compris qu'il s'enfermait pour regarder des films ou des matches seul, ou pour jouer. Il appelait aussi Patricia ou échangeait des courriers électroniques avec elle à notre insu, disant du mal de nous, mentant sans cesse. Il ne partageait rien avec nous. Ma mère en avait pris son parti et avait ses propres amis. Mes copains venaient jouer à la maison. Mais elle pleurait en cachette tous les jours. Elle avait honte de cette situation dont elle n'osait même pas parler à mes grands-parents. Comme il ne savait pas gérer le gymnase qu'il avait finalement acheté, mon père était incapable de nous payer des vacances ou des cadeaux, faute de moyens. Mais lui ne s'en privait pas et il se rendait chez son vieux copain, chaque été, en nous laissant seuls. Nous n'y avons jamais été. Nous n'étions pas invités. Lorsque nous organisions une fête au club, il souriait tout le temps, avait un mot gentil pour tous et me mettait la main dans les cheveux. Mais, dès que les parents d'élèves étaient partis, il les critiquait sévèrement, les traits subitement figés. « Tous des abrutis ! », disait-il avec mépris. Je crois qu'il est incapable d'aimer quelqu'un, à part toi bien sûr… Toute la famille affirme qu'il s'est transformé depuis qu'il vit avec toi, qu'il est enfin devenu normal, que tu es la chance de sa vie. J'avoue que je suis de leur avis. Il n'a jamais été ainsi avec maman. Mais tout cela est tellement loin… C'était dans une autre vie.

Alain s'était tenu à peu près tranquille après l'achat de la maison de Grasse en reproduisant chaque jour le même emploi du temps : jardinage et gymnastique, parenthèse détente dans une chaise longue au soleil, douche ou piscine à l'extérieur, sieste, petit travail, visionnage d'un film, jeu sur l'ordinateur, coucher vers vingt heures, parfois entrecoupé de rendez-vous sur Paris ou d'une séance de visioconférence avec les informaticiens du site de fitness d'une durée d'une heure. Quant à Claire, elle gérait les réparations de la piscine, de la toiture, du parc tout en poursuivant son travail et en recevant les journalistes et les cameramen qui venaient à Grasse réaliser des entretiens avec elle. Mais, à côté de ces activités répétitives, Alain commençait à reprendre ses tocs parisiens. Il montait des meubles à bas prix, changeait sans cesse ceux de son bureau de place, se préparait parfois à investir le studio indépendant de la maison principale en transportant ses affaires d'un lieu dans un autre pour revenir toujours au premier emplacement, jetait le peu d'objets superflus qu'il avait encore.

Quand Marie lui avait parlé de ces manies obsessionnelles, Claire lui avait dit qu'il agissait toujours de même. Ces dépenses d'énergie inutiles paraissaient compenser un manque d'exercice physique. Sa gymnastique matinale sous un auvent et sur d'épais tapis en mousse, semblait insuffisante. Tailler du bois avec une hache, égaliser une haie avec une faux, déménager des meubles lui échauffaient les muscles et devaient, probablement, à ses yeux, entretenir sa forme et sa santé.

Claire avait contacté d'autres lieux susceptibles d'accueillir un club de gymnastique à Paris et dans le sud de la France, des endroits d'exception extrêmement luxueux dont elle connaissait les propriétaires. Alain avait mis ces opportunités de côté.

– Tu me connais. Je suis déjà incapable de concrétiser un seul projet à la fois. Ce n'est pas pour les multiplier. Si j'échoue à Grasse, j'essaierai à Paris. En attendant, dis-leur que je peux les conseiller pour mettre ces clubs sur pied.

Ses amis l'avaient mise en garde :

– Tu ne comprends pas qu'Alain ne veut pas travailler. Il a inventé cette histoire de site, de club. Mais il est très bien avec toi, nourri, logé, bichonné. Ah cet Alain ! L'homme de tous les projets ! On ne sait jamais très bien où il se trouve ni ce qu'il fait…

Alain commençait, pourtant, à imaginer la promotion du futur club de Grasse. Il avait créé un site consacré à la publicité du lieu et des infrastructures, préparé les flyers, commandé des présentoirs pour les y déposer, réfléchi au logo du club, qui serait reporté sur tous les produits dérivés, notamment les vêtements de sport. Il avait également commencé à joindre d'anciens élèves, susceptibles d'être hébergés près de Grasse. Il comptait sur Claire pour s'occuper des futurs partenaires et comme il voulait, à terme, diriger de son fauteuil, il avait contacté deux amis professeurs de gymnastique pour l'accompagner dans l'aventure.

Le premier de ces amis devait, auparavant, obtenir son diplôme et, pour accélérer le processus, Alain avait décidé de lui donner lui-même des cours en plus de ceux qu'il suivait. Le second, plus expérimenté, qui avait un excellent poste en Alsace et qui continuait la compétition, devait auparavant donner sa démission pour le rejoindre. Or, sa situation familiale, fragile, et la scolarité de ses enfants ne lui permettaient guère de prendre des risques et de déménager.

Dans ce contexte plutôt favorable où les affaires d'Alain se mettaient tranquillement sur pied, alors même que les travaux d'entretien de la maison s'achevaient, Alain avait subitement eu un comportement curieux vis-à-vis de Claire.

– Je suis contente que nous nous soyons rencontrés même si je ne te comprends pas toujours, lui avait-elle dit. L'important est d'aimer et d'être aimé. Je ne pourrais jamais vivre avec quelqu'un qui ne m'aime pas !

Puis ils avaient parlé de choses et d'autres sur un ton plutôt léger. Claire était retournée travailler dans son bureau tandis qu'Alain regagnait le sien. Alors qu'elle terminait un article, Claire avait été dérangée une heure plus tard par un véritable brouhaha qui provenait de leur chambre puis du bureau d'Alain. Elle s'était levée, intriguée, pour voir ce qui se passait.

– Que fais-tu ? avait-elle demandé à Alain.

– Tu le vois. J'enlève mes affaires de cette chambre.

– Ah bon ? Mais elles sont très bien ici. Il y a quatre placards et un dressing. Tu as une place immense.

– Je ne veux plus que mes affaires soient ici. Je les monte dans mon bureau.

– Mais il n'y a qu'un petit placard où se trouve ton matériel informatique.

Elle l'avait suivi dans son bureau.

– Et que font ici tous ces cartons ?

– J'ai réuni toutes mes affaires et je suis prêt à partir. Je vais en emporter une partie chez mes parents quand nous remonterons sur Paris. Il est normal que mes papiers importants soient chez moi et non ici.

Il tirait énergiquement et bruyamment sur les larges rubans adhésifs marron dont il entourait les caisses. Il n'avait laissé à l'extérieur, sur son bureau et sur les étagères, que le strict nécessaire. En voyant la pièce quasiment vide, Claire avait eu le cœur serré. Alain recommençait le même chantage qu'à Paris, menaçant de partir pour une région inconnue et de fuir sans laisser d'adresse. Cette situation l'empêchait de travailler, de dormir, de s'absenter en toute sérénité, créait un climat d'incertitude insupportable qui lui interdisait de prévoir le moindre aménagement dans la maison ou dans le jardin, voire même l'organisation de vacances ou de loisirs. Cette manière de faire était incompatible avec ses habitudes, sa volonté de s'installer sérieusement dans un lieu et la gestion de son emploi du temps. Consciemment ou non, Alain était, depuis leurs retrouvailles, un frein et un obstacle à sa vie.

– Peux-tu m'expliquer pourquoi tu partirais ? lui avait demandé Claire.

Alain s'était contenté de lui envoyer un regard noir.

– Je dormirai ici cette nuit, avait-il ajouté.

– Où ici ? Au milieu des cartons ?

– Oui.

Alain avait ressorti son matelas qu'il gonflait, parfois, par beau temps pour s'étendre à l'extérieur et regarder les étoiles comme Patricia et tant d'autres le faisaient au mois d'août, les yeux stupidement fixés sur le ciel brumeux, à la recherche de quelque étoile filante.

– Nous ne sommes pas au mois d'août pour sortir le matelas ! avait-elle plaisanté.

Alain lui avait jeté un regard encore plus sombre.

– Eh bien, bonne nuit ! lui avait-elle dit. Je vais diner et finir un synopsis. Je ne serai pas couchée avant minuit. Je ne vis pas avec un homme pour qu'il dorme dans une autre chambre sinon je vivrais avec un copain.

– Tout sera différent désormais, s'était contenté de lui répondre Alain.

Claire n'avait cessé de réfléchir à cette phrase dans son bureau. Mais que voulait dire Alain et que lui était-il arrivé ? Elle avait beau repasser en boucle dans son cerveau le film de leur discussion, elle ne voyait rien qui eût pu l'amener à de telles extrémités. Elle était, au contraire, plutôt satisfaite d'avoir eu avec lui une conversation attachante et intime comme elle en avait rarement.

CHAPITRE 38

Claire était sans cesse sollicitée par Alain, Julien et Marie. Il ne se passait pas une journée sans qu'ils lui demandassent, à tour de rôle, une aide, une intervention auprès de ses connaissances ou une invitation dans un cocktail, un défilé, un vernissage, une « première ». Julien souhaitait rencontrer des personnalités dans le monde de la décoration et se rendre aux inaugurations de salons. Marie appelait Claire, après Julien, en réitérant les mêmes sollicitations avec une insistance déplacée. Claire était tellement harcelée du matin jusqu'au soir qu'elle était parfois obligée d'éteindre son téléphone. Elle avait l'impression d'être utilisée en permanence.

Elle accepta les honneurs de la région : elle fut ainsi la marraine de plusieurs salons ; on créa une rose et un parfum à son nom. Alain ne se rendit à aucune de ces manifestations car il supportait avec difficulté l'attention qu'on lui accordait. Julien prenait Claire comme exemple au grand dam d'Alain, souhaitant avoir, lui aussi, une carrière à succès. Toujours mielleuse et présente, Marie fut la première à l'appeler le jour de son anniversaire. Elle lui envoya, ensuite, plusieurs messages :

« A la meilleure des belles-mères » ;

« Quoiqu'il arrive, après cette affaire, nous resterons de grandes amies et nous pourrons nous voir très souvent » ;

« Comment a-t-on pu tomber amoureuses de cet imbécile d'Alain ? Mettez-le dehors et ouvrons une bouteille de champagne ! Quand j'ai été débarrassée de lui, j'ai éclaté de rire de soulagement ! »

Ce dernier message lui étant asséné plusieurs fois par jour, Claire commença à se lasser de ces conseils insistants. Elle finissait par se demander s'il n'y avait pas derrière tout cela un fond de jalousie. Quant à Julien, il lui envoya une carte d'anniversaire attendrissante avec un film en DVD. Curieux et soupçonneux, Alain le vit avant

Claire et lui dit qu'il ne lui avait pas plu, peut-être parce que Julien l'avait adressé à Claire et non à lui.

Ne prenant pas le risque de se retrouver seule pour son anniversaire, Claire avait invité des amis à dîner. N'étant pas informé, Alain lui avait dit la veille, contre toute attente :

– Demain est un jour important. Que voudrais-tu faire ?

– J'ai déjà prévu quelque chose mais si tu veux que l'on soit ensemble, déjeunons à Cannes. Je dois être rentrée en début d'après-midi.

La proposition d'Alain, qui aurait pu être sa seule vraie gentillesse depuis des mois, n'était en fait qu'un leurre car la météo annonçait du vent, des tempêtes et de la pluie sur le littoral le lendemain, ce que Claire ignorait. Ils quittèrent donc Grasse par un temps frais et quelque peu tourmenté mais, au moment d'arriver en bordure de mer, les bourrasques étaient si fortes qu'ils ne purent sortir de la voiture.

– Garons-nous vers le centre-ville et allons dans un petit restaurant au bout de la rue d'Antibes.

– Je t'accompagnerai mais je ne mangerai pas, lui dit une nouvelle fois Alain.

– Dans ce cas, rentrons !

Claire n'attendait plus rien d'Alain. Elle prépara le repas sous ses yeux attentifs, très étonné qu'elle eût invité, sans l'en avertir, des amis, journalistes, notaires, directeur d'agence de spectacles, rencontrés dans des salons. Elle avait décidé d'agir comme bon lui semblait sans tenir compte des *desiderata* d'Alain. Elle voyagerait avec des amis là où elle le souhaitait. Libre à lui de l'accompagner ou pas. Elle avait également accepté de nombreuses dates d'invitations à Paris dans des émissions de radios et de télévision et avait la ferme intention de prendre, à chaque fois, l'avion à Nice. Elle avait décidé de remettre sur pied son emploi du temps habituel ponctué de créations, de promotions, de voyages et de tournées. Si Alain refusait d'être auprès d'elle lors de ses déplacements, elle le verrait le reste du temps à Grasse.

Sentant Claire lui échapper, ne supportant pas de ne pas contrôler la situation, Alain devenait chaque jour d'une humeur exécrable. Il était agressif et violent. Il ne lui adressait quasiment plus la parole, ne partageait plus rien avec elle ni sport ni promenade ni visite, quittait une pièce dès qu'elle y rentrait et refusait de la croiser, faisant un écart quand il estimait qu'elle était trop proche de lui.

Il se levait tôt, se rendait dans le jardin ou près de la piscine quand elle ne s'y trouvait pas, s'enfermait dans son bureau dès qu'elle quittait la maison et n'en ressortait que pour aller chercher des paquets de bonbons qu'il mangeait seul au bout du parc. Il refusait de partager un repas avec elle et dégustait souvent seul la nuit les plats qu'elle avait préparés pour deux. Il avait ses propres assiettes et ses couverts qu'il tenait éloignés de ceux de Claire et avait également mis en route le second congélateur et le second réfrigérateur installés dans la cuisine, se les appropriant d'office en interdisant à Claire de les ouvrir.

– Je suis chez moi et je ferai ce que je veux, lui avait répondu Claire.

– Comment veux-tu que je laisse ma nourriture dans ce réfrigérateur puisque tu y as mis les boites du chat…

– Il y en a toujours deux et elles sont fermées. Les autres se trouvent dans la réserve. Je ne vois pas en quoi cela te dérange. Tu préfèrerais peut-être que je laisse encore mon chat à mes parents. Mais je ne l'ai pas eu avec moi pendant des semaines à cause de toi. Et ce temps est révolu !

Claire vivait désormais avec un compagnon qui ne communiquait plus du tout et qui dormait toujours à ses côtés, écartant toutes relations intimes pour la perturber tout en se laissant aller pendant la nuit à des gestes tendres inconscients et incontrôlés qui faisaient sourire Claire. Ainsi se réveillait-il parfois, la main sur la poitrine de Claire ou ses doigts entrelacés avec ceux de sa compagne. Il s'éloignait brusquement, presque fâché contre lui-même, en constatant une proximité qui n'était pas en adéquation avec la froideur dont il entourait Claire toute la journée. Il en conclut même qu'il était préférable pour lui de dormir dans son bureau afin d'éviter des situations « dangereuses ».

Claire était de plus en plus surprise par les comportements anormaux d'Alain. Logique, constatant que l'attirance physique d'Alain à son égard était intacte, elle ne comprenait pas pourquoi celui-ci ne laissait pas parler ses sentiments s'il avait envie de se rapprocher d'elle.

– Tu es vraiment bizarre, plaisantait-elle presque à ce sujet. Tu m'avais confié que tu n'avais jamais ressenti ce que tu éprouves avec moi.

– C'est la même chose avec tout le monde.

– Voilà qui est nouveau et intéressant !

– Il est vrai que j'étais très heureux de notre complicité. Avant toi, ce n'était rien, rien du tout.

Claire ne se formalisait pas trop de l'attitude d'Alain qui se taisait pendant plusieurs jours en l'évitant et qui avait rangé ses affaires loin des siennes. Il ne daignait même plus s'asseoir à ses côtés sur le divan pour regarder la télévision et s'il était présent avec elle le soir, pendant quelques instants, il s'installait ostensiblement dans le fauteuil. Elle se souvenait des révélations de Julien et de Marie sur les manières de vivre d'Alain et comprenait qu'elle était en train de subir ce qu'il leur avait fait autrefois endurer. A l'entendre, Marie supportait très bien les silences d'Alain qui duraient des semaines entières.

– Quand il commençait à bouder, j'avais la paix. Comme il voyait que cela ne me faisait rien, il arrêtait vite son cirque et cherchait d'autres moyens de m'atteindre.

Regarder d'autres femmes dont il n'avait cure, s'occuper avec une attention extrême des enfants des autres dont il se moquait, refuser de partager des repas, des réunions amicales, des sorties, des vacances, des fêtes, se taire et s'enfermer dans une pièce faisaient partie de sa panoplie de malade qu'il ressortait inexorablement.

La situation empira. Malgré ses séjours parisiens, Claire voyait sa santé se dégrader progressivement. Harcelée par un conjoint qui ne relâchait jamais son emprise, ses vexations et ses méchancetés, elle déclinait physiquement et n'avait plus assez de forces pour poursuivre sereinement son travail. Les moments de sérénité qu'elle s'accordait en remontant à Paris pendant quelques semaines ne suffisaient plus à panser ses blessures psychologiques. Elle errait, parfois, dans le centre de Grasse, vide de monde, pour échapper à son harcèlement en se demandant ce qu'elle faisait loin de Paris, isolée, maltraitée, entrant dans l'une des seules boutiques de souvenirs ouvertes hors saison afin d'y discuter avec la propriétaire passionnée par l'artisanat local.

– Je vous connais, lui disait-on. On vous voit à la télévision…

– Je ne suis pas d'ici, répondait Claire. Je me demande même pour quelle raison j'ai accepté d'y acheter une propriété alors que je voulais acquérir une maison à l'étranger, dans un pays chaud toute l'année, en bordure de mer. Je ne devais pas avoir toute ma lucidité quand je l'ai fait ! Je suis habituée à une vie très active. Ici, tout est mort et il fait toujours froid. Depuis mon arrivée en septembre, je n'ai jamais eu aussi froid de toute ma vie !

– Nous n'avons pas connu un tel hiver depuis des années. Vous n'avez pas de chance. De nombreux habitants sont partis d'ici pour aller vivre en Tunisie ou au Maroc car il ne fait réellement chaud sur la Côte que de mai à septembre. Nous n'avons plus les mêmes températures qu'avant.

Rentrer dans sa maison après une balade était, à chaque fois, un calvaire pour Claire. Elle conduisait sur le chemin accédant à la propriété le visage grave avec la nette impression de perdre sa vie. La voix éclatante et triomphante d'Alain, jaillissant victorieuse de la fenêtre ouverte de son bureau, lui soulevait le cœur par sa façon de s'imposer et de remplir un espace qu'il s'était approprié d'office comme il l'avait en partie fait à Paris. Cette manière dictatoriale d'occuper les endroits qu'il choisissait en y imposant son parfum, sa présence et ses habitudes, et en interdisant aux autres de s'épanouir, était insupportable. De surcroît, elle ne correspondait pas aux prétendues volontés d'Alain de quitter les lieux si bien que Claire n'ajoutait plus foi à ses paroles. Comme le lui disaient ses amis :

– Alain a investi les lieux. Il n'a pas du tout l'intention de laisser son *chez lui*.

A force de souffrir intérieurement sans pouvoir exprimer ses maux si ce n'est à son médecin qui était impuissant, à ses parents ou à une amie éloignée, Claire s'était fait des plaies sur le corps, ce qui n'échappait pas à Alain, heureux responsable de cette automutilation.

– Sais-tu comment on appelle cela ? lui disait-il avec mépris.

– Ce n'est rien. Juste des piqûres de moustiques. Tu sais que j'y suis allergique et tu refuses que l'on mette des produits répulsifs dans la maison.

– Je ne supporte pas l'odeur de ces sprays.

Comme l'une de ces plaies s'était infectée, Claire consulta un dermatologue.

– Cette jambe n'est pas belle. C'est probablement un cancer, lui apprit celui-ci avant même de l'avoir examinée.

Très choquée, Claire se rendit chez son médecin habituel et lui fit part des conclusions du spécialiste.

– Il y a une chance sur deux pour que ce soit bénin, lui dit celui-ci. Si c'était malin, il ne s'agirait que d'un cancer très localisé.

Ce que sachant, Alain décida immédiatement de partir. Dix jours... Claire devait attendre dix jours seule pour connaître les résultats de la biopsie et savoir si elle était atteinte d'un cancer de la peau. Elle répondit au téléphone à Julien, qui l'appela le soir même, sans évoquer ses problèmes de santé.

– Je ne sais où est ton père. Il loge peut-être chez Patricia qui le taraude de nouveau et qui menace de se suicider depuis le départ de son compagnon. Je lui ai téléphoné et me suis moquée de lui en lui disant que j'avais invité un ami à diner. Il ne va pas tarder à rentrer.

– Il a eu peur de te perdre. Il ne s'entend pas avec Patricia et il déteste la pluie. Il ne restera pas longtemps à Strasbourg. Il agit ainsi pour te contrarier comme il le faisait autrefois avec nous. Où veux-tu qu'il soit ? Il ne peut être que chez cette folle ou chez ses parents. Si j'ai des nouvelles, je te tiendrai au courant. J'espère qu'il n'est pas retourné chez cette vipère que je déteste.

– S'il est encore parti chez cette cinglée, je mets ses affaires dehors et je change les serrures.

– Tu as raison, approuva Julien. Mon père a vraiment besoin d'une leçon.

Mais Claire avait d'autres soucis. Ses plaies n'étaient que les conséquences du mal qu'elle subissait. Elle en était d'autant plus consciente qu'elle avait dû endurer une crise de colite néphrétique quelques jours avant le départ d'Alain. Les douleurs avaient commencé le soir et étaient devenues si fortes qu'elle avait passé la nuit accrochée au téléphone pour appeler les urgences. Faute d'ambulances, des médecins avaient tenté de la conseiller par téléphone. Elle avait pris tant d'antidouleurs qu'elle avait presque perdu connaissance. Alain ne s'était pas levé pour l'aider. Il ne lui avait pas porté assistance alors qu'elle était en grand danger.

Le lendemain, en s'éveillant à peine de son état comateux, Claire avait appelé Alain à son secours et lui avait fermement ordonné, avec l'énergie qu'il lui restait, d'appeler son médecin et de la transporter d'urgence au cabinet.

– Il ne peut prendre personne. Son agenda est complet.

– Donne-lui mon nom et dis-lui que je souffre le martyre. Il sait que je ne le dérangerais pas pour rien… Nous partons. Aide-moi et conduis-moi. Vite !

Piqûre contre la douleur, radios… La crise néphrétique ne s'était déclenchée qu'à cause des mauvais traitements psychologiques subis par Claire qui n'avait aucun calcul dans les reins. Soulagement.

– Vous devez impérativement vous éloigner de votre conjoint, lui avait dit le médecin. C'est trop dangereux pour vous.

– J'ai écrit à mon avocat et aux procureurs de Draguignan et de Paris pour qu'Alain suive un traitement. Il est malade.

– En attendant leurs réponses, faites très attention à vous.

Claire passa les dix jours dans un calme relatif en se persuadant que sa plaie, qui ressemblait à un énorme furoncle aux couleurs mal définies, n'était pas grave. Son naturel optimiste reprenait le dessus. Quand elle se rendit au cabinet et que le spécialiste lui glissa par la porte de la salle d'attente que tout allait bien, elle ressentit, toutefois, un profond soulagement et une grande joie.

« Si j'avais écouté le premier dermatologue que j'ai rencontré, un mégalomane qui se prenait pour le meilleur médecin du monde, je serais aujourd'hui à l'hôpital. Si j'avais suivi les conseils du Cannois, j'aurais subi une ablation puis une greffe de peau qui m'aurait laissé une cicatrice à vie. La dermatologue de Paris m'a affirmé qu'une telle plaie ne guérissait jamais. Grâce à ce spécialiste, je serai guérie dans un mois avec un traitement d'antibiotiques. J'ai eu raison de rester calme et de consulter plusieurs médecins. »

Elle regarda le ciel ensoleillé et sourit à la vie. Les querelles avec Alain lui paraissaient subitement bien triviales.

« J'ai les résultats. Tout va bien », écrivit-elle à Alain.

« C'était tout de même prévisible », lui répondit-il aussitôt.

En rentrant, elle reçut un appel de Julien.

– Mon père est chez Patricia, lui dit-il. Ses folles de filles m'ont appelé pour me passer mon père et tenter de nous réconcilier. De quoi se mêlent-elles ? J'ai immédiatement raccroché. Je voulais t'en informer bien que papa m'ait rappelé et m'ait demandé de ne pas te dire où il se trouvait. « Je ne veux pas faire de la peine à Claire, » m'a-t-il dit. Que vas-tu faire ? Le mettre dehors ?

– Je ne sais pas, répondit Claire.

Elle décida, le lendemain, d'appeler Alain pour lui dire de ne plus revenir à Grasse. Mais, au moment où elle allait lui parler, celui-ci lui murmura quelques mots abscons :

– Je ne peux pas parler… Je te rappelle dans dix minutes. Je dois te dire quelque chose d'important.

Alain lui téléphona, en effet, quelques minutes plus tard.

– Je ne veux pas rester ici une seconde de plus. Je ne peux plus voir cette imbécile de Patricia. Je pars tout à l'heure. Je vais rouler en direction de Grasse. Mais je ne souhaite pas que tu sois là à mon retour. J'ai un peu honte. As-tu l'intention d'aller à Paris ?

– J'ai des rendez-vous la semaine prochaine.

– J'en profiterai pour revenir à ce moment-là si tu n'y vois pas d'inconvénient. En attendant, j'irai chez mes parents. Mais, auparavant, je veux que tout soit clair entre nous et que tout soit formulé par écrit. Nous allons donc correspondre par messages.

Claire était si étonnée par une telle attitude qu'elle en oubliait sa volonté de voir Alain quitter la maison. Il lui écrivit :

« Je souhaite que tu respectes mon espace de travail. »

« Ce qui a toujours été le cas », répondit Claire sèchement.

« Nous dormirons ensemble ».

« Ce qui a toujours été le cas sauf exception », répondit Claire de plus en plus agacée.

« Tes réponses ne sont pas assez claires. Tu cherches à me tromper. »

« J'estime que mes réponses sont précises. Tu ne m'as pas demandé si j'étais d'accord pour continuer à vivre avec toi. »

« Je te ferai signer un papier. Nous vivrons ensemble parce que tu ne peux pas vivre seule. Ce sera une sorte de cohabitation. »

« Et pourquoi pas une relation amicale ? Je n'ai pas besoin d'amis mais d'un conjoint qui sache tenir son rôle ! »

Comprenant qu'il allait tout perdre, Alain répondit :

« Nous nous voyons dans quelques jours à Grasse. »

Claire était quelque peu désorientée. Elle n'avait pas réussi à mettre un terme à cette relation et elle était intriguée par les propos d'Alain. « Alors qu'il ne possède rien et qu'il n'a aucun refuge, il ose m'imposer ses volontés ! Mais il n'a pas compris que tout cela est terminé ! »

CHAPITRE 39

Rancunier et paranoïaque, Alain voyait en négatif tout ce qu'il avait vécu la veille : Claire ne préparait-elle pas les repas elle-même pour le rendre malade ? Sous prétexte d'embellir le domaine, n'achetait-elle pas des arbustes pour le contraindre à y rester ? Ne lui faisait-elle pas des présents pour le menotter ? La nuit l'ayant éclairé à la lumière de ses problèmes pathologiques, il s'était levé vers trois heures, le visage fermé. Il s'était aussitôt enfermé dans son bureau, s'était mis à tapoter sur sa table de travail avec son crayon taillé au couteau et avait commencé à dessiner des formes monstrueuses sur une feuille, reflet de sa pensée torturée, de son sombre cerveau. Il avait soif de vengeance, besoin d'anéantir, de rendre dent pour dent. Il s'imaginait en train de saisir un bébé à peine né par le cou pour l'étrangler lentement en prenant un plaisir jouissif à le voir changer de couleur puis étouffer. Plus l'enfant souffrait, plus Alain appuyait avec la mine sur le papier, la cassant à maintes reprises. Il la taillait de nouveau minutieusement comme s'il affûtait une arme blanche, la regardant en la tournant entre ses doigts puis retournait à sa mission. Il imaginait la douleur de la mère de l'enfant découvrant sa progéniture morte, petit tas de chair inerte, totalement inutile de son vivant, presque répugnant une fois détruit. Il la voyait se putréfier petit à petit, dégageant une odeur nauséabonde, se recouvrir de vers, tomber en lambeaux. Alain sourit et noircit de plus en plus rapidement son dessin, son plaisir physique étant proportionnel à la cruauté des élucubrations de son cerveau.

Les traits qu'il traçait, abscons, représentaient dans son esprit un corbeau éclatant d'un coup de bec la tête du nouveau-né dont la cervelle éclaboussait les larmes de la jeune mère couverte de sang, sang de l'enfantement, sang de la mort. Le liquide épais et âcre aveuglait ses pupilles, entrait dans ses oreilles, dans son nez et dans sa bouche jusqu'à l'asphyxie. Les yeux du petit monstre roulaient sur elle. Dans une seconde attaque, d'une violence inouïe, le volatile tranchait le ventre du bébé : Alain donna un fort coup de crayon sur son esquisse tortueuse qui remplissait maintenant toute la feuille et y planta la mine. Il avait fini sa méditation quotidienne et matinale. Il était déterminé à sévir dès que Claire serait levée et s'impatientait, guettant le moindre bruit au-delà des gais chants des moineaux insouciants, des cris des grues et des hérons épanouis, des grognements des sangliers dévorant des glands et des chants joyeusement bruyants d'une minuscule grenouille verte cachée dans l'un des *skimmer*s de la piscine.

Quelques jours après son retour à Grasse, Alain se montra violent avec Claire. Il n'avait jamais levé la main sur elle auparavant et ne la malmenait que psychologiquement. Après ce comportement inadmissible, il s'enferma, honteux, dans leur chambre en plein après-midi, la tête enfouie sous les couvertures. Bien qu'ils eussent été faire des courses ensemble en voiture, Claire ne lui adressa pas la parole et resta prostrée sur le siège passager. Alain avait pris comme confidente, à la place de Patricia, la compagne de son copain de lycée et lui raconta une partie des faits à sa manière.

– Je n'ai jamais agi ainsi, lui dit-il. Je ne parviens pas à me contrôler. Je vais la tuer et j'irai en prison.

Pendant le trajet, Alain se voulait agréable et parla à Claire avec douceur. Il regrettait ce qui était arrivé. En rentrant, il cherchait manifestement une idée pour réparer sa faute. Il déballa les morceaux de viande que Claire avait achetés et lui proposa de les faire cuire au gril dans la cuisine extérieure.

Claire ne répondit pas.

– Cela ne signifie pas que tout sera comme avant entre nous, crut bon d'ajouter Alain. Je reconnais que je ne suis pas très agréable et que cela doit être difficile pour toi.

Malheureusement, ces bonnes intentions s'étaient résumées à un repas rapide sans complicité car Claire n'avait plus aucune confiance en Alain. Elle ne reconnaissait plus en lui l'homme qui s'était présenté chez elle à Paris. Elle avait l'impression de vivre avec un étranger froid, distant, acariâtre et sombre. Elle avait perdu sa gaieté naturelle.

Alain aggravait chaque jour la situation. Tantôt il allait acheter un arbre fruitier qu'il plantait avec beaucoup d'attention et entretenait ceux qui étaient déjà en place, tantôt il se désintéressait de toute la maison et disait à Claire :

– J'espère que tu as vu que je me désinvestissais. J'ai aussi besoin d'outils pour le jardin. L'année prochaine, quand je taillerai la haie, il me faudra un nouveau taille-haie à batterie. Si je suis encore là… Sinon, il servira à celui qui prendra ma place. Le médecin peut-être… Ou ce type qui t'appelle sans arrêt. Qui est-ce d'ailleurs ce bonhomme ?

Il avait subitement les yeux pleins de flamme. Il montait les marches quatre à quatre jusqu'au premier étage et claquait la porte de son bureau de toutes ses forces. Impatient, Alain, qui avait manifestement besoin de donner des cours dans un gymnase pour se détendre et qui devait se sentir inutile sans activité, devenait de plus en plus agressif. Il appelait parfois l'un des collègues avec lequel il souhaitait créer son club et lui proposait gracieusement son aide auprès de ses élèves. Il avait hâte d'être dans une salle de sport pour retrouver un rythme plus conforme à ses habitudes.

– Après tout, ma vie n'était pas si mal avant, disait-il à Claire, des reproches dans la voix.

Ayant prévu un voyage chez cet ami après avoir accepté d'assister au mariage de sa fille, Alain avait finalement annulé son déplacement. Payer un aller-retour en train, acheter un cadeau et prendre deux jours pour faire plaisir à une connaissance étaient au-dessus de ses forces.

– Je ne vois pas ce que cela m'apporterait, dit-il à Claire. Je préfère rester ici.

Dès lors, comme si Claire était responsable de la situation, Alain devint de plus en plus violent. Il la saisissait parfois par les bras avec une telle force qu'elle gardait des hématomes sur les membres pendant une semaine. Il serrait ses tempes, lui brouillant la vue. Il l'attrapait par la gorge et la menaçait.

– Si je sers ici, tu es morte, disait-il avec des yeux de fou.

Pourtant, même si Alain devait attendre la fin de la réfection du centre de loisirs pour créer son club et la suite des travaux des informaticiens pour lancer son site, sa vie n'avait rien de désagréable. Comme il le disait tout le temps à Claire :

– Si tu me mets un jour dehors, j'aurai connu les plus belles années de ma vie ici.

Alain enviait tout le monde alors qu'il était beaucoup plus gâté que les autres. Il évoquait son ancienne maison proche de Grasse qui n'était qu'une ruine et affirmait à Julien qu'il s'y rendait parfois en pleurant - propos destinés à être rapportés à Claire pour lui déplaire -, détaillait avec passion celle où il allait rejoindre Jean-Pierre chaque été, qui n'était qu'une dépendance attenante à la maison principale, imaginait que nombre d'amis pouvaient l'accueillir s'il quittait Grasse. Claire ne savait si Alain inventait tous ces mensonges pour la bouleverser ou s'il y croyait vraiment. Son monde imaginaire était toujours plus merveilleux que la réalité alors qu'il ne pouvait guère obtenir plus qu'il n'avait déjà : une compagne à son goût qu'il avait toujours désirée, la maison de ses rêves, une carrière professionnelle qui prenait enfin forme dans le sens où il le désirait, avec l'appui des connaissances et de l'expérience de Claire. Bien que sa vie fût enfin sur les rails, Alain reproduisait de nouveau ses crises d'insatisfaction et d'instabilité récurrentes, ses caprices ne pouvant l'entrainer que vers l'échec.

Détruire Claire était plus une fatalité qu'un besoin. Il était incapable de faire autrement. Poursuivre avec elle une existence comblée était impensable de même qu'il lui était impossible de signer un contrat attendu pendant des années lorsqu'il l'avait en main. L'inaptitude à conclure, à vivre dans le bonheur, à parfaire, chaque jour, une situation idyllique était intrinsèque à sa personnalité. Alain était capable de dire à Claire :

– Tu as vu ce que tu es devenu en quelques semaines ? Tu ne ressembles plus à rien ! Quant à la maison, elle s'écroule de toutes parts alors que tu l'as achetée neuve.

Lorsqu'ils se trouvaient à Paris, Alain pouvait aussi se rendre chez Jean-Pierre, un jour férié, sans voiture, en mettant des heures pour rentrer. Furieux, il attrapait, alors, le visage de Claire entre ses mains et lâchait avec méchanceté :

– Tout cela arrive à cause de toi !

Claire avait beaucoup de mal à supporter le suicide mental d'Alain. Elle le voyait insatisfait, sombre, colérique sans raison et faisait tout pour lui redonner le moral. Mais, elle ne se rendait pas compte que cette dépense d'énergie usait ses nerfs et la tirait, elle aussi, vers un gouffre. Il ne voulait plus habiter chez eux à Paris et profitait de leurs séjours dans la capitale pour tanner ses parents afin d'obtenir la gestion de leurs biens.

*

Un jour, alors que tout avait été étrangement paisible et que Claire et Alain dinaient ensemble, Alain annonça à sa compagne qu'il partait tôt le lendemain matin.

– Je vais à Strasbourg.

– Tu me préviens à cette heure-ci alors que je ne peux même pas m'organiser pour aller à Paris ? J'ai des rendez-vous ici.

– Cela n'aurait rien changé.

– Je ne resterai jamais dans cette maison seule. Si tu pars, je pars aussi.

Claire avait reçu, les jours précédents, des appels téléphoniques d'une femme qui cherchait à joindre Alain. Elle avait cru reconnaître la voix de Jocelyne. Alain allait retrouver à Strasbourg toute sa clique de personnages malsains. Elle le soupçonnait même d'y organiser sa future installation car le facteur lui avait appris, par hasard, qu'il s'était renseigné pour faire un changement d'adresse en Alsace. Elle ne savait s'il s'agissait d'une nouvelle manipulation de sa part ou d'une réelle volonté de déménager. Elle imaginait mal comment il pourrait vivre chez Patricia qu'il ne supportait pas plus que trois jours. Alain lui avait déjà fait part d'un poste qu'on lui avait proposé à Strasbourg et qui ne semblait pas l'intéresser mais son instabilité le poussait à faire souvent des choix absurdes.

– Tu as le droit de faire ce que tu veux dans le respect et la politesse. Or, me prévenir le soir à vingt-deux heures que tu vas partir à l'aube alors que tu sais pertinemment que je ne veux pas vivre ici seule est intolérable.

Claire n'avait pas l'intention de se laisser faire. Comme Alain lui demandait fermement de se taire, elle monta au premier étage et exigea des explications.

– Puisque c'est ainsi, je vais t'accompagner. Rien ne m'interdit d'agir, moi aussi, comme je l'entends !

Alain entra dans une rage folle. Il lui attrapa les poignets.

– Je ferai comme je l'ai prévu !

Puis il la jeta violemment vers la rambarde de l'escalier.

– Non ! cria Claire en voyant le vide.

Mais elle ne réussit pas à se rattraper ni à retrouver son équilibre. Elle bascula en avant et s'écrasa sur le sol du hall en grès. Le choc fut si brutal qu'elle ne ressentit rien pendant quelques instants. Puis elle constata que sa jambe gauche s'était retournée et détachée du corps. Elle comprit qu'elle était cassée tout comme l'était une partie de son bassin. La douleur qui succéda au traumatisme était telle qu'il lui était impossible de bouger. Elle appela en vain Alain au secours. Celui-ci s'était enfermé dans son bureau. Il en sortit une demi-heure plus tard, descendit l'escalier à toute vitesse et la saisit sous les aisselles puis il la traina dans la salle à manger. Fou de rage, il lui donna des coups de pieds dans la poitrine et dans les jambes.

– Tu vas cesser de crier ! hurlait-il.

Proche du coma, Claire était choquée par l'attitude d'Alain plus encore que par la douleur physique. Alain ne retrouva un visage normal que quelques minutes plus tard. Ses traits se détendirent et il prit subitement conscience de l'état de Claire. Il lui demanda ce qu'elle faisait étendue devant lui. Puis il courut dans l'allée en pleine nuit et appela les pompiers.

– Que s'est-il passé ici ? demanda le responsable. Pourquoi madame est-elle allongée ici si vous l'avez trouvée dans le hall ?

Alain ne sut que répondre. Claire était suffisamment consciente pour entendre ses bégaiements et ses mensonges mais elle n'intervint pas. Il expliqua qu'il avait porté Claire dans la salle à manger pour qu'elle souffre moins, argument stupide. Claire était encore persuadée, à cette époque, qu'Alain avait des crises de colère parce qu'il était malheureux, notamment à cause des silences de Julien. Elle était toujours convaincue qu'il avait besoin de soins psychiatriques. Porter plainte contre son conjoint ne pouvait pas lui venir à l'esprit. Ce n'était ni dans ses mœurs ni dans sa conception de la vie de couple, un conjoint étant, à ses yeux, là pour le meilleur et pour le pire.

CHAPITRE 40

Les pompiers tentèrent d'emmener Claire à l'hôpital mais les chemins accidentés les empêchaient d'avancer, Claire poussant des cris de douleur à chaque soubresaut. Ils décidèrent d'attendre une ambulance. Des infirmiers s'installèrent dans le véhicule et donnèrent à Claire un médicament peu efficace et sans effet. Un pompier, très ému par son état, se tenait auprès d'elle tandis qu'Alain s'était assis, discret, au fond du camion, face à elle. Il la fixait intensément sans qu'aucune émotion ne s'affichât sur son visage impassible.

Quand ils arrivèrent à l'hôpital proche de Cannes, au milieu de la nuit, Claire fut placée dans une chambre. On ne lui donna aucun antalgique. On lui parla sèchement en lui ordonnant de ne plus gémir. Les aides-soignants et les infirmiers étaient inexistants, inhumains, froids et incompétents. Ils attachaient plus d'importance à leurs discussions et à leurs pauses qu'aux patients. Claire, qui avait déjà été confrontée à ce genre de personnes, pour lesquelles elle n'avait que du mépris et dont elle n'attendait rien, avait vu, dans l'hôpital où se trouvait son mari, combien ils étaient irrespectueux, moqueurs et brutaux vis-à-vis des malades. Faute d'exercer correctement son métier, le personnel soignant censé s'occuper de Marc n'avait pas répondu à son appel au secours et, préférant prendre un café pendant une demi-heure, avait contribué à lui ôter la vie, ce qu'une infirmière avait achevé de faire lorsqu'elle n'avait pas su lui désencombrer les bronches lors du week-end pascal.

Claire patienta ainsi jusqu'au lendemain où l'on vint la chercher en plein milieu d'après-midi pour l'opérer. Entre-temps, songeant aux médicaments dont elle pourrait avoir besoin, elle avait envoyé un message à Alain afin qu'il les lui apportât.

– Où est le mari ? demanda l'anesthésiste en entrant dans la pièce.

– Il est là, répondit Alain qui venait d'arriver.

Voyant que l'on emmenait Claire au bloc opératoire, Alain suivit l'équipe médicale et dut s'arrêter devant la porte.

– Vous n'avez pas le droit d'entrer, lui dit-on. Nous vous appellerons quand votre femme sortira de l'anesthésie. Vous pourrez aussi nous joindre plus tard pour savoir si l'opération s'est bien passée.

Un peu perdu, Alain resta dans le couloir. L'anesthésiste s'occupait de Claire avec beaucoup d'attention. Cela faisait si longtemps qu'elle n'avait pas été traitée ainsi qu'elle remercia presque le ciel de se retrouver là, échappant ainsi à la violence d'Alain. Elle se sentait enfin en sécurité, entre de bonnes mains. Elle s'endormit sans s'en rendre compte et se réveilla paisiblement. Elle dit alors à l'anesthésiste :

– L'opération va-t-elle durer longtemps ?

– Elle est terminée.

Elle ne s'était rendu compte de rien.

– Tout s'est bien passé.

L'anesthésiste lui serrait la main et l'accompagna lui-même dans sa chambre en générant quelques remarques sarcastiques des aides-soignantes. La femme qui partageait la chambre de Claire, faute de place, était amène. Quand il vint rendre visite à Claire, après l'opération, Alain se précipita vers son lit pour l'embrasser. Il était heureux et il n'avait pas manifesté de signe de tendresse à l'égard de sa compagne depuis très longtemps. Mais Claire, qui se souvenait parfaitement des faits, resta distante. Elle reçut alors une pléiade d'appels téléphoniques qui l'étonnèrent.

– Vous êtes là ! lui dit la mère de Julien. Mon fils a tenté de vous joindre hier au téléphone mais Alain lui a répondu que vous étiez absente. Comme il avait une voix bizarre, Julien s'est inquiété et nous avons appelé toutes les cliniques et tous les hôpitaux de la région. Je vais faire signe à Julien que je vous ai retrouvée. Il pleurait. C'est lui qui vous a fait cela, n'est-ce pas ? C'est lui ?

– Allo, Claire ? lui dit Julien, ému aux larmes. Que s'est-il passé ? Avec maman, nous avons passé la nuit à te chercher…

Claire n'avait pas plus tôt raccroché que Christian se manifestait.

– C'est Alain qui t'a violentée ? Je suis là avec Dominique. Je vais venir te voir et nous allons nous occuper de la maison de Grasse. Ne crains rien. Jocelyne m'a appelé en apprenant ce qui t'était arrivé. Elle veut absolument te parler. Tu dois l'écouter. Je lui ai donné ton numéro de téléphone.

La « simple d'esprit » joignit Claire quelques minutes plus tard.

– Je savais qu'il était dangereux. Quand il a des crises de colère, il est capable de tuer tout le monde. Il est pervers narcissique et paranoïaque. Quand j'ai su que vous étiez blessée, j'ai immédiatement compris que c'était à cause de lui.

Claire était surprise de recevoir tant d'appels évoquant les troubles mentaux d'Alain. Elle aurait préféré avoir été prévenue avant l'accident. Elle se souvenait seulement d'un entretien téléphonique bizarre qu'elle avait eu à Grasse avec la mère d'Alain tandis que celui-ci faisait une sieste.

– Je suis contente de vous parler, lui avait-elle dit.

– Il faut venir nous voir…

– Je vais venir. A condition que vous soyez là car mon fils ne me parle jamais quand il vient me rendre visite. Il est taiseux comme son père. Pour moi qui aime communiquer avec les autres, c'est ennuyeux.

– Je serai présente bien entendu…

– Mon fils n'est pas méchant, vous savez. Il est parfois curieux, un peu comme l'était son père. Mais, au fond, il n'est pas méchant.

– Pourquoi me dites-vous cela ?

– Pour que vous le sachiez. Et maintenant je vais lui parler.

– Il dort. Je ne sais si…

– Quand sa mère l'appelle, il doit répondre. Réveillez-le.

Claire avait été très préoccupée par ces mots de la mère d'Alain : « mon fils n'est pas méchant. » Sa mère avait-elle des soupçons sur son état psychique ?

Ces manifestations amicales avaient réchauffé le cœur de Claire qui ne se savait pas aussi bien entourée. Alain n'avait pas réussi à l'isoler pour s'acharner sur elle à loisir en toute impunité. Il ne connaissait pas les liens qu'elle avait tissés, dans la région, avec des amis journalistes, artistes et producteurs, parisiens, américains, australiens attachés à Grasse. Pour éviter de songer à la durée probable de sa rééducation qu'elle estimait beaucoup plus longue que celle annoncée par les médecins, Claire avait repris le travail au lit : préparation par téléphone de son agenda et de la promotion de ses prochaines manifestations avec son équipe parisienne, appels de ses partenaires, interviews aux journalistes. Elle prit tout de suite le contre-pied de ce qu'on lui avait annoncé du bout des lèvres comme de possibles conséquences de son opération. Nul ne l'empêcherait de remarcher normalement. Elle ne boiterait pas, ne resterait pas dans un fauteuil roulant et ne garderait aucune faiblesse physique suite à l'agression d'Alain. Elle n'en doutait aucunement et ne voulait pas perdre de temps.

Elle se sentait surtout apaisée par le calme qui régnait enfin autour d'elle. Elle regardait constamment par la fenêtre d'où jaillissaient une fantastique lumière printanière, une chaleur réparatrice, symboles de vie et de joie. Elle redécouvrait les sensations les plus simples, la beauté des fleurs, la vigueur et la verdeur des arbres, les pousses vert pâle de la renaissance, des températures qui croissaient de jour en jour, les rires et les jeux des enfants dans la cour d'une école toute proche. Allongée, la tête légèrement penchée vers le soleil, elle souriait à la pure splendeur bleue du ciel couleur oxygène aux fines trainées blanches, devines de l'été. Toutes les fois où elle contemplait l'infini mystérieux et impalpable des cieux, plus encore que l'horizon des flots lorsqu'elle était seule sur la plage ou la blancheur cotonneuse immaculée des monts quand elle restait juchée sur des skis pendant de longues minutes avant de descendre des pentes enneigées, elle avait envie de se noyer dans l'immensité intacte, clin d'œil des dieux, sourire de ce visage bienveillant qui avait rempli autrefois le firmament sous ses yeux quand elle était toute jeune. Sans le distinguer, elle le sentait présent dans l'espace qui, bien qu'indéfinissable, lui paraissait familier et petit comme un foyer chaleureux et confortable. Ce jour-là, la figure bonhomme de l'inconnu qu'elle sentait et ne voyait pas, qui se superposait à la bonté des traits réconfortants de son grand-père dont elle avait été si proche, lui redonna toutes ses forces, une espérance sans faille dans ses projets, une envie de vivre irrésistible. Plus rien désormais ne l'arrêterait. Le train était en route, avançant sans arrêt, inexorablement. Alain, qui n'avait pas réussi à la tuer, avait perdu et rien n'est plus fort qu'une femme meurtrie qui se remet de ses blessures. Même avec une seule jambe valide, Claire avait plus de puissance qu'un Alain tout en muscles au cerveau déficient. En se laissant envahir par le doux réconfort de cette âme azuréenne qui veillait sur elle et qui était revenue la soutenir dans l'épreuve, Claire se reposa paisiblement en comprenant qu'elle était sauvée et qu'Alain ne pourrait jamais rien contre elle. Elle se sentait l'Elue, la Protégée, l'Intouchable.

Le surlendemain, Alain avait repris son attitude manipulatrice et ses menaces. Alors que Claire, malade à l'extrême, avait reçu trop de morphine et qu'elle ne la supportait plus, Alain lui avait dit à l'oreille pour que sa voisine de lit ne l'entendît pas :

– Cet accident ne change rien à ce que je t'ai dit avant ni à mes intentions même si cela m'embête de te voir dans cet état.

Une infirmière entra et demanda à Alain de la suivre pour remplir les papiers administratifs de Claire. N'ayant, toutefois, aucune confiance en lui et ne souhaitant pas le laisser seul à Grasse, ne se sentant guère plus rassurée par les médecins même si son chirurgien avait été compétent, n'ayant pas reçu les soins attendus d'une vieille infirmière proche de la retraite, acariâtre et sadique qui prenait un malin plaisir à la faire souffrir et à la ridiculiser, et contre laquelle elle n'avait pas hésité à porter plainte, Claire décida de quitter l'hôpital le plus tôt possible sans aller en centre de convalescence. Dès que sa compagne de chambre fut partie, elle tenta de se lever et de faire les gestes de la vie quotidienne comme elle le put, à l'abri des regards, seule pendant la nuit. Elle se rendit compte qu'elle ne pouvait pas poser le pied à terre, qu'il lui était impossible d'assouvir ses besoins naturels, qu'elle devait tout réapprendre. Elle s'entraina ainsi pendant deux nuits puis elle déclara aux médecins qu'elle voulait quitter l'hôpital. Une analyse de sang révélant qu'elle manquait de fer et de globules rouges suite à l'endométriose qui l'avait handicapée pendant une dizaine d'années incita le corps médical à la garder.

– Si vous attendez que mon taux de fer remonte, je serai encore là dans dix ans. Il était au plus bas, mais il s'est stabilisé.

Après en avoir discuté entre eux et lui avoir fait un examen gynécologique, devant l'insistance d'Alain qui voulait voir Claire revenir à Grasse, jurant qu'il s'occuperait de sa compagne, les médecins lui firent signer plusieurs décharges pour lui permettre de sortir. Alain la poussa jusqu'à sa voiture dans une chaise roulante, les larmes aux yeux, puis il la déposa comme il le put à l'intérieur après avoir descendu et reculé le siège passager. Elle lui avait demandé des couvertures et des coussins pour amortir les secousses lors du parcours.

Dès qu'elle fut chez elle, Claire regarda la piscine et le parc par la fenêtre.

– J'ai l'impression d'être partie depuis des mois. Je ne croyais pas revenir un jour ici.

Le soir même, alors qu'elle souhaitait manger, Claire dut préparer le repas avec le déambulateur acheté dans la pharmacie voisine. Alain ne l'aida en rien ni pour se coucher ni pour s'asseoir ni pour se laver. La nuit, quand elle voulait se lever, il lui fallait parfois une demi-heure pour se mettre debout. Elle s'agrippait au déambulateur mais elle retombait maintes fois sur le lit avant de réussir enfin à tenir sur sa jambe valide. Si Alain l'accompagna deux fois chez le kinésithérapeute, elle dut ensuite, malgré les interdictions, prendre elle-même sa voiture pour se rendre chez les médecins. En revanche, quand l'infirmière venait, chaque matin, faire la piqûre anticoagulante de Claire, Alain lui ouvrait la porte avec un grand sourire, laissant croire qu'il s'occupait de sa compagne. Comme le kinésithérapeute lui avait rendu visite à deux reprises, Alain refusait désormais de s'asseoir là où il avait massé Claire comme si cet emplacement était maudit. Il écoutait jalousement toutes les conversations du spécialiste et de sa compagne.

Claire n'avait annoncé la nouvelle de cet accident à ses parents qu'après son opération pour ne pas les inquiéter. Son père lui avait aussitôt dit :

– Cela suffit. Je viens te chercher.

Comprenait-il ce qui se passait à Grasse ?

– Je vais m'en sortir, lui avait répondu Claire. Ne t'en fais pas.

A sa propre famille qui s'inquiétait manifestement de la santé de Claire, Alain répondait :

– Nous allons rentrer ensemble sur Paris le mois prochain pour mes rendez-vous. Mais, ensuite, je retournerai chez vous. Elle se débrouillera. Elle n'aura plus besoin de moi.

Julien prenait chaque jour des nouvelles de Claire qui avait décidé de retrouver l'usage de sa jambe le plus rapidement possible. Ne pouvant suivre correctement les soins du kinésithérapeute puisqu'elle était constamment en déplacement entre Paris et Grasse, elle décida de nager quotidiennement dans sa piscine pour retrouver toutes ses facultés. Elle se rendit seule avec ses béquilles dans un salon niçois où elle fit une conférence. La nuit, Alain la regardait parfois en pleurant. Elle ne pouvait dormir qu'assise sur le lit car il lui était impossible de rester étendue *a fortiori* sur sa jambe gauche à l'intérieur de laquelle elle sentait la plaque métallique qu'on lui avait posée et qui la faisait terriblement souffrir.

CHAPITRE 41

Tandis qu'une équipe de télévision était venue filmer Claire à Grasse au sujet de ses projets d'expositions dans le sud de la France, Alain rongeait son frein. Bien qu'il eût une vie comblée, ses pensées envieuses et jalouses le submergeaient à nouveau et il finissait par décortiquer la vie des uns et des autres, beaucoup moins armés qu'il ne l'était, en cherchant à les imiter ou à calquer sa vie sur la leur.

Alors que son fils devait lui communiquer ses résultats au bac, Alain refusa de le prendre au téléphone. Ayant lui-même redoublé plusieurs fois et ayant boycotté le passage de cet examen, il n'avait aucunement envie d'entendre Julien s'esclaffer sur sa réussite. Ce dernier appela donc Claire qui le félicita.

– On pourrait offrir un cadeau à ton fils pour cet événement, dit-elle à Alain qui haussa les épaules et ferma violemment la porte de son bureau pour mettre définitivement fin à une telle proposition.

Quelques jours plus tard, Alain se montra agréable avec l'un de leurs voisins, Ricardo, qui était venu, à la demande de Claire, les dépanner dans le jardin. Mais, alors qu'il passait jusque-là pour un homme de bonne compagnie, Alain enchaina les comportements étranges.

– Ricardo a invité tous les voisins pour un apéritif, apprit-il à Claire. Je n'irai pas.

– Tu ne peux refuser. Il se vexerait. Il va te voir de chez lui…

– Vas-y si tu veux…

– Je ne peux y aller sans toi. C'est ridicule. Je vais les prévenir que nous serons absents tous les deux.

Non seulement Alain ne se rendit pas chez son voisin mais il se pavana devant son grillage pendant l'apéritif si bien que tout le monde put constater qu'il était présent et en bonne santé. Il sema ainsi le trouble parmi l'assistance. Claire jugea ce comportement d'autant plus inexplicable qu'il avait insisté pour aller saluer ses voisins lorsqu'ils s'étaient installés à Grasse.

Quelques jours plus tard, alors qu'Alain prenait le soleil sur une chaise longue au bord de la piscine, un bruit assourdissant surprit Claire qui quitta immédiatement son bureau avec un déambulateur.

– Que se passe-t-il ? lui demanda-t-elle.

Alain ne se dérangea pas si bien qu'elle descendit elle-même, tant bien que mal, les premières marches menant au local technique situé sous l'un des deux ateliers. Voyant l'eau monter à une vitesse étonnante, elle appela Ricardo qui entoura rapidement avec une épaisse serviette l'une des vannes dont le robinet était cassé.

– L'eau de la piscine est en train de se vider dans le local, lui dit-il. Cette réparation de fortune ne va pas tenir longtemps. Il faut trouver un réparateur et nous sommes dimanche…

En sortant de l'atelier, le voisin observa Alain qui, les yeux fermés, bronzait toujours au soleil et interrogea Claire du regard. Elle haussa les épaules. Que pouvait-elle faire pour qu'Alain retrouvât la raison ?

– Il n'a pas bougé ? lui demanda-t-il.

– Non, répondit-elle.

– Mais tu es en convalescence. Tu peux à peine poser le pied à terre.

Alain était anesthésié, insensible au monde qui l'entourait, replié sur lui-même. Même une guerre, même la plus horrible des cruautés ne pouvaient avoir de prise sur lui. Les yeux fixes et inexpressifs, le cerveau vide, il était alors privé de réaction. Il était uniquement capable de répéter des gestes qu'il avait déjà faits maintes fois, non qu'il fût incompétent-elle l'avait déjà vu à l'œuvre en cas d'urgence - mais parce qu'il était dans une phase d'intense vacuité.

Claire appela un pisciniste qui réussit à changer la pièce défectueuse en quelques minutes. L'indifférence d'Alain et son manque de réaction prouvaient une nouvelle fois son déséquilibre mental.

Comme il l'avait décidé, Alain aida l'élève qu'il avait choisi pour travailler avec lui dans son futur gymnase à obtenir ses diplômes, condition indispensable à cette collaboration. Aussi s'absentait-il plusieurs jours par semaine, laissant Claire seule. Il ne partageait plus rien avec elle sauf ses propres rendez-vous parisiens auxquels il préférait que Claire assistât. Mais celle-ci, qui avait déjà les siens, jugeait bon de lui laisser les coudées franches afin qu'il prît plus d'assurance.

*

Julien s'installa à Paris dans un logement d'étudiant. Il voulait suivre des cours aux beaux-arts. Alain incita vivement son fils à s'éloigner de sa mère qui s'inquiéta de le voir partir. Elle appelait Claire le plus souvent possible afin d'avoir toutes les informations sur les déplacements d'Alain à Paris. A chaque fois qu'il devait s'y rendre, Marie faisait en sorte de se déplacer, elle aussi, dans la capitale pour que son influence néfaste ne déteignît pas sur son fils. Fragilisé par les agissements de son père, Julien perdait souvent pied en sa présence. Il appelait Claire à son secours quand elle était à Paris. S'il apprenait que Julien rencontrait Claire, Alain le punissait en coupant toute communication avec lui pendant plusieurs semaines. Julien envoyait, parfois, un message à Claire, paniqué.

« Il veut me voir », lui écrivait-il sans même citer le nom de son père.

« Quand doit-il passer ? »

« Il me le dira au dernier moment. Je ne souhaite pas le voir dans mon studio. Il va s'imposer pendant des heures et m'empêcher de travailler. Il va me montrer des vidéos en me ridiculisant et en me disant que tel ou tel architecte a réussi, qu'il est beau, intelligent et distingué alors que je suis laid, emprunté et nul. Je sors de ces rencontres dépressif, triste et dépourvu d'énergie. »

« Propose-lui de le voir au café au coin de la rue. »

« Tu as raison. Cela rassurera maman. »

Alain ne savait pas que Claire veillait ainsi sur le bien-être de Julien dont il ne s'était jamais occupé si ce n'est pour le détruire psychologiquement. Elle se sentait de plus en plus solidaire des difficultés qu'ils devaient tous endurer à cause de cet individu néfaste et pervers. Julien avait raconté à Claire les craintes qu'il avait ressenties pendant son adolescence suite aux comportements de son père, son agoraphobie qu'il continuait à soigner chez un psychologue qu'Alain se permettait d'appeler régulièrement, soit pour surveiller ce que disait son fils, soit pour diriger, à distance, les entretiens qu'il avait avec lui. Il lui avait également fait part de son manque d'assurance alors qu'il avait toutes les qualités pour réussir, de ses doutes, de son manque d'affection qui le hantaient en déclenchant, parfois, chez lui, des crises de panique.

– Tout cela est normal, disait Alain au psychologue. Sa mère est folle. Julien a été élevé dans un environnement malsain.

Alain l'appelait la veille de ses examens. Troublé, Julien avait la faiblesse de lui répondre.

– Ces examens ne servent à rien, lui disait-il. Laisse tomber la décoration et l'architecture. C'est encore une idée de ta mère.

L'insistance d'Alain était telle que Julien ne pouvait s'endormir. A l'aube, souffrant, il appelait Claire et lui expliquait la situation.

– N'écoute pas ton père. Il dit n'importe quoi. Prépare-toi et va passer tes examens. Tu n'as pas travaillé avec acharnement pendant un an pour tout laisser tomber. Tu es le meilleur, l'encourageait-elle.

Julien réussissait à se rendre sur le lieu où devaient se dérouler les épreuves. Claire l'y rejoignait parfois. Mais, lors de l'ultime oral, décisif pour les candidats, il s'écroula. Ne se sentant plus la force d'affronter son père pendant une deuxième année de cours, Julien décida de quitter Paris et de rentrer chez sa mère.

A l'approche de Noël, Alain, qui était en train de regarder le film *Shining* pour la énième fois, dit à Claire :

– Je ne passerai pas Noël avec toi. Je ne peux laisser mes parents seuls alors qu'ils sont fâchés avec le reste de la famille.

– A cause de toi. Nous rendrons visite à mes parents puis aux tiens.

– Impossible. Je connais ma mère. Elle nous imaginerait tout de suite mariés.

– Je ne souhaite pas me marier. Je peux le lui expliquer sans peine.

Lasse de discuter, Claire finit par accepter les *desiderata* d'Alain mais plus le jour de Noël approchait, moins elle se sentait capable de passer Noël sans son conjoint. Attachée aux valeurs traditionnelles, elle ne supportait plus ses incongruités. Ils quittèrent ensemble Grasse, Alain en train et Claire en voiture. Elle s'arrêta à Aix en Provence chez un ami puis ils gagnèrent Paris. Mais Claire, profondément troublée, ne put s'empêcher d'appeler Alain le soir de Noël.

– Viens me rejoindre, lui dit-elle. Cette situation est insupportable.

– Tu sais bien que ce n'est pas possible.

Refusant de reproduire pour le réveillon du jour de l'An cette triste atmosphère, Claire le passa dans sa famille puis elle invita quelques jours plus tard trois amis à Grasse. Alain se contenta de les saluer puis il se confina dans son bureau tout en écoutant, par la porte entrouverte, toutes les discussions. Il aurait jubilé de voir Claire seule dans une pièce, éloignée de sa famille et de ses amis pour le jour de l'An. Mais Claire n'avait pas l'intention de tomber dans les pièges d'Alain qu'elle anticipait désormais. Elle détruisait ainsi, au fur et à mesure, tous les plans nuisibles qu'il échafaudait à l'avance, le laissant souvent pantois et stupéfait. Dans ce jeu de chat et de souris, elle avait bien décidé de ne pas perdre. Dans cette joute perpétuelle d'observation et de méfiance, la belle complicité de Claire et d'Alain s'était transformée en rivalité et ni l'un ni l'autre ne comptait céder ni s'avouer vaincu. Alain s'y complaisait alors que Claire en souffrait car ce n'était pas là ses conceptions de l'amour. Elle était loin de vivre dans la sérénité qu'elle avait connue avant de rencontrer Alain.

Ne supportant plus les sautes d'humeur et la bipolarité d'Alain, voulant aussi lui donner des leçons, Claire lui montra clairement qu'elle ne tombait pas dans son jeu et que son chantage n'avait pas d'effet sur elle. Ses menaces incessantes de départ puis ses pleurs, ses accès de colère suivis de crises dépressives rendaient leur vie impossible. Puisqu'Alain lui laissait croire qu'il allait partir comme il le faisait régulièrement sans en avoir réellement l'intention, puisqu'il était incapable de maîtriser son instabilité, elle lui dit à l'approche d'un week-end :

– Je vais aller chez mes cousins à Avignon.

En réalité, elle se rendait chez un ami qui aurait volontiers fait sa vie avec elle. Mais elle n'avait aucunement l'intention de tromper Alain. Elle avait passé le week-end précédent juste à côté de leur maison dans une auberge confortable afin de reprendre ses esprits et de montrer à Alain qu'elle avait, elle aussi, la possibilité de s'éloigner et de ne pas dormir chez eux. Or, celui-ci ne supportait toujours pas de ne pas contrôler les actes de sa compagne. Quand elle était présente, il faisait mine d'appeler des agences de location aux quatre coins de la France mais il ne donnait jamais suite à ces appels.

Dès que Claire fut sur la route, elle reçut un appel de Marie :

– Mon mari a surpris l'une de nos conversations. Je le croyais parti et il était encore chez nous quand je vous ai téléphoné avant-hier. Il ne veut plus que je parle d'Alain et il se demande pourquoi je vous appelle sans cesse. Pour la première fois depuis mon mariage, je sens que mon couple est en danger. Il faudra que je sois plus prudente désormais.

Bien que Claire lui suggérât d'éviter de la joindre pendant quelque temps, Marie avait besoin de se livrer à elle.

– Je n'ai jamais pu raconter à quiconque ce que j'ai enduré avec Alain, ni à ma famille car j'en avais honte, ni à mon second mari. Avec vous, je peux enfin parler…

Toutes les fois qu'elle séjournait à Paris, Claire reprenait des forces en y restant plus longtemps que prévu même si Alain coupait parfois toute communication entre eux afin de la laisser dans l'incertitude. Quand elle rentrait à Grasse, plus forte et plus lucide, Claire se promettait de ne plus retomber sous la coupe d'Alain mais, au bout de deux jours, elle était tellement malmenée par les mensonges, les insinuations et la folle attitude de son conjoint qu'elle retombait dans une tristesse proche de la dépression, se sentant prisonnière d'une situation dont elle ne voyait pas l'issue.

Elle décida de se rendre à Dubaï avec un ami. Elle réserva ses billets sans en informer Alain et prit sa voiture jusqu'à Paris. Elle ne lui envoya un message qu'au moment d'embarquer.

« Je me trouve à l'aéroport. Je pars dans quelques minutes pour Dubaï. J'irai aussi en Egypte. J'arriverai au Caire juste avant le couvre-feu et je prendrai le lendemain un avion pour Louxor »

D'habitude peu réactif, Alain lui adressa aussitôt un courrier.

« Tu pars vraiment ? »

Claire ne répondit pas.

« Rapporte-moi des photos. Cela me fera plaisir. »

Dans l'avion qui l'emmenait loin d'Alain, Claire retrouva son énergie et sa joie de vivre. Non seulement elle allait reprendre ses habitudes mais elle était prête à programmer, dès son retour, de nombreux autres voyages. Alain la suivrait s'il le désirait. A lui de faire son choix. Elle ne voulait pas dépendre de ses caprices. Son énergie à « faire du rien », comme il le disait, entrainait les autres dans un vide absolu proche de la mort.

Son séjour ne fut, cependant, pas aussi joyeux qu'elle l'espérait car elle avait, dans ces endroits, trop de souvenirs avec Marc pour ne pas souffrir de son absence. Mais elle était retournée sur les pas de ses amours, de ses envies, de sa vie. Elle rentra, heureuse, avec des cadeaux pour Alain et sa famille que son conjoint laissa dans une armoire après l'avoir vivement remerciée comme un jeune chien heureux de retrouver sa maîtresse. Elle invita ses amis qu'Alain regardait d'un œil torve et appela ses parents. Elle s'exprima sans détour avec une voix forte et nette :

– Ces séjours avec Jean-Claude et Pascal étaient très agréables. Ils sont tout de même plus faciles à vivre qu'Alain.

En sortant de son bureau, elle retrouva Alain dans la cuisine. Comme il avait les larmes aux yeux, elle comprit qu'il avait entendu ses propos. Refusant de céder à ses volontés et de rester sous son emprise, elle jouait, elle aussi, un jeu dangereux car elle n'avait aucun sentiment pour d'autres hommes qu'Alain et son amour pour lui, malgré sa folie, était absolu. Alors qu'elle aurait voulu le lui montrer, Alain la contraignait à entrer dans une lutte qui les déchirait tous les deux. Alain était incompatible avec la terre entière et il ne faisait aucun effort pour changer cette monstrueuse réalité.

CHAPITRE 42

Une lumière paisible et douce, un ciel épuré des nuages balayés par la brise chronique qui rendait la région ensoleillée agréable à vivre suffisaient à redonner du chien à un Alain en forme, prêt à toutes les turpitudes. Les oiseaux manifestaient bruyamment leur envie de s'accoupler en s'agitant plus que de raison dans les bosquets. Les écureuils grimpaient en haut des arbres à toute vitesse et sautaient sur les faîtages des toits. Les troncs et les branches des conifères lâchaient, en transpirant, leur odeur sucrée dans la nature comme des marchands de bonbons et de barbes à papa dans une fête foraine. Quelques lézards minuscules, mordorés, se risquaient à aller d'une haie à une autre, à l'abri des regards. Des chorales de grillons cherchaient à rivaliser avec celles, plus imposantes, des contrées helléniques. Tout contribuait à mettre le tout-puissant Alain dans une phase euphorique où il voyait s'ouvrir tous les champs du possible. Patricia, de nouveau au bord d'un suicide imaginaire, avait réussi, par ses plaintes, à renouer des liens téléphoniques avec lui et recueillait, après des mois de silence bienfaiteurs pour Claire, ses confessions intimes avec délectation.

– Nous sommes arrivés au bout, dit Alain à Patricia, suffisamment fort pour que Claire pût l'entendre.

Claire se demanda ce que cette phrase signifiait. Patricia avait accaparé Alain pendant plus d'une heure au téléphone comme elle le faisait chaque jour depuis qu'ils avaient décidé de communiquer de nouveau entre eux. Alain préférait dialoguer avec elle par mails afin que Claire ne fût pas au courant de leurs conversations. Mais Claire ne s'en offusquait guère en pensant qu'Alain agissait ainsi pour lui laisser croire qu'il manigançait quelque tour à sa façon ou qu'il l'excluait de sujets dont il aimait discuter avec d'autres.

– Pourquoi veux-tu que je me confie à toi désormais alors que je te rends responsable de tous mes maux ? lui disait-il. Je me tourne donc vers de vraies amies.

N'affirmait-il pas au téléphone à Julien, en présence de Claire, qu'il avait, heureusement et pour sa survie, des amies sincères comme Patricia, à qui il pouvait tout raconter, à l'insu de Claire. Ne répétait-il pas à sa compagne :

– Je vis un tel enfer avec toi.

« Au bout » de quoi Alain était-il arrivé ? Claire s'inquiéta de ces mots confiés à Patricia. Etait-il capable d'évoquer leur couple avec une telle désinvolture ? Cette réflexion ne se justifiait pas. Claire revit soudain, en regardant Chopin qui l'observait, inquiet, son propre chat qu'elle avait dû laisser pendant des mois dans sa famille, à la demande d'Alain, après avoir vécu plus de vingt ans avec lui, puis ses heurts avec son conjoint quand elle l'avait récupéré contre sa volonté, et sa haine contre Alain quand son animal, épuisé, était parti doucement dans ses bras, une nuit à Paris, pendant laquelle il l'avait laissée seule après avoir été lâchement dormir chez ses parents. Ayant déjà revêtu une armure contre les méfaits d'Alain, elle avait aussitôt été chercher un vrai compagnon de vie, fidèle et aimant, Chopin, sans laisser de place aux larmes.

– Ma puce est décédée, avait-elle seulement dit à Alain au téléphone en sortant de chez le vétérinaire, sans en attendre une quelconque compassion.

Très surpris de cette initiative alors qu'il avait l'habitude d'épiloguer, en inculte, sur les vieilleries dont s'entourait Claire à Paris : des meubles Louis XVI, des livres reliés en cuir et un chat de plus de vingt ans, Alain avait découvert Chopin avec stupéfaction et avait joué avec lui dès son arrivée à Grasse. Sa nouvelle distraction n'avait duré que trois jours au terme desquels il avait repoussé le petit chien qui venait tourner avec joie autour de lui dans des courses effrénées.

– Ce chien n'est pas intéressant, avait-il dit à Julien.

Alain ne supportait pas l'affection inconditionnelle et infinie que Chopin avait pour sa maîtresse. Claire le prenait avec elle toutes les fois qu'elle quittait la maison pour le protéger des éventuelles violences d'Alain. Quelques jours plus tard, ce dernier lui dit :

– Demain, je pars chez mes parents à Paris. A mon retour, je prendrai mes affaires et je partirai. A toi de voir si tu veux remonter à Paris.

Le lendemain, Alain appela un taxi pour se rendre à la gare.

– Quand tu verras que je pars avec ma voiture pour Paris, ce sera fini.

– Tu es complètement fou, lui dit Claire. Nous vivons ici. Notre maison est ici.

Alain s'engouffra dans le véhicule, les larmes aux yeux, et adressa un message à Claire :

« Je suis si triste de te voir ainsi. »

Claire était complètement perdue. Tantôt Alain lui disait qu'il partait définitivement, tantôt il s'investissait dans le jardin et l'embellissait, arrangeant au mieux les plus petites bordures. Que préparait-il avec Patricia ? Que le poussait-elle à faire pour détruire leur couple ? Que se tramait-il derrière son dos ? Pendant l'absence d'Alain, Claire se raisonna et décida d'aménager la maison comme elle le souhaitait. Elle voulait un style andalou et marocain, un parc avec des orangers, des allées ombragées et des fontaines. Elle alla acheter des meubles et des voiles aux couleurs de chaque pièce.

Le jour de son retour, Alain lui téléphona :

– Peux-tu venir me chercher ? Je vais prendre une navette de la gare jusqu'à l'entrée de Grasse.

Claire accepta.

Très heureux de la revoir et d'être de retour dans le sud, Alain se précipita vers elle en descendant du car mais il se retint de l'embrasser pour continuer son odieuse manipulation. Il demanda à Claire de s'arrêter sur le chemin qui conduisait à leur maison pour ramasser des figues et croqua dans les plus grosses à pleines dents.

– Quel délice ! Cela fait du bien d'être rentré ! Je suis si content ! Je vais en rassembler quelques-unes. Je ferai des confitures. J'ai préparé des pots avec des étiquettes.

– Je les ai vus. Je n'ai pas arrosé les arbres fruitiers.

– Je vais m'en occuper.

Dès qu'il fut rentré à l'intérieur de la propriété, Alain regarda les meubles et les voiles que Claire avait choisis sans faire de commentaire. Puis il se mit à table après avoir arrosé le jardin. Cela faisait des semaines que Claire et Alain n'avaient pas diné en tête à tête. Il se régala et finit le plat. Puis son visage s'assombrit subitement.

– Ce n'était vraiment pas très bon, remarqua-t-il. Tu t'es procuré une table et des chaises. Je ne les aime pas. Tu as aussi accroché des rideaux. Mais tu les as mal mis. Ils arrivent au tiers de la fenêtre.

– Ce ne sont pas des rideaux mais des voiles décoratifs, lui répondit Claire en soupirant.

– Tu n'as donc rien entendu de ce que je t'ai dit avant de partir ? Il aurait mieux valu pour toi que tu ailles à Paris pendant mon absence. En rentrant, j'aurais pu prendre mes affaires tranquillement et partir sans déclencher de drame.

– Tu dis encore n'importe quoi. Tu affirmes tout et son contraire. J'ai des rendez-vous à Paris la semaine prochaine. J'irai donc là-bas dans quelques jours.

Claire ne changea rien à son calendrier. A son retour, elle trouva les volets du rez-de-chaussée de la maison fermés. Relégué au premier étage, Alain avait réalisé toute une mise en scène, laissant croire qu'il était sur le point de partir. Il se rendit le lendemain à un rendez-vous à Aix en Provence et revint, tout émoustillé.

– J'ai rencontré le responsable d'une marque de sport. Il te connait et il accepte donc de collaborer avec nous. Je lui ai dit que tu étais prête à superviser la promotion du site et du club. Tu es toujours d'accord ?

– J'en suis responsable. Je te l'ai promis. Je ne reviendrai pas sur mes engagements.

– Il voudrait te rencontrer, lui dit Alain sur un ton mielleux.

– Aucun problème.

Curieusement, Alain n'évoquait plus son départ de Grasse. Claire s'organisa pour y passer l'été. Puisque tout paraissait rentré dans l'ordre, qu'Alain n'avait aucunement l'intention de s'éloigner des Alpes maritimes en plein été où il comptait profiter du soleil, qu'il n'avait pas non plus décidé de passer son séjour estival annuel chez son copain, Claire s'apprêtait à profiter de ses vrais premiers mois « normaux » sur la Côte d'Azur depuis son installation à Grasse avec, au programme, la préparation de ses manifestations pour la rentrée, un voyage et un séjour en Espagne avec une amie, auxquels Alain était convié s'il souhaitait se joindre à elles, et la visite d'anciens amis de classe. Les parents de Claire vinrent aussi les voir. Mais, la veille de leur arrivée, Alain appela le père de Claire et lui tint des propos insensés :

– Votre fille a perdu la raison. Je vais être obligé de quitter Grasse. A moins que vous ne l'emmeniez avec vous à Paris. Elle peut y rester pendant plusieurs mois, voire des années. Pendant ce temps, je prendrai soin de la maison.

– Je n'ai rien compris aux paroles d'Alain, dit, au téléphone, le père de Claire à sa fille. Que me raconte-t-il ?

– Je ne suis au courant de rien.

Claire accueillit ses parents le soir même. Craignant d'être jeté à la porte, Alain fit le dos rond. Le lendemain, il reprit ses appels téléphoniques aux agences immobilières de la France entière comme s'il recherchait réellement un appartement. Puis il dit subitement à Claire.

– Je vais faire un tour. Je ne sais pas si je rentrerai ce soir.

– Fais comme tu le veux. Je serai couchée.

Se moquant des menaces d'Alain qu'elle ne prenait plus au sérieux, Claire joignit aussitôt un couple d'amis habitant Bar sur Loup et leur proposa de passer la soirée avec eux. Elle monta dans sa voiture et démarra après avoir ordonné à Chopin de la rejoindre. Mais, au moment où elle franchissait la grille de la propriété, Alain revenait déjà, le visage fermé. Elle décida, néanmoins, de passer la soirée à l'extérieur. Quand elle rentra, Alain était endormi, ses écouteurs dans les oreilles. Elle se coucha contre lui sans faire de bruit. Le lendemain, Marie lui adressa un message :

« Julien est inquiet. Nous n'avons pas de nouvelle. Tout va bien ? »

Eblouie par le soleil, assise au bord de la piscine, les pieds dans l'eau, Claire lui répondit :

« Alain a menacé de passer la nuit dehors hier mais il est finalement rentré. Il invente de faux départs. Des manipulations ridicules. »

Mais au lieu d'adresser le message à Marie, Claire, qui distinguait mal l'écran du téléphone, l'envoya par mégarde à Alain qui la rejoignit en furie sur la terrasse. Se précipitant sur elle, il lui dit sur un ton théâtral presque ridicule :

– Je pars !

Puis il la regarda droit dans les yeux.

– Tu vas souffrir. Oui, tu vas vraiment beaucoup souffrir.

Il sortit de son bureau la petite caisse qu'il avait préparée depuis plusieurs mois et la chargea dans le coffre de sa voiture. Il se garda, toutefois, de prendre tous ses objets et son matériel informatique cachés dans une armoire dont lui seul avait les clefs. Retrouvant subitement son sourire, il se planta avec une feuille devant Claire.

– Acceptes-tu de signer cela ? lui dit-il, presque gentiment.

– Qu'est-ce que c'est ?

– Un certificat d'hébergement pour les impôts.

Claire signa le certificat « personnalisé » comme elle l'avait déjà fait à Paris en comprenant qu'il permettait à Alain de louer un appartement alors qu'il lui était impossible d'en obtenir un puisqu'il n'avait ni revenu ni feuille de paye récente. Si tel était le bon vouloir d'Alain, elle ne voulait en aucun cas le retenir contre son gré. Mais elle ne savait pas qu'en agissant ainsi, elle se portait garante d'Alain et qu'elle pouvait se retrouver ruinée du jour au lendemain.

Une fois le papier signé, Alain redevint odieux et partit en claquant la porte. Claire se retrouva seule, avec Chopin. Une heure plus tard, Alain lui envoya un message :

« Je suis près de l'autoroute. Je n'arrête pas de pleurer. Si tu acceptes de m'aider encore pour le site et le club et si nous avons la possibilité de le créer à Grasse, je reviens tout de suite. Si tu ne veux plus me voir, écris-le-moi. »

Claire lui répondit qu'il pouvait rentrer et qu'elle serait au lit à son retour. Mais elle ne s'endormit que lorsqu'elle entendit ses clefs dans la serrure.

Quelques jours plus tard, tout semblait de nouveau paisible. Alain ne cessait de rire aux éclats. Il s'installa devant le poste de télévision et regarda un film comique.

– Je reviens tout de suite, lui dit Claire. Je vais chercher des cartouches d'encre.

Elle lui envoya un message en lui précisant qu'elle en profitait pour faire une autre course et qu'elle rentrerait plus tard que prévu. Elle était enfin heureuse car elle avait l'impression qu'Alain était prêt à faire des efforts pour changer de comportement. « Je comprends maintenant sa maladie et je sais comment procéder. J'ai enfin les clefs », se disait-elle.

– On va réussir à s'en sortir ! confia-t-elle à Chopin qui jappa et remua vivement la queue en sentant la joie de sa maitresse. Nous avons traversé le plus dur. Le meilleur est devant nous ! Je vais tout faire pour que tout soit parfait. Nous voilà débarrassés de tous les envieux. Qu'en penses-tu Chopin ?

Le petit chien aboya, les oreilles dressées. Mais quand elle rentra, Claire ne vit pas la voiture d'Alain.

– C'est bizarre. Où est-il à cette heure ? Il est vingt et une heures trente. Tous les magasins sont fermés.

Elle pénétra dans la maison avec un mauvais pressentiment.

– Tu es là ? Je suis rentrée, dit-elle.

N'obtenant pas de réponse, elle se précipita dans le bureau d'Alain. Il était parti. Un voisin lui proposa son aide. Elle eut la faiblesse d'accepter et l'accueillit chez elle pour tenter de trouver une solution à ce problème. Comme il tentait d'abuser d'elle, elle dut l'écarter. Profondément blessée, ne sachant vers qui se tourner, n'osant plus accorder sa confiance à qui que ce fût, elle s'écroula sur le divan, inerte. Quand elle réussit enfin à joindre Alain au téléphone, celui-ci lui rétorqua :

– Je sais maintenant ce que tu penses de moi. Je l'ai lu. Tu l'as écrit. Tu parles de paranoïa, de bipolarité, d'avarice, de cruauté.

Lucide de ses propres défauts, comprenant qu'il ne pourrait plus manipuler Claire comme il le souhaitait, Alain avait décidé de fuir, solution généralement adoptée par les pervers narcissiques mis à nu.

Claire avait tout fait pour sauver leur couple et pour sortir Alain de son déséquilibre mental. Elle était à la fois déçue et épuisée. Alain ne lui envoya que des messages désagréables.

« Tu aurais pu réfléchir avant de tout casser. Je ne te le pardonnerai jamais. »

Elle ne se sentait en rien responsable de la situation.

« Je reviens tout de suite si tu me donnes la moitié de la maison. Tu es d'accord ? »

Alain n'avait, en réalité, aucunement l'intention de quitter définitivement Grasse. Mais peut-être le destin de Claire l'avait-il poussé à le faire, fragile branche qui ploie vers soi au moment où l'on se noie. Dans l'immédiat, elle ne vit qu'un changement de lieu et de vie inutile, des années perdues à aider Alain, des sacrifices vains dans son travail et sa propre existence pour lui être agréable, un investissement total et sans issue pour leur couple et surtout une méchanceté et une ingratitude inimaginables de la part de son conjoint.

Jolie Forêt, Hauts-de-France

CHAPITRE 43

Alain s'était piégé lui-même en quittant Grasse où il pensait revenir le plus rapidement possible après avoir passé un mois et demi chez ses parents, entrecoupé du court séjour chronique chez Jean-Pierre qui croyait en son amitié sans réellement le connaître et qui s'ennuyait tant pendant ses sempiternelles vacances avec sa compagne qu'il était heureux de le voir arriver pour agrémenter ses longues journées ensoleillées. Chacun y trouvait donc son compte, Alain, parce qu'il bénéficiait gracieusement d'un hébergement en pleine période estivale et son compère qui entrecoupait ainsi son séjour d'une visite.

Alain remettait sur ses rails son ancienne existence monotone, vécue avant ses retrouvailles avec Claire, en reproduisant toujours les mêmes actes, ce qui l'ennuyait mais le sécurisait. Il ne supportait guère ses amis plus d'une journée et partait au bout d'une semaine quand leur présence lui était devenue insoutenable. Il lui arrivait de conserver quelques cadeaux que Claire lui faisait chaque jour pour les leur emporter, ce qui lui évitait d'acheter un présent à ceux qui le recevaient. Alors qu'il ne cessait de critiquer Claire devant eux, celle-ci se serait amusée de retrouver chez eux quelque parfum ou paquet de friandises qu'elle lui avait offerts. S'il faisait parfois mine de les refuser en les laissant en évidence sur une table sans les toucher pendant plusieurs semaines, Alain était bien content de les prendre quand il en avait besoin si bien que les attentions de Claire étaient toujours les bienvenues, malgré tout. Claire s'amusait de les voir finalement disparaître dans l'antre d'Alain.

Suite aux railleries de Claire qu'il ne réussissait plus à manipuler comme il le souhaitait, Alain avait senti la nécessité de lui donner une leçon pour retrouver une emprise sur elle. Ses incessants assauts ne suffisaient plus pour la déstabiliser. Il avait beau lui dire :

– Je n'ai aucune raison de rester à Grasse si le club n'ouvre pas. Les informaticiens du site étant à Paris, je serais mieux dans la capitale pour travailler.

Ces propos, qui avaient, tout d'abord, dérouté Claire, lui étaient vite devenus insupportables. Elle se souvenait de leurs discussions surréalistes :

– Tu travailles avec les informaticiens depuis plus d'un an via l'ordinateur et il ne vous est pas utile de vous voir plus d'une fois par mois. Ils n'en ont pas le temps de toutes les façons. Tu as enfin reçu l'argent de plusieurs partenaires et mécènes pour créer ton club à Grasse. Tu es dans la ville de tes rêves et tu détestes le nord. Peux-tu me dire ce que tu y ferais et pour quelles raisons tu m'as fait acheter une propriété ici ?

– Rien ne me retient ici, pas même un enfant que tu aurais pu me donner, lançait sournoisement Alain.

– Je te rappelle, au cas où tu l'aurais oublié, que j'avais engagé avec Marc, avant de te retrouver, une procédure d'adoption que tu m'as demandé de garder, que j'ai perdu l'enfant que j'attendais de toi à cause de toi, que tu m'as fait signer un papier spécifiant que tu ne prendrais pas en charge un enfant que je pourrais avoir avec toi, ce qui est d'une élégance rare…

– J'ai déjà été coincé à cause de Julien. Je ne voulais pas d'un fils ! Il m'a fallu payer une pension, m'assurer qu'il était à l'abri…

– Tu ne t'en es jamais occupé. Il ne t'a pas beaucoup encombré.

Tandis que Claire retournait dans ses mains quelques objets appartenant à Alain qu'elle avait rapportés à Paris - le collier de son chien, une toupie, de vieilles photographies en noir et blanc, des cassettes vidéo - elle le revit en train de pleurer en écoutant les sons bas et enfantins émanant d'une boîte à musique. Elle en avait une de semblable où elle pouvait ranger, quand elle était jeune, quelques bijoux. Elle soulevait le couvercle en laque de Chine et regardait une danseuse se dresser et tourner inlassablement sur une mélodie mélancolique.

A Paris, Alain remontait presque chaque jour le mécanisme de sa boite et observait, en versant des larmes, l'évolution de cette poupée en plastique émergeant d'un coffret magique bleu orné d'étoiles de conte de fées. Claire était très troublée de voir conjuguées chez Alain autant de sensiblerie et de haine. Elle était également intriguée par cet objet d'autant que la « simple d'esprit » lui avait dit qu'elle avait, autrefois, offert une boite à musique à Alain tout comme son ex-compagne lui avait confié qu'elle lui achetait, au rayon « jouets », des tubes pour faire des bulles savonneuses afin de l'occuper. Elle savait aussi qu'Alain, souvent nostalgique, avait l'habitude de revenir vers des lieux ou des personnes qui ne lui avaient rien apporté et qu'il détestait mais qu'il semblait soudain regretter sans raison. Il lui arrivait ainsi d'envoyer deux fois par an à Jocelyne un message triste quand il ne voyait pas d'issue avec Claire. Cette boite à musique qu'il emportait partout avec lui appartenait-elle à Julien quand il était petit ? Etait-ce un cadeau ?

– C'est la boite à musique de mon enfance, lui avait répondu Alain quand Claire avait osé le lui demander. Tu sais tout de moi. Je ne t'ai jamais rien caché.

Comme elle voulait régler son différend avec Alain, Claire exigea finalement de lui des explications. Têtu et obstiné, Alain campa sur ses positions et finit par louer une chambre exiguë dans un village du nord de la France, à Jolie Forêt. Après avoir fait le tour des lieux les moins chers en France et s'être assuré qu'il s'y trouvait une gare à proximité pour se rendre le plus souvent possible à Paris, Alain décida de patienter à cet endroit avant de reprendre le chemin de Grasse. Il ne pouvait guère se terrer longtemps car les informaticiens devaient mettre son site en ligne dès l'automne.

Mais, auparavant, Alain avait déroulé son fil d'Ariane pour que Claire ne perdît pas sa trace : il avait laissé sur son propre bureau de Grasse une feuille avec la liste des rues de Jolie Forêt où il avait, tout d'abord, fait mine de chercher un logement. Il savait, en effet, que Claire allait travailler les trois prochaines années sur des événements programmés dans le nord de la France. Il avait même envoyé un message à Claire lui disant qu'il continuerait à travailler avec elle sur la création de leur agence de communication et qu'elle devait, pour ce faire, lui apporter l'un des scanners professionnels qu'ils avaient achetés. Ne cessait-il pas de lui répéter avant de quitter Grasse :

– Pour l'instant, si nous nous éloignons l'un de l'autre, il ne s'agit que de quelques semaines. Je ne supporterais pas de ne plus te voir du tout. C'est impossible, disait-il en balayant cette éventualité de la main. J'en mourrai !

Lasse de ces jeux stupides, Claire afficha nettement son mécontentement, lui demanda avec énergie de retrouver ses esprits et de se prendre en charge. Comme Alain s'obstinait dans ses enfantillages. Claire l'appela un jour et lui parla sèchement :

– Que fais-tu ?

Elle entendait la radio derrière lui.

– Je revis ! Je suis sans doute dans un état d'esprit bien meilleur que le tien !

– Tes partenaires attendent tes réponses. Tu es en train de tout détruire. Ils ne vont pas patienter pendant des mois et tu pourras dire adieu à ton club ! Quant aux informaticiens, ils te cherchent partout. Ils t'ont fixé des rendez-vous pour lancer ton site et tu ne leur réponds pas. Ils m'ont demandé où tu étais. Je leur ai dit que je n'en savais rien. A toi de te manifester mais ils trouvent ton attitude si cavalière et si peu professionnelle qu'ils sont sur le point de tout abandonner. Tu es parti avec leur travail mais tu ne parviendras jamais, sans eux, à parachever ce site. Ressaisis-toi et vite !

Claire avait placé dans le coffre de sa voiture le scanner qu'Alain souhaitait récupérer mais elle estimait que c'était à lui de venir le chercher. Elle avait également appelé ses connaissances pour le ramener à la raison.

Elle se rendit, comme prévu, dès la rentrée, dans le nord de la France pour organiser des événements qui devaient se dérouler à Arras, à Lille, à Valenciennes et dans des communes avoisinantes. Comme elle avait déjà fait plusieurs déplacements près de Lille, elle reprit le même train que d'habitude. Elle était très agacée par la situation dans laquelle l'avait laissée Alain car elle devait à la fois gérer le domaine de Grasse à sa place alors qu'il s'était engagé à le faire avant l'achat du bien, et poursuivre son travail et ses voyages professionnels. Elle soupçonnait Alain d'avoir mis en scène cette situation pour nuire à sa carrière. Elle arriva avec Chopin juste avant que le train ne démarrât. Elle gagna sa place et commença à relire ses dossiers lorsqu'une personne, des écouteurs sur les oreilles, assise trois rangs devant elle l'intrigua. Elle s'était déjà levée plusieurs fois et ne l'avait pas remarquée.

– Ce n'est pas possible ! Mais que fait-il là ?

Elle plaça le panier de Chopin sur le siège voisin du sien et s'avança vers Alain.

– Pourquoi me suis-tu ?

Les voyageurs la regardèrent, surpris.

– Laisse-moi tranquille, répondit Alain.

Elle descendit du train dans la station de Jolie Forêt situé non loin de Lille. Alain la suivit. Elle se dirigea sans tarder vers la sortie pour monter dans un taxi et rejoindre son hôtel. Mais, comme il n'y en avait pas, elle demanda conseil à la gare.

– A cette heure-ci, vous n'en trouverez pas, lui dit le chef de gare.

– Mon téléphone est déchargé. Je ne vais pas marcher de nuit pendant deux kilomètres avec mon chien et mes affaires. C'est trop dangereux. Pouvez-vous appeler pour moi un taxi ?

Mais l'homme un peu bougon secoua négativement la tête.

– Quel bled ! dit Claire en voyant Alain pianoter sur le clavier de son téléphone non loin d'elle.

Elle n'hésita pas à l'apostropher car elle devait se lever à l'aube le lendemain pour se rendre à la salle des fêtes avant de rejoindre ses confrères à Lille.

– Peux-tu appeler pour moi un taxi ? lui demanda-t-elle froidement.

– N'approche surtout pas de moi ! lui répondit-il. Tu n'as rien à faire ici !

– Je travaille, figure-toi ! C'est toi qui n'as rien à faire là !

Alain composa aussitôt le numéro du commissariat de police le plus proche et s'y rendit d'un bon pas en suivant les instructions de son interlocuteur. Furieuse, Claire lui emboita le pas.

– Mais tu te moques de moi ! lui dit-elle. Tu veux aller voir la police ? Eh bien nous allons y aller ensemble !

Les rues étaient complètement noires et silencieuses. Pas âme qui vive sur les trottoirs à l'exception de quelques hommes saouls qui tentaient d'attraper les jambes de Claire quand elle passait trop près d'eux. Claire, qui n'avait pas consulté de plan avant de voyager et qui s'était contentée de prendre à la hâte les billets que sa secrétaire lui avait tendus, était totalement perdue. Elle distingua enfin un long immeuble éclairé au bout d'une allée obscure qui devait être le commissariat.

En voyant deux conjoints se disputer devant le poste de police, les agents refusèrent de les laisser entrer et leur conseillèrent vivement de régler leurs affaires privées chez eux. Alain prononça alors ces phrases stupéfiantes qui mirent Claire hors d'elle :

– Mais je ne connais pas cette personne ! Je ne l'ai jamais vue ! Elle me harcèle ! Elle m'a suivie jusqu'ici. C'est une folle !

Contre toute attente et face à son insistance, un policier accepta de prendre la déposition d'Alain et laissa Claire à l'extérieur. Chopin gémissait. Tambourinant à la porte de verre, Claire réclama un taxi et exigea de parler au commissaire. Après deux heures d'attente pendant lesquelles toute entrevue lui fut refusée, elle put enfin rejoindre son hôtel en taxi mais elle était si contrariée qu'elle ne réussit pas à trouver le sommeil. Elle tenta d'appeler Alain pour lui dire sa façon de penser quand elle se rendit subitement compte, en détaillant le plan de la commune figurant dans le porte-document en cuir de la chambre, qu'elle avait égaré sa carte de crédit.

– Cet imbécile va me tuer. Mais où est-il à cette heure ? A-t-il pris une chambre dans le même hôtel que moi ? Comment savait-il que je devais venir ici aujourd'hui ?

Elle se souvint des pages arrachées dans son agenda et soupira.

– Il a mon emploi du temps. Il me suit partout et il ose dire qu'il ne me connaît pas et que je le harcèle.

Elle regarda le plan de Jolie Forêt.

– Mon rendez-vous n'est pas très loin d'ici. Sachant que je devais descendre dans cet hôtel, il a peut-être laissé sa voiture à la gare à Paris, fait l'aller et retour pour me croiser dans le train et imaginer cette mise en scène. Je ne suis pas difficile à cerner contrairement à lui. Il me connaît par cœur et anticipe toutes mes réactions. Il est suffisamment machiavélique pour agir de la sorte. Vais-je le retrouver demain dans le train pour Lille ?

Devant déposer des dossiers urgents à la salle des fêtes située au centre-ville, il lui fallait partir avant le lever du soleil. Mais elle était très loin d'imaginer tout ce qu'Alain était susceptible de faire et jusqu'à quelles extrémités il était capable d'aller pour nuire à sa vie et à sa carrière.

CHAPITRE 44

Ancienne habitation de mineurs à peine restaurée, l'immeuble était glauque comme une viande crue, la façade triste et plate, dénuée de balcons, en briques rouges hypocauste qui ni ne se bonifient ni ne se détériorent avec le temps sans prise sur le symbole d'une époque, d'une activité et d'une population. Accolé aux autres maisons de rapport, désespérément identiques, grises et couleur sang, poussiéreuses et sales, il était habité par des clochards envinés sur les quatre marches accédant à la porte d'entrée et, à l'intérieur, dans deux studios, par des étudiants et des professeurs, pendant les périodes scolaires. La proximité de quelques écoles, en partie décentralisées de la capitale, situées dans les communes avoisinantes donnait, hors des vacances, une apparence d'agitation temporaire dans une campagne muette et presque morte. La lumière, rare mais pure, en totale désharmonie avec la noirceur terrestre qu'elle contribuait, par courtes périodes, à améliorer, ne pouvait pénétrer dans la petite rue étroite, sorte de ruelle pavée moyenâgeuse où s'écoulaient les eaux usées. Les habitants passaient leur temps à s'observer derrière leurs rideaux et entamaient la conversation avec le moindre étranger de passage pour être informés de tout.

Le centre du village, avec son église et sa mairie, était proche. Des navettes permettaient d'accéder à la gare la plus proche. Le clocher sonna cinq fois. Assis devant son ordinateur depuis son retour du commissariat, Alain se leva pour manger un gâteau. Il était assez satisfait de son plan. En le voyant, Claire avait réagi comme il l'avait escompté et même au-delà de ses espérances puisqu'elle l'avait suivi jusqu'au poste de police. Il savait où elle se trouvait et quel était son emploi du temps. Au vu du message furieux qu'elle lui avait envoyé, il comprenait aussi qu'elle n'avait pas plus dormi que lui. L'un et l'autre en attente. L'un et l'autre en observation.

« J'ai réussi sans peine à la piéger mais c'était trop facile, se dit Alain qui aurait aimé prolonger le jeu plus longtemps. Quand je l'ai séduite, j'aurais aussi voulu arriver plus difficilement à mes fins. Elle est, sans doute, persuadée qu'elle va me retrouver à Lille aujourd'hui mais je ne bougerai pas d'ici. »

A peine arrivé à Jolie Forêt, Alain s'ennuyait déjà. Aussi allait-il à Paris plusieurs jours par semaine. Il arpentait les rues du village, entrant chez les commerçants pour leur proposer ses services gratuits car l'argent que lui donnaient ses parents lui suffisait pour vivre. Lui qui était fier de ne jamais ouvrir un livre avait même poussé la porte d'une petite librairie pour apporter son aide au couple qui venait de l'ouvrir. Il tenta aussi de s'intégrer dans des associations culturelles en ne s'y sentant guère à l'aise. Il finit par fréquenter un club de gymnastique à quelques kilomètres de Jolie Forêt sans adresser la parole aux autres adhérents tout en espérant y donner des cours. Mais on lui signifia que les équipes étaient au complet. Malgré sa rage intérieure, Alain devait faire amende honorable et ne rien laisser paraître de sa cruauté. Il redoutait que Claire ne portât plainte contre lui pour tentative de meurtre et cette perspective le hantait, nuit et jour, depuis l'accident. Aussi devait-il se montrer blanc comme neige dans un endroit où personne ne le connaissait et se refaire une virginité. Il était devenu Alain le bon, le serviable, le souriant.

Il ne parlait qu'à un seul athlète, encore très jeune, facile à manipuler, crédule et soumis, à qui il confia ses mensonges et qui pouvait, le cas échéant, lui servir de soutien. Il lui dressa rapidement un tableau de sa « pauvre » situation, inventant que sa compagne ne cessait de lui causer du tort et qu'elle voulait sa perte. Il agissait ainsi soit pour nuire à Claire soit parce que sa crise de paranoïa, déjà grandissante à Grasse, ne cessait de croître. A force de détruire son entourage, il était normal qu'il redoutât des représailles des uns et des autres et qu'il s'enfermât dans une paranoïa dont il ne parvenait plus à sortir, voyant des ennemis partout. Son tout premier acte en arrivant à Jolie Forêt avait été d'ajouter trois verrous à sa porte afin que personne ne pût accéder à une pièce où il n'y avait rien sinon deux tenues de sport jetées à terre, un verre rapporté de Grasse et son matelas gonflable. Il excluait toute visite dans son antre.

Peu à peu, Alain agrandit son cercle de personnes qu'il dominait sans peine, dépourvues d'instruction et jalouses des succès de Claire, toutes prêtes à témoigner en sa faveur si l'occasion se présentait. Patient, attentif, ne gardant dans son giron que les profils les plus fiables, Alain se constitua ainsi un nouveau réseau de nuisibles en sachant qu'il avait perdu dans sa bataille contre Claire ses anciens alliés. Il n'avait gardé des liens qu'avec ceux dont il pouvait avoir besoin et qui, aveugles, continuaient à le considérer comme un être bizarre mais sympathique.

Alain se demandait chaque jour quand il allait rentrer à Grasse. Avoir de temps à autre des nouvelles de Claire le rassurait. Quant à lui, il se gardait bien de lui en donner afin de l'inquiéter. Il aimait régulièrement disparaître sans laisser d'adresse comme il le faisait adolescent quand il s'absentait pendant quelques jours loin du domicile familial. Mais il voulait aussi que Claire pût le rencontrer et qu'elle ne perdît pas sa trace. Avait-elle trouvé le brouillon laissé sur son bureau où figuraient les noms des quelques communes dans lesquelles il pouvait habiter ? Alain s'amusait beaucoup de ce jeu de piste. Il avait aussi rappelé à Claire qu'il souhaiterait continuer avec elle le travail sur le site de leur future agence de communication si elle lui apportait l'un de leurs scanners. Il avait lu, enfin, dans ses documents qu'elle devait inévitablement se rendre à Jolie Forêt qui faisait partie des lieux de tournées où elle avait prévu d'organiser des événements culturels et d'exposer ses propres œuvres. Elle s'était remise non sans mal à la sculpture et le thème de ses prochaines pièces concernait, en effet, les villes du nord, leurs métiers, leurs évolutions, leurs reconversions après la fermeture des mines et des ateliers. Elle puisait son inspiration dans les témoignages des habitants mais aussi dans les documents glanés en bibliothèques et en mairies. Or Jolie Forêt était l'un des villages les plus emblématiques de ces périodes ; son musée reconstituait la vie de la mine ; « le parcours des mines » était suivi, chaque année, par des groupes de marcheurs qui, plan à la main, tentaient de partir sur les traces des anciens mineurs. Comme Claire avait déjà reçu à Grasse des réponses enthousiastes et des invitations des autorités de Jolie Forêt, Alain l'avait précédée et savait qu'il croiserait sa route.

Tout naturellement et sans arrière-pensée, Claire envoya un message laconique à Alain comme si rien ne s'était passé. Elle pensait qu'il allait retrouver naturellement ses sens.

« Je ne sais comment m'organiser. J'ai beaucoup de travail dans le nord. Le scanner que tu m'as demandé est dans mon coffre de voiture. Si tu veux le récupérer, dis-le-moi. »

Claire s'installa plusieurs jours par semaine dans le nord pour avancer son travail personnel. Elle multipliait les rendez-vous et les déplacements afin de progresser dans sa recherche. Comme la rééducation de sa jambe et de son bassin, faite d'une manière décousue, n'avait pas été correctement effectuée, elle décida d'en profiter pour faire, chaque matin, une heure et demie de mouvements appropriés dans la seule salle de sport de la région. Puis elle appela une agence immobilière qui lui proposa une location. Elle évitait ainsi des frais supplémentaires, les séjours à l'hôtel lui coûtant beaucoup plus cher. Elle pouvait aussi y installer son matériel informatique et travailler sans être dérangée. La maison de Grasse était une constante source d'inquiétude pour elle car elle avait beau envoyer des règlements à des jardiniers, ceux-ci ne semblaient pas faire le travail demandé. A distance, elle ne pouvait se fier qu'aux témoignages de ses voisins.

« Avant d'avoir la gestion de la propriété, je n'arrivais pas à concilier toutes mes activités. A cause d'Alain, me voilà avec une maison sur les bras que je dois gérer à distance », se disait-elle, chaque jour, en pestant contre son conjoint qui n'avait pas tenu ses engagements en délaissant le domaine. Elle était d'autant plus révoltée qu'Alain ne faisait apparemment rien de ses journées alors qu'elle était débordée. Un jour où elle garait sa voiture devant son lieu de rendez-vous, elle crut apercevoir Alain qui chantonnait au volant de sa voiture, le bras pendant à l'extérieur à la recherche d'un peu de fraicheur. Une autre fois, alors qu'elle se rendait, dès son ouverture, à la salle de sport, elle le vit au bout de la rue.

– Qu'attend-il ? M'a-t-il suivie ?

Au bout de quelques minutes, Claire eut la surprise de croiser Alain dans la salle de musculation. Ne sachant quelle attitude adopter, elle opta pour celle qu'Alain avait choisie à Grasse : le silence et l'indifférence. Mais il avait manifestement noté les heures où elle venait. Claire était quelque peu inquiète de ce comportement. Elle eut alors bien d'autres surprises, toutes plus désagréables les unes que les autres. Alain prenait plaisir à lui rendre la vie impossible. Elle reçut ainsi un message de lui en pleine nuit.

« Si tu veux t'occuper de ton site, que je voulais gérer, sache que je ne renouvellerai pas l'abonnement de son hébergement ni celui du nom de domaine. Tu dois y penser avant demain. Le site n'est déjà plus en ligne. »

Claire se rendit compte qu'Alain n'avait jamais accepté de lui confier les mots de passe de son propre site. Elle appela l'informaticien d'Alain qui ne les avait pas non plus. Elle fit quelques tentatives vaines auprès de l'hébergeur. Elle chercha à récupérer les données du site auprès d'Alain qui ne lui répondait pas. Prenant peur d'un dépôt de plainte, il finit, toutefois, par lui écrire :

« Dis à ton informaticien de m'appeler. Je les lui donnerai. »

N'ayant pas d'informaticien, Claire joignit l'un de ses amis qui prit contact avec Alain.

– Claire a tout en main. Je lui ai tout envoyé, mentit Alain.

A moins de refaire l'intégralité du site, Claire devait impérativement trouver un moyen de rassembler les précieuses données. Le logiciel utilisé par Alain était ancien et introuvable. Elle fut néanmoins aidée par un collègue sculpteur, Jean-Luc, un admirateur de ses œuvres, qui travaillait souvent sur les mêmes thèmes qu'elle et qui habitait en Belgique. Comme il avait, pour ses affaires, un informaticien de qualité, celui-ci put dépanner Claire. Déjà complices, Claire et Jean-Luc s'entendaient parfaitement. Claire lui confiait ses angoisses et ses craintes vis-à-vis d'Alain.

– Il est fou. Je m'attends à tout.

– Ne t'en fais pas. Je suis là. S'il me voit avec toi puisqu'il t'espionne, il restera tranquille.

Même s'il passait son temps à chercher des partenaires, Alain ne cessait de songer à son retour à Grasse. Il regardait mille fois la carte de France en refaisant son parcours sur l'écran de Jolie Forêt à Grasse. Julien, qui prenait des nouvelles de Claire et qui la soutenait, entra en contact avec lui. Alain ne manqua pas de rendre Claire responsable de la situation et exigea de son fils un silence total à son égard. Père et fils, dans la même nasse, se retrouvaient au téléphone pour évoquer pendant des heures les membres de leur proche entourage sans qu'aucune affinité ni amour vinssent jamais les réunir. Julien attendait de son père ce qu'il ne pouvait lui donner et Alain aurait souhaité une soumission complète de son fils que celui-ci ne voulait plus lui accorder. La communication était donc sans issue. Claire n'eut plus d'appels de Julien.

CHAPITRE 45

De plus en plus paranoïaque et manipulateur, Alain inventait sans cesse des histoires fausses qu'il racontait à son petit cercle de connaissances. Il commença à leur faire signer des attestations erronées qu'il leur dictait ou qu'il rédigeait lui-même en leur demandant d'y apposer leur signature.

– Ce n'est rien. Juste des papiers au cas où mon ancienne compagne chercherait à me nuire ou à me faire du mal, disait-il sur un ton détaché.

Il consulta l'avocat de sa famille qui lui conseilla de multiplier ces attestations et d'y ajouter un certificat médical. Alain sut se plaindre et prétendit qu'il souffrait d'insomnies et d'angoisses suite au harcèlement de sa femme.

Pendant ce temps-là, Claire, qui ne se doutait pas un instant des agissements d'Alain, poursuivait son travail. Cependant, quelques remarques émises par des relations communes l'intriguèrent. Alain avait également provoqué plusieurs rencontres avec Jean-Luc dont il était manifestement jaloux. Agressé verbalement par un complice d'Alain devant la salle de sport où se rendait Claire, Jean-Luc s'était plaint au responsable du club.

Alain rappelait régulièrement au téléphone son élève de Grasse, l'ancien compagnon de Patricia, Jean-Pierre et le collègue qu'il voulait associer à son club de gymnastique pour leur faire des récits imaginaires et accablants du comportement de Claire, qui, en, réalité, se désintéressait de lui. Pour sa gentillesse et pour avoir pris en charge Alain pendant des années, assumant toujours seule les tâches qu'il s'était engagé à accomplir en échange de tout ce qu'elle lui apportait, hébergement, nourriture, aides constantes dans son travail, Claire n'avait jamais reçu de sa famille un bouquet de fleurs. Les parents d'Alain étaient trop contents de le voir à l'abri sans devoir lui envoyer d'argent.

– Je n'ai jamais connu cela auparavant, inventait Alain à longueur de journée en dénigrant honteusement Claire et en salissant une compagne qui lui avait tout donné. Elle écoute tout ce que je dis. Elle m'espionne. Elle est toujours là où je me trouve.

Il baissait parfois la voix pour rendre ses mensonges plus crédibles.

– Au cas où elle m'entendrait, je préfère appeler plus tard, dans la voiture, sur mon portable. Je ne vous donne pas l'adresse du lieu où je vais aller cet été chez mon copain. Elle serait capable d'y aller aussi. Elle est venue s'installer à côté de chez moi. Elle écrit à tous mes amis. Elle ne cesse de joindre Julien. Elle entre en contact avec tous mes partenaires professionnels. Si j'échoue dans mon travail, ce sera à cause d'elle. Je suis si triste qu'elle déraisonne.

Mais Alain n'en avait pas pour autant perdu son objectif.

– Bon ! Malgré tout, il faut bien que je pense à rentrer à Grasse, disait-il, parfois, sans se soucier de ses discours contradictoires. Je voulais le faire en février et j'avais rappelé mes informaticiens pour les informer que nous pouvions reprendre le travail. Mais ils ne m'ont pas répondu. *Elle* a dû les monter contre moi. Je vais donc tenter de décider mon vieil informaticien de s'associer avec moi pour lancer le site. Il n'en a guère les compétences mais je n'ai pas le choix. Je vais aller le voir chez lui. Je pourrais revenir à Grasse le jour de *son* anniversaire. Ce serait amusant.

– Et tes projets ? lui rétorquaient ses amis. Les aides que tu pensais obtenir pour la création de ton site ?

Alain se gardait bien de leur avouer qu'il se sentait incapable de monter un dossier et un « business plan » face à des professionnels pointilleux et attentifs qui l'auraient peut-être soutenu s'il avait été plus crédible.

– Ils n'ont pas besoin de moi pour travailler sur mon propre site. Je les surveillerai à distance, répondait-il à ces esprits candides.

La prétention du cancre Alain était éminemment ridicule. Il prévint aussi ses parents qu'il ne tarderait pas à quitter Jolie Forêt.

– Pas question que j'installe une étagère ici ! Je suis en transit et plus vite j'en partirai mieux cela vaudra.

Ces déclarations ne l'empêchaient pas d'affirmer quelques heures plus tard s'il était de mauvaise humeur :

– Je me suis rendu hier soir dans une association culturelle mais quand je *l*'ai vue, je ne suis pas rentré. Il faut bien que j'aie aussi une vie sociale. Je ne peux pas rester toujours enfermé ici !

La vie culturelle de Jolie Forêt était subitement au centre des préoccupations d'Alain.

– Finis les séjours chez les autres ! déclarait-il en mentant à ses parents. Chez Patricia, chez Claire, chez Jean-Pierre… Je suis enfin chez moi !

Alain faisait mine d'oublier qu'il avait à sa disposition une maison achetée à sa demande par Claire et dont il devait s'occuper. Il en avait signé l'engagement et ne le respectait pas. Très agacé par la présence de Jean-Luc auprès de Claire qu'il lorgnait quotidiennement, Alain suivit la suggestion de son avocat et se rendit plusieurs fois au commissariat de police. Il demanda à rencontrer un inspecteur, ce qui lui fut refusé mais, en insistant chaque jour, il finit par être entendu par une femme récemment mutée dans la région. Il lui offrait des fleurs, des services à café, des pâtisseries, se montrait galant et poli. Il avait même loué des vêtements élégants pour paraître distingué alors qu'il n'avait pas quitté sa tenue de jogging depuis plusieurs mois. Il prit un plaisir certain à manipuler cette femme et ses deux amies qu'il rejoignait parfois dans une brasserie. Quelle délectation d'avoir ainsi la mainmise sur ces filles, de leur dire du mal de Claire, de trainer son ancienne compagne dans la boue, de préparer, à son insu, un tour pendard. Son plan prenait peu à peu forme. Le fait que l'une de ces femmes était l'épouse d'un magistrat important était l'aubaine qu'Alain n'attendait pas. Il voyait subitement son avenir s'illuminer, son machiavélisme triompher et jouissait à l'avance du jour où Claire, piégée par les médisances, les fausses attestations et les mensonges, se trouverait prise dans un filet inextricable.

– Claire risque de porter plainte contre vous, lui avait dit son avocat. Vous avez tenté de la tuer. Vous avez été violent. Votre seule façon d'en réchapper est de porter plainte contre elle avant qu'elle ne le fasse. Savez-vous ce qu'il en est à ce sujet ?

Ces paroles accroissaient l'angoisse d'Alain.

– Croyez-moi, insistait l'avocat. Portez plainte contre elle sous n'importe quel prétexte.

Ce conseil fait à tous les hommes coupables de violence avait immédiatement marqué Alain dont le seul objectif, désormais, était de contrecarrer Claire qui n'avait aucunement l'intention de faire une action en justice et qui s'était uniquement préservée, jusque-là, d'éventuelles tentatives dangereuses de son conjoint. Toutefois, le seul but d'Alain, jaloux de Jean-Luc, dont l'esprit était perturbé par une paranoïa démentielle qui ne faisait que grandir, ne devint plus que la constitution d'un dossier, de plus en plus épais, à charge contre Claire, totalement fallacieux, dans lequel il ajoutait frénétiquement, à chaque instant, une photographie de Jean-Luc avec Claire, un cliché de la voiture de Claire en rendez-vous, des déclarations où il prétendait l'avoir vue dans un lieu alors qu'elle était dans un autre. Ces compléments grossissaient un classeur aussi vide au niveau du contenu que volumineux en apparence, aisément épaissi grâce aux nouvelles connaissances douteuses d'Alain, manifestement empressées de prendre sa défense contre Claire. Alain jouait si bien la comédie qu'il semblait évidemment très malheureux. A l'entendre, il risquait de voir annulé le lancement de son site qui, en réalité, n'existait plus et les avantages financiers y afférent.

– Qu'à cela ne tienne ! ajoutait l'avocat. Nous allons demander des dommages et intérêts pour frais de constitution de dossier, pour le temps que vous avez passé à le préparer, pour le manque à gagner car vous auriez pu travailler pendant ces derniers mois. Réfléchissez à tout ce que l'on peut ajouter.

La possibilité de gagner de l'argent n'était pas tombée dans l'oreille du pingre qu'était Alain. Non seulement il pouvait nuire à sa compagne mais il avait, en sus, la possibilité de lui soutirer de l'argent comme s'il n'avait pas assez bénéficié de ses faveurs à Paris et à Grasse. Alors qu'il aurait dû rendre des comptes pour ses agressions verbales et physiques, pour sa nuisance dans la vie et le travail de Claire, pour son harcèlement, pour ses vols, pour le non-respect de ses engagements, Alain se retrouvait en position de force. Oubliant son retour à Grasse, rêvant d'un chèque de dizaines de milliers d'euros, il concentrait son attention sur ses manœuvres, falsifiant des messages autrefois adressés par Claire, des photographies de paysages en y ajoutant la représentation de sa compagne. Pris dans cet engrenage monstrueux, Alain avait-il seulement conscience des méfaits et des crimes qu'il commettait en dépit des lois ?

Un jour, Jean-Luc confia son inquiétude à Claire.

– Je vois souvent Alain en ce moment. Il nous espionne. Je ne sais ce qu'il prépare. Mais je n'ai aucune confiance en lui. Dans la salle où tu te rends chaque matin, j'ai entendu des rumeurs. Il raconte des histoires fausses sur toi. Je n'aime pas cela. J'ai un mauvais pressentiment.

– Un ancien commissaire, ami de notre famille, m'a proposé un garde du corps pour me protéger. Alain possède tous mes accès à internet. Il doit lire dans mon ordinateur comme dans un livre ouvert. Je n'ai jamais changé mes identifiants.

– Tu devrais te protéger et transformer tes mains courantes en plaintes. Je n'aime pas ce genre d'individu.

– Cela impliquerait un procès pour tentative de meurtre. Je ne souhaite pas m'engager dans ce combat. Je ne veux pas perdre de temps dans des démarches négatives. Je préfère le consacrer à mes projets. Je ne me sens pas capable non plus de faire un procès à un conjoint. Nous avons été très proches et je crois que nous le sommes encore malgré sa maladie. Il est souffrant, Jean-Luc…

– Garde ta pitié pour ceux qui le méritent. Il est assez lucide pour te faire du mal. Il ne te lâchera pas si facilement.

Se sentant oppressée, redoutant un être dont elle découvrait la folie sans limite, comprenant qu'elle était d'autant plus en danger qu'Alain la voyait soutenue, Claire prit finalement la décision d'écouter Jean-Luc non sans difficulté. Elle haïssait les procédures. Après avoir déposé ses plaintes dans le seul but de se protéger, elle se sentit, toutefois, soulagée. Elle reçut quelques jours plus tard une convocation à laquelle elle répondit aussitôt car elle avait hâte de connaître le suivi donné à ses plaintes. Il lui fut étonnamment reproché de ne pas avoir répondu à une précédente demande de rendez-vous dont elle n'avait pas eu connaissance. Ayant pris Chopin avec elle, elle patientait dans un bureau, le chien sur ses genoux, lorsqu'on vint lui dire soudainement :

– Vous êtes en garde à vue.

Ne sachant ce que cela signifiait, elle demanda calmement des explications. On lui prit son sac, Chopin et elle répondit aux questions qu'on lui posait sans réaliser un seul instant qu'elle était en danger. Elle était persuadée que ses réponses permettraient d'étoffer le dossier des plaintes qu'elle avait portées contre Alain.

CHAPITRE 46

Faisant et disant toujours l'inverse de ce qu'il pensait et réalisait, Alain reprochait aux autres ses propres travers comme s'ils lui renvoyaient le reflet de la médiocrité qu'il incarnait. Il encourageait chez ses élèves le développement de qualités qu'il ne possédait en aucune façon : le courage, le contrôle de soi, la gestion de l'angoisse, l'endurance, l'honnêteté, la force de travail, le respect des règles et des valeurs. Il osait les exiger d'une compagne alors qu'il avait une personnalité dénuée de scrupule, de générosité et de morale.

Les yeux fixes, le cerveau vide, l'air hagard et absent, presque stupide, il tourna pour la énième fois dans ses mains la convocation qu'il avait volée dans la boite aux lettres de Claire et ses factures, qu'il avait récupérées en disant au facteur qu'il était son conjoint. En dérobant la convocation de la police, il espérait bien faire arrêter Claire dans la salle de sport qu'elle fréquentait, au vu et au su de tous, après avoir réuni pendant plusieurs mois de fausses pièces à son sujet. Il s'en était délecté à l'avance, attendait avec impatience le jour du rendez-vous où Claire, non informée, irait, comme d'habitude, faire la rééducation de sa jambe. Arrivant à la salle de gymnastique à la même heure qu'elle, il avait appelé le commissariat et demandé des comptes.

– Que fait-*elle* ici ? Vous ne m'aviez pas dit qu'elle était convoquée ? Vous devez venir la chercher !

Mais il se vit opposer un refus. Ne supportant pas d'être contrarié, voulant tout régenter, Alain avait été déçu de n'être pas parvenu à ses fins. Sa seconde chance était à portée de main. Il attendait l'appel lui confirmant que Claire était interrogée. Il s'était préparé pour une éventuelle confrontation.

« Il faut qu'elle soit retenue au poste et que je puisse récupérer Chopin, se dit-il à lui-même. Elle aura peur de ce qui pourra lui arriver s'il est avec moi et je passerai, aux yeux de ces femmes stupides, pour le compagnon modèle qui aura accepté de garder le chien. »

S'il ne cessait de rire de sa grande manipulation qui avait réussi à berner la police et la justice, Alain avait encore des sujets d'inquiétude car il ne savait si Claire possédait des preuves de sa violence. En repassant dans sa tête le film des derniers mois où il n'avait cessé de l'observer et de l'espionner, il était quasiment convaincu qu'elle n'avait rien anticipé. Or, Claire avait pris, dès leur vie commune à Grasse, ses précautions auprès de son médecin, de son avocat, d'un commissaire ami et des procureurs, leur décrivant l'enfer qu'elle vivait aux côtés d'un conjoint déséquilibré. Comme il aimait le faire, Alain jouait donc la partie à pile ou face.

S'estimant suffisamment protégée, ayant un dossier rempli de preuves de maltraitance, Claire, qui, de surcroît, avait porté plusieurs plaintes contre Alain, répondit pendant plusieurs heures avec un calme absolu aux questions qu'on lui posait portant sur la banalité de la vie quotidienne, même lorsqu'elle fut en présence d'Alain, finalement convoqué lui aussi, qui ne cessa de mentir en parlant abondamment. Très étonnée de cette prestation chez son compagnon, d'ordinaire peu éloquent, Claire se demanda s'il n'avait pas avalé quelque substance avant de venir pour se donner du courage. En plein drame théâtral, il osait même, avec une assurance inexplicable pour Claire, devant des fonctionnaires acquises à sa cause, lancer des phrases déplacées dont il paraissait très fier. Puis il coupait la parole de Claire, très éprouvée par un récit qui lui demandait de faire un effort de mémoire douloureux, pour ponctuer avec panache :

– Vous n'allez pas la croire ! Vous n'allez pas vous laisser berner par ses tremblements, ses pleurs et ses jérémiades. Elle prétend qu'elle est tombée parce que je l'ai jetée du premier étage. Vous n'allez tout de même pas ajouter foi à ses histoires !

Aux yeux de Claire, tout était limpide et ses propos exacts et précis. Les femmes semblaient l'avoir écoutée et, comme elle avait beaucoup de travail, elle commençait à s'impatienter, jugeant déplacé de raconter ainsi sa vie intime, somme toute banale à l'exception des violences d'Alain. Elle n'avait pas l'habitude d'étaler ainsi sa vie privée et, comme elle exerçait un métier public, elle avait toujours demandé à Alain la plus grande discrétion au sujet de leur couple. Elle estimait tout à fait inconvenant de la part de son conjoint d'avoir raconté à une assistance, alléchée par des détails croustillants, leur relation, d'autant qu'il avait totalement déformé la réalité. Mais puisqu'il l'avait mise dans cette posture inconfortable, elle était obligée de rapporter ces anecdotes personnelles. Il lui fut même reproché d'avoir fait inviter à des vernissages prestigieux le fils d'Alain alors qu'il avait insisté avec sa mère pour obtenir des cartons habituellement envoyés aux personnalités parisiennes. Alain inventait d'une manière grotesque qu'elle joignait son fils pour lui nuire alors que Julien l'appelait spontanément pour la supplier de l'aider dans ses études.

Pendant des mois, minutieusement, précautionneusement, méthodiquement, Alain avait repris tous les détails, souvent les plus agréables, de leur vie commune pour les détourner en faisant mine d'y voir un machiavélisme malveillant chez Claire. Ce jour-là, il noircissait et salissait les meilleurs moments de leur existence sans rien respecter. Claire avait convié ses « beaux-parents » à diner ? C'était très mal perçu. Claire offrait des cadeaux à Julien pour son anniversaire ? Elle cherchait sans nul doute à l'accaparer et à le détourner de son père. Claire achetait un chien ? C'était pour rendre Alain jaloux. La teneur des propos était tellement fantasque que Claire demanda si la séance était finie et si elle pouvait retourner travailler. Mais elle fut stupéfaite de constater que les inventions ridicules et puériles d'Alain étaient prises au sérieux. « Comment est-ce possible ? se dit Claire. Ils ont perdu la raison dans ce village. Alain serait-il assez malin et assez habile pour leur chambouler l'esprit à ce point ? Il se moque d'eux et ils sont incapables de s'en rendre compte. »

Quand tout fut terminé, un rendez-vous avec le procureur fut confirmé pour le lendemain matin. Chacun s'apprêtait à rentrer chez soi lorsqu'Alain, jouant les persécutés, dit à la ronde sur un ton désespéré.

– Mais vous n'allez pas *la* laisser partir ! Elle est dangereuse ! Elle a payé un gang pour me surveiller, dirigé par un certain Jean-Luc.

La situation aurait été cocasse si Alain n'avait pas, une fois de plus, réussi à être entendu, ce qui était incompréhensible aux yeux de Claire, toujours blessée, qui ne se déplaçait qu'avec des béquilles et qui portait sur le visage et le corps les stigmates des maltraitances de son conjoint.

Mais, contre toute attente, en dépit de toute logique et de toute raison, on écouta Alain et on décida de garder Claire pendant la nuit.

Celle-ci commençait à comprendre qu'Alain était un psychopathe extrêmement dangereux. Elle avait de très loin sous-estimé ses problèmes psychiques. Il était capable du plus abject et du plus cruel sans état d'âme, sans le moindre remord avec la plus grande indifférence et une ingratitude d'un égoïsme total. Dépourvu d'affect, il était assez habile pour manipuler tous ceux qui avaient une part de création, de passion et de gentillesse en eux mais aussi ceux qui étaient dépourvus de toute richesse intérieure. Ecouter, observer, trouver la faille… Il s'engouffrait alors dans la brèche.

Il était en même temps revenu à l'état de fœtus, en ayant besoin d'appeler ses parents plusieurs fois par jour pour être rassuré, celui qui se reposait sur une compagne solide susceptible de remplacer sa mère, celui qui se demandait qui était ce Julien enfant, un fardeau tombé du ciel pour compliquer sa vie, celui qui allait pleurnicher à la police comme chez son père quand il avait les lacets mal noués, celui qui s'appuyait sur son patron tout en jalousant les chefs d'entreprise dont il n'avait pas les qualités, celui qui s'était senti abandonné par son professeur de sport, un petit garçon qui n'avait jamais grandi, qui n'était capable que de jouer avec des toupies, des boites à musique, des clowns sortant de leur écrin, des voitures miniatures, des boules de verre simulant de la neige ou d'attacher avec du ruban adhésif au plafond un oiseau en plastique et à ressort sur lequel il tirait de temps à autre pour chasser son ennui. Claire était son jouet le plus beau qu'il ne tolérait que quand il en avait envie et qu'il jetait ou cassait volontiers quand il souhaitait rester seul. Alain était un bébé à barbe.

– Je vais prendre soin du chien, ajouta Alain. Donnez-le-moi…

On le remercia et on ne manqua pas de souligner sa gentillesse. Cet Alain était décidément un être adorable d'autant qu'il n'avait pas la réussite professionnelle de Claire, élément déterminant dans un village aussi pauvre que Jolie Forêt où son profil détonait moins que celui de sa compagne et où il lui était plus facile d'être accepté. On ne manquait pas de reprocher à Claire son statut, pourtant gagné à la force des poignets.

– Monsieur ne possède rien… Il est bien malheureux…, avait-elle entendu plusieurs fois dans la journée.

« Alain va tuer Chopin, se dit Claire. Ce fou va battre mon chien ou le laisser mourir de soif. »

Une équipe de nuit arriva et la traita sans égard. Les locaux étaient tristes, sombres et le mobilier froid et sommaire. Dans un couloir étroit, sur un banc, attendaient deux clochards. Elle dut patienter dans une petite pièce lugubre envahie par une odeur pestilentielle de toilettes sales. Un homme, étrange et presque fou, se disant psychologue, l'y rejoignit et l'interrogea rapidement. Elle crut trouver enfin une oreille bienveillante et intelligente. Mais, comme elle était extrêmement contrariée par les agissements d'Alain et le sort réservé à Chopin, Claire, qui souffrait d'endométriose, ressentit de violentes douleurs dans le ventre. Sans même s'apercevoir des malaises de Claire, l'homme l'écouta avec agacement.

– Mon mari est décédé, lui dit-elle en répondant à ses questions. Suite à cela, son meilleur ami d'enfance s'est installé chez nous et s'est révélé extrêmement violent. Il a tenté de me tuer.

Elle tremblait. Puis elle ajouta :

– Vous devez faire quelque chose. Je ne me sens pas bien.

– Peuh ! souffla le psychologue dont le visage était déformé par les tics. Hystérique ! Vous êtes hystérique ! Je n'ai pas de temps à perdre. Je veux rentrer chez moi. J'ai faim.

– Mais vous devez signaler ces malaises. Je ne vais pas rester lucide très longtemps.

– Oui. Si j'y pense.

L'homme sortit avec son petit cartable défraichi.

« Décidément, je ne tombe que sur des dingues, se dit Claire. Mais que m'arrive-t-il ? Depuis que j'ai rencontré cet imbécile d'Alain qui manipule tout le monde, on dirait que les choses s'écroulent autour de moi et que personne ne m'écoute. »

Elle se rendit également compte qu'elle avait laissé ses médicaments dans son sac. Elle en avait absolument besoin. Soudain consciente de la situation dans laquelle l'avait mise Alain sans qu'elle l'anticipât, furieuse contre elle-même et contre sa naïveté, elle se mit à frapper les murs avec ses poings.

– Quelle idiote je suis ! Je n'ai pas compris qui était Alain. Jean-Luc avait raison de ne pas lui faire confiance. Et il a Chopin entre ses mains… Je n'ai même pas eu la présence d'esprit d'appeler notre ami commissaire ni même Jean-Luc pour qu'il me sorte de ce piège ! Mais qu'ai-je donc en tête ? Il est pourtant évident qu'Alain est complètement fou et qu'il ne guérira jamais !

Après avoir tenté de lui faire honteusement des avances et s'être moquée d'elle en l'entourant, l'équipe de nuit lui promit de la conduire à l'hôpital. Certains donnaient des coups de pieds dans ses béquilles. Elle prit peur en les voyant s'approcher, les yeux lubriques. « Ils vont me violer », se dit-elle. Elle ne cessait d'entendre leurs propos sarcastiques :

– Madame n'a pas l'apparence d'une femme battue… On a essayé de la tuer ?

A l'hôpital, on se contenta de lui administrer un calmant puis on la reconduisit au poste dans un local fermé où elle s'endormit sur une paillasse dans une flaque de sang. Le lendemain, elle fut reçue au Palais de justice mais personne n'avait manifestement le temps d'étudier son dossier à la veille des vacances scolaires. Aussi apprit-elle, non sans crainte, qu'elle devrait passer une nouvelle nuit au poste de police sous la surveillance de la même équipe de nuit.

– Je préfère la passer dans un endroit sûr, confia-t-elle à un avocat de la région commis d'office. En prison par exemple. Est-ce que c'est possible ? Si je retourne là-bas, ils vont abuser de moi et si je rentre chez moi, ce fou risque de me tuer ! J'ai pourtant demandé il y a plus d'un an sécurité et protection à la police et aux procureurs.

Son idée fut acceptée.

– Pour quelqu'un d'innocent qui a subi les violences de son conjoint, cette situation est ubuesque ! C'est tout de même moi la victime ! Mon conjoint a abusé de moi et de ma faiblesse après le décès de mon mari. Il m'a volée, escroquée, violentée ! Et il a failli m'assassiner !

– Mais il a porté plainte avant vous, lui expliqua l'avocat.

– J'avais déjà déposé des mains courantes.

– Seules les plaintes sont étudiées. Il se trouve que celle de votre compagnon a fini par être retenue. Il fallait absolument qu'il enraye le processus qui pouvait le mener aux Assises. Vos plaintes ont été écartées. La sienne annule les vôtres. Pourtant, j'ai lu son dossier. Il est entièrement vide. Aucune preuve de malveillance de votre part. Rien ! Je ne comprends même pas que sa plainte n'ait pas immédiatement été rejetée.

– Dans mon dossier se trouvent toutes les preuves de ses crimes. Lui a un dossier vide. Qu'est-ce que je fais ici ?

– Comme je vous l'ai dit, il s'agit d'une question de procédure. Son avocat l'a bien conseillé et il a tenté de sauver sa peau.

Se complaisant dans la manipulation des instances judiciaires, Alain avait manifestement une sérieuse avance sur Claire dans ce domaine. Claire fut conduite là où elle l'avait demandé.

– Voyez cela comme une expérience unique, lui souffla son avocat. Vous n'avez aucune raison d'être ici et vous ne revivrez jamais cela. Vous pourriez peut-être en tirer quelques idées pour de futures œuvres. Prenez des notes…

Claire enregistra, en effet, tout ce qu'elle vivait : l'accueil plutôt aimable et poli dans un lieu lumineux et propre, l'atmosphère du milieu carcéral, plus proche de celui d'une colonie de vacances que d'une prison, la population féminine, l'emploi du temps proposé aux détenues fait de sport, de jeux et de soins donnés, chaque matin, à leurs enfants en bas-âge, la bienveillance du personnel, des gardiens, des médecins, les dons de vêtements et de matériel de toilette, les chambres équipées de télévision et de salles de bains. Seuls des barreaux aux fenêtres et une lourde porte hermétiquement fermée rappelaient le manque de liberté. Elle devait sonner pour qu'on lui ouvrît et rares étaient les fois où le gardien, trop sollicité, se dérangeait.

Elle décida de s'occuper pendant les quelques heures qu'elle devait passer dans cet endroit et ne regretta pas son choix. Elle était en sécurité. Elle prit des notes sur le bloc laissé à sa disposition puis elle alluma la télévision et fit des mouvements de gymnastique pour être en forme. Alors qu'elle venait de s'endormir, la porte s'ouvrit et une femme entra.

– Continuez de dormir, lui dit-elle. Il n'y avait plus de place. Ils m'ont donc mis dans la même pièce que vous. Je vais m'allonger sur le lit supérieur.

Jugeant la personne parfumée, élégante et distinguée, Claire s'étonna de sa présence en prison. Elle l'aurait davantage vue dans un salon d'essayage de la rue Montaigne à Paris.

– J'ai tué mon mari, lui dit-elle froidement. Il l'avait bien cherché. Mais cela m'a fait beaucoup de peine. Nous avions vécu de nombreuses années ensemble.

Très intriguée et quelque peu effrayée, Claire commença à l'interroger.

– C'était probablement un accident…

– Pas du tout ! C'était prémédité et je le clame haut et fort. Je l'ai attendu. J'avais tout préparé et je l'ai embroché quand il avait le dos tourné.

– Et vous n'avez pas de remords ?

– Aucun ! Je ne regrette rien et si c'était à refaire, je le referais !

– Il était sans doute violent…

– Pas du tout ! Mais je m'ennuyais.

– Vous ne redoutez pas la prison ?

– Je suis habituée ! J'y ai déjà passé plus de dix ans… J'avais tué mon premier mari ! C'est le second. Et vous ? Pourquoi êtes-vous ici ?

– Pour rien, bafouilla Claire. Pour être à l'abri de mon compagnon qui est dangereux. Je viens d'arriver et je repars demain. Une nuit à l'hôtel en quelque sorte.

Mais, après ce qu'elle venait d'apprendre, Claire ne réussit pas à s'endormir. Elle restait sur ses gardes. Son aventure rocambolesque continuait. En compagnie de cette femme bizarre, il lui tardait de retrouver la liberté. Aussi jugea-t-elle, le lendemain, les quelques heures d'attente avant son départ un peu longues. « Pourvu qu'ils ne m'aient pas oubliée ! Ils sont capables de partir en vacances et de me laisser là. »

Elle redoutait toutes les bévues dont elle pourrait encore être victime. Mais tout se passa comme il avait été dit. Dès qu'elle fut sortie, son avocat lui téléphona pour lui apprendre qu'il avait été finalement décidé qu'elle ne quitterait ni sa région ni son pays jusqu'au procès et elle retrouva Chopin et Jean-Luc devant la maison qu'elle louait. Elle dut reconnaître qu'elle s'était fourvoyée et qu'elle avait ouvert sa porte à un escroc et à un malade mental.

– Comment aurais-je pu imaginer qu'Alain, le meilleur ami de Marc, un copain de lycée, soit devenu complètement fou ? C'était impossible.

– Tu n'as pas eu de chance. L'essentiel est que tu sois en vie malgré tout.

– Je devais aller à l'étranger. Comment poursuivre mon travail dans de telles conditions ? Je vis un cauchemar. Je vais être surveillée jusqu'au procès comme une criminelle alors qu'il a tenté de me tuer ! N'y a-t-il personne pour comprendre cela ? Le monde tourne à l'envers, Jean-Luc… Moi qui ai des avocats et des commissaires dans la famille et qui n'ai jamais volé une pomme ! Alors qu'il n'a jamais payé ses factures ni ses impôts, qu'il a profité de la faiblesse de quantité de monde, qu'il a escroqué des amis… Pourquoi me harcèle-t-il ainsi ? Pourquoi s'acharne-t-il sur moi ? Je ne lui ai jamais rien fait. Je l'ai aidé, soutenu, assisté…

– Mais tu étais la femme de Marc.

– Marc était aussi bon qu'il est malsain. Il ne lui a jamais fait de mal. Je ne comprends rien.

– Il n'y a rien à comprendre. Il est fou. Il ne résonne pas comme nous. Ne cherche pas à analyser tout cela. Tu perdrais du temps pour rien. Tu dois seulement considérer que tu n'as plus en face de toi un conjoint avec qui tu as vécu de merveilleux moments mais un ennemi qui veut ta peau. Il ira jusqu'au bout et utilisera tous les artifices, toutes les manigances pour te détruire et te faire enfermer. C'est une lutte à mort entre toi et lui. Il ne jouit que de ta douleur.

Claire ne cessait d'embrasser Chopin que Jean-Luc avait récupéré au commissariat où l'avait déposé Alain. Elle serrait sa petite tête entre ses mains en pleurant.

– T'a-t-il seulement donné à boire ? Mon pauvre, pauvre Chopin. J'ai eu si peur pour toi, si peur… Si peur de ne plus vous revoir ni l'un ni l'autre.

CHAPITRE 47

Il faisait très chaud dans le nord de la France pendant ces jours d'été. Le ciel était d'un bleu d'acier, la lumière blessant les regards de lames argentées. Malgré le léger vent glacé, les chtis, habitués à des hivers rigoureux qui s'étaient considérablement réchauffés au fil des ans, s'affichaient en maillots de corps. Ils se dirigeaient à l'unisson vers le marché de la place de la mairie, les enfants criant dans leurs jambes et les femmes s'apostrophant d'un trottoir à l'autre. Les rues pavées de Jolie Forêt s'animaient provisoirement d'une population souvent confinée dans des cafés sans chasser la tristesse du lieu, pauvre, dénué de salle culturelle, encombré de papiers, de bouteilles vides, de prospectus et de sacs-poubelle en plastique noir d'où émanaient des odeurs douteuses. Curieusement, même les espaces verts, plutôt grisâtres et sales, les terrains de sport et un petit lac à la sortie du village n'apportaient aucune véritable gaieté. Insouciants, seuls les enfants jouaient mais les parents, souvent au chômage, vaquaient sans savoir comment occuper leurs journées.

Alain avait tremblé de peur pendant toute la nuit. Il n'avait guère dormi ces derniers jours. Il se voyait attaqué par tous ceux dont il avait gâché la vie et accusé de meurtre par Claire. Le film de ses actes repassait maintes fois dans sa tête : Claire courait pour lui échapper ; il frappait à grands coups de couteau la porte de la salle de bains de Grasse pour l'atteindre ; il l'attrapait par le cou avec une envie irrésistible de la tuer ; il lui serrait les tempes de toutes ses forces pour lui briser le crâne ; il comprimait le haut de ses bras pour lui montrer qu'il était le maître ; ne réussissant pas à lui imposer ses volontés, il la broyait, l'insultait, la jetait dans le vide, fracassait ses membres déjà cassés.

– Elle ne pouvait pas tout simplement se taire et obéir, murmura-t-il, les dents serrées, en pleurant.

Mais Alain ne versait pas des larmes sur ses violences, sur le destin de Claire, sur ses malversations mais sur lui-même, obligé de vivre, seul, sans profiter du soleil et de la nature de Grasse. Il était las des bruits de klaxons et des cris des éboueurs, des vrombissements de quelques motos et des sirènes de pompiers. Le claquement d'une porte lui rappela que sa voisine étudiante s'apprêtait à rejoindre la capitale pour les vacances et qu'il serait bientôt l'unique locataire de l'immeuble. Il aurait bien appelé ses parents ou Julien mais il n'avait pas envie de parler. Une petite dizaine de moineaux et deux pigeons avaient décidé de rompre la monotonie de la cage d'escalier en se posant sur les vasistas du toit dont le verre commença à crisser sous leurs pattes.

Comme chaque jour, imperturbablement, après avoir téléphoné à sa famille, Alain se leva, fit réchauffer de l'eau, la jeta dans un pot de couscous et de légumes déshydratés et les mangea en regardant son écran d'ordinateur. Puis il rota bruyamment, lança sa cuillère dans l'évier et le récipient dans la poubelle. Il fit une patience, regarda le début d'un film, puis un autre, puis *Shining*, les yeux fixes, les lèvres pincées, les traits figés, passa sur son doigt la lame du couteau qui était sur sa table, l'aiguisa, sélectionna des radio-crochets américains rediffusés sur YouTube. Il aurait tout donné pour se retrouver à cet instant dans la maison de Grasse. Il risquait, pourtant, de ne plus jamais y retourner.

– Je le lui avais bien dit. Je ne le lui pardonnerai jamais ! affirma-t-il en pensant à Claire.

Apprenant que Claire était en prison sans savoir qu'elle en avait fait elle-même la demande, Alain commença à se détendre. Il se délectait à cette idée. Il se mit à regarder sur son ordinateur des photographies de l'établissement pénitentiaire qu'il agrandissait avec la loupe. Puis il s'assombrit en se rendant compte qu'il était responsable de cette situation et que Claire ne méritait peut-être pas cet acharnement.

– Elle m'a fait tellement de mal, mentait-il à ses parents. Pas autant que *l'autre*, la mère de Julien. Pas autant que Julien qui comprendra quand il aura des enfants. Elle devait être punie.

Mais Alain détestait surtout l'idée que Claire pût lui échapper. Lui seul avait droit de vie et de mort sur elle, pas ces fantoches qu'il avait manipulés sans peine.

– Tu dois être content, lui dit son père au téléphone. Tu as réussi à te faire entendre.

– Oui… Bien sûr, bafouilla Alain.

« Il n'a rien compris, se dit-il. Je ne suis pas du tout satisfait de la manière dont tournent les événements. Je veux juste punir Claire qui m'impose une vie stupide dans cet endroit délabré, peuplé de gens idiots et lui soutirer de l'argent. Je n'ai pas passé des mois à la suivre, à falsifier des messages, à faire des montages de photos pour rien. Je dois être payé pour ce travail et elle gagne suffisamment d'argent pour m'en donner. Je vais demander une nouvelle fois à l'avocat combien nous pourrions obtenir. Je dois encore trouver quelques idées pour alimenter le dossier. Voyons dans les mails qu'elle m'avait adressés quand nous nous sommes retrouvés… Il suffirait de modifier la date de réception et de laisser croire qu'elle m'écrit aujourd'hui ce genre de courriers. »

Alain trouva un stratagème. Alors que Claire avait promis de se tenir éloignée de Jolie Forêt jusqu'au procès, malgré son travail, et qu'elle préférait rester le plus loin possible d'Alain en qui elle n'avait plus aucune confiance, celui-ci l'attendit patiemment après avoir repéré l'adresse de son avocat où elle était obligée de se rendre. Il allait chaque jour devant la maison qu'elle louait pour voir s'il y entendait du bruit puis il se postait au coin de la rue, non loin de chez l'avocat, un appareil photographique dans la main, et se cachait derrière les arbres. Il avait plusieurs fois photographié la voiture de sa compagne que Jean-Luc utilisait pour aller relever le courrier de Claire. Le fait que cet homme pût s'asseoir à la place qu'il occupait quand il conduisait le véhicule à Grasse lui était insupportable.

Les deux rendez-vous avec son avocat, auxquels Claire répondit, ne lui échappèrent pas. Dès que Claire approchait, Alain reconnaissait sa voiture. Elle se garait, descendait en tenant Chopin en laisse et marchait jusqu'au cabinet. Mais, après le second entretien, Claire remarqua Alain.

« Que fait-il là ? » se dit-elle en le distinguant au loin.

Elle entra dans sa voiture et appela la police.

– Il continue à me suivre et à me harceler. Je suis inquiète, dit-elle.

– Où se trouve-t-il ? On arrive. Vous pouvez partir.

Fatiguée et contrariée, Claire décida de passer la nuit dans un hôtel situé à une trentaine de kilomètres puis elle regagna Paris. Elle reçut, à son arrivée, un appel curieux du responsable de l'hôtel.

– Deux policiers se sont présentés à l'accueil. Ils vous cherchaient.

– Moi ?

– Oui. C'était important.

– Je leur ai signalé qu'Alain m'espionnait, dit-elle à Jean-Luc. Ils voulaient sans doute me faire un rapport. J'espère qu'ils l'ont sermonné. Je ne connais pas la date du procès. Je dois avancer mes recherches sinon rien ne sera prêt à temps et je ne respecterai pas les termes du contrat. Je vais préparer un dossier avec toutes mes plaintes accompagnées des justificatifs. J'informerai les autorités que je dois me rendre à des rendez-vous professionnels.

Jean-Luc l'aida à réunir les documents mais elle apprit, alors, qu'un nouveau dossier avait été déposé contre elle par Alain.

Son avocat la rejoignit.

– Je n'y comprends rien, lui dit-elle.

– Malheureusement, votre compagnon sait être convaincant. Ses pièces s'ajoutent aux précédentes et cela commence à agacer tout le monde. Il ne s'agit que d'une affaire de couple qui prend des proportions insensées. Ce monsieur a l'air d'apprécier que l'on s'occupe de lui seul. Il s'en délecte et, depuis plusieurs mois, il mobilise des gens qui ont bien d'autres choses à faire que de traiter de discordes entre conjoints. J'ai bien peur qu'en voulant régler cette affaire dans les meilleurs délais sans même prendre le temps de lire ces volumineux dossiers, ils ne vous en fassent subir les conséquences.

Claire n'en finissait plus d'entendre des conseils et des menaces de tous comme si elle était responsable d'un crime alors que personne n'interrogeait Alain qui avait tenté de la tuer. Cette injustice constante était insupportable pour celle qui était très attachée aux convenances, au respect des lois et à la morale alors qu'Alain faisait fi de tout cela.

Elle dut également remettre son travail à des jours meilleurs, se sentant toujours épiée. Elle fit ainsi davantage connaissance avec Jean-Luc qui l'accompagna, le jour du procès, jusqu'à la porte du tribunal.

– Je t'attends dehors avec Chopin ou dans la voiture s'il ne fait pas trop chaud.

En arrivant au tribunal, la première, Claire donna son nom et patienta dans l'entrée. Peu de temps après, Alain, qui était dans la même pièce qu'elle, ne cessa de la scruter. Leurs regards se croisaient sans cesse. Ils entrèrent enfin dans la salle d'audience l'un après l'autre. Claire, que l'on complimenta pour sa carrière, ne jugea pas utile de se défendre alors que son dossier parlait de lui-même et dénonçait les mensonges d'Alain. Ce que voyant, l'avocat de ce dernier en profita pour surenchérir en présentant Claire d'une façon éhontée, modifiant outrageusement les faits. Claire ne prit qu'une seule fois la parole pour parler à l'avocat d'Alain.

– Ce monsieur s'est installé chez moi et m'a harcelée pour que je l'aide, dit-elle en se tournant vers Alain qui gardait les yeux baissés. Ce n'est pas moi qui ai été chez lui et qui ai profité de ressources qu'il n'a pas. C'est évident et très facile à vérifier.

– Nous n'avons pas les moyens financiers pour enquêter sur tous ces détails, intervint le président.

– Il ne s'agit que de passer quelques appels téléphoniques.

– Même les factures de téléphone sont chères…

– Toutes les preuves figurent dans mon dossier, que vous avez sous les yeux. Je n'ai rien à ajouter.

Après délibération, il fut décidé que Claire et Alain se tiendraient à l'écart l'un de l'autre pendant plusieurs mois et que Claire paierait un dédommagement à Alain. Se sentant lésée, Claire demanda à son avocat s'il lui était possible de ressortir ses propres plaintes.

– Ce serait une autre affaire. Il faut, tout d'abord, régler celle-ci.

Tout d'abord choquée, accablée puis révoltée, Claire rejoignit Jean-Luc, furieuse.

– Personne ne te protège quand tu es violenté. Personne ne t'aide quand tu es harcelé. Personne n'a aidé Marc quand il a été victime d'erreurs médicales. Personne ne m'a soignée lorsque je souffrais de cette endométriose. Mais dans quel monde vivons-nous ?

*

Comme par hasard, Alain ne retourna plus dans la salle de sport où Claire allait faire sa rééducation. La musique, mise à fond, et les lumières colorées de boite de nuit tournoyant au plafond y faisaient figure d'ovnis dans la campagne. Il cessa aussi de fréquenter les lieux où elle se rendait. Le lendemain du jugement, il fut odieux avec tout le monde et agressa verbalement sa voisine, l'étudiante sur le départ.

– Pouvez-vous laisser la porte de l'immeuble ouverte ? lui dit-il sèchement sur un ton impératif sans répondre à son salut.

Surprise, celle-ci obéit. Puis il monta dans son studio. Quelques instants plus tard, il en ouvrit brutalement la porte et se pencha par-dessus la cage d'escalier en criant :

– Quand vous aurez pris votre courrier, fermez la porte de l'immeuble. Il y a des courants d'air !

Alain s'était de nouveau piégé lui-même car s'il voulait nuire à Claire, il ne souhaitait pas le faire à son propre détriment. Le dédommagement financier qu'il avait obtenu ne lui semblait pas suffisant. En bon avare, il en réclama, toutefois, le chèque, dès le lendemain, à son avocat.

« Je ne supporterai pas de ne plus voir Claire, se disait-il en tournant en rond dans sa chambre. J'ai besoin d'elle comme elle a besoin de moi. Elle ne viendra pas à Jolie Forêt pendant plusieurs mois. Gardera-t-elle la maison qu'elle loue ? J'irai vérifier chaque jour. Mais je dois savoir où elle est, ce qu'elle fait. Je la connais : elle n'abandonnera pas ses projets. Elle ne peut donc guère s'éloigner. Où avait-elle décidé de mener ses recherches ? »

Il fouilla fébrilement dans ses affaires jetées en vrac dans la pièce et retrouva les brouillons de Claire qui l'intéressaient.

– Elle doit se rendre à côté de Roubaix, à Arras, à Calais et surtout à proximité de Valenciennes.

Sachant qu'elle devait cumuler sa rééducation et son travail, Alain appela, tour à tour, toutes les salles de sport où Claire était susceptible de s'inscrire. Il se fit passer pour son mari et inventa un prétexte, demandant s'il existait des forfaits et des réductions pour les couples qui s'entrainaient dans le même club. Il retrouva ainsi la trace de Claire et se rendit sans hésitation sur les lieux qu'elle fréquentait. Malin, il n'y alla pas, tout d'abord, aux mêmes heures qu'elle. Patient, il se fit facilement accepter par les adhérents en leur disant qu'il voulait, lui aussi, monter un club de fitness. Au bout de deux semaines, il proposa même des cours gratuits au responsable de la salle. Il s'y rendit alors le matin si bien qu'en sortant des vestiaires, Claire se retrouva, un jour, en face de lui. Interdite, elle détourna le regard et gagna la pièce où elle faisait ses exercices en compagnie d'autres femmes avec lesquelles il lui arrivait de prendre un petit déjeuner. Mais Alain n'avait aucunement l'intention de la laisser en paix. L'après-midi, il se rendait aussi dans la médiathèque où elle travaillait. Mal à l'aise, consciente qu'Alain la suivrait partout où elle irait, Claire ne lui adressait pas la parole et espérait qu'il se lasserait.

La lumière encore éblouissante de l'été inondait le visage sombre et le cerveau noir d'Alain en jaillissant d'office dans la pièce minuscule qui lui servait de bureau, de dortoir et de cuisine. Soulagé par une telle situation qui lui permettait de nouveau de contrôler le moral de Claire et de la surveiller, Alain se remit à agir comme il l'avait déjà fait puisque sa façon de procéder avait donné de bons résultats. Mais il voulait maintenant obtenir beaucoup plus de Claire : il souhaitait la détruire, l'empêcher de travailler et lui réclamer un dédommagement bien supérieur à la somme qu'il avait reçue. Comme il connaissait toutes les astuces et les processus pour y arriver, il recommença patiemment, minutieusement, religieusement, son travail de sape. S'il avait berné toutes les instances, toutes les autorités une première fois, il se délectait à l'idée de les manipuler de nouveau.

Claire n'arrivait pas à savoir si Alain était totalement aveugle ou s'il agissait pour lui nuire tout en étant conscient de la réalité. Il avait toujours insulté tous ceux qui souhaitaient l'aider et recherché la compagnie de tous ceux qui lui voulaient du mal. Patricia, qu'il avait considérée comme sa meilleure amie, jalouse de la situation confortable dans laquelle il vivait avec Claire, ne supportait pas les sentiments qu'il éprouvait pour elle et avait pour seul objectif de les séparer. Il en était de même de Jean-Pierre et de sa compagne qui habitaient un petit logement parisien et qui auraient aimé posséder un domaine comme celui de Grasse.

Une très jeune élève, envieuse de Claire, accaparait sans cesse Alain et ne voulait pas d'autres professeurs que lui. Alain, qui la détestait, voyait là l'occasion de gagner de l'argent facilement.

– Les parents sont des commerçants. Ils font les marchés, disait-il à sa famille. Ils peuvent bien me faire des cadeaux avec tout ce que j'apporte à leur gamine.

Alain faisait miroiter une carrière exceptionnelle à cette enfant.

– Votre fille peut aller loin et gagner très bien sa vie, répétait-il. Aujourd'hui, les athlètes de haut niveau ont une vie confortable. Mais il faudrait qu'elle soit en sport-étude le plus rapidement possible. Je pourrais ainsi la suivre chaque jour et me consacrer à elle.

Claire connaissait le discours de ces professeurs qui promettaient des résultats à des parents pleins d'espoir alors qu'ils n'avaient pas les moyens de financer les carrières professionnelles de leurs enfants. Elle savait aussi que les fédérations aidaient les meilleurs et qu'Alain n'entrainerait jamais aucun véritable talent. Une jeune stagiaire empruntée ne lui laissait plus une seconde de répit. Véritable commère de quartier, elle se gargarisait des détails que lui fournissait Alain sur sa vie privée et elle en réclamait d'autres. Julien, lui-même, ne s'intéressait plus à son père depuis qu'il était éloigné de Claire.

Claire ne vit plus Alain pendant une semaine. Espérant être enfin tranquille, elle retrouva sa bonne humeur et reprit son entrainement sans appréhension. Le samedi, elle fêta au club l'anniversaire d'une amie avant de se rendre à un rendez-vous avec le maire d'une commune voisine. Mais au moment de s'engager sur une voie à grande circulation, elle ne réussit pas à passer les vitesses. La voiture ne répondait plus. Elle se servit du frein à main pour ralentir et laissa le véhicule s'échouer sur le bas-côté. Elle appela aussitôt sa compagnie d'assurance qui fit remorquer la voiture.

– Sabotage, lui dit avec certitude le garagiste. On en voit les traces.

Claire ne pouvait croire ce qu'elle entendait.

– Vous vous trompez sans doute…

– Je suis formel. A votre place, j'irais immédiatement porter plainte. Vous avez eu de la chance car vous rouliez lentement mais sur la route où vous pouviez aller jusqu'à 110 km/heure, je pense que vous ne vous en seriez pas sortie indemne.

Le garagiste fit un rapport qu'il lui donna.

– Tenez ! Vous joindrez ce document à la plainte si vous décidez de suivre mes conseils.

Claire jugea préférable d'écouter les instructions du garagiste et elle déposa une plainte contre X en mentionnant qu'elle avait de sérieux doutes sur la personne qui avait voulu attenter à sa vie. Depuis qu'elle avait retrouvé Alain, Claire ne vivait plus rien de normal ni de sensé. En sortant du commissariat, au moment de redémarrer, elle prit subitement peur. « Et si la voiture explosait ? » Son cœur se mit à battre très vite. Elle introduisit lentement la clé dans la serrure.

– Chopin, tu es là ?

Le petit chien, qui dormait sur la plage arrière, leva une oreille sans réagir davantage.

– Si un malheur nous attendait, tu en aurais le pressentiment. Tu m'as l'air plus raisonnable que ta maitresse. Je vois sans doute trop de films !

Mais il n'était pas exclu non plus qu'Alain cherchât à la terroriser ou à lui rappeler qu'il était présent même lorsqu'elle ne le voyait pas, contrôlant ainsi et pour toujours son destin.

CHAPITRE 48

Depuis le décès de Marc, Claire ne voyait ni les saisons ni les années passer. Sa vie était perturbée par de si nombreux changements que le temps semblait s'être arrêté au moment même où sa douleur s'était installée, suivie par des bouleversements fondamentaux dans son existence.

Deux personnes avaient profité de la disparition de Marc pour tenter de nuire à sa carrière sur internet, piratant la fiche qu'une encyclopédie en ligne lui avait consacrée, inventant des monstruosités sur son travail. Claire n'avait, tout d'abord, pas prêté attention à ces détails mais ce harcèlement maniaco-dépressif, ces calomnies, pouvaient être préjudiciables à ses projets. Des amis l'avaient donc mise en garde, lui suggérant de porter plainte. Elle se demanda si Alain n'était pas l'auteur de ces lignes diffamatoires. L'un de ces criminels, qui œuvrait avec un acharnement maladif contre elle, s'était attribué le nom d'un fou qui avait, en son temps, calomnié et harcelé Flaubert. La coïncidence était pour le moins troublante et les actes délictueux de ce délinquant incessants. Sans réglementation, internet devenait un lieu où les malades mentaux et les déséquilibrés pouvaient lâcher leur fiel et leur rancœur en toute impunité, anonymement, sans crainte des représailles, visant le plus souvent les célébrités.

« Je n'ai pas de temps à consacrer à ces imbéciles », se dit finalement Claire.

Elle se répétait alors les remarques de Marc :

– Plus tu réussiras et plus tu seras jalousée et calomniée. C'est plutôt bon signe ! Les échecs n'attirent pas les envieux. Sois heureuse ! Les chiens aboient, la caravane passe…

Alain fréquentait de plus en plus souvent le club où Claire faisait, chaque matin, sa rééducation. Il y allait chaque jour et s'y prélassait aussi l'après-midi, assis sur un divan, observant les uns et les autres, donnant des conseils d'entrainement, suggérant des idées pour y développer des activités, suppléant des moniteurs absents, acceptant de faire des permanences lors de rencontres sportives amicales. Claire, qui y apportait parfois son aide, devait supporter la présence d'Alain qui n'était là que pour l'observer et noter ses comportements. Elle avait accepté, à la demande pressante du président en manque de moyens financiers, de lui présenter d'éventuels partenaires.

Entouré d'une pelouse, le club de fitness ressemblait plus à un hangar qu'à un espace consacré au sport. Les petites maisons avoisinantes, toutes construites sur le même modèle, munies d'un minuscule jardin, en briques rouges, se fondaient dans la triste monotonie du paysage, immuable de village en village. Deux grands résineux au tronc noueux et aux branches d'une longueur étonnante et leurs pommes de pin étaient les seuls agréments des abords du club même si la clarté torrentielle du ciel embellissait, en les détourant, les contours des cimes, les faîtages des villas, et bleuissait la surface d'une mare toute proche. On sentait, derrière chaque rideau brodé, un regard curieux. Les chemins étaient aussi déserts que les commères actives, les langues aussi mielleuses que les coulisses vipérines et le village aussi désuet et inoffensif que ses cours étaient redoutables et meurtrières.

Alain connaissait bien ces ambiances provinciales dans lesquelles il évoluait comme un poisson dans l'eau tandis que Claire, novice, les découvrait avec déception.

Tandis qu'elle sortait un jour des vestiaires et se dirigeait vers la sortie, des parents venus chercher leur fils, qui lui adressaient la parole de temps à autre mais qui, curieusement, se montraient plus silencieux depuis qu'Alain donnait des leçons à leur enfant, vinrent vers elle, le visage souriant. Elle en fut étonnée après une période de relations plutôt froides.

– Alain n'a pas son bac, n'est-ce pas ? lui demandèrent-ils sans préambule.

– Pourquoi ne lui posez-vous pas la question directement ? répondit Claire, quelque peu choquée par tant de désinvolture.

– Vous êtes sa femme. Vous le savez probablement. Il nous a dit que vous vous étiez connus au lycée.

– J'ignorais qu'Alain parlait de moi, dit-elle en posant son sac de sport à terre et en s'adossant contre le mur pour laisser passer les athlètes qui voulaient sortir du club.

– Il prétend qu'il a eu le bac C avec une mention très bien. Mais vu son vocabulaire et son manque de culture générale, nous pensons, mon épouse et moi, qu'il a menti. Il est impossible que cet homme ait fait des études supérieures.

– Il n'a pas eu le bac l'année où je l'ai eu. Pour le reste, interrogez-le.

– Mais il était en terminale à vingt ans ! Il ne l'a donc pas et il n'a jamais fait d'études supérieures. A-t-il seulement un brevet de sport ?

Claire savait qu'Alain avait toujours refusé de l'afficher dans un lieu sportif comme devaient le faire les éducateurs. Il avait exercé pendant de très nombreuses années sans diplôme et avait dû quitter précipitamment certains gymnases suite à des contrôles. Honteux, il s'était bien gardé de parler de ses échecs à quiconque si bien que sa famille et son fils le croyaient diplômé d'Etat. Ses quelques années d'enseignement lui avaient permis de recevoir un certificat juste avant de retrouver Claire à Paris. La date mentionnée sur ce document prouvait qu'il n'avait jamais obtenu de diplôme après avoir quitté le lycée comme il l'avait dit à Claire et à tous ses employeurs ou associés.

– Il prétend qu'il n'y a pas meilleur professeur que lui, insista le parent d'élève, père d'un certain Jérémie.

Bouffonnerie, vernis, pitrerie que Claire était capable de dénoncer à tout moment. Or, Alain souhaitait donner de lui une image parfaite. Tout dans ses propos était conçu pour berner les présidents de clubs et les parents : discours élogieux sur son parcours, *curriculum vitae* fallacieux dans lequel il prétendait avoir coordonné cinq des meilleurs clubs français et suisses. S'il y était passé sans avoir de résultat et, parfois, sans avoir eu d'élève, il n'avait, en réalité, rien créé ni dirigé. Il avait, en revanche, été maintes fois renvoyé. Après avoir observé chaque jour l'activité des clubs de gymnastique et la façon dont les moniteurs étaient recrutés, il comprenait vite s'il pouvait y proposer sa candidature. Voyant Patricia exercer divers métiers sans avoir de formation, devenant tour à tour sophrologue, vendeuse de biens immobiliers, décoratrice d'intérieur, guide comportementale, Alain avait eu, sous les yeux, un mode d'emploi idéal. Il avait compris qu'il fallait juste se créer un personnage avec une coupe de cheveux, une présentation, des vêtements appropriés à la fonction que l'on souhaitait exercer. Pour ce faire, il devait aussi se tenir éloigné des lieux où il était connu. La présence de Claire le dérangeait considérablement dans la création de ses personnages.

– Vous ne répondez pas, dit le père de Jérémie.

– Je ne peux vous renseigner. Il a toujours prétendu avoir eu son diplôme et être sorti premier de sa promotion.

– Je n'en crois rien. Comment gagne-t-il sa vie ? Il ne donne que quelques cours à Jérémie. Il est astucieux cet Alain. Il a une manière de faire bien rodée. Il nous a abordés à la fin de l'année dernière en ayant appris que Jérémie venait de quitter son professeur. Il nous a proposé de lui donner des cours gratuitement pendant l'été, ce qui nous dépannait. Puis il s'est incrusté et nous avons fini par nous laisser convaincre si bien qu'il entraine Jérémie plusieurs fois par semaine.

Estimant que cette question privée ne regardait pas le père de Jérémie, Claire s'excusa et partit. Mais la semaine suivante, alors que Claire faisait sa rééducation, les parents de Jérémie s'approchèrent d'Alain en présence du propriétaire du club.

– Nous allons arrêter là, lui dit froidement la mère de Jérémie et nous ne reviendrons pas sur notre décision. Nous avions prévenu Alain. Depuis qu'il donne des cours à notre fils, celui-ci refuse de s'alimenter normalement, de travailler en classe et perd dans toutes ses rencontres sportives. Si nous continuons ainsi, il échouera au bac l'année prochaine. Le médecin nous a conseillé de mettre Jérémie dans une clinique, cet été, pour qu'il retrouve son équilibre. Il reprendra, dès septembre, ses études et sera entrainé dans un autre club.

Comme Alain, dépité, était au bord des larmes, le propriétaire du club, qui avait besoin d'un moniteur, lui renouvela une proposition qu'il lui avait déjà faite.

– Réfléchissez à un contrat pour l'année prochaine. Vous pourriez former les plus jeunes.

S'engager pour un an sans pouvoir retourner à Grasse était une véritable épreuve pour Alain. Devant respecter la décision de justice, il lui était, toutefois, impossible de déménager dans le sud de la France avant l'été suivant. Il accepta donc, à contrecœur, d'encadrer l'entrainement de certains adhérents du club. Contrairement à ses habitudes, Alain resta pendant toute la soirée à la fête du club qui suivit en voyant que Claire avait l'intention d'y diner. Les membres du club, campagnards endimanchés, arrivèrent peu à peu, et se regroupèrent par affinité. La musique était trop forte, le buffet apparemment trop ordinaire, les lots de la tombola sans grand intérêt. Ces distractions populaires étaient si étrangères aux passions de Claire et aux cercles qu'elle fréquentait qu'Alain fut stupéfait de sa présence.

Il s'assit, à table, en face d'elle et se leva en même temps qu'elle pour se servir au buffet. Il se dégageait de cette soirée une impression étrange. Sans lui parler, évitant de le regarder tout en se sentant admirée et désirée, Claire avait l'impression de vivre toujours avec Alain dont les yeux pétillaient d'envie. Il souriait, la contemplait. Les discussions étaient insignifiantes, les chansons puisées dans le plus mauvais répertoire français mais Claire et Alain vivaient des moments exceptionnels comme si, après des années sans complicité, ils se retrouvaient enfin, oubliant l'entourage, le bruit, la foule. Seuls au monde. Des sourires partagés sans oser se regarder, des déplacements simultanés sans oser se parler, des frôlements troublants sans oser se toucher, des instants courts, suspendus, aussi longs que l'éternité, indicibles, silencieux, de paix absolue, d'un bonheur platonicien aussi puissant qu'impossible.

Malgré tout le mal qu'Alain lui avait fait, Claire retourna dans sa voiture, émue. Elle comprenait qu'ils étaient toujours liés tout en étant éloignés, qu'ils se haïssaient tout en s'aimant, que leur amour, sans issue, en était d'autant plus indestructible et elle sut, à cet instant, en rentrant de nuit à Paris, que jamais rien ni personne n'effacerait leur rencontre, extrêmes dans la douleur comme dans la joie.

Alain avait encore une fois cherché son regard maintes et maintes fois, tant de mots qu'ils s'échangeaient, chaque jour, avec les yeux, de reproche, de colère, de tristesse, de regrets, de passion, sur des fonds de mélodies écrites pour Alain : avant toi, c'était rien…. Mais les réflexions et les conclusions de Claire pouvaient être aux antipodes de celles d'Alain qui avaient la possibilité d'évoluer d'une seconde sur l'autre. Si l'amour guidait Claire, la possession et le contrôle étaient au centre des préoccupations d'Alain. Dès qu'il sentait, avec le flair d'un animal, qu'il avait remis la main sur sa proie, il s'effaçait, ménageant le chaud et le froid.

– Ce qui me fait peur, lui avait-il dit à Paris, c'est que nous allons toujours au bout de tout sans modération. Nous nous ressemblons dans l'excès et dans la recherche de l'extrême.

Alain avait vu juste au sujet de leur relation torrentueuse.

– J'ai su tout de suite que j'aimais Claire, avait-il confié à Julien. J'étais irrésistiblement attiré par elle. J'avais une envie insurmontable de la serrer contre moi. Je ne pourrais même pas décrire ce que je ressentais tant c'était intense, fort, incontrôlable. Quand elle est présente, la pièce se remplit d'un vide immense et quand elle n'est pas là le temps me paraît si long. Le manque que je ressens est indescriptible.

– Comment savoir que l'on est amoureux ? lui avait demandé Julien.

– On le sait tout de suite. Ne t'inquiète pas. Cela t'arrivera un jour…

CHAPITRE 49

Se sentant demandé par le propriétaire du centre de fitness, Alain en profita pour proposer des stages pendant les vacances d'été. Il avait été, en quelque sorte, imposé aux autres moniteurs présents dans les lieux et il n'avait pas l'intention de créer de liens d'amitié avec quiconque. Il se contentait d'entretenir des relations avec ceux qui pouvaient lui être utiles. Il n'achetait jamais rien au club ni boisson ni accessoire de sport et ne comptait pas y dépenser un centime contrairement à ce que faisaient tous les éducateurs, d'autant qu'il pouvait trouver l'équivalent de ce qui y était présenté ailleurs pour un prix modique. Il fuyait l'endroit lors des animations et des assemblées générales. Il avait toujours agi ainsi, se montrant tout d'abord réservé voire timide dans un endroit qui lui était étranger avant de s'y ancrer quand il y avait des projets. Il y campait alors avec aplomb. Il se méfiait de ses collègues, de Claire et des membres du bureau. Haïssant profondément ces derniers, il était contraint de se contrôler à l'extrême pour leur faire bonne figure.

Naïfs, les parents accueillirent les stages avec enthousiasme alors qu'Alain n'était guidé que par l'appât du gain. La vente de son terrain à Grenoble lui permit également d'acquérir une petite somme d'argent. Il en avait grandement besoin pour parachever son site à l'aide d'informaticiens compétents. Son suivi éventuel s'il avait du succès, ce qui paraissait impossible vu la concurrence gratuite sur le marché, le recours à des avocats encadrant le projet et à des comptables nécessitaient des sommes considérables qu'Alain ne possédait pas. Seuls des mécènes ou des partenaires auraient pu l'aider mais Alain ne connaissait personne. Il n'avait pas le carnet d'adresses de Claire et même s'il le lui avait en partie dérobé, il n'avait aucun savoir-faire dans les pourparlers. Traiter des affaires était aux antipodes de ses préoccupations et de ses compétences. Seule Claire aurait été capable d'assurer la promotion et la défense du projet. Au fil des jours, Alain se rendait compte qu'il s'était trompé en croyant pouvoir le mener à bout avec succès. Mais, après tout ce qu'il avait fait endurer à Claire et dans la situation où il se trouvait, il était contraint de retarder une éventuelle discussion sur le sujet avec sa compagne.

Un parent dont il s'était servi pour établir de fausses déclarations contre Claire l'avait retrouvé et ne le quittait guère. La manière dont les étrangers s'attachaient à lui alors qu'il les méprisait était surprenante. Cette constatation, qu'Alain lui-même avait faite depuis longtemps et qui lui était utile, était sans doute due, comme il le disait lui-même, à son visage poupon et sympathique qui ne reflétait en rien ses pensées et à sa façon pleurnicheuse de se présenter en victime. Il vit là l'occasion de manipuler, de nouveau, cet homme plus jeune que lui qui lui était totalement acquis et qui était incapable de déceler ses troubles psychiatriques. Alain le considéra, tout d'abord, comme une sangsue dont il espérait se défaire mais, comme son fils, Tulasne, était proche de Claire avec qui il discutait souvent, il eut l'idée de le prendre comme élève à la place de Jérémie.

Les objectifs d'Alain étaient, toutefois, extrêmement complexes car s'il souhaitait des élèves brillants pour gagner de l'argent et se valoriser, il ressentait aussi le besoin de les briser comme il l'avait été autrefois quand il s'était vu abandonné par son propre professeur. Les considérant presque comme des objets, ne tenant compte ni de leur douleur ni de leurs limites, il les menait presque toujours à la blessure comme il l'avait fait pour Julien. Afficher leurs bons résultats était, pourtant, capital pour ses projets. Accepter de donner quelques cours lui apportait aussi de la crédibilité même s'il exerçait dans un club de village qu'il présentait, à l'extérieur, sous son meilleur angle. Alors que les stages avaient commencé depuis quatre semaines et que les inscriptions étaient moins nombreuses le mois suivant, Alain souhaita un bon dimanche à tous et leur fixa un rendez-vous au lundi suivant. Mais, alors que tout le monde l'attendait au jour dit, Alain ne donna pas signe de vie. Certains parents vinrent trouver Claire en espérant obtenir des explications.

– Je n'ai aucune idée de l'endroit où il est, leur répondit-elle froidement.

Elle savait qu'Alain n'était pas fiable et qu'il mentait toujours. Son escapade ne l'étonnait guère. Elle était, toutefois, agacée par sa désinvolture et son manque d'honnêteté.

– Nous allons le remplacer provisoirement, dit le propriétaire du club. On va bien finir par avoir des nouvelles.

Après avoir repris son rythme estival et avoir rejoint Jean-Pierre et sa compagne aux mêmes dates et au même endroit que les années passées, ses habitudes étant aussi fortes que des addictions, Alain ne se soucia guère du club pendant la période la plus creuse de la saison où personne n'était susceptible de lui nuire. Il revint transformé physiquement pour son nouveau rôle de moniteur modèle, Rastignac à la conquête d'un gymnase de campagne, rasé de près, avec une coupe de cheveux militaire et une tenue dernier cri après avoir bénéficié des donations habituelles faites par plusieurs marques de sport aux professeurs de gymnastique. Il ne lui restait plus qu'à charmer quelques parents pour inscrire leurs enfants dans un circuit plus élaboré qui leur permettrait de recevoir de sa part des cours quotidiens et de les placer, l'année suivante, en sport-étude avec une aide financière de la Fédération qui finirait dans sa poche.

Alain devint, dans un premier temps, une bénédiction pour le petit club et ses adhérents. Il remit sur pied, d'une façon illusoire et quelque peu ridicule, tout ce qu'il avait voulu organiser à Grasse, imaginant des stages de haut niveau pour des élèves dénués de moyens et de talent, dès leur plus jeune âge, faisant tirer des dépliants et des affiches pour en faire la publicité, commandant des vêtements au nom du club, suggérant au propriétaire un logo similaire à celui qu'il avait déjà imaginé dans ses précédents projets qui s'étaient tous soldés par des échecs, mettant la main sur les publications en ligne du club pour y contrôler la communication, espérant ainsi bénéficier pour ses propres affaires de son support, de la Fédération, des parents et des collègues. En résumé, Alain avait squatté l'endroit que Claire avait choisi pour s'éloigner de lui et vivre tranquillement. Il lui imposait sa présence et s'y pavanait de l'ouverture jusqu'à la fermeture en terrain conquis.

*

Alain attendait Claire comme chaque jour. Même lorsqu'il n'avait pas d'activités au gymnase, il y passait des heures entières à lanterner, jouant ou regardant des films sur son ordinateur, bronzant, l'été, sur une chaise, au soleil, devant la porte d'entrée, s'accordant même une sieste à l'heure du déjeuner en s'enfermant dans l'une des salles de danse. Comme il ne paraissait plus vouloir l'importuner, Claire rencontra un médiateur parisien et lui expliqua la situation. Malgré le danger que Claire pouvait courir et après l'avoir mise en garde, celui-ci accepta d'intervenir pour faire comprendre à Alain son problème psychique et tenter de trouver une solution pour sa santé. Mais non seulement Alain interpréta mal la démarche de Claire puisqu'il s'estimait équilibré, jugeant tous les autres anormaux et fous, mais il chercha, en bon paranoïaque, dans la main tendue de Claire, tous les pièges qu'elle pouvait y avoir dissimulés.

Comme il lui était inutile de se rendre au poste de police de Jolie Forêt qui s'était vu retirer l'affaire le concernant, il reproduisit ses mêmes mises en scène dans un commissariat proche de Valenciennes où il apporta la lettre du médiateur.

– Je ne veux pas lui répondre, expliqua-t-il au brigadier. Pouvez-vous le faire à ma place ?

Le policier acquiesça.

– J'ai vu ce matin la maison qu'*elle* loue ouverte. *Elle* s'y trouve si vous voulez *l*'interroger.

Alain insista tant que deux policiers finirent par se présenter chez Claire. Jean-Luc était sur le pas de la porte.

– Elle ne vient plus ici en ce moment car elle redoute son ancien conjoint, leur dit-il. Elle séjourne à l'hôtel quand elle doit travailler dans la région ou elle rentre à Paris. Je suis venu chercher son courrier.

Comme les policiers doutaient de ses propos, Jean-Luc appela Claire au téléphone en leur présence et leur tendit l'appareil.

– Vous pouvez lui parler, leur dit-il. Elle avait rendez-vous avec le maire de Brignain.

Après un court entretien téléphonique, Claire apprit qu'elle était de nouveau convoquée au poste de police sans raison. Surprise puis furieuse, elle entra aussitôt en contact avec le procureur. Elle eut la chance de l'avoir directement au téléphone juste avant la fin de semaine prolongée d'un jour férié.

– N'y allez pas, lui dit fermement le procureur quand elle lui fit part de la convocation. Je m'en occupe. Cette affaire a été jugée et les règles respectées.

CHAPITRE 50

Alain se leva d'assez bonne humeur, celle-ci variant en fonction de la météo et de l'avancée de ses plans machiavéliques. L'été qui éloignait du club de nombreux adhérents en vacances lui permettait d'investir encore davantage les lieux. Curieusement, alors qu'il n'avait aucune intention de rester dans le nord de la France, Alain y avait transposé sa vie telle qu'elle était à Grasse. Tentant de réunir un plus grand nombre d'élèves en cours particuliers, il développa son idée d'agrandir le sport-étude avec plus d'enfants. Pour convaincre quelques parents du bien-fondé de son projet, il accepta d'encadrer les élèves en stage d'été lors d'une sortie sportive à la campagne.

Certains parents, plus attentifs et plus malins, restaient sur leur réserve. Ils assistaient souvent aux cours et l'observaient attentivement. Les élèves étaient naturellement attirés par Alain qui ne leur renvoyait aucun signe d'affection. Il se contentait de faire son travail et d'encaisser ses émoluments qu'il réclamait souvent, d'établir le planning des cours et d'accomplir sa tâche. Aussi était-il très étonné que tel ou tel enfant tentât de créer des liens avec lui, tentatives qu'il repoussait systématiquement. Endeuillée, venant de perdre son mari, peu argentée, Corinne, une femme qui ne connaissait rien au sport et qui voulait voir sa fille de neuf ans rire de nouveau, lui versait des sommes considérables pour qu'elle pût s'entrainer au gymnase.

– Elle a été détectée, affirmait Alain. C'est la meilleure gymnaste de tout le département. Elle pourra commencer des interclubs.

Un accompagnement des élèves dans les rencontres sportives était prévu dans le forfait annuel réclamé par Alain. S'étant, tout d'abord, étonnée qu'il ne se souciât pas d'inscrire sa fille dans la plupart des concours et qu'il n'en fît pas la demande auprès de la Fédération, Corinne manifesta publiquement son mécontentement.

– Vous savez nous demander vos règlements, dit-elle au club en haussant la voix. Mais vous ne faites rien d'autre ! J'ai dû inscrire moi-même ma fille à une rencontre. Je vous y attends !

Elle voyait que son enfant s'attachait peu à peu à Alain comme à un second père et qu'Alain restait froid et distant à son égard. Comprenant que seul l'argent motivait Alain et qu'il préférait suivre les progrès de Tulasne dont les parents avaient une situation sociale plus élevée que la sienne, Corinne le menaça d'un procès s'il n'assurait pas le suivi prévu. Se sentant en danger, craignant qu'elle ne fît un rapport défavorable au propriétaire du club, Alain décida de l'accompagner au Luxembourg avec d'autres enfants encadrés par la Fédération. Il était, en effet, exclu qu'il usât son propre véhicule lors de ce déplacement et que l'essence fût à sa charge. Mais Corinne avait soulevé un problème. Quelques élèves quittèrent le club sans demander le remboursement de leur cotisation. De nombreux enfants, devenus acariâtres en famille, redoutaient les affrontements avec Alain qui créait un véritable rapport de force entre lui et ses jeunes gymnastes, exigeant d'eux l'impossible, ne supportant ni le relâchement ni la convivialité ni la fatigue. Au lieu de s'épanouir dans le sport, ils devenaient tristes et échouaient dans le milieu scolaire. Alain était finalement le ver dans le fruit qui avait transformé un club chaleureux de loisir en un faux centre d'entrainement où des bénévoles, autrefois prêts à organiser des animations, perdaient toute velléité et tout enthousiasme. De joyeux et ouvert, participant largement à la vie du village, le club était devenu aussi sombre et mort qu'Alain. Quelques-uns suivirent Corinne dans ses revendications, d'autres, soumis aux exigences d'Alain, néophytes, se turent et acceptèrent ses méthodes. Malgré les plaintes, le propriétaire, qui avait besoin d'un moniteur, le soutint sans état d'âme.

Devant participer à la création d'une exposition sur la bande dessinée au Luxembourg, Claire en avait profité pour retrouver des amis dans un club luxembourgeois situé en face de la maison de la culture, où se déroulait un célèbre concours de gymnastique. La fin de la saison était chaude et les terrasses aménagées. L'établissement avait disposé, à l'extérieur, tables, chaises et parasols où le public se désaltérait entre deux épreuves. Avant de se rendre à son rendez-vous de travail, Claire assista avec plaisir à quelques exhibitions au sol. Elle suivait l'évolution de jeunes athlètes quand Alain vint s'asseoir non loin d'elle. Elle en fut d'autant plus étonnée que ses élèves n'avaient pas un niveau suffisant pour participer à la compétition. Elle reconnut, toutefois, Corinne au loin. Indifférente, Claire s'assit en terrasse pour prendre un encas. Alain la rejoignit presque aussitôt et se contenta de demander une carafe d'eau. Il s'installa près d'elle en faisant mine de travailler sur son ordinateur. Il semblait très heureux de la voir et cherchait manifestement à croiser son regard.

Le club luxembourgeois, construit en bois comme un chalet autrichien, orné de magnifiques bacs de fleurs roses et rouges, ressemblait plus à un gite de Haute-Savoie qu'à un espace sportif. Les baies largement vitrées donnaient sur le stade. Le gymnase en sous-sol accueillait les compétitions que l'on pouvait admirer grâce à un jeu subtil de fenêtres. Aussi Claire avait-elle pu constater que le niveau des élèves d'Alain était encore bien inférieur à ce qu'elle pensait et à ceux des Néerlandais, des Belges ou des Luxembourgeois. Elle s'interrogeait donc sur les facultés d'Alain à enseigner. Non seulement il ne se remettait jamais en question mais il n'avait jamais eu de résultat avec ses élèves, jalousant, de surcroît, ses collègues quand ils en avaient. Sans qualification, Alain prenait de l'argent facile. S'ils étaient assez stupides pour lui faire confiance, les parents ne devaient s'en prendre qu'à eux-mêmes.

Curieusement et malgré tout l'apport négatif d'Alain, Claire se sentait revivre quand elle se retrouvait dans les mêmes lieux que lui. Lui voyait ressurgir ses craintes car il redoutait toujours une vengeance de Claire. Aussi se tenait-il parfois dans un coin isolé. Mais il ressentait toujours cette attirance physique presque incontrôlable pour celle qui restait au centre de ses pensées.

Hormis cette agréable parenthèse, la vie d'Alain était retombée dans la triste routine qu'il avait connue autrefois avant de rencontrer Claire qui lui avait montré des voies plus enrichissantes et plus lumineuses, un horizon prestigieux et une possibilité de réussir dans ses projets. Les jours succédaient aux jours à un rythme mécanique dans un univers grisâtre et pesant, posé dans un cadre pauvre et affligeant chargé d'une histoire lourde. Les maisons, les campagnes, les cités, les façades rougeâtres, tout rappelait l'existence d'une corporation pleine d'humanité, de durs labeurs, d'engagement et de drames. Les souvenirs étaient encore si oppressants et les témoins de cette époque encore si nombreux qu'il était difficile de réjouir l'atmosphère de ces villages emprunts d'abnégation et de résolution où le courage et le travail dominaient, où l'esprit de corps permettait aux familles de s'entraider et de vivre en communauté, où les visages remontaient des galeries noirs de charbon, où la maladie rodait et où les habitants vivaient rarement vieux. Cette vie souterraine et pénible avait déteint sur le paysage, sur la manière d'être des villageois et sur leur façon de se vêtir et de se laisser aller comme s'ils étaient, eux les descendants, marqués au fer rouge.

Même si les chemins menant au club étaient toujours agrémentés de quelques villas aux jardins soignés, la place de la mairie, les squares, les boutiques poussiéreuses aux devantures sans attrait, les abords de la petite bibliothèque ne dégageaient aucune joie. Claire estimait qu'Alain avait trouvé un lieu à son image. Seuls les rayons du soleil y apportaient, dès le printemps, un peu d'éclat, cachant la misère sous de fallacieux espaces immensément bleus aux bavures blanchâtres. Mais les bosquets restaient pleins de ronces, les ruelles envahies par les immondices, les champs dénués de fleurs. A la sortie d'un village, un autre bourg se dessinait au loin après des kilomètres de verdure, offrant immuablement toujours le même paysage. L'herbe naissant sur les ruines du passé comme sur des voies caillouteuses cherchait à verdir bien que les rires eussent encore du mal à jaillir. Trop de chômage, trop de détresse, d'alcool, de cannabis indispensable pour ne pas sombrer totalement imbibaient les murs des maisons dont les intérieurs, en vrac, n'étaient jamais rangés faute de place, dont l'entrée donnait directement sur les rues et dont les petites cours communes sentaient l'urine. Il se dégageait de ces lieux, parfois propres mais fouillis, une atmosphère curieuse de foyers souvent disloqués, où les couples restaient rarement ensemble, où les enfants tentaient de trouver une voie de sortie dans la scolarité.

Alain paraissait vivre dans l'attente d'entrevoir Claire tout en cherchant à lui nuire dès qu'il en avait l'occasion. Cette attitude paradoxale était née de sa rancœur à ne plus vivre dans l'aisance qu'il avait connue avec sa compagne qu'il rendait toujours responsable de ses échecs et de sa catastrophique existence. Les mois se succédèrent ainsi, Alain poursuivant, en secret, l'établissement de ses dossiers contre Claire tandis qu'elle continuait ses activités comme s'il n'existait pas. Noël, qui se voulait gai dans ces endroits perdus et où les habitants multipliaient les guirlandes, les lumières et les santons, ajoutait de la tristesse à la tristesse car les magnifiques décors cachaient, là encore, la misère et cherchaient à faire oublier que les cadeaux seraient rares. Même les cœurs de village s'animaient avec difficulté de quelques marchés de Noël constitués d'une dizaine de baraquements et de commerçants transis de froid vendant des produits régionaux. Même si les défilés costumés étaient peu suivis et peu applaudis, les yeux des petits, qui n'avaient jamais connu d'autres plaisirs, brillaient comme ceux des enfants riches.

Alain avait reconstitué un nid avec sa cour et y avait projeté la copie lilliputienne d'une sorte de sport-étude qui n'en était pas un, d'une espèce de centre de formation qui n'en avait que le nom, avec des supports numériques inutiles dont il se disait le patron, n'hésitant pas à en faire la promotion sur des produits dérivés - tee-shirts, chaussettes, casquettes, shorts, lunettes, chaussures - comme s'il s'agissait d'une véritable entreprise. Aigri, il avait reproduit sous forme de leurre, au milieu des champs, tout ce qu'il n'avait pas su créer à partir de ce que lui avait donné Claire et qui aurait réclamé un esprit d'initiative, des méthodes structurées, des notions de communication et de marketing. Faute de diriger un ensemble d'académies de gymnastique, il avait accouché d'une souris et n'existait qu'à travers lui-même.

En constatant un tel gâchis, Claire regrettait d'avoir autant travaillé pour un être incapable et prétentieux dont les projets ne pouvaient rester qu'à l'état de rêves. Elle ne comprenait pas qu'il n'utilisât pas son intelligence, sa finesse, son esprit créatif pour des réalisations concrètes et elle constatait avec une profonde déception que l'homme qu'elle avait aimé n'existait pas et n'était, en réalité, qu'un enfant incompétent, lâche et maléfique. Elle était obligée de reconnaître qu'elle s'était lourdement trompée et qu'elle avait été abusée. Incapable de construire une maison, Alain continuait, comme dans son enfance avec des légos, à monter, avec des briques et des modules emboités les uns dans les autres, des châteaux en plastique de même qu'il conduisait des voitures d'occasion bonnes pour la ferraille en imaginant tenir le volant de véhicules de course. Tant qu'il était dans le domaine du rêve, Alain pouvait survivre jusqu'à ce que les retours à la réalité ne le fissent tomber dans les trous béants de la dépression.

Avant que Claire ne comprît tout cela, il aurait suffi d'un mot d'Alain lui réclamant de l'aide pour qu'elle reprît la vie commune avec lui et acceptât de poursuivre leurs aventures. Pour assurer la réussite de son club, elle aurait organisé des fêtes prestigieuses avec les jeunes et des athlètes venus du monde entier. Elle aurait tout mis en œuvre, comme elle le faisait dans tout ce qu'elle entreprenait, pour que tout fût beau, enrichissant, joyeux, spectaculaire, inédit. Au lieu de quoi, elle était usée par la prétention improductive d'Alain, par son incapacité à se sortir du néant, par son irrésistible et inconditionnelle façon de tout détruire, lui et les autres. Elle n'avait plus guère de force ni d'énergie pour le tirer des eaux marécageuses dans lesquelles il nageait désespérément. Gommant enfin le déni qui l'aveuglait, elle commençait à juger avec lucidité son impossibilité à le guérir d'une pathologie, dangereuse pour son entourage, qui l'entrainait dans les bas-fonds. Bien qu'elle sût qu'elle ne le changerait pas et qu'elle risquait de se perdre, elle devait, à présent, trouver le courage de mettre une croix sur leur vie de couple et sur son travail acharné de plusieurs années qui n'avait servi à rien, sur leurs achats, sur leurs projets et sur leur avenir. Recommencer après avoir déjà reconstruit suite au décès de Marc était une tâche lourde, épuisante, longue, psychologiquement harassante.

Comme un pied de nez à Alain, qui n'aimait que la chaleur et le sud, deux entraineurs du club de gymnastique prirent en été le chemin de Perpignan. Alain écopa donc de nouveaux élèves et des groupes féminins, ce qui lui permit de jouer, une nouvelle fois, sur l'ambigüité de ses relations avec les femmes pour rendre en vain Claire jalouse. De nouveaux parents, mécontents, le menacèrent d'un procès parce que les services fournis ne correspondaient toujours pas aux forfaits demandés. Stoïque face à ces mouvements, Alain savait, par expérience, qu'il perdait des gymnastes et en gagnait d'autres chaque année. Quelques parents acharnés, expansifs et sûrs du talent de leurs enfants, arrivèrent en renfort et l'accaparèrent dès leur inscription. Il pouvait donc rester tranquillement installé dans sa vie ronronnante de gros chat paresseux qu'il haïssait pourtant et qui le faisait se mépriser.

CHAPITRE 51

Devant sa vie dénuée de relations affectives, Alain devait se contenter de visionnages virtuels puérils sur internet qui ne lui apportaient aucun contentement. Oubliant qu'elle avait adhéré au club bien avant lui, il en voulait d'autant plus à Claire de provoquer ses désirs, toujours aussi puissants, par sa présence dans la salle de gymnastique. Il avait donc repris son harcèlement en constituant de nouveaux dossiers pour lui nuire auprès de la police, inventant de faux événements, réalisant de savants montages de photographies comme il en avait l'habitude. Sa paranoïa allant croissant, il espionnait Claire et l'observait comme un animal sur la défensive. Si un objet disparaissait au sein du club, elle en était forcément responsable. Si elle adressait la parole à l'un de ses élèves, elle cherchait obligatoirement à dire du mal de lui.

S'envolant dans le délire de sa toute-puissance, après une inévitable et longue période de dépression, comme un collègue lui avait envoyé un élève soi-disant doué pour s'entrainer avec Tulasne et préparer des compétitions de jeunes athlètes, Alain se croyait en final d'une coupe internationale et s'agitait avec une fébrilité stupéfiante, guettant Claire pour qu'elle n'entendît pas ses tractations avec les parents du nouvel arrivant. Comme celle-ci était venue faire sa gymnastique habituelle et que ceux-ci lui adressaient la parole parce qu'ils avaient fait un long voyage en voiture sans avoir eu le temps de se désaltérer, elle leur montra naturellement le bar. Très énervé, Alain se précipita au poste de police le plus proche en déclarant avec une folie incontrôlée que Claire était en train de briser ses projets et de nuire à son travail.

Appelée par un représentant de l'ordre, Claire, étonnée et furieuse contre l'attitude, toujours aussi niaise et hystérique d'Alain, dérangée dans ses exercices, rangea ses affaires et répondit sèchement :

– Je suis harcelée depuis des années par cet individu ! Je vous demande de faire suivre les documents qu'il vous a donnés au commissariat parisien proche de mon domicile. Le commissaire est au courant de ses manipulations, de ses vols, de ses violences, de ses escroqueries car j'y ai déposé plusieurs mains courantes et six plaintes contre lui. Depuis le décès de mon mari…

– Le décès de votre mari ?

– Oui. Mon époux est décédé. Pourquoi ?

– Mais votre époux n'est pas M.Alain…

– Je ne sais ce que vous a dit cet homme, répondit Claire froidement. Il me harcèle depuis la disparition de mon conjoint. Je compte sur vous pour faire suivre le dossier qu'il a déposé chez vous à Paris. Je vais immédiatement prévenir le responsable.

Aussitôt informé de la discussion, Alain tenta d'intervenir :

– L'affaire doit être traitée chez vous. Si les documents sont envoyés à Paris, je ne réussirai pas… *Elle* connait tout le monde là-bas. *Elle* a des appuis.

Comme on tentait de lui expliquer que le transfert était une procédure normale puisque Claire résidait à Paris, Alain entra dans une fureur incroyable. Par ses décisions, Claire entravait ses tentatives machiavéliques et il ne supportait pas qu'un obstacle quelconque enrayât ses plans si judicieusement et laborieusement préparés.

– Ce dossier sera classé sans suite ! Il faut *l*'en empêcher !

– Si votre compagne est coupable d'un acte répréhensible, Paris saura le traiter aussi bien que nous. Pourquoi vous inquiéter à ce point ?

Se prenant la tête à deux mains, Alain pleurait presque devant la mise en danger de ses manipulations.

– Non ! Tout va échouer !

A la stupéfaction générale, Claire envoya le soir même une lettre au propriétaire du club de gymnastique.

– Je suis désolée mais je ne participerai plus aux entrainements tant que ce monsieur sera chez vous. Il me rend la vie impossible.

Ne sachant s'il devait considérer ce départ comme une victoire ou s'il devait s'en lamenter car il était habitué à voir Claire chaque jour, Alain se désintéressa finalement de son nouvel élève qui n'intégra pas le club. Il était acariâtre et triste. Il ne communiqua avec personne, sauf pour des raisons professionnelles, pendant plusieurs semaines.

Avachi dans son bureau, guettant le retour de Claire, il accepta sans enthousiasme de recevoir, en l'absence du propriétaire du club, une jeune sportive qui cherchait à se perfectionner mais qui n'avait aucune prédisposition pour la gymnastique. Bien qu'il s'en aperçût immédiatement, Alain entama la conversation.

– Que voulez-vous faire ? demanda-t-il à la jeune fille intimidée. Vous avez l'âge de mon fils.

Alain se mit alors à raconter à l'étrangère, comme il le faisait souvent quand il était en pleine dépression, des bribes de son histoire en se présentant comme une victime. Il lui répéta ce qu'il avait dit à Claire la première fois qu'il l'avait revue : la fuite de Julien chez sa mère qui l'empêchait de voir son fils, son manque de chance, ses mauvaises rencontres, et il ajouta Claire au tableau.

– Ma compagne m'a fait beaucoup de mal. Elle a toujours voulu détruire mon travail. Je dois être vigilant. Elle me fait peur.

Gênée par tant de confidences, la jeune athlète prénommée Laura eut subitement pitié de celui qui aurait pu être son grand-père. De son côté, Alain rejouait un scénario qu'il connaissait par cœur. Il savait réveiller le côté maternel des femmes et les mettre en valeur en avilissant ses précédentes compagnes. Une fois gagnée à sa cause, la dernière servait d'appât pour rendre sa conjointe jalouse. Tout en la méprisant, il faisait mine de lui donner une valeur qu'elle n'avait pas, diminuant ainsi celles de sa propre femme. Mais Claire était suffisamment renseignée sur la maladie d'Alain pour ne pas en être dupe. Bien qu'elle décelât sans équivoque ses manigances, elle n'en était pas moins agacée par son infantilisme et le caractère répétitif de ses tares perverses.

« Cet imbécile recommence ses manipulations malgré lui alors que je l'ai informé que je savais tout sur sa pathologie. Il est tellement fou qu'il ne peut s'empêcher d'agir ainsi. Sa perversité est devenue un vrai besoin sans lequel il lui est impossible de vivre. Quelle misère… »

Laura était également un moyen pour Alain de gagner facilement de l'argent. Lui donner chaque jour des cours particuliers lui apportait un gain supplémentaire non négligeable. Elle devait être laide et stupide pour dévaloriser Claire, la méthode d'Alain consistant à laisser croire à sa compagne qu'il lui préférait une idiote aux traits ingrats pour la rabaisser.

Face à la jeunesse et à l'inexpérience de Laure, Alain eut très vite l'intention de l'impliquer dans ses projets, tout d'abord pour remplacer Claire dont il avait besoin, pour ne pas travailler seul, parce qu'il ne supportait pas l'absence de Claire et pour rendre cette dernière furieuse de voir une étrangère s'immiscer dans ses dossiers et dans tout ce qu'elle avait fait pendant des années pour son conjoint. L'intruse manipulée, qui n'en était pas informée et qui pensait qu'Alain avait réussi seul à monter un site pour faire la promotion de son futur club, ajoutait foi à ses propos mensongers. Alain lui proposa même de s'investir davantage dans son travail personnel lors de stages scolaires qui lui étaient imposés et qu'il notait généreusement. Laure y trouva donc son intérêt. Comme Claire l'avait fait avec tous ceux qui avaient accepté de collaborer avec Alain, ce dernier promit à Laure et à son informaticien personnel d'être intéressés aux résultats de son club quand celui-ci serait enfin créé avec le support du site, en échange de quoi tous deux travailleraient gracieusement pour lui. Mais la différence entre les deux périodes était de taille car une rentabilité appréciable était envisageable avec l'équipe professionnelle de Claire à un moment où les salles de gymnastique étaient moins nombreuses. Celles-ci s'étant multipliées en quelques années, rien ne permettait d'affirmer que celle d'Alain serait viable d'autant qu'il lui fallait constituer une clientèle. Un site n'était évidemment pas suffisant pour lancer un tel projet.

Obéissante, quasiment esclave, presque simple d'esprit, Laure se vit entrainée dans un surcroît de travail aux ordres d'Alain qui rédigeait en sa faveur des rapports de stages élogieux. Soumise, Laure retrouvait chaque jour Alain au gymnase et travaillait pour lui. Elle le suivait lors de certains déplacements, soit pendant des compétitions soit pour des rendez-vous, fière d'être considérée comme l'assistante de celui qui se présentait comme un grand esprit et un maître sportif inégalé. Le dieu des salles contentait ainsi son ego même si le fait de manipuler un jeune esprit un peu niais et un informaticien limité et dépourvu de diplôme ne satisfît pas son appétit de pervers narcissique. Il était beaucoup plus intéressant pour lui de s'en prendre à un sujet comme Claire. Aussi s'ennuyait-il et cherchait-il des dérivatifs à sa routine, inventant des jeux à son niveau : des exercices de gymnastique pour enfants avec des cerceaux et des balles, des concours entre futurs gymnastes de cinq ans diffusés sur internet. Devant les échecs de ces tentatives successives qui occupaient son temps, Alain déprimait d'autant plus qu'il ne trouvait pas de partenaires financiers pour la création de son club de fitness et que son site, long à mettre en place, dysfonctionnait.

Il devait supporter la bêtise de Laure qu'il utilisait comme une employée et pour qui il ressentait un mépris total. Elle le suivait comme un chien et s'accrochait à lui comme une arapède en s'endimanchant stupidement quand elle accompagnait Alain à un rendez-vous professionnel.

– Tu n'as pas vu Claire ? lui demandait-il sans cesse, obsédé par sa compagne.

Jalouse de cette passion sans limite pour une autre femme, Laure se terrait dans son coin en jouant la bonne élève attentive aux projets d'Alain. Ce dernier ne partageait rien avec cette étrangère en dehors de son travail et se méfiait de ses intrusions, ne lui disant que l'indispensable tout en protégeant le reste. Quant à sa vie privée, hormis les fausses déclarations qu'il lui demandait de faire contre Claire, il ne lui en soufflait mot. Elle se permettait, toutefois, avec beaucoup d'indécence, de le questionner au sujet de son fils et de ses parents.

Préoccupé par son avenir, Alain savait qu'il devait trouver au plus vite un partenaire capable de s'entrainer avec Tulasne et des sponsors pour financer son entreprise. Il concentra tous ses efforts dans ce sens. Si quelques rares centres de gymnastique acceptaient de l'écouter, aucun ne lui apportait de financement. Il détaillait chaque jour sur internet les cursus des jeunes gymnastes de l'âge de Tulasne et finit par détecter un jeune garçon, apparemment doué, qui avait fait une percée sous l'égide de son professeur. Celui-ci l'avait pris sous sa coupe dès sa cinquième année et l'avait fait progresser rapidement. Un climat de confiance s'était établi entre eux. Le prédateur Alain tenait sa proie et il n'était pas prêt de la lâcher. Il s'entretint aussitôt avec les parents de Tulasne et le propriétaire du club.

– Ce serait une belle recrue pour l'établissement, reconnut le responsable. Mais il est adhérent dans un club de Lille depuis six ans et nous n'avons aucun argument pour l'en faire partir d'autant qu'il habite à Lille et y suit sa scolarité.

– Il doit être placé en sport-étude, répliqua Alain. Je vais écrire aux parents et le leur suggérer.

Malgré ses belles promesses, Alain vit son courrier non suivi d'effet et en fut très vexé. Il réitéra sa demande de rendez-vous autant de fois que nécessaire jusqu'à ce que la mère de ce gymnaste qui s'appelait Eric acceptât de le rencontrer. Alain recommença son éternel discours :

– Nous allons faire un essai pendant les vacances scolaires. Il n'a pas de cours pendant plusieurs semaines dans son club de Lille et je vous propose de lui en donner gratuitement. Il est suffisamment doué pour participer aux compétitions et avoir un classement honorable. Nous avons précisément un élève avec qui il pourrait s'entraîner et qui est à peu près de son niveau. Un entrainement à deux est excellent pour stimuler les ambitions.

Après s'être concertés, les parents acceptèrent. La partie était quasiment gagnée pour Alain qui n'avait plus qu'à porter l'estocade à son concurrent lillois. Grâce à cette recrue qu'il mit en avant sur son site en construction, il réussit à se rapprocher de deux grands clubs, démarche inutile qui flattait, cependant, son orgueil.

– S'ils font attention à moi, disait-il, c'est que je ne suis pas aussi nul que cela.

Ces petites victoires infructueuses ne faisaient pas oublier ses échecs. Lasses d'être mal entrainées et mal considérées, les filles à qui il donnait des cours quittèrent le club. Il n'en avait cure. Son principal objectif était désormais de faire monter Tulasne et Eric dans le classement national puis européen afin de s'en prévaloir dans le milieu du sport et d'acquérir de véritables sponsors. Il pourrait ensuite quitter ce club du nord qu'il détestait et gagner sa vie grâce à celui qu'il créerait en partant avec les meilleurs jeunes athlètes. Il serait alors en mesure de revenir vers Claire et d'être à sa hauteur. Il rêvait de lui démontrer qu'il en était capable. Il y croyait désormais plus que jamais.

CHAPITRE 52

Alain était heureux et avait foi dans l'avenir. Il était sûr de parvenir à ses fins et de retourner à Grasse. Non seulement quelques élèves ambitieux s'accrochaient à ses basques mais il portait toute son attention sur Tulasne et Eric. Il se rendit avec eux, Laura et leurs familles, pour une compétition, dans un club suisse où Claire tournait un reportage pour la télévision. Annoncé dans la presse, ce travail ne pouvait avoir échappé à Alain qui avait organisé la participation des deux jeunes athlètes au concours.

Arrivée avant lui sur les lieux tout près du lac Léman, Claire n'imaginait pas rencontrer Alain à cet endroit. Alors qu'elle donnait ses directives au réalisateur et au cameraman, elle se retrouva à côté des familles qui assistaient aux exercices d'échauffement. Laura exprima un mouvement d'humeur et Alain se retourna vers Claire, les yeux brillants, oubliant subitement la compétition. Claire termina rapidement l'enregistrement et sortit du club alors que les autres membres de l'équipe se restauraient. Elle rejoignit sa voiture pour sortir Chopin lorsqu'Alain se planta devant elle, le sourire aux lèvres. Claire le regarda dans les yeux pendant quelques instants. Elle ressentit une profonde douleur dans la poitrine. Son regard était si triste qu'Alain eut du mal à retenir ses larmes. Dans ses rares moments de lucidité, il avait peut-être conscience des désastres qu'il avait faits. Il voyait surtout dans ces rencontres dues au hasard ou provoquées par ses soins l'occasion de nuire de nouveau à Claire et de constituer des dossiers supplémentaires contre elle.

Alain avait besoin d'Eric pour entrainer Tulasne mais il ne s'en occupait guère. Le jeune garçon à la frimousse ponctuée de taches de rousseur s'était attaché à lui et attendait beaucoup de sa part. Incapable de témoigner de l'affection à qui que ce fût, Alain l'utilisait pour améliorer les résultats de Tulasne mais ne s'intéressait guère à ses propres progrès. Tout d'abord blessé qu'Alain ne l'accompagnât plus aux concours de gymnastique alors qu'il était toujours présent aux côtés de Tulasne, constatant qu'il n'était là que lorsque les deux jeunes athlètes étaient inscrits dans la même compétition, il commença à regretter son ancien entraineur. Eric ne pouvait pas imaginer qu'Alain avait besoin de lui et de Tulasne pour trouver des partenaires, des financiers et des sponsors et qu'il se désintéressait, en réalité, de leur avenir. Il lui était également impossible d'analyser le comportement paradoxal d'Alain. Tout en souhaitant de bons élèves pour s'en glorifier, celui-ci n'était pas prêt à les voir remporter de grandes compétitions puisqu'il avait dû les arrêter lui-même quand il était adolescent. En revanche, contrairement à Tulasne, moins pertinent, moins intelligent et moins subtil, Eric avait une sensibilité qui le guidait vers les bonnes décisions. Quand il comprit qu'Alain n'était honnête ni dans ses promesses ni dans ses engagements, qu'il ne cherchait qu'à accumuler des gains et qu'il utilisait l'image de ses deux gymnastes pour la publicité de son site et de son futur gymnase, il claqua la porte du club et exigea de retourner auprès de son ancien entraineur. Il refusa, dès lors, d'adresser la parole à Alain qui se retrouva démuni. Ce dernier devait trouver d'urgence un autre élève capable de s'entrainer avec Tulasne. A défaut d'avoir la personne idoine, il consentit, devant l'insistance de ses parents, à prendre en charge le fils d'un professeur de basket, Pietro, qui était aussi peu instruit que son père, qu'il détestait et dont il n'espérait rien tirer. En outre, Tulasne multipliait les défaites et était immédiatement éliminé des concours. Dans le déni le plus total, sa famille ne perdait pas confiance et persistait à confier leur fils à Alain.

Tout partait subitement à vau-l'eau : les deux meilleurs gymnastes d'Alain ne progressaient plus ; il avait de moins en moins d'élèves et il avait contacté en vain tous les responsables des clubs de gymnastique des pays francophones pour tenter de les intéresser à son futur site. Il n'avait pas d'argent pour assurer le suivi d'un site commercial. Il était dans l'impasse, prisonnier du nord, loin de tout ce qu'il aimait. Alain était face à son échec. Il avait perdu la bataille et il n'avait aucune voie de sortie : peu de gains, pas de retraite. Il avait utilisé toutes les aides financières que ses parents lui avaient données. Âgé pour un travail sportif, il pouvait être renvoyé du jour au lendemain. Seul le petit pécule qu'il avait mis de côté lui donnait une bouffée d'oxygène. Mais, en cas de besoin, cette réserve fondrait vite.

Seuls de rares espoirs permettaient à Alain d'entrevoir, parfois, une lueur au bout du tunnel. Ses élèves gagnaient de rares parties dans des compétitions de bas niveau, réussite qu'Alain n'attendait plus. Aussi reprenait-il des couleurs, le temps d'une victoire, pour retomber, presque aussitôt, dans une dépression profonde. Venant de se qualifier dans sa région pour les championnats de France juniors, Tulasne devait affronter à Paris tous les qualifiés des autres départements. L'imaginant en train de gravir en quelques semaines plusieurs échelons, ses parents se le représentaient déjà en haut du classement de sa catégorie d'âge. C'était aussi pour Alain l'occasion inespérée de revoir Claire à Paris, les championnats devant se dérouler dans le club où elle s'entrainait, tout près de chez elle. Quand elle arriva au gymnase, ce jour-là, par une belle journée estivale, extrêmement lumineuse, Claire, qui avait été nager avant de faire ses exercices de gymnastique, était encore détendue par plus d'une heure de crawl. L'extrémité des cheveux mouillée, une courte robe passée par-dessus sa tenue de sport, sa serviette de bain en travers de son couffin, elle souriait en regardant le bleu glacier du ciel, marchant la tête dans les nuées, quand elle vit, comme une tache dans ce tableau presque parfait, une sorte de bibendum vert, des pieds à la tête, habillé avec un manque de goût stupéfiant. Il l'avait déjà vue de loin et ne la quittait pas des yeux.

« Oh non… Le voilà… », se dit-elle.

Comme tous les terrains étaient occupés, elle prit un petit déjeuner en terrasse et évita avec peine les regards d'Alain qui tenta plusieurs fois de s'approcher d'elle. Etant tous deux inscrits dans ce club parisien quand Alain habitait avec Claire, la situation était troublante pour Claire qui ne pensait pas y retrouver Alain et pour Alain qui n'était pas revenu dans ce quartier depuis leur séparation. Alain trouva subitement ridicule de ne pas rejoindre Claire chez elle dans la soirée et de suivre les entraineurs et les représentants de la Fédération à l'hôtel situé à quatre cents mètres de son ancien lieu d'habitation. Tout ce qui s'était passé depuis plusieurs années paraissait soudain le fruit d'un cauchemar, le cadre de leur vie de couple reprenant d'office sa place.

Le lendemain, pour échapper à ces rencontres qui risquaient de la faire souffrir, Claire décida de s'entrainer dans d'autres gymnases rattachés au même club, situés à deux kilomètres de là. Elle partit donc de bonne heure vers un site bâti au cœur d'une forêt proche de Paris. Mais elle y arriva quelques minutes avant Tulasne et sa famille. D'autres jeunes gymnastes s'échauffaient déjà. Contre toute attente, tous les espaces avaient été réquisitionnés pour le championnat. Elle y retrouva des amis et décida d'assister avec eux aux éliminatoires. Tulasne passait précisément dans les premiers. Assise au premier plan, Claire sentait derrière son dos le regard pesant d'Alain et des familles qui l'accompagnaient. Elle se demandait pourquoi il était venu alors que plusieurs membres des différentes ligues avaient décidé d'encadrer les athlètes. Son déplacement jusqu'à Paris n'était pas nécessaire. Il n'était guidé que par la volonté de revoir Claire.

Claire put assister aux lamentables prestations de Tulasne qui fut immédiatement éliminé. Elle comprit vite, comme les membres de la Ligue et comme elle l'avait deviné depuis plusieurs années, qu'il ne progresserait guère. Ce constat d'échec était douloureux pour Tulasne et pour ses parents mais il infligeait surtout une honte publique à Alain à laquelle assistait Claire. Elle fit mine de ne pas voir Alain qui se tenait debout derrière elle et qui écoutait la discussion qu'elle avait avec ses amis. En tournant la tête vers eux pour leur répondre, elle distinguait dans le coin de l'œil la figure dépitée, anéantie d'Alain devant son indifférence totale. Le pervers, qui n'avait plus d'influence sur sa proie et qui cherchait à le vérifier avec l'instant animal d'un chat, ne trouvait pas une faille qui lui permît de croire encore à son pouvoir sur elle. Ses yeux avaient beau scanner les mimiques de sa compagne, aucun signe, positif ou négatif, n'émanait de ses traits sereins, réjouis et hermétiques à sa présence. Il en était aussi surpris que déconfit. Mais Claire avait sur le cœur tout ce qu'elle n'avait jamais pu dire à Alain. Une occasion lui fut offerte d'y remédier. Elle la saisit immédiatement.

Elle fut obligée de retourner à son ancien club de gymnastique pour y chercher des affaires qu'elle y avait laissées, notamment des bracelets offerts par Marc auxquels elle tenait particulièrement. Alain vint aussitôt vers elle en terrain conquis et lui lança une remarque provocante.

– Elle est pitoyable, dit-il à Laure qui jouait sur internet.

Sans réfléchir, Claire lui rétorqua :

– Qui est pitoyable ?

– Toi.

– C'est toi qui es lamentable. Tu n'es qu'un pauvre pervers narcissique et tu le sais puisque tu me l'as toi-même révélé à demi-mot lorsque l'on s'est retrouvé. Tu as tout perdu. La justice n'a pas deviné qui tu étais et tu as bien berné la police. Mais sache que les juges ont enfin compris qu'ils avaient été piégés. Seule une clinique psychiatrique peut t'être d'un quelconque secours. Tu es fou. Tu m'as volée, escroquée, menti. Tu m'as fait acheter une maison pour me ruiner.

– Nous sommes en public. Tu as perdu la raison.

– Parce que je dis la vérité devant tout le monde ? Une vérité que tu transformes en pleurnichant sur ton sort, en mentant à mon sujet. Je t'avais pourtant écrit il y a trois ans de cesser ces diffamations et ces manigances mais c'est plus fort que toi. Sache que j'ai en ma possession des attestations de mon médecin rédigées quand tu étais violent. Plusieurs rapports prouvent que tu m'as jetée du premier étage. Je n'ai jamais eu de malaise et de nombreux médecins ont fait des tests qui le démontrent. Si j'étais tombée seule je n'aurais pas eu de telles blessures. J'ai un dossier complet pour t'envoyer aux Assises et si tu continues à me suivre, je t'attaquerai. Tu m'as harcelée, dès le début, par des appels téléphoniques incessants, par des centaines de mails puis en t'installant d'office chez moi à Paris. J'ai conservé toutes les preuves de ton acharnement.

Changeant d'attitude de peur de perdre Claire ou de la pousser à porter de nouveau plainte contre lui, se souvenant parfaitement de tous les actes répréhensibles qu'il avait commis, Alain s'exprima soudain sur un ton plus doux et parla plus bas.

– On peut discuter si tu le veux. On pourrait, par exemple, se donner rendez-vous dans quelque temps et reprendre une vie commune.

Claire le regarda avec mépris et pitié et partit. Elle lui avait jeté à la face toutes ses vérités. Lui qui pensait l'avoir bernée constatait avec effarement qu'elle avait tout compris : son comportement et son mal-être, cette souffrance qui le faisait jouir du malheur des autres.

Soulagée, vidée, Claire s'était étonnée de la clarté, du calme et de la netteté de ses propos. Elle n'avait rien oublié. Il savait maintenant que tous ceux qu'il avait voulu tromper avaient depuis longtemps analysé son fonctionnement. Seuls les membres du club qui l'entouraient étaient encore stupidement subjugués par sa personne, soit qu'ils lui ressemblassent, soit qu'ils le craignissent, soit qu'ils fussent indifférents à ses comportements retors. La plupart, comme Laure, prenaient un plaisir malsain à se liguer contre Claire. Les médiocres se serraient les coudes. Claire avait croisé leurs regards narquois et jaloux suffisamment de fois pour comprendre combien ils la haïssaient, soutenant naturellement Alain qui voulait la détruire.

Ce soir-là, Alain rentra dans sa chambre d'étudiant en chantant et en riant. Il avait perdu une partie et il était heureux d'avoir en face de lui une adversaire aussi coriace que Claire. Après avoir encaissé le coup qu'elle lui avait asséné en public, le ridiculisant sans ambigüité en énumérant ses tares, ses actes illégaux et ses violences, il se délectait finalement de cette rivalité qui se poursuivait alors qu'il la pensait finie. L'important pour lui était de ne pas perdre le lien avec sa victime. Or, il avait cru, lors du championnat, qu'il ne la reverrait plus jamais. Cette longue discussion qu'ils avaient eue, après des années de silence, lui avait redonné un souffle de vie inattendu et salutaire.

CHAPITRE 53

Claire disparut complètement de l'univers d'Alain. Elle avait besoin de retrouver le calme, la sérénité, l'équilibre et de renouer avec sa carrière loin du monde pervers et des turpitudes d'Alain. Elle put ainsi constater combien il lui avait été néfaste. Non seulement il avait tenté de la détruire psychologiquement mais il voulait également la ruiner, briser son métier, la rendre infirme, la tuer ou la faire emprisonner pour qu'elle ne pût refaire sa vie et lui échapper. Elle s'éloigna aussi de tous ceux qu'elle avait rencontrés depuis que Marc était parti, faisant le vide des personnages toxiques autour d'elle. Elle avait l'impression d'avoir vécu des années de cauchemar depuis la disparition de son mari, des moments qui ne ressemblaient en rien à sa vie habituelle avec des figurants plus laids, plus incultes, plus abjects les uns que les autres. Privilégiée, dans un monde où seuls le savoir, la vérité et l'attirance pour l'esthétisme étaient rois, elle n'imaginait même pas que la bassesse, la méchanceté, la pauvreté intellectuelle de la plupart des hommes qu'elle avait croisés ces dernières années pussent avoir une place sur terre. Cette naïveté, due au fait qu'elle ne consacrait sa vie qu'à la création avec la bénédiction de l'amour inconditionnel et admiratif de Marc, n'était jamais souillée par la cruauté des autres qu'elle ne voyait pas, non par mépris, mais parce qu'elle allait à l'essentiel, se refusant à perdre une seconde pour une banalité, une action sans intérêt. Elle paraissait, parfois, battue parce qu'elle préférait se taire face aux mensonges. Elle se gavait d'art, d'enrichissement culturel, d'épanouissement créatif. Elle était toujours addicte à la création qui était, pour elle, plus qu'une drogue, un besoin vital, son souffle de vie et son antidote contre la médiocrité et les attaques d'Alain. Sa force artistique l'emplissait d'une telle énergie qu'elle se sentait invincible face à ses tentatives, finalement infructueuses. Car, même si elle se taisait face aux hypocrisies et aux inepties et que d'aucuns, à ces instants, auraient pu la croire anéantie, elle se refusait, en réalité, à répondre à l'ignominie, gagnant en force et en grandeur par son silence. Si certains, médiocres, pensaient alors la partie gagnée, comme cela avait été le cas pour l'avocat d'Alain, quelque peu ridicule avec son assurance puérile, Alain ne s'y trompait pas et regardait alors Claire avec un étonnement et une crainte qui lui laissaient présager le pire. Il se demandait pourquoi Claire souriait dans ces moments critiques en observant les pantins qui l'entouraient. Elle était si différente d'eux, si lointaine, si éthérée, presque inaccessible et à chaque fois qu'il tentait de l'abattre, elle s'élevait davantage en échappant à ses coups. « Etait-elle seulement humaine ? », se demandait Alain.

Reprenant son emploi du temps habituel, ses tournées et ses rencontres, Claire ne se souciait guère d'Alain. Elle avait programmé un voyage à Dubaï quand elle reçut un appel téléphonique de la police. Souhaitant tout régler au plus vite, elle s'y rendit aussitôt après son déplacement et apprit qu'Alain n'avait cessé, ces derniers mois, de constituer des dossiers contre elle.

– Je ne sais si cet individu vit encore et où il habite actuellement, dit-elle surprise.

On lui montra de nouveau des photographies qui avaient fait l'objet de montages éhontés sur lesquelles elle était censée apparaître alors qu'elle n'y figurait pas, des lettres qu'on lui attribuait mais qu'elle n'avait pas rédigées et qui avaient été écrites par Alain, du courrier électronique qui prouvait sans conteste qu'Alain avait piraté et utilisé son ordinateur à sa place.

– Il est complètement fou, dit Claire avec tristesse. Je ne pouvais pas imaginer qu'il était malade à ce point et que ma vie était en danger.

Elle demanda de nouveau une protection.

– Que va-t-il faire à présent ? Ne va-t-il pas m'attaquer, s'en prendre à ma famille ?

Inquiète, elle rendit les clés de la maison qu'elle louait pour son travail, qu'elle estimait trop proche du logement d'Alain. Lui qui était venu à son club parisien, lui qui fouillait dans sa vie et ses messages oserait-il encore s'immiscer dans sa vie privée ?

Claire rentra chez elle fort éprouvée par ce qu'elle venait de vivre qui lui rappelait tout ce qu'elle avait connu quelques mois auparavant et qu'elle cherchait à oublier. Elle se mit à trembler et ses nerfs, mis à dure épreuve pendant une trop longue période, lui imposèrent angoisse et peur aussi incontrôlables qu'insupportables à vivre. Il aurait fallu lui épargner définitivement de nouveaux calvaires qui ressurgissaient à chacune des tentatives démentes d'Alain. Mais qui comprenait réellement ce qu'elle avait vécu ? Qui allait enfin la laisser en paix ?

*

Chaque jour, chaque nuit, depuis plusieurs années, Alain attendait patiemment les résultats de ses turpitudes et de ses plaintes injustifiées contre Claire. Il était persuadé qu'il allait encore réussir à se faire entendre et à convaincre juges, policiers et procureurs de ses mensonges. Il les avait si bien bernés une première fois. Sans évaluer les risques qu'il prenait en transformant la vérité et en cherchant à duper l'administration qui avait enfin compris sa pathologie, alors même que Claire lui avait dit nettement qu'il ne tromperait plus personne, sur la lancée de ses habituelles manigances, recommencées à l'infini, Alain vivait dans l'espoir de nuire encore et toujours à Claire.

Il n'avait quasiment plus aucune nouvelle de Julien qu'il pensait proche de Claire. Il n'avait quasiment plus d'argent car les élèves le quittaient les uns après les autres. Il croyait, parfois, sans réellement y ajouter foi, en ses projets, persécutant Laure pour qu'elle s'en occupât, lui donnant quelques sous pour avoir une personne sous ses ordres et son emprise, ne voulant pas perdre non plus le contact avec son vieil informaticien qui lui permettait de garder son objectif. Mais, au fond de lui, Alain le savait : comme tous ses autres projets, celui-ci était moribond. Il ne créerait jamais son club de gymnastique et son site ne servait à rien. Il ne lui rapportait rien. Il ne lui apporterait rien. Il avait tout perdu.

Le téléphone sonna.

– Votre avocat souhaite vous parler.

– Enfin ! J'espère que cette fois-ci, nous allons aboutir.

– Je vous le passe, monsieur.

Mais l'avocat lui dit simplement qu'il laissait un courrier à l'accueil à son attention. Alain y vit un mauvais présage. Il lui avait pourtant été maintes fois conseillé de cesser son harcèlement contre Claire. Pour la énième fois, ses plaintes, qui n'avaient aucun fondement, furent classées. Alain considéra cela comme une honteuse défaite et en ressentit une colère intense. Il ne savait plus comment atteindre Claire et il ne souhaitait pas la laisser tranquille. Il se précipita pour se rendre dans sa maison de location. Son nom figurait toujours sur la boite aux lettres.

– Elle est encore là… Elle dépend de mon bon vouloir.

Alain revint plusieurs fois par jour contrôler que Claire était toujours locataire et il espérait la croiser pour renouer un lien avec elle et trouver des raisons de porter plainte contre elle en inventant de nouveau un harcèlement imaginaire. Il fut étonné de voir la maison en travaux mais ne rencontra personne. Claire avait-elle décidé d'acheter la demeure et de l'embellir ? Il songea à appeler l'agence de location. Il préféra, finalement, s'en abstenir au cas où cet appel fût rapporté à Claire. Comme les travaux se prolongeaient et que Claire n'apparaissait pas, Alain finit par s'y habituer et ne se montra guère inquiet puisque le nom de sa compagne était également écrit sur la porte. Il espaça donc ses visites. Toutefois, deux saisons plus tard, lorsqu'il s'approcha de la bâtisse dont la façade avait été entièrement ravalée, son cœur se serra. Deux nouveaux noms avaient remplacé celui de Claire sur la boite aux lettres.

– Ce sont peut-être des amis à elle ?

Le voyant décontenancé, des étrangers s'approchèrent de lui et lui proposèrent de l'aide. Redoutant leurs questions, il s'éloigna. Son corps était secoué de sanglots et de tremblements. Et s'il ne revoyait plus Claire ? S'il l'avait perdue pour toujours ? Il n'y avait jamais cru. Il avait vécu leurs aventures comme un jeu mais il ne pouvait vivre sans elle. Il resta immobile au volant de sa voiture sans pouvoir conduire. Ses yeux fixes revoyaient la silhouette de Claire sortant de sa maison.

– Où es-tu ? A Paris ? A Grasse ? A Dubaï ? Je t'attendrai. Moi, j'ai tout mon temps… C'était ce que je t'écrivais quand nous nous étions retrouvés, avant que l'on ne vive ensemble.

Alain n'avait même pas conscience du mal qu'il avait fait à sa compagne. Il se sentait, comme toujours, victime d'une femme trop belle, trop riche, trop cultivée.

CHAPITRE 54

Alain attendait, attendait avec la patience du chat observant l'oiseau. Il en était capable pendant des années pour parvenir à ses fins. Il écoutait ses boites à musique et dessinait des monstres. La nuit, il ne cessait de se retourner dans son lit : il ne passait plus une nuit paisible. Dans ses cauchemars, huissiers, policiers, gendarmes, juges venaient lui infliger les peines qu'il méritait auxquelles il avait, jusque-là, échappé par miracle. Il ne s'endormait jamais profondément et se réveillait au moindre bruit. Son incroyable désir de retourner à Grasse était aussitôt contrarié par la crainte de revenir sur les lieux de ses méfaits. Se regarder en face tel qu'il était : un criminel. Il était plus aisé pour lui de gommer le passé répréhensible où Claire aurait pu perdre la vie à cause de lui. Mais s'ils apportent un semblant d'apaisement, la fuite et le déni n'effacent rien et, après quelques jours de répit, Alain se retrouvait face à ses angoisses, redoutant une vengeance de Claire et une peine judiciaire. Sa peur s'était même accrue avec le silence de son ancienne compagne. Naturellement agressif et rancunier à l'extrême, Alain ne pouvait imaginer qu'elle préférait ignorer ses torts et lui pardonner. Il n'avait pas la hauteur d'esprit suffisante pour le concevoir. Aussi attendait-il la sentence dans son studio, étendu sur son lit, comme un détenu avant son exécution. L'indifférence de Claire le terrorisait.

Pendant la journée, son activité lui permettait de relativiser la situation mais l'obscurité de la nuit, dans laquelle la police pouvait surgir à tout moment pour l'arrêter, le faisait trembler d'effroi. Il lui fallait se lever et s'occuper devant son ordinateur après avoir arpenté sa petite pièce de long en large.

« Que fait-elle ? Où est-elle ? Que prépare-t-elle ? se disait-il en mourant d'envie de l'appeler ou de sauter dans sa voiture pour aller l'espionner. Est-elle à Paris ? A l'étranger ? A Grasse ? »

Il se torturait alors en imaginant Claire dans les bras d'un autre homme. Des fureurs, des envies de meurtre, des révoltes s'emparaient de son être tout entier. Il savait que Claire allait revenir, qu'il allait la retrouver. Sa certitude démente de tout contrôler ne lui permettait pas de remettre en question ses volontés même les plus improbables. Il resterait dans le même immeuble pour être sûr que Claire pût de nouveau croiser sa route. Il n'avait, de toutes les façons, ni les possibilités financières de déménager ni l'intention de se lancer dans de nouvelles aventures.

Après avoir revu pendant des années tout ce qu'ils avaient vécu ensemble, chaque événement, chaque remarque, chaque réaction d'Alain qui revenaient en boucle dans sa mémoire, Claire commençait à les oublier ou s'obligeait à les occulter. Elle retrouvait peu à peu la paix même si, parfois, ressurgissait quelque incongruité qui jalonnait la vie d'Alain. Elle revoyait le harcèlement d'Alain qui souhaitait s'installer chez elle à Paris ; sa volonté insistante de connaître sa famille dès son arrivée ; son souhait pressant de lui présenter de nouveau ses parents dès leurs retrouvailles, désir qui ne s'était jamais concrétisé pour lui éviter d'être mis en face de ses mensonges ; son inconstance et ses contradictions incessantes liées à ses menaces infondées de quitter le domicile conjugal pour la déstabiliser sans en avoir ni le souhait véritable ni les moyens financiers ; sa façon systématique de faire, de proposer, et d'imposer tout ce qu'elle n'aimait guère ; sa manière de reproduire tout ce qu'elle faisait ou de choisir tout ce qu'elle aimait, de sa couleur préférée à ses méthodes de travail ; ses changements d'humeur continuels ; son sens du secret qui empêchait quiconque de le comprendre ; sa façon de se lamenter et de pleurer comme une victime ; son chantage affectif pour arriver à ses fins ; l'alternance de sa puérilité et de ses montées de testostérone ; ses comédies pour se faire inviter gracieusement en vacances, pour s'inventer des amours et une brillante carrière ; ses reproches insistants et déplacés au début de leur relation parce qu'elle ne lui avait pas fait de place chez elle alors qu'elle l'accueillait au pied levé et qu'il lui était impossible d'ouvrir les armoires où étaient rangés les effets de Marc ; ses écrits fallacieux et orduriers à son sujet à d'anciennes connaissances alors qu'il se montrait amoureux et complice avec elle ; ses éloignements répétitifs uniquement pour la rendre inquiète et dépendante ; son insistance pour lui faire acheter un domaine, pour la faire travailler pour lui, pour nuire à sa vie professionnelle et privée ; ses insultes dévalorisantes ; sa violence verbale et physique ; ses abandons quand il se rendait dans sa famille sans elle ; son besoin de garder un lien avec des connaissances féminines auxquelles il se confiait ou se plaignait de sa compagne ; sa manière d'annuler au dernier moment tous les voyages qu'elle avait programmés pour eux ; son habitude de fuir les fêtes ; son manque de générosité ; sa pingrerie ; ses constantes insatisfactions ; son refus de communiquer, de partager des repas, de rester dans la même pièce que l'autre, de mettre les médiocres en valeur dans le seul but de dévaloriser celle qu'il était incapable d'égaler, modèle envié et jalousé jusqu'à la haine.

Loin de Claire, Alain devait se contenter, non sans mal, de proies faciles et insatisfaisantes qu'il méprisait tant elles étaient dociles et soumises. Il ne ressentait aucune gloire à les dominer et à les manipuler. Or, un événement imprévu l'empêcha de garder la main sur elles. Un virus très contagieux entraina une peur panique injustifiée dans de nombreux pays. Les gouvernements décidèrent de restreindre les rencontres et de fermer les lieux publics. Ne pouvant se rendre dans son club de gymnastique, Alain vit ses élèves et leurs parents lui échapper. Il se remit à travailler frénétiquement sur la création de son futur gymnase en appelant quotidiennement et longuement son informaticien et sa stagiaire. Enfermé dans son studio, c'était pour lui la seule façon de survivre et d'imposer son autorité sur quelqu'un. Ni son informaticien, impressionné par le ton impératif de sa voix, ni la jeune stagiaire, tremblante face à ses volontés, n'étaient capables de se soustraire à ses dictats. Alain leur imposa donc un travail aussi inutile que ridicule au sujet d'un club qu'il n'avait pas les moyens de créer et d'un site susceptible d'aider des gymnastes et des entraineurs de haut niveau alors qu'il n'avait jamais fait ses preuves dans ce domaine. Il s'inventait encore un rôle : celui d'un très grand éducateur capable de donner des conseils aux plus célèbres gymnastes. Alain le clown, Alain le mythomane, Alain le fou, le pitre raté.

Plus le confinement durait, plus Alain devait imposer sa loi aux deux faibles victimes qui l'écoutaient au téléphone pendant des heures entières. Moins il gagnait d'argent, plus il était irritable. Son hypocondrie l'obligeait aussi à se tenir éloigné des autres. La moindre petite écoute après les milliers de contacts pris par sa stagiaire auprès d'éventuels partenaires le rendait fier alors que ces réponses de complaisance ne débouchaient sur aucune réelle tractation. Il n'en obtenait ni gain ni engagement et se contentait d'arborer sur son site le logo de quelques entreprises satisfaites de bénéficier ainsi d'une publicité gratuite. Alain le perdant, Alain le pitoyable, Alain la risée du milieu.

Alain en avait-il cure ? Il attendait un signe de Claire. Un courrier électronique ? Un message écrit sur son téléphone portable ? Une visite impromptue ? Les yeux rivés sur son ordinateur, Alain regardait le film *Shining*. Il visionnait des comédies romantiques. Il écoutait sa liste de chansons préférées et passait celles que Claire ne détestait pas, depuis des mois, depuis des années, depuis plus de dix ans... Il regardait les réseaux sociaux qui parlaient des activités de Claire en coupant vite la connexion pour ne pas voir la réussite et la parfaite santé de son ancienne compagne. Quelques larmes de dépit sur son propre sort, les lèvres serrées, le visage fermé. Un dessin de monstre bien appuyé au crayon ni trop gras ni trop sec. Un timide sifflement sur une chanson pour briser le silence et la morosité. L'effeuillage de photos-souvenirs : Venise, Myconos, Grasse, Cannes, Lesbos… L'avant Claire sans intérêt. Les années avec Claire où il avait tout connu. Le cauchemar depuis la perte de Claire. Les nuits sans sommeil. Ecouter une boite à musique achetée en compagnie de Claire à défaut de l'autre : celle de son enfance laissée à Grasse. Des heures à tapoter sur sa table et à tirer des longueurs et des longueurs de ruban adhésif. Deux couteaux japonais à aiguiser sur la paillasse du coin cuisine. Un visage qui se retourne constamment vers lui sans qu'il le sache, celui de Claire, lucide, qui ne risquerait pas sa vie une seconde fois. La porte fermée à un amour impossible. Un étranger pour les autres, un étranger pour lui-même.

REMERCIEMENTS

Je remercie le Conseil suprême des Antiquités égyptiennes et tous ceux qui facilitent depuis de très nombreuses années mon travail en Egypte, le directeur de l'Office du tourisme égyptien en France ; le directeur d'EgyptAir en France ; M.M.Al Guindy, propriétaire des plus beaux bateaux sillonnant le lac Nasser et créateur de mouvements contre la misère et pour le développement ; le directeur du Mercure de Minieh ; M.Sébastien Bazin, Président Directeur Général du groupe AccorHotels, fidèle partenaire culturel ; la direction de l'Office du tourisme hellénique en France.

Je tiens à remercier très chaleureusement M.Selim Shawer, general manager du Sofitel Winter Palace et du Old Cataract d'Assouan, établissements remarquables ; le directeur du Novotel Cairo ; le directeur du Sonesta Beach de Sharm el Sheikh ; Alexandros Angelopoulos de l'Aldemar Olympian Village à Olympie en Grèce ; le directeur de l'Astir Palace de Vouliagmeni en Grèce, un lieu de rêve et de confort absolu au bord de la mer proche d'Athènes ; la direction de AKS-Hinitsa Bay à Porto Heli en Grèce ; M.Christos Panaretou de la remarquable agence Yalos Tours pour son efficacité et son accueil ; la direction du Novotel d'Athènes ; le directeur du Sofitel Airport Athens ; M.Frédéric Merlier des « Bains de Cabourg », Jaime Santos Martinez et la direction du Sheraton Fuerteventura.

Tous ces professionnels, humanistes attachés au patrimoine culturel international, par leur aide précieuse, permettent non seulement à mes recherches de progresser mais aussi à l'histoire de sortir de l'ombre

Violaine Vanoyeke

VIOLAINE VANOYEKE

LES ARBRES ETAIENT BLEUS

ET LE CIEL ETAIT VERT

POÉSIE

AVEC LES YEUX

Un sourire esquissé, retenu, trop furtif,
Presque honteux : une complicité fugace.
Regards éclairs qui se retiennent et se parlent.
Les mots inutiles quand les yeux se confondent.

Tu es loin
Je suis là
Tu es là
Je suis loin
Tout est simple
Rien n'est simple
L'eau s'écoule
Le temps coule,
Est perdu,
Bien perdu.

Tout est dit : le champ des possibles reste vif
Rien n'est dit : un doux avenir a-t-il sa place ?
Pourquoi cette impression que nos destins parlent
Et que rien jamais n'empêche qu'ils ne se fondent ?

Tu es loin
Je suis là
Tu es là
Je suis loin
Tout est simple
Rien n'est simple

L'eau s'écoule
Le temps coule,
Est perdu,
Bien perdu.

BLESSURE

C'est l'histoire d'un homme
L'histoire d'un homme qui rencontre une femme
Tous deux survivants, dans l'ombre de ce qu'il sait,
Par manque d'une mère absente et c'est le drame,
Ou plutôt présente pour ce qu'il en paraît.

Des rejets, vexations, manques, injustice
Imprimés sur le corps de l'enfant au fer rouge.
Il faut lutter, adulte, contre ce supplice.
L'homme sombre, la femme se révolte et bouge.

Tous deux survivants, dans le noir ou la lumière.
Unis plus que tout autre, ils devraient le rester,
Elle sa force armure dont elle peut être fière
Rien n'empêche son compagnon de rechuter.

Il existe pourtant un remède infaillible :
Dire enfin « oui » à la vie, dire « oui » à l'amour.
Mépriser, écraser ce mal-être intangible
Et vaincre par l'amour tout ce manque d'amour.

Rayer les malfaisants et les maux de l'enfance
Retrouver en l'Autre ses joies d'adolescence.
En se moquant de celles qui n'ont pas de cœur
Se laisser couler doucement vers le bonheur.

C'ETAIT TOI

Je savais que c'était toi
Tu savais que c'était moi
Mais tout était impossible.
Tels sont les amours toxiques.

Tout était pourtant crédible
Avec les mêmes lexiques.
Je savais que c'était toi
Tu savais que c'était moi.

Dans ces sentiments extrêmes
L'aimée devient l'ennemie.
Dans ces délices suprêmes
La peur remplace l'amie.

Il n'y a plus de repère
Il n'y a rien qui se gère
Je te prenais pour un frère
Tu aurais tué mon père.

Je savais que c'était toi
Tu savais que c'était moi
Mais tout était impossible.
Tels sont les amours toxiques.

J'aurais juré sur la Bible.
Ils me paraissaient classiques.

Je savais que c'était toi
Tu savais que c'était moi
Mais tout était impossible.
Tels sont les amours toxiques.

CARESSES

Ma caresse sur tes reins
Ta caresse sur mes seins
Mes doigts le long de ton dos
Tes doigts sans le moindre mot
Mes baisers contre tes reins
Tes baisers au bout des seins
Mon corps conquis sans repos
Ton corps uni à mon dos
Mon intimité vaincue
Ton intimité repue
Ma bouche autour de tes reins
Ta bouche autour de mes seins
Mes j'aime
Tes j'aime
Sans fin

D'ILE EN ILE

Je t'ai emmené vers la Beauté de Platon,
Biens dans l'Absolu céleste de ses pensées,
Culture, Ordre, amour, valeurs sur le même ton,
Reflets d'une éducation qui nous a bercés.

Nous respirions les orangers, les oliviers.
Les abeilles, les sauterelles, les viviers.
Sur la mer, au gré de la vague, d'île en île,
Le long des côtes sauvages de ville en ville.

Je t'ai emmené dans la recherche du Bien
Vers une réussite éloignée du mensonge,
Vers la quête de la Perfection comme lien
Plus belle qu'un doux rêve, plus belle qu'un songe.

Nous respirions les orangers, les oliviers.
Les abeilles, les sauterelles, les viviers.
Sur la mer, au gré de la vague, d'île en île,
Le long des côtes sauvages de ville en ville.

Nous avons glissé sur les cimes d'Epicure,
Cultivé les fraises du jardin de Voltaire,
Mordu dans la figue, le citron et la mûre,
Tutoyé sur l'Etna les flammes du cratère.

Nous respirions les orangers, les oliviers.
Les abeilles, les sauterelles, les viviers.
Sur la mer, au gré de la vague, d'île en île,
Le long des côtes sauvages de ville en ville.

EPHEMERE

On peut tenter de se détruire.
On peut tenter de me détruire.
Mais on ne tue pas un figuier
Car le figuier reprend du pied.
Car un figuier est éternel
Quand il est d'amour et de miel.

Ferme les yeux. Imagine : l'univers en papillons
Imagine : toute une planète constellée de fleurs
Tu verras tes ailes se flétrir, un jour et quelques heures,
Tes pétales voler et mourir au creux des tourbillons.

On peut tenter de se détruire.
On peut tenter de me détruire.
Mais on ne tue pas un figuier
Car le figuier reprend du pied.
Car un figuier est éternel
Quand il est d'amour et de miel.

L'homme a la faiblesse ou la force, le pouvoir de penser
Mais imagine que tu sois un papillon, une fleur,
Il te reste seulement quelques secondes pour danser,
Me tendre la main pour valser silènement de bonheur.

On peut tenter de se détruire.
On peut tenter de me détruire.
On n'a pas tué le figuier.

Le figuier a repris du pied.
Car ce figuier est éternel
Lui qui est d'amour et de miel.

EVIDENCE

Qu'on soit fait l'un pour l'autre, c'est une évidence.
« Avant toi », dit un parolier, oui, « avant toi »…
Il s'agit bien de liens malgré l'indépendance
Comme si, loin ou près, toujours le même toit.

Et pourquoi aujourd'hui et pourquoi pas avant ?
Soudain le reste n'a plus aucune importance.
Le passé s'efface devant les sentiments.
Je le sais ; tu le sais, au sein de cette danse.

Qu'importe les colères, qu'importe les mots,
Je n'écoute que l'âme qui jamais ne ment.
Au-delà du monde, bien au-delà des maux,
Envolons-nous vers l'ailleurs, loin, très loin du temps,

Emportés par le vent au parfum de jasmin.
Après Tunis, après Paris ou après Cannes,
Afin que jamais les souvenirs ne se fanent,
Murmure-moi là, à l'oreille, les refrains
De ces « je t'aime » susurrés au creux des reins.

FANTOMES

Je te rejoindrai un jour dans le coton blanc
Je te retrouverai enfin dans le ciel blanc
Je marcherai vers toi sur des nuages blancs
Nous nous sourirons au milieu des hommes blancs.

Sans caresse possible, ma main sur la tienne,
Sans baiser possible, ma bouche sur la tienne,
Sans étreinte possible ma lèvre et la tienne,
Par les yeux seulement, ma vie sera la tienne.

De ville en ville, je pense toujours à toi,
Toutes les personnes mais il n'y a que toi,
Tous les lieux, monts et ports, me ramènent vers toi,
Tant d'obstacles, de peines, surmontés sans toi.

Je te rejoindrai un jour dans le coton blanc
Je te retrouverai enfin dans le ciel blanc
Je marcherai vers toi sur des nuages blancs
Nous nous sourirons au milieu des hommes blancs.

Rien ne me permet d'oublier
Rien d'assez fort pour espérer
Je te le dis.
Personne vers qui me tourner
Juste assez bien pour m'apporter
Je te le dis.

FUGACE

Il y a la terre qui veut naître des flots,
L'olivier, l'oranger, le figuier, les canaux,
Et pour que grandissent les frissons de la vie,
L'astre blanc qui se noie dans le noir de la nuit.

FUITE

Esprit noir, dépression,
Ville, bruits, agression,
Je rêve de fuir loin
Dans un désert sans fin.

Lumière, soleil, ciel,
Chaleur, abeilles, miel,
Endors-toi sous la lune,
Cuis ton pain sur la dune.

Olives, grillons, sève,
Citron, citrouilles, fève,
Marche au milieu des figues,
Lanterne sur les digues.

Esprit noir, dépression,
Ville, bruits, agression,
Je rêve de fuir loin
Dans un désert sans fin.

Les pêcheurs dans les ports
Pélicans sur les bords,
Poissons frits aux tavernes,
Voie lactée aux lanternes.

Oasis, Bédouins, sable,
Palmiers, grenades, dattes,

La magie de la fable
Tu voles sur des nattes…

Esprit noir, dépression,
Ville, bruits, agression,
Je rêve de fuir loin
Dans un désert sans fin.

FULGURANCES

Viens me rejoindre à Louxor
Viens me rejoindre à Athènes
Sur un cheval auré d'or
Dans un bouillant ciel de traine

Dans un train ou car de mer
Dans ta pirogue terrestre
Dans une felouque en fer
Dans une fusée rupestre

Viens me rejoindre à Vevey
Viens me rejoindre à Corfou
Et je te raconterai
Je te raconterai tout

Depuis ton départ éclair,
Sortie des griffes d'un fou
Et des flammes de l'enfer,
Blottis-toi contre mon cou.

De nouveau enveloppe-moi,
Revenu de l'Au-delà,
De nouveau protège-moi
Des violences d'ici-bas.

Nous voguerons sur les dunes,
Nous nagerons dans les sables,

Nous dormirons sous les lunes,
Nous inventerons des fables,

Nous retrouverons la paix,
Nous fermerons les fenêtres,
Nous chanterons sous un dais
En dansant dans les palestres.

De nouveau enveloppe-moi
De nouveau protège-moi

Sous le soleil de la Grèce
Ou sur le Nil égyptien,
Amour, chaleur et caresse,
Mon monde sera le tien.

Enveloppe-moi…
Protège-moi…

IRRESISTIBLE CHARNEL

Et sentir tes bras envelopper mon corps,
Frissonner sous tes doigts effleurant ma peau,
Frémir sous ta main ferme et audacieuse,
Respirer ensemble nos chaleurs mêlées
Dans la fougue d'une union délicieuse.

Je te veux en moi, te sentir et partager ton plaisir
Je veux respirer ton odeur et embrasser ton désir
Me laisser combler de tes caresses avec un soupir
Ne devenir qu'un un instant, pour toujours, pour l'avenir.

Si tu m'aimes malgré tout d'un amour fort
Qui ne laisse de place qu'au geste beau,
Si tes envies parce qu'affectueuses restent gracieuses
Et que la passion et l'audace à nos souffles enchainées
Engendrent une fusion de nos abandons voluptueuse,

Je te veux en moi, te sentir et partager ton plaisir
Je veux respirer ton odeur et embrasser ton désir,
Me laisser combler de tes caresses sous un doux soupir,
Ne devenir qu'un un instant, pour toujours, pour l'avenir

L'effleurement de tes lèvres dans mon cou, le long de mon dos,
L'effleurement de ta langue dans mes intimes soubresauts,
Tes frémissements difficilement retenus dans une gêne harmonieuse
Et tes gémissements sous mes mains et contre mes seins dont je
[guette l'échappée

Dont nous gardons le secret nous unissent dans une sensualité rieuse.
Je veux sentir ta virilité contre mes reins et partager ton plaisir
Je veux coller mon visage à ta peau et embrasser ton sauvage désir
M'ouvrir à tes caresses empressées avec des milliers et milliers de sourires
Pour n'être qu'un pour toujours et même parfois pour le pire.

Je te veux en moi, te sentir et partager ton plaisir,
Je veux respirer ton odeur et embrasser ton désir,
Me laisser combler de tes caresses sous un doux soupir,
Ne devenir qu'un un instant, pour toujours, pour l'avenir.

NAGE AU-DESSUS DES FLOTS

Papillon dans l'enfer des fous
Sur la vague de leur raison
Où rien pour eux que de normal
Jusqu'au jour où, jusqu'au jour où….

Le Malin a changé tes goûts
Et le refrain de ta chanson.
Ce démon incarnait le mal
Comme un véritable gourou.

Je ne t'ai pas reconnu
Tu avais perdu ton âme,
Je ne t'avais pas revu
Je suis devenue ta femme.

Mais tu avais perdu l'esprit
Des yeux absents. Regard fuyant.
Je sentis alors un malaise
Jusqu'au jour où, jusqu'au jour où…

Et rien ni les pleurs ni les cris
Ne chassaient cette odeur de sang
Qu'elle avait gravée dans la glaise
Comme un véritable gourou

Je ne t'ai pas reconnu
Tu avais perdu ton âme,
Je ne t'avais pas revu
Je suis devenue ta femme.

NEANT

Tant de complicités nous unissaient,
Voyages, histoires, époques, âges,
Comment retrouver les vents qui bruissaient
Dans vos cheveux trop longs et nos pulls sages ?

Malgré les ans, nous étions restés jeunes,
Rires, passions, fidélités, vertiges,
Au bord des Cataractes où l'on déjeune
Dans l'Ile Eléphantine et ses vestiges

Au temple d'Apollon où l'on s'assoit
Seuls le soir au milieu des Phédriades
Silencieux dans la taverne où l'on boit
Et où, la nuit, grésillaient les grillades.

Il aurait suffi que tout continue
Que le royaume des Parques t'oublie
Que l'on avance dans la même rue
Que l'on enrichisse encor l'établi

Je n'aurais imaginé la bassesse
Je n'aurais imaginé la tristesse
Je n'aurais imaginé la rudesse
Un monde sans sagesse
Un monde sans richesse

L'avenir était tout tracé pour nous
Et rien ne pouvait le boulcverser
Je le dis souvent à mon petit loup
Il restait encor tant à traverser.

Ma vie soudain face à l'humanité
Ensoclée dans la philosophie grecque
Connait l'étau de la débilité
Analyse de mœurs à la Sénèque.

Je n'aurais imaginé la bassesse
Je n'aurais imaginé la tristesse
Je n'aurais imaginé la rudesse
Un monde sans sagesse
Un monde sans richesse

NOUS

Il y a nous et il n'y a que nous.
Il y a le ciel ; il y a la terre.
Il y a les tornades, le désert,
Le vent, l'ouragan, le soleil, l'éclair,
La foudre, l'ondée, la nuit, le tonnerre,
L'aube, la rosée, la paix, la colère,
La vue, l'horizon, l'astre, l'univers,
La lune, le jour, la tempête, l'air,
Les fleurs, la marée, les roches, le verre,
L'oiseau, le poisson et les mammifères.
Pourtant il n'y a que nous, rien que nous.
Sable, cyclones, paradis, enfer,
Il n'y a que nous, rien d'autre que nous.

PERVERSION

Eclats de voix, affrontements, disputes, cris,
Menaces, chantages, irrespect, Violence
Pervers narcissique de colère nourri,
Menaces, chantages, irrespect, Violence,
Haine et mal-être incarnés, bipède maudit,

Tu es le Fou
Tu resteras le Fou
Jusqu'à l'Enfer
Plus nuisible qu'un ver

Lumière, création te sont étrangères.
Animal traqué, nocif, tu vis dans un trou.
Les malveillances, médisances, te sont chères,
Paranoïaque, tu caches tout sous verrou.

Tu es le Fou
Tu resteras le Fou
Jusqu'à l'Enfer
Plus nuisible qu'un ver

Tu ne connaitras jamais l'Art ni la passion,
Les baisers gratuits et les caresses complices,
La saveur de la résine et l'odeur des pins
Dans les forêts ventées des Landes l'émotion,
Les frôlements amoureux et les gestes lisses,
Le murmure des mots doux ombré de sapins.

Un pauvre fou,
Jusqu'à l'Enfer
Tu resteras le Fou
Royaume des pervers.

PIEGE

« J'ai tout mon temps », disais-tu,
« J'attendrai le temps qu'il faut ».
'J'attendrai, prétendais-tu,
Te réchauffant à mes mots.

Il n'y a pas eu d'attentes,
Il n'y a pas eu de doute
Des heures encor trop lentes
Et nous étions sur la route.

Je n'ai pas eu un instant
Tu m'as pris chaque seconde
Pour me dire : » Est-ce qu'il ment ? »
Nuit, soir et jour ta faconde.

« J'ai tout mon temps », disais-tu,
« J'attendrai le temps qu'il faut ».
'J'attendrai, prétendais-tu,
Te réchauffant à mes mots.

Tu n'as pas laissé de temps
J'étais prise dans ta bulle
Entrainée par l'ouragan,
Comme un faon que l'on accule

Le piège s'est refermé
Quand je pouvais m'échapper

J'étais déjà enfermée
Je vivais en liberté.

« J'ai tout mon temps », disais-tu,
« J'attendrai le temps qu'il faut ».
'J'attendrai, prétendais-tu,
Te réchauffant à mes mots.

Ta voix se voulait mielleuse,
Les sons en étaient trop doux
Ta bouche toujours radieuse
Tes rires toujours trop fous

Une gaieté majuscule
Un amour à vendanger
Où tout à coup l'on bascule
Je n'ai pas vu le danger.

« J'ai tout mon temps », disais-tu,
« J'attendrai le temps qu'il faut ».
'J'attendrai, prétendais-tu,
Me réchauffant à tes mots.

PROFANATION

Nul droit pour toi de revenir à si
Au nom du souvenir, de ceux qui partent,
Notre jeunesse à qui on dit merci,
Que nous rappellent ceux qui nous échappent

Pour gagner l'Autre monde et les cieux.
Soixante-huit soixante-quatorze : nous,
Le lycée dans le passé cotonneux,
Les pat d'eph, cheveux longs, peace un peu fou,
Love loin du pays des Bienheureux.

Légèreté, je t'aime moi non plus,
Liberté, toi dans l'ombre derrière nous
Derrière moi, toi qui attends ton heure
Peut-être, et qui envisages pour nous
Un avenir comme il n'y en a plus
Peut-être, dans notre époque majeure.

Je ne te donnerai jamais le droit
De... c'est impossible tu l'as compris....
Gommer, salir, nier l'inoubliable :
Bruit du flipper, vos rires et vos cris
Au café, un jean qui glisse des reins,
Nous, les filles, devant un chocolat,
Courses sous la pluie sans imperméable,
Lors d'une virée en austin, sereins,
Très très loin d'où tu es, le pays plat,

Je ne te donnerai jamais le droit.

Notre époque, tout notre vécu, comme
Si nous ne nous étions jamais quittés
Et là pour toujours, là à jamais comme
Si nous devions un jour nous retrouver.

Et tu as beau écarter les barreaux
La maison reste solide, elle s'appelle
Les jalons de la vie de do à do,
Notre vie-souvenirs qui nous rappelle.

PROTEGE-NOUS

Il y a des sots et puis il y a la terre
Il y a des sots et puis il y a la fleur
Il y a des sots et puis il y a la mer
Il y a des sots et puis il y a le cœur

Toujours les mêmes sots mais il y a tes yeux
Toujours ces mêmes sots mais il y a tes mains
Qu'importe tous ces sots dans mon univers bleu
Qu'importe tous les sots dans mes doux lendemains

Ouvre bien grand tes doigts, tes lèvres, ton regard,
Caresse, écoute, goûte, contemple, respire,
Abandonnons nos sens le soir quand il est tard
Pour ne laisser parler que ce qui nous inspire…

QUI ?

Qui saura me protéger ?
Qui
Saura vraiment me comprendre ?
Qui ?
Partagera mes idées ?
Qui ?
Mes passions à apprendre ?
Qui ?
Qui m'apportera la joie, la paix, la richesse du cœur ?
Verra le même ciel, la même mer, les mêmes déserts
Qui, bien au-delà du vide, me tendra ses mains sans peur
Aura la pure Beauté de l'Absolu pour seul repère ?
Qui ?

SAUVE-NOUS

Sauve-moi, sauve-nous
Nos jours nos nuits enlacés
Sauve-moi, sauve-nous
Mon corps, mon cœur sont glacés.

Sauve-moi, sauve-nous,
Je n'ai plus assez de force
Sauve-moi, sauve-nous
Brise cette peau écorce

Sauve-moi, sauve-nous
Nos regards qui parlent tant
Sauve-moi, sauve-nous
Nos gestes que je veux lents

Sauve-moi, sauve-nous
Nos premières caresses
Sauve-moi, sauve-nous
Nos premières tendresses

Nos longs échanges de nuit,
Nos retrouvailles sauvages,
Nos élans épanouis,
Nos promesses. Rien de sage.

Et pour n'effacer jamais
Dans do re mi fa sol la

Un murmure. Rien jamais.
Si tu es encore là,

Sauve-moi, sauve-nous
Sauve-moi, sauve-nous…

SI LOIN SI PRES

Si loin, si près, la distance n'a pas de prise.
Je le sais, l'amour peut surmonter toute crise
Mais pour suivre son destin il faut le vouloir
Pour le vivre pleinement, il faut le savoir.

On dit que les sentiments te sont étrangers
Pourtant l'essentiel moteur au long de la vie.
Même si les conflits sont sources de dangers
Sans lesquels la création reste une envie.

Il y a des blessures qui sont éternelles
Quand bien même le cœur obscurcit la raison.
Et des flots d'amours absolues perpétuelles
Quand bien même l'on a accordé le pardon.

Une trainée de laine blanche dans les cieux
Pour ma paix d'âme qui embrase un arc en feux.
La renaissance verdissant enfin les cendres
Gémit en glissant sur le chemin des méandres.

Si loin, si près, la distance est devenue tendre.

SUBTIL

Malgré tout, la douleur, les pleurs,
Ce qui nous unit, ces bonheurs,
Ce chaotique élan du cœur
Me paraissent deux âmes sœurs.

Les flots nous emportent
Sur des vagues douces ;
L'amour nous transporte
Sur des dunes rousses ;
Serrés sous la lune,
Unis sous la lune,
Heureux sous la lune,
Seuls, seuls, seuls au monde…

Sauras-tu me faire comprendre
Enfin, sans dissimulation,
Si je te pose la question
Ce dont tu as peur de dépendre…

Les flots nous emportent
Sur des vagues douces ;
L'amour nous transporte
Sur des dunes rousses ;
Serrés sous la lune,
Unis sous la lune,
Heureux sous la lune,
Seuls, seuls, seuls au monde…

Le temps passe loin de la plage
Où nous pourrions être enlacés
Sur le sable près du rivage
Nos corps dans nos bras balancés.

Dis-moi vite ce que tu veux
Car nous n'effacerons jamais
Ce qui a épousé nos vœux

Les flots nous emportent
Sur des vagues douces ;
L'amour nous transporte
Sur des dunes rousses ;
Serrés sous la lune,
Unis sous la lune,
Heureux sous la lune,
Seuls, seuls, seuls au monde…

VAGABONDAGE NOCTURNE

Je me suis réveillée cette nuit
Ta main sur la mienne.
Je me suis réveillée aujourd'hui
Ta joue sur la mienne.

Sans toi. Pour toujours avec toi

Si tu le nies, je sais que tu mens
Car je sens tes envies, tes désirs,
Discerne tes mêmes tremblements
Frustré de nos extrêmes plaisirs.

Sans moi. Pour toujours avec moi

Fallait-il choisir l'éloignement ?
Mais ce n'est qu'un voyage immobile.
Et nos plus tendres enlacements
S'en moqueront en un clin de cil.

VIENS

L'oiseau me dit : « je t'aime »
Souffle de son aile au rythme de mon cœur

Mais si c'est toi qui m'aimes
Malgré la foudre de ton regard rebelle
Miroir noir de ton cœur

Tout ce que la peur sème
L'orgueil empêchant la vie d'être trop belle
Qui écorche nos cœurs

Ne pense plus
Ne tarde plus
Cours, cours encore
Pour qu'on s'adore
Et comme l'oiseau souffle : « je t'aime »
Souffle-moi à l'oreille : « je t'aime »
Et comme la mer noie le rocher
Serre-moi très fort sans me blesser.
Viens me retrouver
Juste me trouver
Juste me trouver

VOIE

Je vis ailleurs
Que le monde me pardonne
Mon esprit est ailleurs
Que les hommes me pardonnent
Ici, ailleurs,
Je ne sais plus où je donne

Des sables des pharaons
Au temple de l'Acropole
De la colline des Muses
Je ne dresse que des ponts
Je suis bien sous la coupole
Avec Ulysse et ses ruses

Je vis ailleurs
Que le monde me pardonne
Mon esprit est ailleurs
Que les hommes me pardonnent
Ici, ailleurs
Je ne sais plus où je donne.

Pour un « Connais-toi toi-même »,
« Esprit sain dans un corps sain »,
Seule et jamais être seule,
L'esprit grec brise mes chaines
Loin de tout ce qui est vain,
Seule et jamais être seule.

Je vis ailleurs
Que le monde me pardonne
Mon esprit est ailleurs
Que les hommes me pardonnent
Ici, ailleurs
Je ne sais plus où je donne.

Ailleurs, je vois sans vous voir
Ailleurs, je vois sans te voir
Des larmes dans le désert
Où mon corps entier se perd
Là chez moi avec Platon,
Mon Hatchepsout, ma passion,
Cherche l'Absolue sagesse
Et jamais cela ne cesse.

C'est l'authentique richesse
Dans un monde sans repère
La vraie voie de la raison
Dans le bateau qui prend l'eau
Il n'y a plus de maison
L'écorce n'a plus de peau.

Je vis ailleurs
Que le monde me pardonne
Mon esprit est ailleurs
Que les hommes me pardonnent
Ici, ailleurs
Je ne sais plus où je donne.

Le monde perd ses valeurs,
Les icebergs sont en pleurs,
Les cités dans leurs douleurs,
Leurs religions dans leurs cœurs,
Les sociétés dans les peurs,
Certains ont perdu les leurs,
Et la politique meurt.

Pourtant la vie reste en fleur
Je vis ailleurs
Que le monde me pardonne
Mon esprit est ailleurs
Que les hommes me pardonnent
Ici, ailleurs
Je ne sais plus où je donne.

L'ŒUVRE DE VIOLAINE VANOYEKE

OUVRAGES

L'Art aux yeux pers, Le Cherche-midi, 1980, poésie, Prix Jean Christophe.

Torrent, R.E.M., Lyon, 1983, poésie. Album avec interprétation au piano de Violaine Vanoyeke.

L'harmonie et les arts en poésie, Monaco, 1985, anthologie.

Le Mythe en poésie, Monaco, 1986, anthologie.

Cœur Chromatique, R.E.M., Lyon, 1986, poésie, Album avec accompagnement musical interprété au piano par Violaine Vanoyeke. Interprétations des textes avec Dominique Paturel.

Clair de Symphonie, J.Picollec, 1987, roman.

Messaline, Robert.Laffont, 1988, roman. Traduit en espagnol, portugais, coréen, grec, bulgare, polonais, etc.

Le druide, Sand, 1989, roman.

Au bord du Douro, Lizier, 1989, poésie. En portugais et français.

Les louves du Capitole, Robert.Laffont, 1990, roman. Le Livre de Poche, 2006. Prix littéraire de l'été 1990. Traduit en espagnol, portugais, etc.

La Prostitution en Grèce et à Rome, Les Belles Lettres, 1990, histoire. Traduit en espagnol, chinois, japonais, tchèque, grec, etc.

Le crottin du diable, Denoël, 1991, roman. Prix de l'assurance et des banques, 1991.

Les Bonaparte, Critérion, 1991, histoire.

La Naissance des Jeux Olympiques et le sport dans l'Antiquité, Les Belles Lettres, 1992, histoire, nouvelle édition, 2004. Traduit en grec, chinois, japonais, etc.

Les Grandes heures de la Grèce antique, Perrin, 1992, histoire. Le Grand Livre du Mois, 2002.

Les Sévères, Critérion, 1993, histoire.

L'Egypte ancienne (collectif), Tallandier, 1998, histoire.

Les Schuller, Presses de la cité, romans:

* *Les Schuller*, 1994, roman.

***Le Serment des quatre rivières*, 1995, roman.

Hannibal, France Empire, 1995, histoire.

Paul Eluard, le poète de la liberté, Julliard, 1995, histoire.

Le Secret du pharaon (série), l'Archipel, romans :

* *Le Secret du pharaon*, 1996, roman. Le Grand Livre du Mois, 1996 ; Succès du Livre, 1997 ; Editions du Chardon bleu, 1997 ; Pocket, 1999. Traduit en espagnol, portugais, catalan, tchèque, slovaque, anglais, allemand, hongrois, etc.

***Une mystérieuse Égyptienne*, 1997, roman. Pocket, 1999 ; Succès du Livre, 1998, Le Grand Livre du Mois, 1999. Traduit en espagnol, catalan, portugais, tchèque, slovaque, hongrois, anglais, etc. ; nouvelle édition aux Editions du Masque, 2007.

*** .*Le trésor de la reine-cobra*, 1999, roman. Pocket, 1999 ; Editions du Chardon bleu, 1999 ; Succès du Livre, 1999 ; Le Grand Livre du Mois, 1999. Traduit en espagnol, catalan, portugais, slovaque, hongrois, tchèque, etc. ; nouvelle édition aux Editions du Masque, 2008.

Quand les athlètes étaient des dieux, les Jeux olympiques de l'Antiquité, Fleurus, 1996, ouvrage pour la jeunesse.

Périclès, Tallandier, 1997, histoire. Le Grand Livre du Mois, 2001. Traduit en espagnol, en portugais, etc.

Les Histoires d'amour des pharaons (série), Michel Lafon :

* *Les Histoires d'amour des pharaons tome I* : *Néfertiti et Akhenaton ; Tii et Ramsès III; Néfertary et Ramsès II ; Cléopâtre et César ; Cléopâtre et Antoine,*

1997. Le Livre de Poche, 1999 ; Le Grand Livre du Mois, 1997 ; Succès du Livre, 1999. Traduit en espagnol, italien turc, portugais, hongrois, tchèque, etc.

** *Les Histoires d'amour des pharaons tome II : Ahmosis et Ahmès-Néfertari ; Tiâa et Aménophis II ; Toutankhaton et Ankhesepaton ; Sethi II et Taousert*, 1999. Le Livre de Poche, 2000 ; Le Grand Livre du Mois, 1999 ; Succès du Livre, 2000. Traduit en espagnol, hongrois, tchèque, turc, etc.

Chaque histoire a été publiée aux Editions du Chardon bleu en 9 volumes (2000).

La Passionnée, La Malibran, Michel Lafon, 1997, roman.

De la prostitution en Alsace, Le Verger, 1997, histoire.

Les dynasties pharaoniques (série), Tallandier :

**Les Ptolémées, derniers pharaons d'Egypte*, Tallandier, 1998, histoire. Traduit en espagnol, portugais, etc.

Les Pharaons du Soleil (saga), Michel Lafon:

1) *La Pharaonne* Hatchepsout (trilogie), Michel Lafon, romans :

* *La Princesse de Thèbes*, 1998 ; nouvelle édition, 1999. Le Livre de Poche, 2000 ; Succès du Livre, 2001. Publié avec le livret : *Apprenez les hiéroglyphes avec Hatchepsout.* Traduit en portugais, tchèque, espagnol, hongrois, turc, etc.

***Le Pschent royal*, 1998 ; nouvelle édition, 1999. Le Livre de Poche, 2001 ; Succès du Livre, 2002. Traduit en portugais, espagnol, tchèque, hongrois, turc, etc.

****Le Voyage d'éternité*, 1999. Le Livre de Poche, 2000 ; Succès du Livre, 2002. Traduit en portugais, tchèque, espagnol, hongrois, turc, etc.

La pharaonne Hatchepsout, sous coffret (œuvre intégrale), 2002.

2) *Thoutmosis* (trilogie), Michel Lafon, romans :

* *Le Rival d'Hatchepsout*, 2000. Le Grand Livre du Mois, 2001; Le Livre de Poche, 2002 ; Succès du Livre. Traduit en tchèque, hongrois, etc.

** *L'Ibis indomptable*, 2000. Le Grand Livre du Mois, 2001 ; Le Livre de Poche, 2002 ; Succès du Livre. Traduit en tchèque, hongrois, etc.

****Au royaume du Sublime*, 2000. Le Grand Livre du Mois, 2001 ; Le Livre du Poche, 2002 ; Succès du Livre. Traduit en tchèque, hongrois, etc.

3) *Aménophis* (trilogie), Michel Lafon, romans :

* *Le Prince de lumière*, 2001. Le Grand Livre du Mois ; Le Livre de Poche (2002) ; Succès du Livre.

***Le Breuvage d'amertume*, 2001. Le Grand Livre du Mois, Le Livre de Poche, Succès du Livre.

*** *Vénérable Tiyi*, 2002. Le Grand Livre du Mois. Le Livre de Poche. Succès du Livre.

4) *Néfertiti et Akhenaton* (trilogie), Michel Lafon, romans :

* *La belle est venue*, 2002. Le Grand Livre du Mois ; Le Livre de Poche, 2003.

***L'Horizon d'Aton*, 2002. Le Grand Livre du Mois ; Le Livre de Poche, 2003.

****Le Faucon d'or*, 2003 ; Le Grand Livre du Mois. Le Livre de Poche, 2004.

5) *Toutankhamon* (trilogie), Michel Lafon, romans :

* *L'Héritier*, 2003. Le Grand Livre du Mois ; Le Livre de Poche.

***La Fille de Néfertiti*, 2004. Le Grand Livre du Mois. Le Livre de Poche.

****Le Pharaon assassiné*, Michel.Lafon, 2004. Le Grand Livre du Mois. Le Livre de Poche.

6) *Aÿ pharaon* (trilogie), Michel Lafon, romans :
* *Les Meurtriers de Toutankhamon*, 2004. Le Livre de Poche.
** *La Disparition de la reine*, 2004. Le Livre de Poche.
****L'Ennemi du Nil*, 2005. Le Livre de Poche.

7) *Horemheb, roi d'Egypte* (trilogie.), Michel Lafon, romans:
* *Les Complots*, 2006.
** *Le Justicier*, 2006.
*** *La Vengeance*, 2006.

8) *Ramsès* (trilogie), Michel Lafon, romans :
* *Les Secrets du prince*, 2007. Le Livre de Poche.
** *Un Etrange destin*, 2007.
*** *Les Mystères du palais*, 2008.

Les Pharaons mènent à la vie éternelle, Michel.Lafon, 2001, autobiographie ; Le Livre de Poche, 2002.

Zénobie, l'héritière de Cléopâtre, Michel.Lafon, 2002, histoire ; Le Livre de Poche, 2004 ; nouvelle édition, 2018.

Les Voluptueuses de l'Egypte à Rome, Michel.Lafon, 2003, histoire ; Le Grand Livre du Mois. Le livre de Poche. Traduit en lithuanien, turc, etc.

Nitocris, princesse d'Egypte, Albin Michel, 2007, roman ; Le Livre de Poche.

Les véritables inventions des Egyptiens, Le Rocher, 2007, histoire ; Succès du Livre, 2007.

Amoureusement drôle, Hors Collection, 2007, histoire/humour.

Le sottisier des politiques, Hors Collection, 2007, histoire/humour.

Les grandes énigmes de l'Egypte, Le Rocher, 2008, histoire ; Traduit en russe.

Les origines des sports olympiques dès les Egyptiens et les Chinois, Le Rocher, 2008.

Leurs derniers mots, Grancher/Piktos, 2008. Traduit en polonais, etc.

Jeux de mains, jeux de vilains, l'histoire des expressions du sport et des jeux Olympiques, Bartillat, 2008.

Meurtre aux Jeux olympiques, éditions J.-C.Lattès-Le Masque, 2008, roman. Nouvelle édition, 2016.

Homicide, Alphée, 2009, document.

Les Mystères du prince, J.-C.Lattès-Le Masque, 2010, roman.

*Les Histoires d'amour de l'Egypte ancienn*e, Grancher/Piktos, 2010.

Ramsès III (trilogie), Alphée, romans :

* *Complot contre Pharaon*, 2010.

** *La Reine libyenne*, 2010.

****L'Héritière*, 2010.

Les Histoires envoûtantes de l'Egypte ancienne, Grancher/Piktos, 2011.

L'Egypte vue par Violaine Vanoyeke, Hugo et Cie, coll.Phare, 2013, histoire/livre illustré.

Taousert, reine d'Egypte, Balland, 2013, roman.

Pourquoi Cléopâtre mangeait-elle couchée ? Editions du Moment, 2014, histoire.

La Prostitution dans la Grèce antique, Editions LARGEVISION ENCRE BLEUE, 2018, histoire

La Prostitution dans la Rome antique, Editions LARGEVISION ENCRE BLEUE, 2018, histoire.

Nefertiti, Editions de L'Harmattan, 2019, histoire.

Les Premiers Jeux Olympiques, Editions Sutton, 2020, histoire.

DISCOGRAPHIE

Bach, Beethoven, Debussy, Chopin, R.E.M, Lyon, V.Vanoyeke, piano.

Chopin, Debussy, Schumann, R.E.M, Lyon, V.Vanoyeke, piano.

Torrent, R.E.M, Lyon, V.Vanoyeke, piano.

Cœur Chromatique, R.E.M, Lyon, V.Vanoyeke, piano.

Disponibles sur les plates-formes comme Deezer, Spotify…

Violaine Vanoyeke est l'auteur de nombreux textes parus dans les revues poétiques et culturelles ou diffusés à la radio (France-Inter…), de plusieurs préfaces (*Sport et Vie, Au bord du Douro…*, dans la collection *Panorama de Violaine Vanoyeke)*, de scenarii de films historiques à succès, et d'articles parus dans des revues spécialisées et dans *Historia, Chroniques de l'Histoire, Le Spectacle du Monde, L'Histoire, Le Quotidien de Paris, Géo, Science et Vie, France-Soir, Voyager, Version Femme, L'art de voyager, Croisières Magazine, Vous et votre avenir, Bon Voyage, Jogging International, Libertés Hebdo, L'Humanité, La Voix du nord, Le Parisien* etc.

Des extraits des ouvrages de Violaine VANOYEKE ont été repris pendant l'été dans les magazines et quotidiens (France-Soir, L'Est républicain, Le Républicain lorrain, Vosges matin…)

www.violainevanoyeke.net

Bio-bibliographie sur VIADEO

Chaînes YouTube : VIOLAINE VANOYEKE (officiel); VIOLAINE VANOYEKE RACONTE

Instagram : Violaine VANOYEKE (officiel)

Linkedin : Violaine VANOYEKE (officiel)

Facebook : Violaine VANOYEKE (officiel)

Structures éditoriales du groupe L'Harmattan

L'Harmattan Italie
Via degli Artisti, 15
10124 Torino
harmattan.italia@gmail.com

L'Harmattan Hongrie
Kossuth l. u. 14-16.
1053 Budapest
harmattan@harmattan.hu

L'Harmattan Sénégal
10 VDN en face Mermoz
BP 45034 Dakar-Fann
senharmattan@gmail.com

L'Harmattan Cameroun
TSINGA/FECAFOOT
BP 11486 Yaoundé
inkoukam@gmail.com

L'Harmattan Burkina Faso
Achille Somé – tengnule@hotmail.fr

L'Harmattan Guinée
Almamya, rue KA 028 OKB Agency
BP 3470 Conakry
harmattanguinee@yahoo.fr

L'Harmattan RDC
185, avenue Nyangwe
Commune de Lingwala – Kinshasa
matangilamusadila@yahoo.fr

L'Harmattan Congo
67, boulevard Denis-Sassou-N'Guesso
BP 2874 Brazzaville
harmattan.congo@yahoo.fr

L'Harmattan Mali
ACI 2000 - Immeuble Mgr Jean Marie Cisse
Bureau 10
BP 145 Bamako-Mali
mali@harmattan.fr

L'Harmattan Togo
Djidjole – Lomé
Maison Amela
face EPP BATOME
ddamela@aol.com

L'Harmattan Côte d'Ivoire
Résidence Karl – Cité des Arts
Abidjan-Cocody
03 BP 1588 Abidjan
espace_harmattan.ci@hotmail.fr

Nos librairies en France

Librairie internationale
16, rue des Écoles
75005 Paris
librairie.internationale@harmattan.fr
01 40 46 79 11
www.librairieharmattan.com

Librairie des savoirs
21, rue des Écoles
75005 Paris
librairie.sh@harmattan.fr
01 46 34 13 71
www.librairieharmattansh.com

Librairie Le Lucernaire
53, rue Notre-Dame-des-Champs
75006 Paris
librairie@lucernaire.fr
01 42 22 67 13